ハヤカワ文庫 SF
〈SF2049〉

デューン　砂の惑星

〔新訳版〕

〔上〕

フランク・ハーバート
酒井昭伸訳

早川書房

7703

Translated by

Akinobu Sakai

Published 2016 in Japan by

HAYAKAWA PUBLISHING, INC.

This book is published in Japan by

arrangement with

HERBERT PROPERTIES LLC

c/o TRIDENT MEDIA GROUP, LLC

through THE ENGLISH AGENCY (JAPAN) LTD.

This edition uses the binding design and two of the twelve illustrations originally published in The Folio Society edition of Dune, first published in 2015. www.foliosociety.com

その不断の努力により、観念を〝実在〟の域にまで昇華させた人々に――

場所がどこであれ、時代を問わず、乾いた地で研究に励む生態学者たちに、

この予言の試みを、うやうやしく、賞賛の念をもって捧げる。

デューン　砂の惑星〔新訳版〕

〔上〕

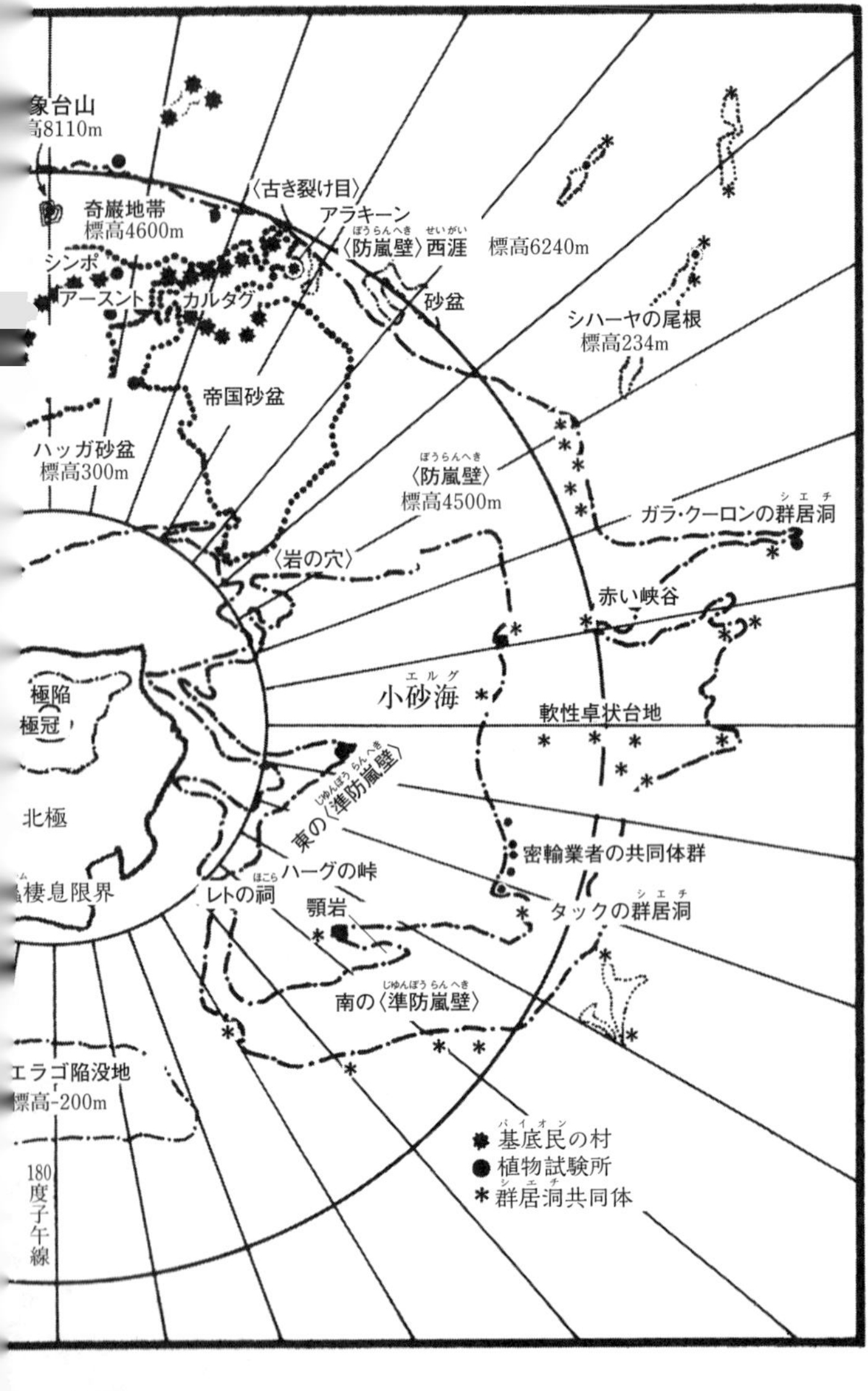

象台山
高8110m
奇巌地帯
標高4600m
シンポ
アースント
カルタグ
〈古き裂け目〉
アラキーン
〈防嵐壁《ぼうらんへき》〉西涯《せいがい》
標高6240m
砂盆
シハーヤの尾根
標高234m
帝国砂盆
ハッガ砂盆
標高300m
〈防嵐壁《ぼうらんへき》〉
標高4500m
ガラ・クーロンの群居洞《シエチ》
〈岩の穴〉
赤い峡谷
極陥
極冠
小砂海《エルグ》
軟性卓状台地
東の〈準防嵐壁《じゅんぼうらんへき》〉
北極
密輸業者の共同体群
ハーグの峠
棲息限界
レトの祠《ほこら》
顎岩
タックの群居洞《シエチ》
南の〈準防嵐壁《じゅんぼうらんへき》〉
エラゴ陥没地
標高-200m
180度子午線
基底民《パイオン》の村
植物試験所
群居洞《シエチ》共同体

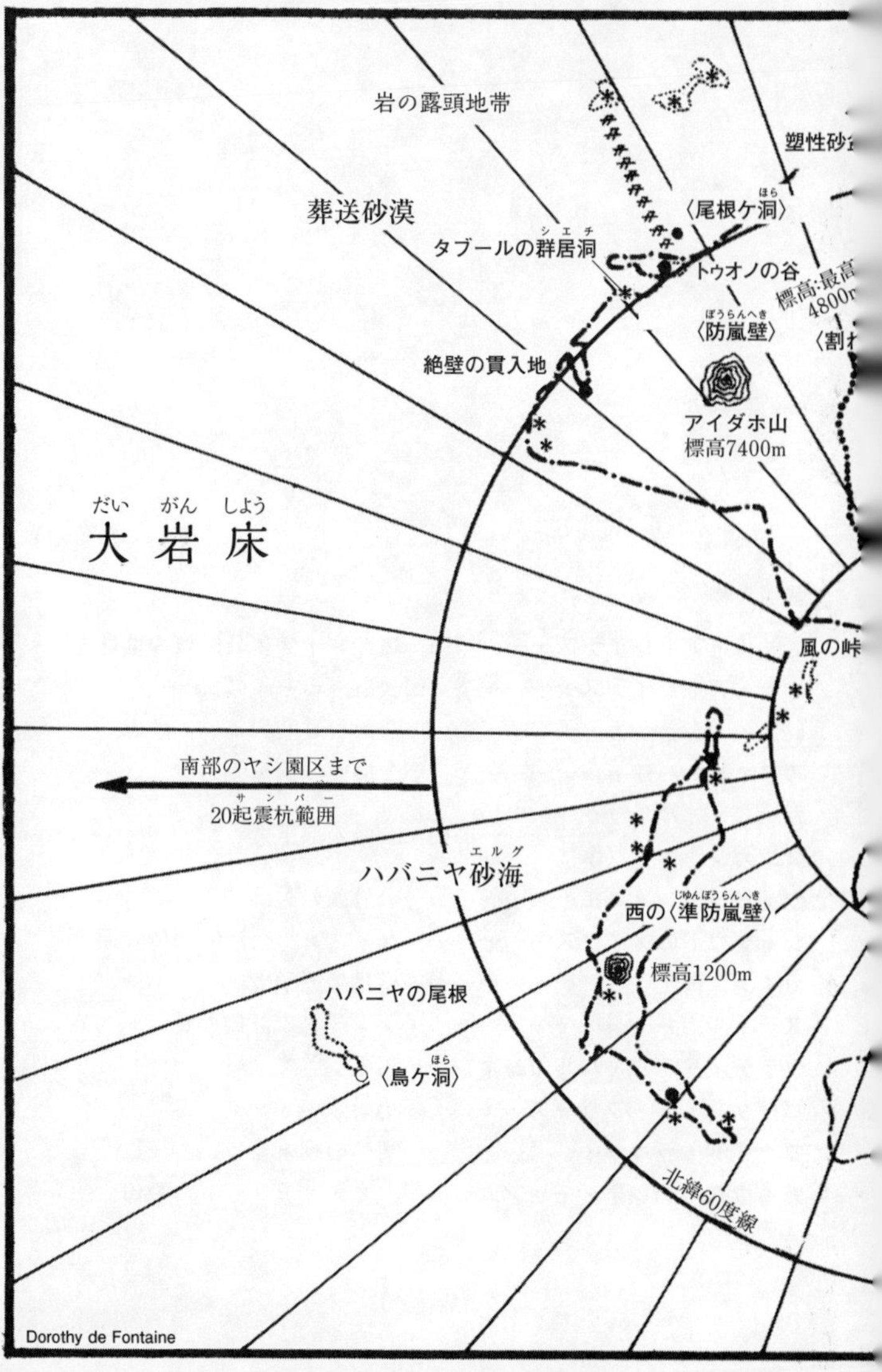
岩の露頭地帯
塑性砂
葬送砂漠
〈尾根ケ洞《ほら》〉
タブールの群居洞《シエチ》
トゥオノの谷
標高:最高
4800m
〈防嵐壁《ぼうらんへき》〉
〈割
絶壁の貫入地
アイダホ山
標高7400m
大《だい》岩《がん》床《しよう》
風の峠
南部のヤシ園区まで
20起震杭《サンパー》範囲
ハバニヤ砂海《エルグ》
西の〈準防嵐壁《じゅんぼうらんへき》〉
標高1200m
ハバニヤの尾根
〈鳥ケ洞《ほら》〉
北緯60度線
Dorothy de Fontaine

登場人物

ポール・アトレイデス……………………アトレイデス公爵家の世継ぎ
レト・アトレイデス………………………公爵。ポールの父
レディ・ジェシカ…………………………公爵の愛妾。ポールの母
スフィル・ハワト…………………………公爵家の演算能力者《メンタート》
ガーニー・ハレック
ダンカン・アイダホ }…………………公爵の部下
ウェリントン・ユエ………………………公爵家の医師
シャダウトのメイプス……………………フレメン。公爵家の侍女頭
カインズ博士………………………………惑星生態学者
スティルガー………………………………フレメンの部族の長
ウラディーミル・ハルコンネン……男爵
パイター・ド・フリース………………男爵家のメンタート
フェイド＝ラウサ…………………………男爵の甥
ガイウス・ヘレネ・モヒアム………ベネ・ゲセリットの教母

第一部　砂の惑星《デューン》

なにごとも、始まりにおいては、バランスが適正であるように、細心の注意を払わねばならない。それはベネ・ゲセリットのあらゆるシスターが知っていることである。したがって、ムアッディブの一生について研究をはじめるためには、まず当人の属する時代背景を考慮し、ムアッディブが生まれたのが帝《パーディシャー》王皇帝シャッダム四世の治世五十七年めであることを念頭に置いておく必要がある。いっそう格別の配慮が必要とされるのは、当人の真に属する場所が惑星アラキスである点だろう。その出生地が惑星カラダンであり、生まれてから十五年間をその地で過ごしたという事実に目をくらまされてはならない。アラキスこそは、砂の惑星《デューン》として知られるこの惑星こそは、ムアッディブの永遠の舞台なのである。

——プリンセス・イルーラン
『ムアッディブを知る』より

一族がアラキスへと出発する日を間近に控えて、その日に先立つ一週間前のこと、移動の準備が大詰めを迎え、狂騒的なまでのあわただしさが吹き荒れるさなかに、ひとりの老女が少年ポールの母親を訪ねてきた。

暖かい夜だった。だが、古い歴史を持ち、二十六世代にわたってアトレイデス家の居城を務めてきた石造建築、カラダン城の内壁には、びっしりと結露が生じていた。じきに天候が変化するきざし――気温が下がりはじめたことを示す徴候だ。

横手の通用口から城内に入ってきた老女は、アーチ天井のつづく廊下を通って奥へ進み、ポールの寝室の前に差しかかると、すでにもうベッドに入っている少年に、しばしまみえることをゆるされた。

寝室の床近くには、重力中和式の浮揚ランプが浮かび、室内に弱い光を投げかけている。だれかが入ってきた気配を察して目を覚ました少年は、ほのかな光のもとで、戸口の内側に体格のいい老女が立っていることに気がついた。そのとなりには、一歩うしろに控えるようにして、母親も立っている。老女の姿は魔女そのものだった。陰になった顔を頭巾のように包む髪はもつれてクモの巣のよう、目はきらめく宝石のようだ。

「齢のわりに、小柄ではないかえ、ジェシカや?」老女がたずねた。

その声はかすかに喘鳴《ぜんめい》の音をはらみ、チューニングを施してはいない九弦楽器《バリセット》のように、すこし調子がはずれていた。

ポールの母親は、おだやかなコントラルトの声で答えた。

「アトレイデス家の者は、幼いうちは成長が遅いことで知られています、教母さま」

「わたしもそう聞いているよ、ああ、聞いているともさ」喘鳴まじりの声で、老婆はいった。「けれどね、この子はもう十五であろう」

「おっしゃるとおりです、教母さま」

「この子はちゃんと目覚めていて、われらの声に聞き耳を立てておる。狡猾ないたずらっ子じゃて」そういって、老婆はくっくっと笑った。「とはいえ、高貴なる者には油断ならざる要素もまた欠かせぬもの。もしもこの子がほんとうに〈クウィサッツ・ハデラック〉ならば……きっとね……」

影に沈むベッドの中で、ポールは薄目をあけて、老婆と母を見まもった。爛《らん》と光る一対の珠《たま》が――老婆の双眸だ――自分をじっと見つめるうちに、しだいに大きくなり、輝きを放ちだしたように見えた。

「ぐっすりとお休み、狡猾ないたずらっ子や」老婆はいった。「あすは全霊をもって、わがゴム・ジャッバールに対峙してもらわねばならないのだからねえ」

そう言い残して、老婆は去った。先に母を部屋から押しだし、自分も外に出て、バタンという音とともにドアを閉める。

ベッドに横たわったまま、ポールは思った。

（ゴム・ジャッバールとはなんだろう？）

移封にともなう混乱のさなかにあって、これまでに見たなかでも、あの老婆はいちだんと奇妙な存在だった。

（教母さま、か……）

しかもあの老婆は、母ジェシカに対し、まるで侍女にでも接するような口調で話しかけていた。ベネ・ゲセリットの淑女であり、公爵の愛妾でもあり、公爵の世継ぎの母親でもある人物に対してだ。

（ゴム・ジャッバールとは、アラキスにあるなにかなんだろうか。現地へ赴く前に、知っておかなければならないことなんだろうか）

いましがた耳にした奇妙なことばを、心の中でくりかえしてみた。

（ゴム・ジャッバール……〈クウィサッツ・ハデラック〉）

学ばなければならないことはあまりにも多い。アラキスは、カラダンとはまったく異質な土地だ。ポールの心は新たに得た知識で混乱していた。

（アラキス――デューン――砂漠の惑星）

父の右腕であり、暗殺にも長けたスフィル・ハワトは、移封の背景をこのように説明してくれた。アトレイデス家にとって不倶戴天の敵であるハルコンネン家は、ＣＨＯＡＭ《チョーム》傘下のある企業と契約して、抗老化作用を持つ香料メランジの精製を一手に独占し、それによってアラキスを領地も同然に掌握することにより、八十年にわたって支配してきた。しかしいま、ハルコンネン家はこの惑星の施政権を奪われ、アラキスはアトレイデス家の領地としてその管理下に置かれることになった。これは一見、レト公爵側の勝利に見える。しかし——と、ハワトはつけ加えた——その表面的な勝利は、このうえない危険をはらんでいた。なぜならレト公爵は、領主会議《ランスロード》の大領家《だいりょうけ》のあいだで人気が高いからだ——。

「人気者は権力者の嫉妬を買うものです」と、そのときハワトはいったものだった。

（アラキス——デューン——砂漠の惑星）

やがてポールは眠りに落ち、アラキスにある洞窟の夢を見た。発光球のほのかな光のもと、人々がものもいわずに周囲を歩いている。大聖堂のように厳粛な雰囲気のなかで、ポールはかすかな音を耳にした。ポトン、ポトン、ポトン——これは水がしたたる音だ。こうやって夢を見ていても、ポールにはわかっている。目覚めたあとも、この夢の内容はきっと憶えているだろう。これは予知夢だ。ポールはこの手の夢の内容を忘れた例《ためし》がない。

やがて夢は薄れていった。

目覚めると、ベッドのぬくもりの中にいて——頭の中には考えがめぐっていた……それも、さまざまな考えが。ここはカラダン城のある惑星だ。これといって気にいった遊びもなく、同年齢の遊び相手などもいないから、おそらく、別れの悲しみを味わうことはないだろう。教師のひとりであるドクター・ユエがほのめかしたところによれば、帝国の身分制度《ファウフレルーチエス》は、アラキスではさほど厳密に守られていないという。同星には、総監《カーイード》や上級大佐《バシャール》による監督の目を逃れ、砂漠の辺縁付近に得体の知れない民族が隠れ住んでいるのだそうだ。その民族の名はフレメンという。砂の精霊のように神出鬼没で、いまだ帝国統計局によって実勢を把握されたことのない民族――。

（アラキス――デューン――砂漠の惑星）

　自分の緊張を感じとったポールは、母から教わった精神＝肉体調律の行《ぎょう》のうち、ひとつを試してみることにした。小刻みな呼吸を三度行ない、行に入る。意識を浮遊させ……意識の焦点を絞って……大動脈が広がってゆく……焦点の合わない意識の働きを避けることにより……これは選択的に意識をたもつためだ……栄養価の高まった血流が負担のひときわ大きくかかった体組織に勢いよく送りこまれはじめる……人は本能だけでは、食料と安全と自由の組みあわせを得ることはできない……動物の意識は所与の限界を超えて外に広がることなどできないし、捕食対象を食いつくし、滅ぼしてしまう可能性を考慮することもできない……動物は消費するばかりで、なにものも生みださない……動物の快楽は感覚レベルに近い域を出ず、知的な快楽にはとどかない……人は自己の宇宙を見つめる上で背景となる基準を必要とする……その基準を形作るのは、選択的に焦点を合わせた意識にほかならない……健全な肉体は、細胞が必要とする、もっとも深い意識に準じた神経と血液の流れによって成立する……いかなる物体／細胞／存在も永続することはないが……それでも、永続する流れを求め、人はたゆまぬ努力を……。

　何度も何度も何度も、浮遊する意識の中で、この行がくりかえされた。

　やがて夜明けが訪れ、寝室の窓台が黄色い曙光に染まりだすころ、ポールは閉じたまぶたごしに明かりを感じて目をあけた。ふたたび城内にあわただしい移封準備の喧噪が響きだすなかで、寝室の天井に走る何本もの梁の、すっかり見慣れた木目を見つめる。

だしぬけに、廊下に通じるドアが開いて、母が室内を覗きこんだ。暗いブロンズのような赤褐色の髪を頭頂部に結いあげ、黒いリボンでとめている。卵形の顔には表情がない。翠《みどり》の目はしかつめらしくこちらを見ている。

「起きていたのね。よく眠れた？」

「はい」

室内に入ってくる、長身の母親を見つめた。クローゼットに歩みよって、ラックにかけたポールの服を選びはじめる母親の肩には、少々緊張がうかがえた。ほかの者なら気づかないところだが、母からベネ・ゲセリットの〈観法〉を——万事を仔細に観察するすべをたたきこまれたポールには、手にとるようにわかる。ほどなく母親は、準正装の上着を手に持ち、ふりかえった。上着の胸ポケットには、アトレイデス家の家紋の赤い鷹があしらってある。

「さ、急いで着てちょうだい」と母親はいった。「教母さまがお待ちですよ」

「教母さまのことは、前に夢で見たけれど」ポールは答えた。「どういう人なんです？」

「ベネ・ゲセリット学院で指導してくださった、わたしの恩師なの。いまでは皇帝陛下付きの読真師。それからね、ポール……」母親はそこでためらって、「あなたが見る夢のこと、教母さまにはひととおり話してもらわなくてはならないわ」

「なるほど……アラキスが手に入ったのは、その教母さまのおかげなんですか？」

「手に入ってなどいませんよ」ジェシカは——母親は——手にしたズボンのほこりをはらい、

さっき出した上着といっしょに、ベッドサイドのポールハンガーにかけた。「それよりも、早くして。教母さまをお待たせしてはいけないわ」

ポールは上体を起こし、ひざをかかえた。

「ゴム・ジャッバールってなんです？」

ふたたび、長年の行により、その行を自分に教えた母がごくかすかにためらうのを感じた。かすかに動揺をともなっているところを見ると、心に押し隠した感情は恐怖らしい。

ジェシカは寝室を横切っていき、窓のカーテンをシャッとあけて、川沿いに広がる果樹園ごしに、彼方のシュビ山を眺めやった。

「もうじき、わかるわ……ゴム・ジャッバールがなんなのかは、すぐにね」

声にも恐怖を聞きとったポールは、いったいなにを恐れているのだろうといぶかった。

こちらに背を向けたまま、ジェシカはつづけた。

「教母さまはわたしの居間でお待ちですよ。さ、急いで支度して」


教母ガイウス・ヘレネ・モヒアムは、つづれ織りの布張りの椅子に腰をおろし、近づいてくる母子を見つめていた。左右にある窓からは、川の屈曲部の南と、アトレイデス領の緑の農地が一望できる。だが、この景観も教母の目に入ってはいない。けさは老いを感じることひとしおで、少々どころではないほどに気むずかしくなっていたからだ。それというのも、ここにくるまでの宇宙航行と、あの憎らしい航宙ギルドのせいだった。秘密主義のギルドと交渉するのはじつに気骨《きぼね》が折れる。しかしながら、この地での任務は、〈洞察力あるベネ・ゲセリット〉のひとりがみずから注意を注ぐべき性質のものであり、いやでも避けることはできなかった。帝王皇帝付きの読真師《パーディシャー》といえども、お務めの責務は逃れられない。

（まったく、ジェシカときたら！）教母は心の中で憤った。（命じられたとおり、すなおに女の子さえ産んでおれば、わたしがこんな思いをせずにすんだものを！）

当のジェシカは、椅子から三歩の距離まできて立ちどまり、左手でスカートの横をそっとつまんで、軽くひざを曲げ、あいさつをした。ポールのほうは、ダンスの教師から教わったとおりのやりかたで、小さく会釈をした。これは〝相手の立場に疑念を持っているとき〟にする会釈だ。

ポールがあいさつににじませた微妙なニュアンスを、教母は目ざとく見てとった。

「用心深い子じゃな、ジェシカや」

ジェシカはポールの肩に手をかけ、ぐっと力をこめた。鼓動ひとつぶんのあいだ、脈動とともに、手のひらを恐怖が駆けぬけたが、すぐにみずからをコントロール下に置く。

「そのように教育を受けておりますので、教母さま」

ポールが〝母上はなにを恐れているんだろう？〟という顔をした。

観相法を用いて、老女は瞬時にポールを観察した。顔はジェシカのそれに似て卵形だ。が、骨格はがっしりしている。髪は父公爵に似て漆黒だった。その眉には、けして名前を出せぬ母方の祖父の面影がある。そしてこの、尊大な印象を与える細い鼻と、まっすぐにこちらを見すえる翠《みどり》の目の形は、いまは亡き父方の祖父、老公爵の面影を伝えていた。

(あれは勇ましいことの好きな老公だったねえ――死ぬときまでも)

「教育によって身につくものもあれば――天性の素質で決まるものもあるでな。ま、いまにわかろうさ」教母は老いた目で、射すくめるようにジェシカを見た。「さあ、ふたりだけにしておくれ。おまえは平和の瞑想にふけってくるがいいよ」

ジェシカはポールの肩から手を放した。

「教母さま、でも――」

「ジェシカ。おまえとてわかっておろう。これはな、なさねばならぬことなのじゃ」

ポールはとまどい顔で母親を見あげた。

ジェシカはすっと背筋を伸ばし、

「はい……もちろんです」と答えた。

ポールは教母に視線をもどした。母親の丁重な態度からも、明らかに畏れをいだいているようすからも、この老女には用心深く接したほうがよさそうだ。それでも、母親が放射する恐怖を感じるにつけ、怒りまじりの不安を抑えきれなかった。

「ポール……」ジェシカはそういって、深呼吸をした。「……これからあなたが受ける試練はね……わたしにとっても大切なものなのよ」

「試練？」ふたたび母を見あげて、ポールはおうむがえしにいった。

「忘れないでね、あなたが公爵さまの子息であることを」

ジェシカはそう言い残し、くるりと身を翻すと、スカートの衣ずれの音とともに、足早に部屋を出ていった。その背後で、ドアがしっかりと閉じられた。

怒りを懸命にこらえつつ、ポールは老女に面と向かった。

「レディ・ジェシカを小間使いのように下がらせるとは、いったいどういう料簡です？」

しわだらけの老いた口のはたに、つかのま、笑みが浮かんだ。

「じっさい、レディ・ジェシカはわが小間使いを務めていたんじゃよ、坊や、学院時代に、十四年間な」そういって、こくりとうなずいた。「じつに優秀な小間使いじゃった。さて。**ここ《こ》へ来よ！**」

鞭打つように、命令のことばが飛んできた。なにか考えるひまもなく、ポールは反射的に、その命令にしたがっていた。

（ぼくに〈繰《から》り声《く》〉を使ったな）

そう思いながらも、相手の身ぶりにしたがい、老女のひざ元に立つ。

「これをごらん」

ガウンのひだから、老女は緑の箱を取りだした。金属でできた立方体の箱だった。一辺の大きさは十五センチほどだ。それを手のひらの上でひっくりかえす。箱の一面は口があいていた。内部の空間は黒々として、やけに恐ろしげに見える。開放された暗黒には、いかなる光も透過できないらしい。

「この箱の中に、右手をおいれ」

恐怖が全身を走りぬけた。あとずさりかけたポールに、老女はことばを重ねた。

「母親の指示にも、いつもそうやってしたがっているのかえ？」

ポールは顔をあげ、老女を見た。猛禽のそれのように爛《らん》と光る目が自分を見つめていた。

ゆっくりと、強制的な力を感じつつ、その力を退けることができぬままに、箱の中へ手を入れる。暗黒に包みこまれた手に、まず冷たさを感じた。ついで、指先になめらかな金属が触れた。圧迫されて痺れたときのように、手がじんじんしだす。

捕食者を思わせる表情を浮かべて、老女が箱にあてがっていた右手を持ちあげ、ポールの首筋付近にかかげた。その手に金属のきらめきをとらえ、視線を動かしかけたとき——。

「およし！」老女の口から勁烈《けいれつ》の声が飛んだ。

（また〈繰《から》り声〉を使った！）

老女の顔にすばやく注意をもどす。

「おまえの首の横にかかげているのはゴム・ジャッバールというての。〝横暴な敵〟という意味のしろものじゃ。実体は一本の針であり、先端に一滴、毒液をつけてある。おっと！身を引いてはならぬぞ。さもなくば、この毒が体内に入りこむでな」

のどがからからになっていたので、ポールはつばを呑みこもうとした。しわだらけの顔、爛と光る双眸《そうぼう》、しゃべるたびにちらつく銀歯と、白っぽいピンクの歯茎——それらから目を離すことができない。

「公爵の息子たるもの、毒物の知識はあるじゃろう。すくなくとも、われらの時代はそうであった。マスキー——飲みものに入れる毒。アウマス——食べものに入れる毒。速効性の毒、遅効性の毒、その中間の毒。されど、この種の毒ははじめてであろ？　ゴム・ジャッバール——この毒はな、動物だけを殺すのじゃ」

プライドが恐怖に打ち克った。

「公爵の息子を動物呼ばわりですか」

「人間であろうとは思うておるよ——とまあ、そういっておこうかね、ここは。さ、じっとして！　針から離れようとはせぬことじゃ。わしも老いたが、おまえが逃れるよりも早く、この針を首に刺すくらいのことはできるでな」

「あなたは……何者です？」ささやくような声で、ポールはたずねた。「どんなトリックを使って母上をこの部屋から出ていかせたんです？　わたしとあなたをふたりだけで残して。もしやあなたは、ハルコンネン家の手先ですか？」

「ハルコンネンの？　ばかをおいいでないよ！　さあ、もうお黙り」

ふいに、乾いた指が首筋に触れた。びくっとのけぞりそうになるのを必死にこらえる。

「よしよし」老女がいった。「最初の試練は合格じゃな。では、試練のつづきを説明するとしようかね。この箱から手を引き抜かば、おまえは死ぬ。ルールはたったひとつ、それだけじゃ。箱の中にずっと手を入れておれば、生。引き抜かば、死」

ポールは全身の震えを抑えるため、ひとつ深呼吸をした。

「ここで大声を出せば、ものの数秒のうちに従者が駆けつけてきて、あなたは死にますよ」

「従者らが入ってくることはない。おまえの母親がドアの外に立ちはだかっておるからの。ゆめ疑わぬがよいぞ。おまえの母親もまた、かつてこの試練を経た。こんどはおまえの番ということじゃ。誇りにお思い。男子にこの試練を課すことはめったにないのじゃからのう」

好奇心のおかげで、ポールの恐怖は制御可能な程度に収まった。老女の声には掛け値なしの真実が聞きとれる。母上がドアの外に立ちはだかっているとしたら……これがほんとうに試練であるのなら……いや、じっさいにはなんであれ……自分はもはや、抜き差しならない立場に追いこまれたことになる。首筋のそばにかかげられた手によって――その手が持ったゴム・ジャッバールにより――身動きがとれない。ここでポールが思いだしたのは、ベネ・ゲセリットの儀式のひとつとして母から教わった、〈恐怖を退ける連禱〉だった。

〝われ恐れず。恐怖は心を殺すもの。恐怖は全き抹消をもたらす小さな死。われは恐怖にぞ立ち向かう。われは恐怖が身内を通りぬけ、通過するをゆるす。しかして恐怖が通りぬけしのち、内なる目をその通り道に向けん。恐怖の通過せし跡にはなにものもなかるべし。そこに残るはただ自分のみ〟

冷静さがもどってくるのをおぼえて、ポールはいった。

「いいでしょう。では、はじめてください、おばばどの」

「〝ばば〟呼ばわりかい、このわたしをつかまえて！　たいした度胸じゃて。その点だけは認めざるをえまい。では本番といくかの、小生意気な坊や」老女は身をかがめ、ささやきにまで声を低めた。「もうじき、箱に入れたその手に苦痛を感じるはずじゃ。ただし！　手を引き抜いたりしてごらん――ゴム・ジャッバールが首にチクリといくよ。これの毒は速効性抜群で、首斬り役人の斧のようにすばやく、一瞬でおまえの命を奪う。おわかりだね？」

「箱の中にあるものは？」

「苦痛さね」

手のじんじんする感覚がいっそう強くなり、ポールは唇を引き結んだ。

（こんなものがどうして試練になるんだ？）

痺れたような感覚が痒《かゆ》みに変化しだした。

老女がいった。

「罠にかかった動物が、逃げようとして自分の脚を嚙みちぎる――そんな話を聞いたことがおありじゃろ？　この逃げかたは、あわれな動物の域を出ぬ。助かるのは自分だけじゃでな。しかし、人間ならば、痛くとも罠にかかったまま、死んだふりをするのではないか？　罠を仕掛けた者がきたら殺せるように。そうすれば、もはや同族には、危害がおよばぬ道理」

痒みがかすかな熱を帯びた。

「なぜこんなまねを？」

「おまえが人間かどうかを見定めるためじゃよ。さ、静かにおし」

ポールは左手をぐっと握りしめ、こぶしを作った。右手がさらに熱くなってきたからだ。

熱はゆっくりと蓄積されていく。徐々に徐々に……熱く、熱く。左手の爪が手のひらに食いこむのをおぼえた。熱く燃える右手を曲げ伸ばししようとしたが、動かすことができない。

「熱い」小声でつぶやいた。

「黙っておいで！」

苦痛の疼《うず》きが腕を這い登ってくる。玉の汗が額に浮かぶ。筋肉繊維が一本残らず、燃える穴から手を引き抜けと叫んでいる。だが……引き抜けば、ゴム・ジャッバールが体内に入る。首は動かさず、眼球だけを動かして、首筋に突きつけられた、恐るべき針を見ようとした。自分があえいでいるのがわかる。ゆっくり呼吸しようとしたが、どうしてもできない。

苦痛！

自分の世界から、ありとあらゆるものが消えた。あるのはただ、焼けつくように痛む手と、ほんの十センチほど離れたところから自分の顔を覗きこむ、齢老いた顔だけだ。

唇がかさかさに乾いており、開くこともできない。

（熱い！　手が燃えつきそうだ！）

炙《あぶ》られている手の表面で皮膚が黒焦げになり、めくれあがっていく。肉が消し炭のようになって剝離《はくり》し、ついには黒焦げの骨だけが残った——気がした。

唐突に、その苦痛が消えた！

スイッチを切られたかのように、苦痛はきれいに消えていた。

右腕がわなないている。全身、汗みずくだった。

老女がつぶやいた。

「もう充分じゃ……これはしたり《クル・ワハド》！　ここまで耐えきった女子は、いまだかつて、ひとりもおらなんだ。どうやらわたしは、やりすぎたようじゃ。おそらく、おまえが失敗することを願っていたからじゃろうな」老女は前にかがめていた上体をもどし、ゴム・ジャッバールをポールの首筋から引っこめた。「もう箱から手を出してよいぞ、人間の子よ。そして、箱の中を見てごらん」

ポールは痛みの余韻が残る手の震えを抑え、箱の中の光なき虚無を見つめた。みずからの意志でとどまっているかのように、右手が箱の中から出てこようとしない。生々しい苦痛の記憶が動きを封じているのだ。このまま引き抜けば、黒焦げの手を見ることになるぞ――と、理性はそう告げていた。

「いわれたとおりにおし！」

箱からむりやり、手を引き抜いた。だが、出てきた手を見て唖然とした。傷ひとつない。あの熱も、激痛のあとも、肌にはまったく残っていない。右手を目の前にかかげて、左右にひねり、手の甲と手のひらを見つめ、指を曲げ伸ばしした。

「神経のみを刺激して、苦痛を味わわせたのじゃ。将来有望かもしれぬ人間を、ほんとうに傷つけるわけにはいくまい。もっとも、この箱の秘密を知るためなら、大金を払ってもいいという手合いはたくさんいるがのう」

老女は箱をガウンのひだのあいだにすべりこませた。

「でも、あの苦痛は――」

「苦痛かえ？」老女は鼻を鳴らした。「人間であれば、神経への刺激くらい乗り越えられるものじゃろう？」

ポールはふと左手に痛みをおぼえ、握りしめていたこぶしをほどいた。手のひらに四つ、爪の食いこんだあとが残っていた。血が出ている。その手を脇に降ろし、老女を見つめた。

「以前、母上にも同じことを？」

「おまえさん、篩《ふるい》で砂をふるったことはあるかえ？」

はぐらかすような問い返しに、ポールの精神は虚をつかれ、結果的に、より高次の意識に昇った。

（篩で砂を……）

こくりとうなずく。

「われらベネ・ゲセリットは、人を篩にかけるのじゃよ。人物を見いだすためにの」

ポールは右手を持ちあげ、苦痛の記憶を呼び覚ました。

「そのために、あんな——苦痛を？」

「わたしは苦痛に耐えるおまえを観察していたのさ、坊や。苦痛とはたんなる試練の基軸にすぎぬ。おそらく母親から、われらの観察手法を聞かされておるじゃろう？　おまえの中に、あれの教えの形跡が見える。危地に追いこみ、観察する——それがわれらの試練なのじゃ」

老女の声に欺瞞のないことを感じとって、ポールはいった。

「ほんとうだ……あなたはうそをいっていない！」

老女はまじまじとポールを見つめた。

（この子には読真の心得があるのか！　この子はほんとうにあの存在なのか？　ほんとうにあの存在などということがありうるのか……？）

波だつ心を抑えながら、老女はみずからに教義の一端を思いださせた。

〝期待は観察を曇らせる〟

「人が本心からものをいうとき、おまえにはそれとわかるのじゃな？」

「わかります」

たび重なる試練で確認ずみの、調和のとれた能力が、少年の声にはにじみでていた。その響きをたしかに聞きとったうえで、老女はいった。

「やはりおまえは、〈クウィサッツ・ハデラック〉なのやもしれぬ。おすわり、坊や、わが足もとに」

「立っていたほうがいい」

「おまえの母親も、かつてはわたしの足もとにすわったものじゃぞ」

「わたしは母ではありません」

「どうやら少々、われらに憎しみをいだかせてしもうたようじゃな」老女はドアに目をやり、呼びかけた。「ジェシカ！」

ドアが勢いよく開き、ジェシカが現われた。戸口に立ち、険しい目で室内を見つめる。が、ポールの姿をとらえたとたん、視線の険しさがやわらいだ。かすかだがほほえみも浮かべた。

老女はたずねた。

「ジェシカや、おまえ、わたしを憎んでいなかったときがあったかえ？」

「愛憎ともにいだいています」ジェシカは答えた。「憎しみをいだくのは——けっして忘れられぬ苦痛の記憶ゆえに。愛情をいだくのは……それは——」

「基本的な事実を答えるだけでよい」老女はさえぎった。おだやかな声だった。「いまなら入ってきてもよかろう。ただし口はきかぬこと。ドアを閉じて、だれにもじゃまされぬよう、気をつけていておくれ」

ジェシカは室内に入ってくると、ドアを閉め、そのドアに背中を押しあてて立った。

（わが子は生きていた）ジェシカは思った。（わが子は生きていた。そして……人間だった。人間であるとわかってはいたけれど……とにもかくにも、生きていてくれた。これでわたしも生きていける）

背中にあたるドアは固く、たしかな感触をもたらした。室内のなにもかもが間近にあり、ジェシカの五感を圧迫してくるかのようだった。

（わが子は生きていた……）

いっぽう、ポールも母親を見つめていた。

（母上がいったことはほんとうだったんだ）

ひとりで部屋から逃げだして、この経験のことをじっくり考えたかった。だが、退がってよいといわれるまで、出ていくわけにはいかない。それはわかっている。なにしろ老女には相手を思いどおりに操る力があるのだから

（母上もこの老婆も、真実を口にしている）

母上が過去にこの試練を受けたのはまちがいない。そこにはなにか畏るべき目的があったはずだ。母上がいだいた苦痛と恐怖はすさまじいものだっただろう。それゆえに、畏るべき目的があったことは見当がつく。母上たちはひどく分の悪い目にかけているにちがいない。そしてその裏には、そうせざるをえない理由があるはずだ。ポールは自分がいやおうなしに、その畏るべき目的に巻きこまれてしまったことを感じていた。しかし、その目的が具体的にどんなものなのかは、まだ見えない。

「いつの日か、坊や」老女がいった。「おまえもまた、さっきの母親と同じく、ドアの外に立たねばならぬかもしれぬ。そうなるには――そうなるまでには……多大なる努力と覚悟が必要じゃろうがの」

苦痛にさいなまれた右手を見おろしてから、ポールは教母の顔を見あげた。老女の声には、これまでに聞いたいかなる声とも質のちがうなにかが含まれていた。そのことばには輝きがあった。そのことばには鋭さがあった。どんなことであれ、いまここでなにかを質問すれば、老女が返す答えは、自分を生身にとらわれた世界から引きあげ、いっそう高次の次元に押しあげてくれるものにちがいない――そんな気がした。

「なぜわたしが人間かどうかを試したりしたんです？」

「おまえを解放するためさ」

「解放？」

「かつて人間は、考えることを機械に委ねた――そうすれば、考えるという煩瑣《はんさ》なことから逃れられるかと期待しての。しかしそれは、機械を持ったほかの人間に対して、みずからを奴隷化させる道を開くだけのことでしかなかった」

「〝汝、人心《ひとごころ》を持つがごとき機械を造るなかれ〟」

「〈バトラーの聖戦《ジハード》〉と『オレンジ《O》・カトリック《C》聖典』に見られる一説からの引用じゃな。したが、『OC聖典』はこうもいっておろう？　〝汝、まがいものの人心を持つ機械を造るなかれ〟。授業で演算能力者《メンタート》のことは習うたか？」

「はい。自身もメンタートであるスフィル・ハワトから」

「〈大反乱〉で機械という道具を失った結果として、人はみずからの精神を発達させる道を選ぶほかなくなった。ゆえに、人間の能力を訓練する機関があいついで創立された」

「たとえばベネ・ゲセリット学院のような？」

　老女はうなずいた。

「当時創設された機関で、いまもなお存続しておる主要なものは、ただのふたつしかない。ベネ・ゲセリットと航宙ギルドじゃ。ギルドはほぼ純粋な数学的アプローチに特化しておる――と、われらは見ておる。対するに、ベネ・ゲセリットは異なるアプローチをとる」

「政治ですね」

「クル・ワハド！」

老女はまたも驚きの声をあげ、ジェシカをきっとにらんだ。

「わたしはなにも教えてはおりません、教母さま」ジェシカがいった。

教母はポールに注意をもどした。

「ごくわずかな手がかりからそこまで読みとるとは、まことにたいしたものじゃ。いかにも、政治じゃよ。創立時のベネ・ゲセリット学院は、人間の営みには継続性の糸が必要と考える者らが運営しておった。かくのごとき継続性を維持するためには、人間という種を動物種の次元から昇華させねばならぬ——そう考えたのじゃ。優良な人間を生みだすためにな」

老教母のことばから、突如として、特別な鋭さが失われたように感じられた。ポールには〝正しさを求める本能〟がある、と母親はいつもいう。その本能にとって、老女のことばは相いれないものに思えた。教母は嘘をついていない。本人は明らかに、いま口にした内容を信じている。だとしたら、自分がこれほど教母の話に強く反発をいだく理由は、もっと深いところにあるにちがいない。そして畏るべき目的と関係があるにちがいない。

ポールはいった。

「ですが、母上からはこうも聞きました。各学院で学ぶベネ・ゲセリットの多くは、自分の祖先がだれであるかを知らないと」

「遺伝系統の記録はつねに残してある」と教母は答えた。「おまえの母親も、自分がベネ・ゲセリットの子孫なのか、それともそこそこの家柄の出なのか、ちゃんと知っておるわさ」

「ではなぜ、母上は自分の両親がだれかを教えてもらっていないんです？」

「あれの両親がだれか、知っている者もおる……多くはないがの。たとえばわれらは、さる近親者とジェシカを婚姻させようと考えておったやもしれぬ——とある遺伝的特徴の優性を確立するためにな。まあ、理由はいろいろじゃて」

ふたたびポールは、正しさの観念を逆なでされたような気分に陥った。

「ずいぶんと高邁な理想をお持ちなんですね」

教母はまじまじとポールを見つめた。

（いま、この子の声には、批判的な響きが混じってはおらなんだか？）

「われらは重荷を背負っておるでのう」

試練のショックは徐々に冷めつつあった。それとともに気力がもどってくるのをおぼえて、ポールは正面から教母の視線を受けとめた。

「さっきおっしゃいましたね、わたしが……〈クウィサッツ・ハデラック〉かもしれないと。それはなんです？　人の姿をしたゴム・ジャッバールですか？」

「ポール」ジェシカが口をはさんだ。「そんな物言いをしては——」

「まかせておき、ジェシカ。ならばきくがな、坊や、おまえさん、読真ドラッグのことは知っておるかえ？」

「欺瞞《ぎまん》を見ぬく能力を向上させる薬物ですね。母から聞いています」

「ならば、読真トランスのことは？」

「知りません」ポールはかぶりをふった。

「危険なドラッグながら、これは強力な洞察力をもたらすものでの。読真師たる教母がこのドラッグを与えられれば、記憶の中に存在する場所を――それも、肉体自体に受け継がれた記憶の中にあるたくさんの場所を――いちどきに俯瞰できるようになる。過去のさまざまな大路《おおじ》を顧みられるようになるのじゃ。ただしそれは、女系のみの大路」老女の声が哀しげな響きを帯びた。「さよう、いかなる女系読真師にも見えぬ場所がある。いかに覗こうとも、その場所からは追い払われてしまう。それどころか、恐ろしくて近づくことさえかなわぬ。言い伝えによれば、いつの日か、ひとりの男が出《い》できたり、読真ドラッグの助けを借りて、内なる眼《まなこ》を開眼せしむという。その男は、われら読真師の教母には見えぬものを見るそうな――すなわち、女系の過去と男系の過去を、両方ともにじゃ」

「それが、〈クウィサッツ・ハデラック〉？」

「いかにも。同時にあまたの場所に遍在できる者――それが〈クウィサッツ・ハデラック〉じゃよ。これまでおおぜいの男が読真ドラッグに挑戦してきた……とてつもなくおおぜいの男たちがじゃ。されど、ドラッグの力を活かせた者は、ただのひとりもおらなんだ」

「試したけれど、失敗したのですか？　全員が？」

「いいや、そうではない」老女はかぶりをふった。「試した結果、死んでしまったのじゃよ。全員がな」

ムアッディブを理解しようと思えば、不倶戴天の敵、ハルコンネン家のことも知っておかねばならない。同家のことを知らずして真実を理解しようとするのは、虚偽を知らずして光を理解しようとするようなものだ。それは闇を知らずして光を理解しようとするようなものであり、そもそも不可能なことなのである。

――プリンセス・イルーラン
『ムアッディブを知る』より

地形の凹凸をレリーフ状に刻まれた惑星儀は、なかば影に沈み、くるくると回転していた。惑星儀を回転させているのは極太の手だ。その太い指にはいくつもの指輪がきらめいている。自在スタンドに載せられた惑星儀は、窓なき部屋の、壁の一面に寄せて置いてあった。それ以外の壁は、多彩な色の巻物、フィルムブック、テープ、リールが織りなすパッチワークで埋めつくされ、まったく見えない。部屋を照らしているのは、小型の重力中和フィールドで宙に浮かんだ、いくつかの黄金球だ。

部屋の中央に鎮座する楕円形のデスクは、硬化処理したエラッカ材の、薄桃翡翠のような色をした天板でおおわれている。デスクの周囲には、これも重力中和フィールドによって、数脚の自在変形チェアが浮かんでいた。人がすわっているのはそのうちの二脚だ。ふたりのうち、ひとりは黒髪の若者で、齢格好は十六前後。顔が丸く、不機嫌そうな目をしている。もうひとりは細身の背が高い男で、顔だちがどこか女っぽい。

若者と細身の男は、太い手の持ち主が回転させる惑星儀を見つめていた。手の主もまた、なかば影に隠れている。

ふいに、惑星儀のそばから、くっくっとのどで笑う声が漏れた。その笑い声につづいて、深く響く声がいった。

「見ろ、これを、パイター――史上最大の人狩り罠だ。公爵めはこのあぎとに飛びこんだ。このわし、ウラディーミル・ハルコンネン男爵の仕掛けも、なかなかにたいしたものだろう。そうではないか?」

「たしかに、男爵」

パイターと呼ばれた男は答えた。その声は甘く音楽的な響きを持つテノールだ。

太い手が惑星儀に近づき、回転をとめた。ここにおいて、室内にいる全員の目が、回転の動きでぶれることなく、惑星地表の状態を目でとらえられるようになった。それはきわめて精密な惑星儀だった。裕福なコレクターか、帝国の惑星総督用に造られる最高品質の逸品だ。

台座に施されているのは、帝国工房の刻印にほかならない。緯線と経線は極細のプラチナ・ワイヤーで表わされ、両の極冠には最高級の淡い乳白色を帯びたダイヤモンドが埋めこんである。

太い手がまた動き、惑星儀の表面をなぞった。

「おまえたちを呼んだのはほかでもない、この惑星儀を愛でてもらうためだ」深く響く声がいった。「じっくりと愛でるがいい、パイター、おまえもだ、フェイド＝ラウサ、わが愛しの甥よ。見ろ、北緯六十度から南緯七十度にかけての、この精妙な砂紋の出来栄えを。この色彩はどうだ。甘いカラメルを思い起こさせはせんか？　それに、どこにも青い色がない。湖や川や海を示すものがない。加えて、この極冠の愛らしさ——この極冠の小ささ。だれがここをほかの惑星と見まがおう。これこそアラキス！　唯一無二の、たぐいまれなる環境を持つ惑星だ。たぐいまれなる勝利を得るには、まさに最高の舞台といえよう」

パイターの唇に微笑がよどんだ。

「おまけに、男爵、帝《パーディシャー》王皇帝は男爵から香料惑星を剝奪し、公爵に与えるつもりでいる。それを思うと、痛快でたまりませんな」

「世迷言《よまいごと》をいうでない」男爵が深く響く声でいった。「そんなことをいえば若きフェイド＝ラウサが動揺してしまうだろうが。わが甥を動揺させる必要はどこにもないぞ」

仏頂面の若者は、すわったまま身じろぎし、着ている黒いレオタードのしわを伸ばした。そこで急に背筋を伸ばしたのは、背後の壁にあるドアが控えめにノックされたからだ。

パイターが椅子を降り、部屋を横切っていくと、ごくわずかにドアをあけ、どうにかその隙間を通る程度の、極細の通信筒を受けとった。ドアを閉じ、巻いてあった通信筒の中身を広げ、文面に目を通す。そののどから、くっくっという音が漏れた。そして、もういちど。

「首尾は？」男爵がたずねる。

「あの阿呆、返信してきましたぞ、男爵！」

「アトレイデス家の者が口上を披露する機会を見送ったことが一度でもあったか？　それで、なんといってきた？」

「いやはや、武骨もいいところですな。男爵に対して〝ハルコンネン〟と呼びかけている。〝親愛なる大兄《シール・エ・シェール・クザン》〟の尊称を使わず、称号もいっさいなしで」

「よい名だからな」うなるように答えた男爵の口調には、そのことばに反して、いらだちがにじんでいた。「で、わが愛しきレトのやつ、なんといってきおった？」

「こうです。〝会談の申し出については、これを拒否する。貴兄にはたびたび裏切られてきた。それは万民の知るところである〟」

「で？」

「〝公式決戦《カンリー》の伝統は、いまなお帝国内に数多くの賛同者を擁する〟。署名、〝アラキス公、レト〟」パイターは笑いだした。「いやはや、アラキス公とはまた！　これはまいった！　大きく出たものだ！」

「口をつぐまぬか、パイター」男爵がぴしりといった。急にスイッチを切ったかのように、笑い声はぴたりと収まった。「公式決戦《カンリー》とな？　あやつ、復讐でもするつもりか？　かくも伝統ある古きことばを持ちだしたのは、やつの本気度を見誤らせぬとの意図があってのことだろうな」

「男爵が申し入れた平和的会談は、形式にのっとって、しかるべき手順を踏んだものです」

パイターがいった。「ポーズがみごと、図に当たりましたな」

「演算能力者《メンタート》のくせに、きさま、おしゃべりがすぎるぞ、パイター」

男爵は釘を刺し、考えた。

（こう口が軽くなってしまっては、この男、早いうちに始末してしまわねばならんだろうな。もはや全盛期をとうに過ぎたことでもあるし）

男爵は部屋の向こうはしに立つメンタートの暗殺者を眺めやり、たいていの者がその顔を見て真っ先に気づく特徴的な部分を見すえた。目だ。白目がまったくなく、眼球全体が青い。その青の中に、ひときわ色の濃い、深い青の部分がある。

パイターの顔に、つかのま、笑みが浮かんだ。青い穴のような目の下に浮かんだ笑顔は、渋面を模した仮面のようにも見える。

「ですが、男爵！　こうも巧妙な復讐がかつてあったでしょうか。この計画の狡猾さたるや、みごとの一語につきる。レトをしてカラダンを砂漠の惑星《デューン》と交換せしむる――否やの余地はどこにもない――なぜならこれは、皇帝陛下のご沙汰だからです。いやはや、男爵もまあ、痛快な悪だくみをなさるものだ！」

冷たい声で、男爵は応じた。

「ぺらぺらとよくまわる舌だな、パイター」

「それはもう、いい気分ですからね、わが敬愛する男爵閣下。なにしろ、男爵は……嫉妬に身を焦がしておられるごようす」

「パイター！」

「ひゃはは、男爵！　この巧妙な計画を自分の頭だけでひねりだせなかったことが、べつに残念ではない──とは、よもや、おっしゃいますまい？」

「いつの日か、きさまを縛り首にしてやるぞ」

「そうなさるでしょうとも、男爵、最後にはね！　とはいえ、善意に基づいた行為があだで返されることもない。ちがいますか？」

「きさま、ヴェライトかセムータでもキメているのか？」

「恐怖なきに真実に対して、わが男爵どのは驚いておられる」パイターの顔つきが変化し、渋面のマスクのカリカチュアのようになった。「ひゃはは！　しかし、よろしいか、男爵、メンタートたるわたしには、男爵がいつごろ処刑人を差し向けてくるのか読める。わたしが使いものになるうちは、男爵とて、その手の行為は控えざるをえない。早手まわしにすぎる動きは無駄というもの。わたしはまだまだお役にたちますぞ。それに、愛すべき砂の惑星について、男爵がなにを学んでこられたかは、ようく承知しておりますとも。そこまで知っているわたしを、無駄に処分する意味はない。ちがいますか、男爵？」

男爵はパイターを見すえつづけた。

フェイド＝ラウサは、椅子にすわったまま、身じろぎをし、思った。

(馬鹿なやつらだ、いつもいつも口論ばかり！　伯父御ときた日には、自分のメンタートと話をするたびに、かならず喧嘩腰になる。こいつら、このおれに、こんな言いあいを聞いている以外、することがないとでも思っているのか？)

「フェイドよ」ふいに、男爵がいった。「おまえをここに呼んだとき、しっかりと聞き耳を立てていろ、学ぶべきことを学べと申しつけたな。どうだ、ちゃんと学んでいるか？」

「はい、伯父上」フェイド＝ラウサは、あえて神妙な口調で答えた。

「ときどき思うのだ――このパイターめは、どこまで残酷なやつであろうとな。わしとて、必要に迫られて人に苦痛を与えることはある。しかし、このパイターは……誓ってもいい、こやつは人に苦痛を与えることを好む。わし個人としては、あわれなレト公爵どのに憐憫をおぼえぬでもない。ドクター・ユエはじきにやつを裏切る。それでアトレイデス家は一巻の終わりだ。しかし、レトのやつとて、裏切りのその場面におよべば、ドクターがだれに抱きこまれ、だれの意を受けて動いたかに気づく……そして、総毛立つのだ」

「ではなぜ、あのドクターに命じなかったのです？　短剣《キンジャール》をば公爵の肋骨のあいだに突きたてろと？」パイターが切り返した。「そうすれば、音もなく、効率よく、公爵を殺せるというのに？　憐憫をおぼえぬでもないとおっしゃったが、じっさいには――」

「公爵には、やつに破滅をもたらしたのがこのわしだということを、骨の髄まで思い知ってもらわねばならんでな。他の大領家《だいりょうけ》の面々にもだ。わしの仕込みと知ることで、みなは萎縮する。その結果、わしが動く余地もすこしは増える。ゆえに、これはなさねばならぬことだ。しかし――だからといって、わしが好き好んでこんなまねをするとは思うな」

「動く余地とおっしゃるが」パイターが鼻先で嘲笑した。「すでに男爵は皇帝ににらまれているのですぞ。男爵どのの行動は大胆にすぎる。いずれ皇帝は、この惑星に――ジエディ・プライムに――親衛軍《サーダカー》の軍団を一個か二個、送りこんでくるでしょう。そんな事態になれば、ウラディーミル・ハルコンネン男爵もまた一巻の終わりだ」

「そうなるところを、よほど目のあたりにしたいようだな、パイター。サーダカーの軍団がわしの統べる諸都市を破壊してまわり、この居城を略奪するところを見て楽しみたいのか。おまえのことだ、きっと大喜びで見ているだろうな」

　ささやくような声で、パイターは答えた。

「男爵閣下におかれましては、問われるまでもありますまい」

「むしろおまえは、軍団の上級大佐《バシャール》になっているべきだったかもしれん。血と苦痛に興味がありすぎる。アラキスで得た戦利品を与える約束は――どうやら少々早まったようだ」

　部屋の中央に向かって、パイターが五歩、小股に歩き、フェイド＝ラウサのすぐうしろに立った。室内の空気がぴんと張りつめた。若者はうしろを向いて、眉根を寄せ、警戒の顔でパイターを見あげた。

「わたしを弄ばれぬことですぞ、男爵」パイターがいった。「あなたはレディ・ジェシカをくださると約束なさった。わたしがもらってもよいと約束なさった」

「もらってどうする？　いたぶって楽しむか？」

パイターは無言で男爵を凝視した。沈黙が長びいた。

ここでフェイド＝ラウサが、浮揚椅子を惑星儀に向け、男爵に問いかけた。

「伯父上、おれがここにいる意味はあるのですか？　伯父上はおっしゃいましたね、大事な――」

「わが愛しきフェイド＝ラウサどのは、どうやら痺れを切らしたと見える」惑星儀の周囲にわだかまる影の中を、男爵は何歩か歩いた。「しんぼうせい、フェイド」

それから、メンタートに注意をもどして、

「公爵の小倅は――あのポールという小僧の件はどう釈明する、わが愛しきパイター？」

パイターはつぶやくような声で答えた。

「罠が発動し、男爵のもとへ連れてこられる手はずです」

「そんなことをきいておるのではない。憶えているだろうが。おまえはかつて、あのベネ・ゲセリットの魔女が公爵の娘を産むと予言した。だが、産まれたのは男子だった。おまえはまちがっていたのだ。ちがうか、メンタート？」

「そう頻繁にまちがうわけではありません、男爵」答えたパイターの声には、さっきからの会話ではじめて見せる恐怖がうかがえた。「そこはご留意ねがいたいところで。そう頻繁にまちがうわけではありませんぞ。それに、ベネ・ゲセリットが産むのがたいてい女子であること、これも男爵どのはご承知のはず。皇帝の妃になったベネ・ゲセリットでさえ、子供は女子しか産まないのです」

「伯父上」フェイド＝ラウサが、ふたたび口をはさんだ。「伯父上はおっしゃいましたね、おまえにとって大事な話があるからと――」

「わが甥の言いぐさを聞いたか、パイター？　こやつ、わしの男爵位をわがものにしようともくろみおるくせに、おのが心をわがものにして御すことはできんらしい」男爵は惑星儀の横で身をゆすった。影の中のいっそう黒々とした影が動いたように見えた。「ではいおう、フェイド＝ラウサ・ハルコンネンよ。わしがおまえを呼んだのは、知恵のなんたるかを多少とも教えてやれればと願ってのことだ。われらが良きメンタートの言動をしかと見たか？　いまのやりとりから、おまえはなにかを学んだはずだな？」

「ですが、伯父上――」

「パイターはこのうえなく有能なメンタートだ。そうは思わんか、フェイド？」

「思います、しかし――」

「ふむ！　いかにも〝しかし〟がつく！　こやつの香料の消費量たるや、ただごとではない。まるで菓子のように貪り食いおる。こやつの目を見ろ！　まるでアラキスの香料精製所から直行してきたようではないか。たしかにパイターは有能だ。しかし、まだ感情を有しており、激昂しやすい。たしかにパイターは有能だ。しかし、それでもまちがいを犯す」

パイターは低い声で心外そうにいった。

「批評的な舌鋒によって、わが有能さを貶めるためにわたしを呼ばれたのですか、男爵？」

「有能さを貶めるだと？　わしのことはよく知っておるだろうが、パイター。わしはただ、メンタートにも限界があることを甥っ子に学ばせようとしているだけだ」

「つまり、わたしのあとがまを鍛えていると？」

「おまえのあとがま？　なにをいうのだ、パイター、おまえ以上に狡猾で毒の使用に長《た》けたメンタートがどこにいる？」

「わたしを見つけたところにおります」

「ふうむ、たしかに、それも検討すべきかもしれん」男爵は考えこんだ声でいった。「このところ、おまえは少々不安定に見える。それに、おまえが消費する香料ときたら、とんでもない量にのぼる！」

「わが快楽が高価すぎるとおっしゃるので、男爵？　わが香料の摂取に異議を唱えられるのですか？」

「親愛なるパイターよ、その快楽こそは、おまえとわしを結びつけているものにほかならん。どうして異議を唱えられようか。わしはただ、おまえに関する事情を甥に学ばせようとしているだけだ」

「するとわたしは、見せものというわけですな。ひとつダンスでも踊ってみせましょうか。あるいは、優秀をもって鳴るフェイド＝ラウサどのに、わが能力の数々を披露して――」

「まさしく、それだ」男爵はさえぎった。「おまえは見せもの以外のなにものでもない。さ、もう黙っておれ」

男爵はそこでフェイド＝ラウサに視線を向け、甥の部厚くて不機嫌そうに見える唇が——これはハルコンネン家の遺伝的特徴だ——両端をかすかに歪ませていることに気がついた。

こいつ、おもしろがっている——。男爵は語をついだ。

「これがメンタートだ、フェイド。メンタートは特定の任務のために訓練され、条件づけをされる。だが、そうやって研ぎ澄まされた頭脳を収める容れ物も、しょせんは人間の肉体でしかない。その事実を見落としてはならんぞ。これは深刻な欠陥だ。ときどき、思考機械にものごとを委ねようとした祖先たちは、正しかったのではないかと思えるときがある」

「たかが思考機械のごとき、このわたしにくらべれば玩具のようなものでしかありません」

パイターが声を荒《あら》らげた。「あんな機械よりも、男爵、あなた自身のほうが、よほど能力が高いくらいです」

「かもしれんがな。ふむ、ま、それはよかろう……」男爵は大きく息を吸いこみ、ふーっと吐きだした。「それでは、パイター、わが甥っ子に、アトレイデス家を相手どったわれらが戦いの目だつ特徴を概説してやってくれるか。よかったら、われわれにとり、メンタートがどのような役割を果たしているのかもたのむ」

「男爵——前にも警告したように、かくもお若い方を信用して、かくのごとき情報を漏らすのは、いかがなものかと。わたしの見るところ——」

「その判断はわしがする。これは命令と思え、メンタート。おまえが持つさまざまな能力の一端を実演してみせろ」

「そこまでおっしゃるのなら……」パイターはすっと背筋を伸ばし、妙に威厳を感じさせる雰囲気をまとった。また別の仮面をつけたようにさえ見えるが、こんどは顔だけではなく、全体の雰囲気までもが変わっていた。「あと数標準日のうちに、レト公爵とその一族郎党は、アラキスに向かう航宙ギルドの輸送母船に乗船します。アラキス到着後、ギルドはわれらが都市のカルタグではなく、首都アラキーンに公爵一行を降ろすでしょう。公爵のメンタートであるスフィル・ハワトが適切に判断を下し、アラキーンのほうが守備に向いていると結論するからです」

「よく聞いておくのだぞ、フェイド」男爵がいった。「計画の中の計画の中に編みこまれた計画を、しっかりと見きわめるのだ」

フェイド＝ラウサはうなずき、思った。

（風向きがよくなってきた。この古怪《こかい》、ようやく秘密を明かす気になったらしい。どうやら本気でおれを跡継ぎにするつもりのようだ）

「高確率の可能性がいくつかあるなかで」パイターはいった。「わたしはアトレイデス家がアラキスへいく可能性を推します。が、公爵がギルドと契約し、アラキスのあるカノープス星系を遠く離れた安全地帯へ脱出する可能性も無視できません。同様の状況に置かれた領家のなかには、家蔵《かぞう》核兵器と大型防御場発生装置《シールド・ジェネレーター》を携えて出奔し、帝国の圏外へ逃げてしまう例もあるのです」

「公爵のようにプライドの高い男が、そんなまねをするものか」男爵が口をはさんだ。

「可能性のひとつであることは否めません」パイターは答えた。「それがわれわれにとって、もっとも都合のいい成りゆきではありましょう」

「いいや、そんなことにはならん！」男爵はうなるような声で否定した。「わしとしては、公爵めの命を奪い、やつの血統を根絶やしにせんことには、溜飲が下がらん」

「そうなる可能性は非常に高いと見ていいでしょうな。出奔の見こみは、まずありません。ひとつの領家が出奔するさいには前兆がいろいろあるものですが、公爵はそのような気配をいっさい見せておりません」

「ふうむ」男爵は嘆息した。「まあいい。つづけろ、パイター」

「首都アラキーンに到着した公爵とその一族は、旧総督公邸に入居することになるでしょう。このあいだまで、フェンリング伯爵夫妻が住んでいたところです」

「あの密輸総督どのか」男爵がのどの奥で笑った。

「なんの総督ですって？」フェイド＝ラウサがたずねた。

「伯父上はジョークをいわれたのです」パイターが説明した。「伯父上はフェンリング伯のことを、〝密輸業者と折衝する総督〟と呼んでおられるわけで。つまり、皇帝がアラキスにおける密輸ビジネスに興味を持っている、ということですな」

フェイド＝ラウサは伯父にけげんな視線を向けた。

「なんのために？」

「間の抜けたことをきくな、フェイド」男爵がきつい声を出した。「ギルドが帝国統治権の管轄外にあるかぎり、ほかにどうしようもなかろうが。密輸業者を使わずして、どうやってスパイや暗殺者を星から星へ動かせるというのだ」

フェイド＝ラウサは声には出さず、〝おお〟と口だけを動かした。

「領主公邸にはいろいろと仕掛けを施してあります」パイターがいった。「アトレイデス家の跡継ぎの生命に関して、ある試みもなされる手はずで――その試みは成功する可能性が高いでしょう」

「パイター」男爵が深く響く声でいった。「それはつまり――」

「事故はいつ起こるかも知れぬもの――わたしがいっているのはそれだけです。そしてその試みは、本物の事故に見えなくてはなりません」

「ふうむ。しかし、あの小僧、一見、優男ながら、なかなかに侮れぬやつだぞ。潜在的に、父親よりも危険な存在であることはまちがいない……なにしろ、魔女の母親に仕込まれたのだからな。ええい、あの忌まわしい女めが！　まあいい、つづけてくれ、パイター」

「ハワトのやつは、われわれが自分の配下に手先を潜りこませていると予想するでしょう。いちばんの容疑者はドクター・ユエです。事実、ドクターはわれわれの手先にちがいない。ところがハワトは、身辺調査を通じて、ドクターがスーク医学院の卒業生であり、帝国制式条件づけを受けているがゆえに――皇帝のお付きにさえできるほど安全だと判断している。帝国制式条件づけの信用は絶大ですからな。あの処置を施された人間は、死なないかぎり、条件づけを取り除けないと考えられているのです。とはいえ、だれかがいっているように、適切な梃子を使いさえすれば、惑星すらも動かせる。そしてわれわれは、ドクターを動かす梃子を見つけたということです」

「どうやって動かす？」フェイド＝ラウサはたずねた。

これは興味深いテーマだ。帝国制式条件づけを無効にできないのは、だれもが知っていることなのだから！

「それはまたの機会にせい」男爵がいった。「つづけろ、パイター」

「ユエにかわる容疑者として、われわれはいたく興味深い人物にハワトの前を横切らせます。その大胆な仕掛けゆえに、この容疑者は――彼女は――ハワトの注意を強く引くでしょう」

「彼女？」とフェイド＝ラウサ。

「レディ・ジェシカそのひとさ」男爵が横からいった。

「なかなかに意表をつくでしょう？ハワトの頭は予期せぬ疑念で満杯になり、メンタートとしての機能が鈍る。あの男、レディの殺害さえ試みるかもしれません」パイターはそこで眉をひそめた。「まあ、じっさいに殺すところまではいかないでしょうな」

「それは、おまえが殺してほしくないということか？」男爵が皮肉をいった。

「話の腰を折らないでいただきたい。さて、ハワトがレディ・ジェシカの件で頭がいっぱいのところへもってきて、われわれは守備隊が駐屯する二、三の町や集落で暴動を起こさせ、いっそうあの男を手いっぱいにする。暴動はじき鎮圧されます。公爵は秩序が回復されつつあると信じるでしょう。ここにおいて、われわれは機が熟すのを見はからい、ユエに合図を送って、わが大部隊を送りこむ……その部隊とは……つまり……」

「つづけろ、わが甥にすべてを話してやれ」

「わが侵攻部隊は、ハルコンネンの軍装を着用したサーダカー二個軍団によって増強される手はずです」

「サーダカー！」

フェイド＝ラウサは息を呑んだ。帝国の恐るべき軍事組織、一片の慈悲もない殺戮集団、あの帝王《パーディシャー》皇帝直属の親衛軍が、まざまざと脳裏に浮かんできた。

「わしがおまえにどれだけ信を置いているか、これでわかっただろう、フェイドよ」男爵がいった。「いま聞いたことは、たとえ片鱗であろうとも、絶対にほかの大領家に知られてはならん。さもなくば、領主会議《ラーンスロード》の各領家は結束して皇帝家に反旗を翻し、大混乱を招く」

「要は」とパイターがいった。「こういうことです。ハルコンネン家は、ずっと帝国の汚れ仕事担当として利用されてきた。だからこそ、それゆえの優位性を持つ。たしかに、危険な優位性ではあります。しかし、慎重に利用しさえすれば、それはハルコンネン家に、帝国のどの領家も手に入れたことのない、莫大な富をもたらすでしょう」

「その富がどれほど莫大なものか、おまえには見当もつくまい、フェイド」こんどは男爵がいった。「どれだけ想像力をたくましくしてみても、不可能のはずだ。その第一歩として、われわれは星間財団ＣＨＯＡＭ《チョーム》における永年理事の座に就く」

　フェイド＝ラウサはうなずいた。富を得るという以上、それも納得がいく。ＣＨＯＡＭは富への鍵だ。高貴な領家は例外なく、財団理事たちの顔色をうかがいながら、同社の財源のおこぼれにあずかっている。ゆえに、このＣＨＯＡＭの理事たちこそは、帝国の政治権力を真に体現する存在にほかならない。それに対して領主会議《ランスロード》では、皇帝とその支持者に対してバランスをとる必要上、情勢に応じて集票力が絶えず推移し、それによって権力者の顔ぶれにも変動が起きるため、権力基盤としては安定ではない。

「レト公爵は――」パイターがいった。「砂漠の辺縁に住みつく賤民どもの――フレメンの――住み処を新たな拠点とし、あの地へ逃げこもうとするかもしれません。あるいは、家族だけを安全な――と思っているのは当人だけですが――フレメンの住み処に逃がそうとするかもしれません。しかしその道は、われらが皇帝陛下の官吏のひとり、あの惑星生態学者によって閉ざされています。男爵も名前を憶えておられるでしょう。カインズですよ」

「あの男のことはフェイドも憶えているはずだ。つづけろ」

「そうやって、性急に下品なよだれをたらすのは、いかがなものですかな、男爵」

「いいから、つづけろ！　いわれたとおりにせんか！」

　パイターは肩をすくめた。

「ことが計画どおりに運べば、ハルコンネン家は一標準年以内に、アラキスを新領地として接収できるでしょう」パイターはフェイド＝ラウサに向きなおった。「新領地は、伯父上の統治下に入ります。そして、伯父上自身の息のかかった総督が、新たにアラキス全土を司ることになるのです」

「それでさらに、利益があがる、と」フェイド＝ラウサはいった。

「そのとおりだ」男爵は答え、考えた。

（当然の権利ではあろう。アラキスの地を飼い馴らしたのは、このわれわれなのだからな。われわれのほかにアラキスの地を知る者といえば……砂漠の辺縁に隠れ住む、数のすくないフレメンのクズどもと……現地民の労働者と同じくらいしっかりあの惑星に縛りつけられた、これまた数のすくない腑抜けの密輸屋どもだけだ）

「かくして各大領家は、男爵がアトレイデス家を滅ぼしたことを思い知るというわけです」パイターがいった。「まざまざとね」

「まざまざとな」男爵も低い声でくりかえした。

「この過程において、もっとも小気味よいのは」パイターがつづけた。「公爵自身もそれを思い知るはずだということでしょう。いや、もうすでに、うすうす察しているかもしれない。すでに罠を感じとっているはずです」

「それはまちがいないな。公爵のやつは気づいている」男爵の声には哀しみがにじんでいた。「やつは知らざるをえない立場にあるのだ……いっそう哀れをさそうことに」

男爵は影から歩みだし、アラキス惑星儀のそばを離れた。影の外へ歩み出てくるにつれて、その身体的特徴がはっきりとわかるようになった。太っている。とてつもなく太っている。しかも、暗い色をしたローブのひだのあちこちに飛び出たわずかな突起からすると、巨体の脂肪は部分的に、重力中和式の携帯型浮揚装置で支えられている。ハーネスでからだに固定された装置によって、二百標準キロはあると思われる体重は軽減され、いま両の脚が支えている体重は、せいぜい五十標準キロというところだ。

「わしは腹がへった」男爵は深く響く声でそういうと、指輪をいくつもはめた手で突き出た唇をなで、脂肪でぽってりとたれた部厚いまぶたの下から、フェイド＝ラウサを見おろした。「食いものをとりにいかせろ、愛しい甥っ子よ。部屋へ引きとる前に、みなでメシを食おうではないか」

かく〈ナイフ使いの聖アリア〉は語りき。

「教母は、高級娼婦の手練手管と処女神の触れるべからざる聖女性を併せ持ち、若さという力が耐えうるかぎり、緊張感をもって、その特性を維持しなければならない。そうすれば、その教母は見いだすだろう——若さと美貌が去ったのち、かつて緊張感によって占められていた両者のはざまに、狡猾さと機知の泉が滾々《こんこん》と湧き出てくることに」

——プリンセス・イルーラン

『ムアッディブ——その身内の肖像』より

「さて、ジェシカや、自分自身について、申告しておくべきことはあるかえ？」

教母がたずねた。

ポールが試練をおえたこの日、カラダン城は日没を迎えようとしていた。ふたりの女性がいるのはジェシカの居間だ。余人はおらず、ポールは隣接する防音の瞑想室に待たせてある。

ジェシカは南の窓辺に立っていた。外を見てはいるが、その目は夕空のもとで色彩の陰りゆく草地や川をとらえてはいない。教母の問いも聞こえているが、その内容が心に届いてはいなかった。

　そのむかし、また別の試練があった。何年も前のことだ。赤褐色の髪を持ったガリガリの女の子、思春期の風に全身をさいなまれていた女の子は、あの日、ワラック第九《IX》惑星にあるベネ・ゲセリット学院の上級学監、教母ガイウス・ヘレネ・モヒアムの書斎に入っていった。いま、ジェシカは右手を見おろし、指を曲げ、あのときの苦痛、恐怖、怒りを思いだして、

「かわいそうなポール」とつぶやいた。

「わたしは質問しているのじゃぞ、ジェシカ！」

　老女は口調を強め、問いなおした。

「なんです？　ああ……」ジェシカは過去の思いをふりはらい、教母に向きなおった。西に面するふたつの窓のあいだの石壁を背にして、老女は椅子にすわっている。「このわたしになにをいわせたいんです？」

「なにをいわせたい？　なにをいわせたいとな？」

　老いた声が、嘲るようにジェシカの声色をまねた。

「たしかにわたしは、息子を産みました！」

　ジェシカは声を荒《あら》らげた。だが、こうして大声を出すよう、意図的に誘導されたことも、心の中でわかってはいる。

「アトレイデス家の娘だけを産め――おまえはそう指示されていたはずじゃろう」

「でも、あのひとにとっては重要なことだったんです」

「そしておまえは増上慢にも思った――〈クウィサッツ・ハデラック〉を産めるかもしれぬとな！」

おとがいを突きだすようにして、ジェシカは答えた。

「事実、その可能性を感じはしました」

「おまえの愛する公爵どのは息子を望んだ。だからおまえはその希望に応えたというのか」老女は険しい声を出した。「公爵の希望のごとき、この大事業に介在させる余地などありはせぬ。アトレイデスの娘さえ産んでおれば、その娘をハルコンネンの跡継ぎのだれかに嫁がせられたかもしれぬものを……。さすれば、両家の不和は収まっていたであろうに。おまえはな、もろもろの事情を絶望的に複雑にしてしもうたのじゃ。その結果、両方の血統を失うはめになるやもしれぬ……」

「教母さまといえども、無謬《むびゅう》とはかぎりません」

ジェシカはそういって、気丈にも正面から老女の目を見つめた。

ややあって、老女はつぶやくようにいった。

「ま、すんでしまったことをいうても詮方ない」

「わたしはかつて誓いました――自分のあの決断をけっして悔やむまいと」

「気高いことじゃて」教母は鼻で笑った。「悔やむまい、か。いまにわかろうさ。おまえが追われる身となり、その首に賞金をかけられて、ありとあらゆる人間から、鵜の目鷹の目で、おまえと息子、双方の命を狙われるようになったあとでな」

ジェシカの顔から血の気が引いた。

「ほんとうに、ほかの可能性はないんですか？」

「ほかの可能性？　ベネ・ゲセリットがそれを問うのかえ？」

「わたしはただ、教母さまの卓越したお力で、未来になにが見えるのかをおたずねしているだけです」

「わしが未来に見るは、過去に見たもの。われらの未来《さき》読みパターンはよく知っておろうよ、ジェシカ。種族というものは、みずからに寿命あるを悟り、その遺伝特性の停滞を恐れる。計画性もなしに遺伝的な歪みをかき乱さんとする欲求は、血統の中に連綿と流れるものじゃ。いずれわかろうさ、帝国、星間財団ＣＨＯＡＭ《チョーム》、あらゆる大領家《だいりょうけ》——このたぐいはすべて、洪水が引いたのちの地に点々と残る、ちっぽけな漂流物でしかないことがな」

「ＣＨＯＡＭですか」ジェシカはつぶやいた。「たぶん、あの星間財団はもう、アラキスで得る戦利品をどう再配分するか決めていることでしょうね」

「ＣＨＯＡＭのごときは、この時代における風見鶏程度のものにすぎぬ」と老女はいった。「皇帝とその友人らは、現時点で、ＣＨＯＡＭ理事会の議決権を五九・六五パーセントまで掌握しておる。皇帝一派は確実に、金儲けのにおいを嗅ぎつけておるわけじゃよ。同様に、ほかの者たちもまた、儲けのにおいを嗅ぎつけておろう。ゆえに、理事会における皇帝派の発言権は強まる。それこそは歴史にくりかえされてきたパターンなのじゃ、ジェシカや」

「いまのわたしに必要なのは、まさにそれ——あらためて歴史を見直すことです」

「ばかをおいいでないよ、ジェシカ！　われらを取りまく勢力がいかなるものであるかは、おまえもまた、わたし同様、よく知っておるはずではないか。この文明の権力構造は、三極からなる。一極は皇帝家。もう一極は、皇帝家に匹敵する権力を持つ、大領家の合議機関である領主会議《ラーンスロード》。残る一極は、両者のあいだにあって不埒にも星間貿易を独占しておる、航宙ギルド。政治においては、あらゆる構造のなかでも、この三極構造というやつがなによりも不安定なしろものでの。ただでさえ、そんな惨状のところへもってきて、たいていの科学に背を向ける、複雑な封建的交易文化が蔓延しておる」

ジェシカは苦々しげな口調になった。

「洪水の引いたあとに残る漂流物——そして、この地における漂流物——それはレト公爵であり、公爵の息子であり、さらに——」

「おだまり、ジェシカ。おまえとて、自分が微妙な綱渡りをすることは百も承知でこの件にかかわったはずではないか」

「〝われはベネ・ゲセリット——われは仕えるためにのみ存在する〟」

ジェシカは教義を引用した。

「まさしくのう」老女は答えた。「われらにいま望めるは、状況が悪化して大火にまで燃え広がるのを防ぐことだけじゃ。そして、鍵となる血統をできるかぎり温存せねばならぬ」

涙がこみあげてくるのをおぼえて、ジェシカは目をつむった。内なる震え、からだの震え、きれぎれの呼吸、乱れた脈拍、手のひらににじんだ汗などを懸命に抑えこむ。ややあって、ジェシカはいった。

「自分の過ちは自分で償います」

「その過ちは息子もいっしょに償うことになろう……おまえといっしょにな」

「できうるかぎり、あの子をかばいます」

「かばうじゃと！」老女は声を荒《あら》らげた。「そこにこそ弱さがあることは、おまえ自身が、よくわかっておろう！　そのように過保護にしておれば、ジェシカ、あの子は強く育たぬ。それではいかなる運命も切り開けぬぞ」

ジェシカは老女に背を向け、窓外に深まりゆく宵闇を眺めやった。

「そんなにも恐ろしいところなんですか？　これからいくアラキスという惑星は？」

「ひどいところではある。とはいえ、どうしようもないというほどひどくもない。われらが保護伝道団《ミッショナーリア・プロテークティウア》が過去に現地へ赴き、多少は開明の下準備を進めておるからの」教母はよっこらせと立ちあがって、ガウンのひだに寄ったしわを伸ばした。「それでは、あの子をここにお呼び。わしはじきに引きあげねばならぬ」

「こんなにも早くお帰りになる必要が……？」

老女の声がやわらいだ。

「ジェシカ、わが愛しい教え子や、できることなら、おまえになりかわって、苦しみを引き受けてやりたいところじゃが……おたがい、それぞれに自分の道を歩まねばならぬ。しかし、だからといって、おまえのことは、実の娘たちにも劣らず、いとおしくてならぬ。しかし、だからといって、お務めに私情をはさむわけにはまいらぬのじゃ」

「承知しています」

「承知しています……お務めを優先せねばならないことは」

「おまえがなにをしでかしたのかを、ジェシカ、そしてなぜそんな仕儀にいたったのかを、われらはたがいに知っておる。しかしな、これは老婆心からいうのじゃが、おまえの息子が〈完全なるベネ・ゲセリット〉にいたる見こみはきわめて低い。よいか、けっして過大なる期待をしてはならぬぞ」

ジェシカは強くかぶりをふり、目の隅ににじんだ涙を払った。それは怒りのしぐさだった。それから、必死にことばを絞りだした。

「教母さまはわたしを小さな女の子にもどしてしまう。はじめての教え――〝人間は動物に堕してはならぬ〟を――暗唱させられたあのころに」涙は流さずに、それでも悲しみで身をわななかせながら、低い声でジェシカはつづけた。「わたしはどうしようもなく孤独だったのです」

「それもまた試練のひとつかもしれぬ……」と老女は答えた。「人はつねに孤独なものじゃからのう。さあ、あの子を呼んでおいで。あの子は恐怖と脅威に満ちた長い一日を過ごしたことになるが、その一日のうちに、ものを考え、記憶する経験をもしたはずじゃ。それに、あの子の夢については、ほかにもいろいろきいておかねばならぬことがある」

ジェシカはうなずき、瞑想室に歩いていくと、ドアをあけた。

「ポール、こちらの部屋に入ってきてくれる?」

ポールはいかにもしぶしぶのていで、ゆっくりと居間に入ってくると、見も知らぬ人間を見る目でまじまじと母親を見つめた。教母に対しては油断のない目を向けたものの、今回は対等の者に対する会釈をしてみせた。背後で母親がドアを閉じる。

「若き人間よ」老女は語りかけた。「こんどは夢の話をいたそうか」

「どんなことをききたいんです?」

「夢は毎晩、見るのかえ?」

「憶えておく価値のある夢を毎晩見るわけではありません。夢はすべて憶えていられますが、そうするだけの価値があるものもあれば、ないものもあります」

「価値のあるなしは、いかにして見分ける?」

「自然とわかるんです」

老女はジェシカをちらりと見やり、ポールに視線をもどした。

「ゆうべはどんな夢を見た? それは憶えておく価値のある夢じゃったか?」

「はい」ポールは目をつむった。「夢の中で、わたしは洞窟の中にいて……水があって……そこには若い娘が……大きな目をした、ひどく痩せた若い娘がいました。眼球全体が青くて、白目がまったくなくて。その娘に話しかけたとき、あなたのことを……カラダン城で教母と会うことを……話しました」

それだけいって、ポールは目をあけた。

「その奇妙な娘に話したという、わしと会う話じゃがな……そのとおりのことが、きょう、起こったかえ？」

ポールは夢の内容を思い返し、答えた。

「はい。その娘には、あなたがここにきて、わたしに異質さの烙印を押すといいました」

「異質さの烙印……」老女はけげんな声を出し、ふたたびちらとジェシカに目をやってから、ポールに視線をもどした。「ほんとうのことを話しておくれでないかい、ポール。夢に見たとおりのことがあとで現実に起こる——そんな夢を、おまえはよく見るのかえ？」

「見ます。その娘、前にも夢に出てきたことがありました」

「ほう？　では、それは知りあいの娘か？」

「いずれ出会うことになるでしょう」

「その子のことを話しておくれ」

ふたたびポールは目を閉じた。

「われわれがいるのは、隠れ家のような岩場の中の、せまい空間です。そろそろ夜なのに、中は暑くて、岩場の開口部のひとつから外を覗けば、砂の広がりが見える。われわれは……あるものを待っているところです。わたしは特定の人々に引き合わされることになっていて。

娘は怯えているけれど、それをわたしには知られまいとしている。わたしのほうは、興奮がはなはだしくて。そのとき、娘がこういったんです――〝ウスール、あなたが生まれた惑星――そこの水のことを話して〟と」ポールは目をあけた。「妙じゃないですか？　わたしの母星はカラダンだ。ウスールなんて惑星、聞いたこともない」

「その夢に、続きはあるの？」ジェシカがたずねた。

「はい。でも、たったいま気づいたんですが、女の子がウスールと呼んでいたのはわたしのことかもしれません」ポールは三たび、目を閉じた。「娘が水のことを話してとうながす。わたしは娘の手をとって、これから詩を暗唱すると告げる。そして詩を詠むわけだけれど、いくつかのことばは説明しないと伝わらない。たとえば、砂浜、寄せ波、海藻、カモメ」

「それはどんな詩じゃ？」教母がたずねる。

ポールは目をあけた。

「ガーニー・ハレックの詠誦詩のひとつで、悲しい気分のときに詠《うた》うものです」

ポールの背後で、ジェシカが詩を詠誦しだした。

「思いだすは、浜辺の焚火《たきび》、潮の香り立つ煙
マツの樹々が落とす影――
くっきりと、清浄で……揺るぎなき影――
岬の突端にカモメたちはとまる、

緑野の上の白い点となって……
おりしも、一陣の風がマツの樹々を吹きぬけ、
砂浜の影を揺らせば、
カモメたちはたちまち翼を広げ、
舞いあがり
けたたましい鳴き声で空を満たす。
聞こえるのは風の音
風は吹きゆく、浜辺の上を、
寄せ波の上を、
気づけば焚火の中で
海藻が焦げている」

「それです」ポールはいった。

老女はまじまじとポールを見つめた。

「若き人間よ、ベネ・ゲセリットの学監として、わたしは〈クウィサッツ・ハデラック〉を探し求めておる。真にわれらの一員となれる男をな。ジェシカはおまえの中にその可能性を見いだしておるが、そこには母親の欲目もあろう。可能性だけならば、わたしにも見える。したが、それ以上のものではない」

老女は黙りこんだ。これは自分になにかを答えさせたがっているんだとポールは思ったが、あえてなにもいわず、老女のことばを待った。

ややあって、とうとう老女は自分から口を開いた。

「黙っているというなら、好きにおし。なんにしても、おまえには深みがある。それだけは認めよう」

「もういってもいいですか？」

背後から、ジェシカがいった。

「教母さまが話してくださる〈クウィサッツ・ハデラック〉のこと、聞きたくはないの？」

「それになろうとした者は死んだ──と、このひとはそういいました」

「けれど、なぜその者らが失敗したのか、二、三、ヒントは教えてやれよう」

（ヒントか）とポールは思った。（じっさいには具体的なことを知ってるわけじゃないな）

「では、そのヒントとやらを聞かせてもらいましょうか」

「口のききかたを知らぬ子だね」教母は老いた顔じゅうをしわだらけにして、にっと笑った。

「ま、よかろう。ひとつめは──〝靡《なび》く者こそ統《す》べる者〟」

ポールは愕然とした。あんなにもったいぶっておいて、こんな基本的なことしかいわないのか？　この老婆、母上がなにも教えていないとでも思っているのか？

「そんなものが、ヒント？」

「われらは多言を弄したり、その意味を論じあったりするためにこうしているのではない。

ヤナギは風に靡くがゆえに繁栄する。そして、いつの日か、たくさんのヤナギの樹が育ち、風を防ぐ防風壁となる。それがヤナギの目的じゃ」

ポールはじっと相手を見つめた。老女はいま、〝目的〟といった。目的。つまりこれは、〝畏るべき目的〟のたとえなのか？　相手の真意が伝わるとともに、頬をたたかれでもしたような思いをいだき、急に腹が立ってきた。この愚かな老魔女の口からは陳腐なことばしか出てこない。

「あなたはわたしが〈クウィサッツ・ハデラック〉とかになれるかもしれないと考えている。あなたはわたしのことをあれこれ話す。しかし、父の手助けをするうえでなにができるかについては、ひとことも話そうとしない。あなたが母と話をする場面は見ました。まるで父が死んでしまったかのような口ぶりでした。しかし父は、死んではいない！」

「あのご仁について為せることあらば、すでに為しておるわさ」老女はうめくようにいった。「おまえの身柄なら救済できるやもしれぬ。疑わしいが、可能性はある。しかし、おまえの父親については、いかんともしがたい。それを事実として受けいれられるならば、おまえはまぎれもなく、だれかからベネ・ゲセリットの教育を受けていたことになるね」

老女のことばに、母親がひどく動揺するのが感じられた。ポールは老女をにらみすえた。どうしてこの女は、父についてこんなことをいえるのだろう。なぜこうも確信を持って言いきれるのだろう。

おりしも、教母がジェシカに目を向けた。ポールの心は怒りに逆巻いた。

「おまえは禁忌を破り、〈観法〉に則ってこの子に教育を施したようじゃな。そのしるしが見える。もっとも、立場が同じなら、わたしとてそうしたであろう。決まりごとなど知ったことか、とな」

ジェシカはうなずいた。

教母はジェシカにいった。

「よいか、忠告をしておくぞ——今後も行《ぎょう》を修めさせるにあたって、標準的な段どりなどは無視してしまえ。この子の身の安全のためには、〈繰り声《からく》〉の修得が欠かせぬ。すでにもう、かなりの行を修めておるようじゃが、おたがい承知しておるように、この先まだまだ修業が必要になる……それも、死にものぐるいの修業がの」

ここで教母は、ポールに歩みより、正面からじっと少年を見つめた。

「では、さらばじゃ、若き人間よ。きっと修業をまっとうしてくれることを期待しておるぞ。ただし、万一おまえが失敗しようとも——そのときはそのときで、また別口に望みをつなぐのみじゃ」

教母はふたたびジェシカに向きなおった。ふたりのあいだに理解の眼差しが交わされた。それを最後に、教母はローブを翻し、小さく衣ずれの音をたてながら、いちどもふりかえることなく部屋を出ていった。ジェシカの居間と、部屋に残されたふたりについては、すでに老女の思考から締めだされたように見えた。

だが、教母が身を翻すまぎわ、ジェシカは最後にいちどだけ、その顔をかいまみた。しわだらけの頬には涙が流れていた。その涙は、きょうになって教母が伝えたどのことばよりも、どのしるしよりも、ひときわ不安をかきたてるものだった。

　すでに読んできたように、惑星カラダンには、ムアッディブと同年齢の遊び相手がいませんでした。同年齢の子と遊ばせるのは危険が大きすぎたからです。けれどもムアッディブには、すばらしい仲間にして教師たちがいました。たとえば、ガーニー・ハレック——吟遊詩人＝戦士です。この本を読むうちに、みなさんにも何度かその詩に触れる機会があるでしょう。あるいは、スフィル・ハワト。老演算能力者《メンタート》にして、暗殺技術にも長《た》けたハワトは、帝《パーディシャー》王皇帝の心胆を寒からしめるほどの人物でした。さらに、ダンカン・アイダホ——ギナーズの剣術指南。ドクター・ウェリントン・ユエ——のちの裏切り行為によって、その名は地に落ちましたが、知識の該博《がいはく》さでは燦然《さんぜん》と輝く人物。レディ・ジェシカ——ムアッディブをベネ・ゲセリットの〈観法《かんぽう》〉で教え導いた母親。そして——いうまでもなく——レト公爵ご自身。長く見過ごされていたけれど、その父親としての資質は、このうえなく立派なものだったのです。

――プリンセス・イルーラン
『子供のためのムアッディブ史』より

スフィル・ハワトは、音もなくカラダン城のトレーニングルームにすべりこみ、そうっとドアを閉じた。つかのま、その場に立ちつくしたのは、老いた身が疲れはてて、磨りへったように感じられたからである。先代公爵から賜わった任務を遂行中、斬られた左脚が疼《うず》いている。

(なにしろ、三代にわたってこの家にお仕えしてきたのだからな)

広いトレーニングルームは、天窓からさんさんと射しこむ昼の陽光にあふれ、その陽光の向こうに、少年がドアに背を向けてすわり、目の前のL字形テーブルに広げた書類や図表をにらんでいるのが見えた。

(やれやれ、ドアに背を向けたままでいてはいかんと、何度いってきかせねばならんのだ。無防備きわまりない)

おもむろに、ハワトは咳ばらいをした。

ポールはテーブルに身をかがめたままだ。

おりしも、雲の影が天窓をよぎった。ハワトはもういちど咳ばらいをした。

ポールは背を伸ばし、ふりかえりもせずにいった。

「わかってるよ。ぼくはドアに背中を向けてすわってる」

ハワトは苦笑を抑え、大股に部屋を横切っていった。

やがてテーブルの角まできて足をとめると、ポールが白髪の老人に向かって顔をあげた。ハワトの目は、浅黒いしわだらけの顔に浮かぶ、警戒心に満ちた一対の淵だ。ハワトはその目で少年を見つめた。

「だけど、スフィルが廊下をやってくる足音は聞こえていた」とポールはいった。「ドアをあける音もだ」

「音ならいくらでもごまかしがききます」

「ちがいはわかるって」

（そうかもしれん）とハワトは思った。（あの魔女の母御が手塩にかけているお子だからな。だが、母御どののお大事な学院は、男子に魔女の技を教えることをどう思っているのだろう。もしかすると、学院があの老学監をここへよこしたのはそのため──われらが愛しきレディ・ジェシカを叱責して、正しい道にもどさせるためか）

ハワトはテーブルをまわりこみ、ポールの向かい側に椅子を引きよせ、ドアに面と向かう形で腰をおろした。これはポールへのあてつけだ。おもむろに、背もたれに背中をあずけ、トレーニングルームを見まわす。こうして見ると、ここが急に、奇妙な場所に思えてきた。ほとんどの設備はすでにアラキスへ搬出されたあとなので、なおさら奇妙に見える。残っているのは、理論の講義用に使うテーブルが一脚と、剣術の練習で使う大きな鏡が一枚で──その何カ所かに設置されたクリスタルのプリズムも、いまは機能を停止している──あとは練習台と、鏡の横に立てた練習用の人形しかない。詰め物をした人形はつぎあてだらけで、戦場で傷だらけになった大むかしの歩兵を思わせた。

(あそこに立っているのは、このわたしだな)とハワトは思った。

「スフィル――なにを考えてるんだい?」ポールがたずねた。

ハワトは少年に目を向けた。

「もうじき、みなで城をあとにするのだな――このトレーニングルームも見納めか、と」

「悲しいか?」

「悲しい? ばかな! 友人たちと別れるのなら悲しくもありますが。場所はただの場所にすぎません」ハワトはテーブルの図表にちらりと目をやった。「そして、アラキスもまた、ひとつの場所にすぎません」

「ぼくの腕を試せ、と父上にいわれてきたのか?」

ハワトは眉をひそめた。自分に対する少年の観察眼はたいしたものだ。ハワトはこくりとうなずいた。

「お父上がみずからいらしたほうがよかったとお考えですな? しかし、お父上がご多忙なことはご承知のはずです。じきに顔を出されますよ」

「いま、アラキスの砂嵐のことを調べていたんだ」

「砂嵐……。なるほど」

「ものすごいらしいね」

「〝ものすごい〟という程度の形容で表わせるほど、なまやさしいものではありませんよ。平地を吹き荒れる嵐は、直径六千から七千キロにもおよび、ありとあらゆる力によって――コリオリの力やほかの嵐など、わずかでもエネルギーを含む力によって――煽られながら、どんどん勢力を強めていくのです。その風威たるや、風速二百メートル――時速に換算して七百キロにもなり、行く手にあるすべてのものを巻きこんでいきます。並の砂も微粒砂《びりゅうさ》も、あらゆるものをです。肉体からは肉を削ぎ落とし、骨を細いかけらに削ってしまいます」

「どうして気象をコントロールしないんだ？」

「アラキスにはアラキスの事情があるのですよ。設置コストも高くつきますし、保守点検のコストもばかにならない。ギルドは衛星による気象コントロールにとんでもなく法外な額をふっかけておりましてね。お父上の領家《りょうけ》は、けっしてひときわ裕福な部類には属しません。それはご承知のとおりです」

「フレメンって見たことある？」

（きょうのポール少年は、調べものにかかりきりのようだな）

「ありますが、ないも同然ですな。地溝や陥没地の住民と見分けがつきません。フレメンもその他の民も、一様に、風になびく大きなローブを着ているのです。そして、猛烈にくさい。閉所では鼻がもげそうになります。悪臭の原因は、連中が着ている服にあります。この服は〝保水《スティル》スーツ〟と呼ばれるもので――着用者のからだから出た水分を蒸留《スティル》して再利用するのです」

ポールはごくりとつばを呑みこんだ。のどが渇いたときの夢を思いだし、口の中の水分が急に意識されたからだ。自分の肉体から出た水分を再利用しなければならない――そこまで水が逼迫している状況を想像すると、暗澹たる気持ちに陥ってしまう。

「水は貴重なんだな、現地では」

ハワトはうなずいた。

(うまく伝わっているらしい。惑星アラキスが劣悪な環境の地であると認識させておくのは大切だ。それなりの覚悟なしにあんなところへ乗りこむのは狂気以外のなにものでもない)

ポールは天窓を見あげた。雨が降りはじめている。薄いスモークのメタガラス上に雨水が広がっていくのが見えた。

「水、か」

「現地では水に多大な神経を使うべきことを学ばれるでしょう」ハワトはいった。「公爵のご子息となれば、水に困ることはないでしょうが、周囲のいたるところで、渇きがもたらす重圧を目のあたりにすることになります」

ポールは舌先で唇をなめ、教母の試練を受けた日のことをふりかえった。あれからもう、一週間がたつ。あの日は教母からも水不足に関する忠告をされた。

「おまえは乾ききった葬送砂漠の実態を学ぶことになろうよ」そのとき、教母はそういった。「なにもない空虚な砂漠、あるのは香料と砂蟲《サンドワーム》のみという、荒涼とした世界をの。太陽もまぶしい。目の下は防眩《ぼうげん》処理で黒く塗ることになる。現地のシェルターとは、強風を避け、姿を隠すため、岩場にくりぬいた洞窟のことじゃ。ふだんは羽ばたき飛行機《ソプター》も地上車も乗用動物も使えず、二本の脚で歩いていくほかに移動の手だてはない」

内容そのものよりもポールを動揺させたのは、教母の口調――抑揚がなく、揺らぎがちな声のほうだった。

「アラキスに移り住むとなれば――おお、地霊よ、鎮まりたまえ《カーラ》――大地にはなにもない。ふたつの月は友、太陽は敵となるであろう」

そのときポールは、母が戸口での見張りを切りあげ、となりにやってきて立つのを感じた。教母を見つめて、母親はいった。

「まったく希望はないとおっしゃるのですか、教母さま？」

「父親についてはな、ない」

老女は手を横にふり、黙っていろと身ぶりで命じると、ポールを見つめ、語をついだ。

「これからいうことを、ようく心に刻みつけておき、坊や。世界はつぎなる四つの要素で支えられておる……」

老女はそういって、四本の節くれだった指をかかげてみせた。

「……賢者の学識、偉者の正義、義者の祈念、勇者の勇気じゃ。しかしながら、この四つは無に等しくなることもある……」

そこで老女は指を折り、こぶしを握りしめて、

「……もしも統治の秘訣を知る治者がなかりせばな。それを肝に銘じておくことじゃ！」

教母と対面したあの日から一週間。そのことばがようやくしっかりと浸透しだしたのは、いまごろになってからだった。こうしてトレーニングルームでスフィル・ハワトとすわっているあいだにも、胸には鋭い恐怖が宿っている。ふと気づくと、メンタートがけげんな顔で自分を見ていた。

「なにやら、空想にふけっておられたごようすですが」ハワトがいった。

「あの教母には会ったのかい？」

「帝国からきた読真師の魔女ですか」ハワトの目が好奇心にきらめいた。「はい」

「あの教母……」

いいかけて、ポールはためらった。ハワトには、あの試練のことを話すわけにいかない。禁忌はしっかりと心に根をおろしている。

「どうしました？　あの女、なにかしましたか？」

ポールは二度、大きく深呼吸をした。

「あることをいったんだ」目をつむり、あのときのやりとりを思いだす。ふたたびしゃべりだしたその声は、無意識のうちに、老女の口調のなにがしかを伝えていた。「汝、ポール・アトレイデスよ、諸王の裔《すえ》にして公爵の子よ、おまえは統治するすべを学ばねばなるまい。それはおまえの祖先のうち、だれひとりとして学ばなかったことじゃ」

ポールは目を開き、語をついだ。

「そういわれて腹が立ったものだから、こういってやったんだ、父上は惑星全土を統治しています、と。すると、教母はこういった。〃しかしいま、その惑星を失おうとしておるではないか〃。それに対して、〃ですが父上は、もっと豊かな惑星を入手しようとしています〃といってやった。すると老婆は、〃その惑星もまた、失うことになるのじゃ〃などという。ぼくはすぐに部屋から駆けだして、父上のもとへ注進にいこうと思った、ところが、すでにもう、注進はなされていると教母はいうんだ。きみからも、母上からも、その他おおぜいの人たちからもね」

「そのとおりです」ハワトはつぶやくように答えた。

「だったら、どうしてそんなところへいく？」

「皇帝陛下のご命令だからです。それに、あの魔女のスパイめがなにをのたまおうと希望はあります。あの齢旧《ふ》りた英知の泉どの、ほかになんといっていました？」

　ポールはテーブルの下を見おろした。右手がぎゅっとこぶしを作っている。ゆっくりと、意志の力で筋肉をリラックスさせ、握った指をほどいた。

　ポールは思った。

（どうやら、なんらかの形で教母に呪縛されているらしい。でも、どうやって？）

「教母にきかれたよ、統治するというのはどういうことかと」ポールはいった。「だから、命令することだと答えた。そうしたら、先入観は捨てろといわれてしまった」

（正鵠を射ている）

　スフィルはうなずき、先をつづけるようにうながした。

「教母いわく、統治者は強制するのではなく、説得することを学ばねばならぬ、と。それに、最高の人材を集めるには、最高のコーヒー用炉床を用意せねばならない、ともいった」

「あの魔女め、お父上がダンカンやガーニーのような人材をいかにして集めたと思っているのでしょうな」

ポールは肩をすくめた。

「それから、こうもいった。〝すぐれた統治者というものは統べる惑星のことばを学ばねばならぬ、そのことばはひとつひとつの惑星によって異なる〟。それはつまり、アラキスではギャラック語を話さないという意味だと思ったんだけど、そういうことじゃない、と教母はいうんだ。それは岩や生きとし生けるもののことばであり、耳では聞きとれぬことばだとね。で、それはドクター・ユエのいう〈生命の神秘〉のことではないかとたずねてみたら……」

ハワトはのどの奥で笑った。

「どんな反応が返ってきました？」

「怒った怒った。〈生命の神秘〉とは、解くべき問題などではない、経験するべき現実だというんだよ。そこで、〈メンタートの第一法則〉を引用してみせたんだ――〝過程を止めてしまっては、それを理解することはできない。理解するためには、その過程の流れとともに動かねばならない。その過程に加わって、ともに流れねばならない〟。そうしたら、それで満足したようだった」

（すでに乗り越えつつあるようだが……どうやら、あの老魔女に恐ろしい思いをさせられたらしい。しかし、あの魔女、なんのためにそんなことを？）

「スフィル」ポールがいった。「アラキスは教母がいうほど悲惨な状況にあるのかい？」

「そこまで悲惨なことはありませんよ」ハワトは答え、むりに笑顔を作った。「たとえば、例のフレメンがいます。あれは砂漠に住む不羈《ふき》の民です。初回の予備分析では、その人口は帝国の推定よりもずっと多い。相当数が住んでいると見ていいでしょう。きわめておおぜいからなる民族がです。そして……」

ハワトはいったんことばを切り、目の横に力強い指の一本をあてがって、

「……その者どもは心底からハルコンネンの一党を憎んでいる。この話、絶対に他言してはなりませんぞ、若。お父上の右腕としての知識を、若にだけ話しているのですからな」

「父上から、サルーサ・セクンドゥスの話は聞いている。きみは知っているか、スフィル？あそこはかなりアラキスに似ているみたいだぞ……アラキスほどではないにしても、かなり似たところがあるそうだ」

「現在のサルーサ・セクンドゥスがどんな状況にあるのか、もはや正確なところはわかっていません」ハワトはいった。「いまわかっているのは、ずいぶんむかしの事情だけです……ただし、変わっていないところもある。そして、その変わっていないところについては――たしかに若のいうとおりです」

「フレメンは力になってくれるだろうか」

「可能性はありますな」ハワトは立ちあがった。「わたしはきょう、ひと足先にアラキスへ

発《た》ちます。おそばにいないあいだは、若がかわいくてならぬこの老人のために、くれぐれも油断などなさらぬよう。さあ、いい子ですから、テーブルのこちら側にきて、ドアに向かう形ですわってください。むろん、この城に危険があると考えているわけではありませんよ。ただ、周囲に気を配る習慣をつけておいてほしいのです」

ポールは立ちあがり、テーブルの反対側にまわりこんだ。

「なんだい、きょう発つのか？」

「はい、本日のうちに。若が出立されるのは明日でしたな。つぎにお会いするのは、新たな惑星の大地の上のことになりましょう」スフィルはポールの右の二の腕をぐっとつかんだ。「ナイフをふるうほうの腕は、いつでも使えるようにしておくこと。そして、防御場《シールド》の発生ベルトはつねにフル充電しておくことです」

腕を放し、ポールの肩をぽんとたたく。それから、くるりと向きを変え、ドアに向かって足早に歩きだした。

「スフィル！」背後からポールの声が追いかけてきた。

ハワトは開いたドアの手前で立ちどまり、ふりかえった。

「きみもだ。ドアに背を向けてすわるんじゃないぞ」

老人のしわ顔に笑みが広がった。

「そんなことはしませんとも、若。それだけはたしかです」

それを最後に、ハワトは部屋をあとにし、うしろ手にそっとドアを閉め、歩み去った。

ポールはハワトがすわっていた席にすわり、文書の整理を再開した。

(ここにいるのもあと一日か)そう思いながらトレーニングルームを見まわす。(いよいよ出ていくんだな)

この星を去るということが、実感としてかつてなく胸に迫ってきた。そこで、あの老婆にいわれたことばをまたひとつ思いだした。ひとつの惑星とは多様なものの総和だ、と教母はいっていた。〝人々、大地、生きとし生けるもの、月、潮の満ち干、太陽——全貌をつかみがたきそれらの総和をこそ〈自然〉と呼ぶのじゃよ。〈いま〉という観念から切り離して足し合わせた、漠然たる総和をな〟と。そこでふと、ポールは考えた。

(〝いま〟とはなんだろう)

おりしも、ポールの正面にあるドアが勢いよく開き、ずんぐりとしてごつい男が、武器を山とかかえてトレーニングルームに入ってきた。

「どうした、ガーニー・ハレック」ポールは呼びかけた。「新しい武術指南はきみか?」

ハレックは片脚でドアを蹴って閉め、その場に立った。

「遊びにきた、といったほうがいいんだろう? わかってるぞ」

そこでハレックは、トレーニングルームを見まわした。すでにハワトの部下たちが室内をチェックし、公爵の世継ぎに危害がおよばないことをたしかめたようすがある。あちこちに、チェックしたことを示すかすかな痕跡が残っていた。

ポールは固太りの男が歩みを再開し、武器をかかえたまま練習台へ向かうのを見つめた。背にはななめに九弦楽器《バリセット》をかけている。指板《しばん》の上端にあるヘッド付近には、数本の弦を縫うようにして、マルチピックが差してあった。

ハレックはひとかかえの武器をガシャンと練習台におろし、種類ごとに分類してならべていった。数本ずつの両刃の細剣《レイピア》、小錐剣《ボドキン》、両刃の短剣《キンジャール》、低速の短針を発射する麻痺銃が数挺、シールド・ベルトが数本。部屋の向こうでポールにふりむき、にやりと笑ったとき、あごのラインにインク蔦《ヅタ》による傷痕がうごめくのが見えた。

「この腕白小僧、おはようくらいはいったらどうだ」ハレックがいった。「で、おまえさん、ハワトのじいさんにどんなきついことをいったんだ？　廊下ですれちがったとき、いまにも敵の弔いに駆けていくみたいな顔をしてたぞ」

ポールはにやりと笑った。父上の臣下のなかでも、このガーニー・ハレックはいちばんの気にいりだ。陽気でいたずら好きの、ユーモアあふれる男で、おかかえの剣士というよりは、友人という認識にちかい。

ハレックは背中にかけていたバリセットを前にまわし、チューニングをはじめた。

「ま、いいたくなきゃ、いわないでいいさ」

ポールは立ちあがり、トレーニングルームを横切りながら、ハレックにいった。

「なんだい、ガーニー、稽古は稽古でも、音楽のお稽古をはじめる気か？」

「きょうのところはな。ご老体たちの粋なはからいさ」

ハレックはそういって頭をふり、リズムをとりながら、ジャランとコードを鳴らした。

「ダンカン・アイダホはどこだ？　武術指南はダンカンの役目じゃなかったのか？」

「ダンカンはもうこられない。アラキスに向かう第二陣を率いて、出発しちまった。ここに残ってるやつで、おまえの相手ができるのは、戦いにゃあきあきしていて、音楽に溺れてる、このあわれなガーニーさんだけだ」別のコードを鳴らし、耳をすましてチューニング状態をたしかめてから、にっと笑った。「で、評議会でこう決まったのさ。公爵のおぼっちゃまは剣術のほうがからきしだから、このさい、音楽稼業に鞍替えできるように手ほどきしてやれ、そのほうがおぼっちゃまの人生を棒にふらさせずにすむってな」

「だったら、ひとつ、物語詩を吟じてみてくれよ。悪いお手本として、まねをしないように心がけるからさ」

「ぬかしやがったな！」

ガーニーは笑い、目にも見えないほど速くマルチピックを動かして、バリセットの九弦をかき鳴らしてみせ、『ギャラシアの娘たち』を歌いだした。

「おお、おお、ギャラシアの娘たち
　真珠を見せれば釣りほうだい！
　水を見せればアラキス娘も入れ食いさ！
　けれど炎に身を焦がす

　熱い淑女がほしいなら
　　カラダン娘をお試しよ！」

「ピック使いがヘボいわりに、悪くはない」とポールはいった。「しかし、城の中でそんな卑猥な歌を歌うところを母上が聞いたら、きみの耳をちぎって外壁の飾りにしてしまうぞ」

　ガーニーは自分の左耳を引っぱりながら、

「こんなもの、しょぼい飾りにしかならんわな。鍵穴に耳をあてて、ようく知ってる小僧がバリセットで珍妙な歌を歌うのを聞いてたせいか、そうとう傷んでるし」

「だったら、自分のベッドに砂が撒かれてるのを見てどういう気持ちになるのか、もう忘れちまったってことだな」ポールは練習台の上からシールド・ベルトを一本とり、腰に巻いた。「さあ、剣術のお稽古といこうぜ！」

　ハレックはわざとらしく、驚いたように目を見開いてみせた。

「なんと！　砂を撒いたのは、このいたずらっ子のしわざだったか！　よしきた、きょうはしっかり剣を受けろよ、若きご主人さま。いいな、しっかりとだぞ」ハレックはレイピアをとり、大きくビュンと振って、空気を切り裂いた。「われ、これより地獄の悪鬼となりて、ベッドの復讐をば果たさん！」

　ポールはもう一本のレイピアを取りあげると、柄《つか》と剣尖を持って大きくしならせてから、片足を一歩前に踏みだし、針《アギル》の構えをとった。それから、ドクター・ユエのしかつめらしい口調をおおげさに誇張してまねてみせた。

「ああ、わが父もまた、武術を教えるにさいして、なんという愚物をよこしたものでしょう。愚かなるガーニー・ハレックは、武器とシールドをそなえた戦士として、心得その一を失念してしまったようです」ここでシールド・ベルトのスイッチを入れた。ちりちりする感覚とともに、防御フィールドが額に端を発し、全身をおおいながら下へと広がっていくのが感じられた。シールドをオンにしたときはいつもそうであるように、外の音がすこしくぐもって聞こえだす。「よろしいかな、シールドを用いた戦いの要諦はです、防御においては敏捷に、攻撃においてはゆっくりと。斬撃の唯一の目的は、対戦相手の足運びを乱れさせて、快心の一撃を突く隙を作ることにあるのです。シールドは速い斬撃を撥《は》ね返し、遅い両刃の短剣《キンジャール》の突きを通す！」

ポールはレイピアで斬りつけ、速い斬撃でフェイントをかけてから、すばやく引きもどし、無心に防御に専念するシールドを貫くため、ゆっくりとした突きをくりだした。

ハレックはその動きを見きわめると、最後の瞬間、ひらりと身をかわした。刃をつぶした刃先は、むなしくハレックの胸もとをかすめただけにおわった。

「速さについては申し分ない」ハレックがいった。「しかし、下手《したて》のカウンターに対しては隙だらけだ」

悔しさを嚙みしめながら、ポールはあとずさった。

「こんなにもうかつなようでは、背中を鞭打ってやらねばならんな、こりゃあ」ハレックは抜き身のキンジャールを練習台から取りあげ、かかげてみせた。「これが敵の手にあれば、おまえ、とうに血を流して死んでいたところだぞ！　いやな、おまえも才能はあるんだよ。なかなかおまえほどのやつはいない。けど、前にも釘を刺したよな。たとえ稽古であっても、自分を殺せる武器を持った相手をふところに入れさせるなと」

「きょうは剣術の気分じゃないんだ」ポールは言いわけをした。

「気分？」シールドを通してさえ、ハレックの声ににじむ怒りが聞きとれた。「気分なんかなんの関係がある？　必要に迫られれば戦うのみ――気分など関係ない！　気分でどうこうするのは動物だけだぞ。でなけりゃ、セックスするときだ。バリセットを弾くときだ。戦いには関係ない」

「悪かったよ、ガーニー」

「本気で悪いと思ってないな！」

ハレックは自分のシールドを始動すると、左手にキンジャールを持ち、右手のレイピアを高く構え、ぐっと腰を落とした。

「本気でガードするんだぞ！」

いうなり、ハレックはいったん横に高く飛び、着地と同時にだっと床を蹴りつけ、猛然と襲いかかってきた。

攻撃を受け流しつつあとずさる。たがいのシールドの外縁が接触し、斥力《せきりょく》で反撥しあって、フィールドがパチパチと音をたてた。肌の表面に電気が走ったようなちりちりという感覚が宿る。

(ガーニーのやつ、どうしたんだ？　ポーズじゃないぞ、本気で打ちこんできてる！)

ポールは左手を下に振り、手首の鞘から小錐剣《ボドキン》を手のひらに落とした。

「もう一本、得物がいるか？　ん？」ハレックがうめくようにいった。

(裏切りか？　ガーニーにかぎって、そんなはずは！)

トレーニングルームじゅうをめぐり、打ち合いはつづいた。突いては受け、フェイントをかけてはフェイントをかけかえす。フィールドの外縁では撥ね返しようのない、ゆっくりとした突きの応酬によって、シールドに過負荷が発生し、球状のフィールド内の空気に異臭がこもりはじめた。シールドが接触するたびに、オゾンのにおいがどんどん強くなっていく。

あとずさるのは変わらないが、ある時点で、ポールは移動先を練習台に定めた。

(練習台の前まで引きよせられれば、ひとつトリックを見せてやれる。さあ——あと一歩だ、ガーニー)

その一歩を、ハレックが詰めた。

ポールは相手の斬撃を下に払いざま、くるりと回転した。ハレックのレイピアが練習台の縁に当たるのが見えた。すかさず横へ飛び、レイピアを高く突きだすと同時に、ハレックの首筋にボドキンを突きつけ、頸静脈のすこし手前でぴたりと剣尖をとめた。

「これで満足か？」荒い息をしながら、低い声でポールはいった。

「下を見てみろ、ぼくちゃん」ガーニーもあえいでいる。

いわれたとおり下を見ると、ハレックのキンジャールが練習台の縁の下をくぐり、切先がポールの股間に触れんばかりになっていた。

「おたがい、死神の顔を間近に覗いたようだな」ハレックがいった。「しかし、認めよう。追いつめられると、おまえの戦いぶりはずいぶんましになる。どうやら、戦う気分になったらしい」

そういって、オオカミの笑みを浮かべてみせた。インク蔦の傷があごでひくついた。

「すごい剣幕で斬りかかってきたけど——本気で血を流させるつもりだったのか？」

ハレックはキンジャールを引っこめ、背筋を伸ばした。

「技倆のかぎりを尽くしていないと見たら、それなりの傷をつけてやるつもりではいたさ。教訓として忘れられない傷をな。なにしろ、最愛の弟子だ、最初に遭遇したハルコンネンの手下の手にかかって殺させるには忍びないじゃないか」

ポールはシールドのスイッチを切り、練習台にもたれかかって呼吸をととのえた。

「思いあがりを正してくれたのはありがたいが、ぼくを傷つけていたら、父上がかんかんに怒ってたぜ。自分の落ち度できみが罰されるのは見るに忍びない」

「それをいうなら、おれの落ち度でもある。ま、訓練中にできる傷のひとつやふたつ、気にするな。そもそも、それだけ傷がすくなくてすんでるのは運がいい。お父上については——公爵さまがおれを罰するとしたら、おまえを一流の闘士に育てそこねた場合だけだろうよ。おれの落ち度は、さっきおまえ、急に気分うんぬんの言いわけをしだしたろう？　ああいうことをいわないよう、釘を刺しそこねていたことだな」

ポールは居ずまいを正し、ボドキンを手首の鞘にもどした。

「このトレーニングルームでおれたちがしているのは、遊びじゃないということだ」

ポールはうなずいた。ハレックからしからぬ真剣な態度と、本心から案じているようすは、意外でもあった。そこで、ハレックのあごに走るビーツ色をしたインク蔦の傷痕に目をやり、この傷の原因を思いだした。ジエディ・プライム時代、ハレックはハルコンネンの奴隷舎で、〈けだものラッバーン〉にこの傷をつけられたのだ。ハレックの心を一瞬でも疑った自分に、急に恥ずかしさをおぼえた。そして、ハレックがこの傷をつけられたときには、そうとうの激痛を味わわされたであろうことに思いいたった。その苦痛は、あの箱に入れた手に教母が与えた苦痛にも匹敵するものであったにちがいない。あわててそんな考えをふりはらった。ぞっとしたからだ。

「まあ、きょうはちょうど、遊びたいと思っていたところだったんだ」とポールはいった。

「このところ、いろいろ殺伐としていたからな」

ポールのことばを聞いて、ハレックは背を向けた。感情を隠すためだ。なにかがその目で燃えている。身内には苦痛が渦巻いていた。火脹《ひぶく》れのようなこの苦痛は、時間によって切りとられた、失われた昨日の名残《なごり》にほかならない。

(こんなにも齢若くして、この子は大人にならねばならないのか)とハレックは思った。

(こんなにも齢若くして、心の中にある残酷な保険契約書を読み、必要な欄に必要な事実を書きこまねばならないのか。その欄の上にある案内文とはこうだ——〝近親者をひととおり記入してください〟)

背を向けたまま、ハレックはいった。

「遊びたそうなのはおれも感じたし、つきあいたいところではあるんだがな、小僧。いまはそういう状況じゃない。あすはいっしょにアラキスへ出発するんだ。アラキスは現実だぞ。ハルコンネン家も現実だ」

ポールはレイピアの剣身を垂直に立て、刃面を額にあてがった。

ハレックはふりむき、ポールが敬礼しているのを認めてうなずいた。それから、練習用の人形を指し示して、こういった。

「さて、つぎはタイミングのとりかたを見直しておくか。人形がくりだしてくる遅い突きを受けとめて見せてくれ。動き全体を見られるこの場所から、おれは人形をコントロールする。先に警告しておくが、きょうはいままで見せたことのないカウンターを披露するぞ。本物の敵がわざわざ警告してくれることはない。それを肝に銘じておくことだな」

ポールが爪先立ちでのびをした。筋肉をほぐすためだ。自分の命が急な変化にさらされていることを思いがけなく自覚して、身が引き締まる思いでいるにちがいない。おもむろに、ポールは人形に歩みより、レイピアの剣尖で人形の胸にあるシールドのスイッチを入れた。たちまち、発生した防御フィールドによって剣が押し返された。

「構《アン・ガルド》え！」ハレックが呼ばわった。

人形が攻撃を開始した。

ポールが自分のシールドをオンにし、攻撃を受け流し、斬り返す。

人形を操作しながら、ハレックはポールの動きを見まもった。自分の精神がふたつに分かたれたかのようだった。半分は人形の操作とポールの動きをチェックするのに全力をあげるいっぽうで、もう半分はとりとめのない考えに取り憑かれている。

（おれはよく訓練された果樹だ）ハレックは思った。（よく訓練された感情と能力の数々を接《つ》ぎ木されて、多彩な果実がたわわに実り――だれかにもがれるのを待っている）

ふと妹のことが思いだされた。あのいたずらっぽい顔が心の中にくっきりと見える。だが、妹はもうこの世にいない。ハルコンネン軍の娼館で殺されてしまったのだ。妹はパンジーが大好きだった……それとも、デイジーだったか？　思いだせなかった。思いだせないことで、いっそういらだちをおぼえた。

ポールが人形のゆっくりとした斬撃を受けとめて、左手のボドキンを影突《アントルティツセ》きの型で突きあげた。

（おお、やりおる！）左右の武器をめまぐるしく操るポールの動きに集中して、ハレックは思った。（自力で研鑽と研究を重ねてきたな。これはダンカン流でもないし、おれが教えたどんな技ともちがう）

そう思うと、かえって悲しみは深まった。

（おれも気分に惑わされているようだな）

はたしてポールは、夜、恐怖に震えて激しい動悸の音を聞いたことがあるだろうか。

「願いが魚なら、網をかけて漁《と》っちまえるんだが……」とハレックはつぶやいた。

これは母親の口癖だ。そしてハレックは、翌日に暗い運命が待っていると感じたときは、いつもこのことばを口にしてきた。そこでふと思いあたったのだが――行き先を考えれば、この形容はなんとも似つかわしくない。なにしろ、これからいく惑星には、海もなければ、魚もいたためしがないのだから。

ユエ（yüe）、ウェリントン（weling-tun）（標準年一〇〇八二年～一〇一九一年）医師。スーク医学院卒（卒業年：標準年一〇一一二年）。妻はベネ《B》・ゲセリット《G》のワナ・マーカス（標準年一〇九二年～一〇一八六年？）。主にレト・アトレイデス公爵を裏切った人物として知られる。（参照項目：附録Ⅶ「用語解説」より、「帝国制式条件づけ」「裏切り」の項）

――プリンセス・イルーラン
『ムアッディブ百科』より

ポールはドクター・ユエがトレーニングルームに入ってくる足音を聞きつけた。足運びが妙にぎくしゃくしている。しかしポールは、女性マッサージ師が立ち去ったときそのままに、練習台上でうつぶせに寝そべっていた。ガーニー・ハレックとひと汗かいたあとの心地よい疲労もまだ残っている。

「おくつろぎのようですな」

ユエがいつもの、冷静でかんだかい声でいった。

ポールは頭をもたげた。数歩離れたところに、枯れ枝のように貧弱な体格のユエが立っていた。その全身をざっと見る。しわだらけの黒い服、四角いブロックのような頭、紫色の唇、だらりとたれた二本の長いドジョウ髭、帝国制式条件づけを受けたことを示すダイヤモンド形の額の刺青、スーク医学院出を示す銀の輪を使って、左肩の上で束ねた長い黒髪。

「本日は正規の講義をしている時間の余裕がありません。そうと聞いて、しめしめと思っておられるのではありませんかな？」ユエがいった。「お父上がもうじきここにこられます」

ポールは上体を起こした。

「しかしながら、アラキスへ向から船で勉学にはげめるよう、フィルムブック・ビュアーと課題をいくつか用意してまいりました」

「やれやれ」

ポールは服を着はじめた。父がくるかと思うと、うきうきする気持ちを抑えきれなかった。皇帝によって、アラキスへの移封を命じられてからというもの、父とはほとんどいっしょに過ごせていないのだ。

L字形のテーブルへ歩いていきながら、ユエは思った。

（この二、三カ月、若君はめきめき実力をつけておられる。なんともったいないことか！

ああ、なんと悲しくも、もったいないことか！）だが、ユエは自分に言い聞かせた。（いや、ぐらついてはならん。なすべきことをなさねば。愛しいワナがハルコンネンのけだものどもに危害を加えられないようにするには、こうするほかないのだ）

上着のボタンをとめながら、ポールがL字形テーブルのところへやってきた。

「アラキスへ向かう船の中で勉強することって、なんだい？」

「ああ、はい、在アラキスの地球系生物についてです。あの惑星は、特定の地球産生物種の帰化を諸手をあげて歓迎するようなのです。理由は定かではありませんが。現地に着いたら、例の惑星生態学者を——カインズ博士なる人物を——探しだし、調査への助力を申し出ねばなりませんな」

そういって、ユエは思った。

（わたしはいったい、なにをいっているのだ？　自分自身をもあざむいてどうする？）

「フレメンについて勉強するための資料はあるかい？」ポールがきいた。

「フレメン？」

ユエは指先でとんとんとテーブルをたたき、ポールがこの神経質なしぐさを見つめていることに気づいて、手を引っこめた。

「アラキス全体の人口について、資料くらいは用意してあるだろう？」

「ああ、はい、たしかに。アラキスの先住民には、大別してふたつの集団がありましてな。ひとつはフレメンなる民族集団、もうひとつは、地溝、陥没地、皿状窪地などに住む者たちです。両集団のあいだには婚姻関係もあると聞いております。皿状窪地や陥没地の村に住む女はフレメンの夫を好み、男はフレメンの妻を好むのだとか。先住民のことわざにいわく、〝洗練は町から、英知は砂漠から〟」

「先住民の写真はあるかい？」

「手ごろなものを見つくろっておきましょう。先住民でもっとも興味深い特徴は、もちろん、その目にあります。白目がなくて、全体が青いのです」

「突然変異？」

「いえ。血液中におけるメランジの飽和度に関係しております」

「砂漠の辺縁に住むなんて、よほど勇敢なんだな、フレメンは」

「はい、まぎれもなく。フレメンはナイフを主題にした詩を作るそうです。女も男に劣らず勇猛であるそうで。子供でさえ暴力的で危険だといいます。おそらく、フレメンとの交流はゆるされないでしょう」

ポールはユエを見つめた。たったこれだけのフレメンの形容に、荒々しい表現がいくつもちりばめられており、そのことに驚いたのだ。

(味方につければ、フレメンというのはたのもしそうだな！)

「では、蟲《ワーム》については？」ポールは問いを重ねた。

「はい？」

「砂蟲《サンドワーム》について、もっと勉強しておきたい」

「ああ、はい、なるほど。小型の個体については、フィルムブックの持ち合わせがあります。せいぜい全長が百十メートル、直径が二十二メートルほどで、北半球で撮影されたものです。とはいえ、信頼できる目撃者により、全長四百メートル以上もある大物を見たとする記録もありますし、もっと大きな個体が存在すると信じるべき理由もあります」

ポールはテーブルの上に広げた、アラキス北半球の地図に目をやった。地図は円錐図法で描かれたものだ。

「砂漠帯と北極地方の南部に居住不能のしるしがある。それも蟲《ワーム》のせいかい？」

「それと、嵐ですな」

「でも、環境改造すれば、どんなところでも居住可能にできる。そうだろう？」

「それは経済的に見あえばの話です。アラキスにはいろいろと、コスト的に高くつく問題があるのですよ」ユエはそういって、長くたれたドジョウ髭をしごいた。「まもなくお父上がおいでになります。わたしはもう引きあげますが、そのまえに贈り物を差しあげましょう。荷物をまとめていて見つけたものです」

ユエはそういって、ふたりを隔てるテーブルの上に小さな物体を置いた。黒い直方体で、大きさはせいぜいポールの親指の先ほどしかない。

ポールはそれを見つめるだけで、手を伸ばそうとしない。それを見て、ユエは思った。

（じつに用心深い子だ）

「これは宇宙航行者向けに造られた年代物の『オレンジ・カトリック聖典』です。フィルムブックではありません。繊維を平たく伸ばして作った紙に直接印刷したしろものと思し召せ。拡大表示機構と静電発電システムがそなわっておりましてな」ユエは直方体を手にとって、使いかたを説明した。「この書物はふだん、静電気の力で閉じられておるのですよ。表紙がバネじかけになっておりまして、つねに開こうとする圧力がかかっている。それを静電気で開かないよう押さえておるわけです。読むときは本の縁を押す——すると、選んだところの偶数ページと奇数ページが反撥しあって本が開かれる。そういう仕組みです」

「ずいぶん小さいんだね」

「小さいながらも、総ページ数は千八百ページ。読み進むときは、この縁を押してください——そうです、そこです……すると、静電気によって、順次、ページが送られていきます。ページそのものには指を触れられませぬよう。繊維がはなはだ破れやすいですので」ユエは本を閉じ、ポールに手わたした。「さ、ご自分で試してみてください」

ポールがページを選ぶようすを見ながら、ユエは思った。

(わたしはみずからの良心をごまかしている。この書物を手放すのは、若君を裏切る前に、おのが信仰を捨てるためだ。こうすることで、自分がいけぬ場所へ若君がいってしまったと、おのれにいいつくろおうとしているのだ)

「これはフィルムブックが誕生する前のものだね」ポールがいった。

「はい、非常に古いものです。これをお譲りしたことは、どうかご内密に。ご両親はきっと、若君ほどのお齢の方が持つにしては、あまりにも貴重な書物とお考えになられましょう」

そういいながら、ユエは思った。

(それに母君は、なぜこれを譲ったのかと、わが動機に疑いを持たれるにちがいない)

「だとしたら……」ポールは書物を閉じ、片手に持って差しだした。「……もらえないよ、そんなに貴重なもの……」

「いやいや、老人の気まぐれとしてお受けとりくだされ。このわたしにしても、かなり若い時分にいただいたものですゆえ」(物欲だけでなく、心にも訴えかけぬとな)「ひとまず、第四百六十七章《カリマ》を読んでみてくださいますかな。そこにはこのように書いてあるはずです。〝すべての生命《いのち》は水より生まれり〟。表紙の縁に、そのページを示す、小さな刻み目があるはずですが」

ポールは表紙の縁を指先で探り、ふたつの刻み目を探りあてた。ひとつはもうひとつより浅い。その浅いほうの刻み目を押したとたん、手のひらの上で豆本が開き、拡大システムが当該部分をピックアップした。

「さあ、声に出して読んでみてくだされ」

ポールは唇を舐め、読みあげた。

「〝汝、まずは聾者《ろうしや》が音を聞く能《あた》わざる事実を思え。しかして、われらみなが持つ〈聾《ろう》なる状態〉はなにゆえかを思量せよ。周囲に広がる他の世界を見ること能わず、また聞くことも能わざるは、いかなる感覚の欠如したるゆえか。われらのまわりにありて、なお見えぬもの――〟」

「やめてください！」ユエは大声で叫んだ。

ポールは朗読を中止し、ユエを見つめた。

ユエは目を閉じて、冷静さを取りもどそうと努めた。

（どんな運命のいたずらで、わたしのワナが気にいっていた一節が開かれたのだ？）

目をあけると、ポールが自分を見つめていた。

「どうかしたのか？」ポールがたずねた。

「申しわけもない」ユエは答えた。「そこの一節は……いまは亡き……わが妻の好んだ一節でしてな。読んでいただこうと思ったのは、そこではないのです。いまの一節が呼び起こす思い出は……あまりにもつらすぎる」

「刻み目はふたつあるぞ」

（そうか、そういうことか。ワナが自分の好きな節に刻み目をつけたのだな。この子の指はわたしの指よりも繊細だから、わたしの指では感じとれない刻み目をとらえられたのだろう。そう、いまのは偶然の事故であって、それ以上のものではない）

「きっと興味をそそられることでしょう」ユエはいった。「歴史的な事実はもとより、道徳哲学の面でも示唆に富みます」

ポールは手のひらに載った小さな聖典を見おろした。おそろしく小さなしろものだった。だが、この本はなんらかの神秘を内包している。ポールがこれを朗読しているときなにかが起きた。そのなにかは、〝畏るべき目的〟の可能性を刺激するものだった。

「もうじきお父上がこられます」ユエがいった。「聖典をおしまいくだされ。お時間のあるとき、読まれるとよろしい」

ポールはユエに示された縁をなぞった。聖典がひとりでに閉じたので、上着のポケットにすべりこませる。そのさい、さっきユエが叫んだようすから、いつこの本を返せといわれるかもしれないと気になり、譲られたことを明確にしておこうと、きちんと礼をいった。

「贈り物に感謝するよ、ドクター・ユエ。この本のこと、だれにもいわないでおく。ぼくのほうから贈れるものがあったら、遠慮なくそういってくれ」

「わたしは……なにもいりはしません」

そしてユエは、心の中で思った。

（なぜわたしはこんなところに突っ立って、自分を苦しめている？　それに、いくら本人が気づいていないとはいえ、この若者を苦しめようとしている？　ええい！　ハルコンネンのけだものどもめ！　やつらはなぜ、忌むべき報復の道具として、このわたしを選んだりしたのだ？）

ムアッディブの父親については、どのような方向から人物像をとらえるべきだろうか。あふれんばかりのぬくもりと、慄然とするほどの冷たさの、両極端をそなえた人物。それがレト・アトレイデス公爵だ。しかしながら、このレト公爵に対しては、多くの事実がつまびらかになっている。ベネ・ゲセリットである愛妾への変わらぬ愛、息子に対していだいたいくつもの夢、部下たちが彼に捧げた忠誠心。一般にある公爵の人物像は、〝運命の陥穽に陥った男、息子の栄光の前に輝きの薄れた孤独な男〟というものである。しかし、そのことが息子の立ち位置に陰りをもたらすと思う者は、こう問わねばなるまい。〝父親の延長でしかない息子になど、どんな存在意義があろう?〟

——プリンセス・イルーラン

『ムアッディブ——その身内の肖像』より

ポールはトレーニングルームに入ってくる父親を見まもった。入口までついてきた護衛の者たちが戸口の外で見張りに立つのが見えた。ドアを閉めたのは護衛のひとりだ。いつものように、父親からは圧倒的な大きさが感じられた。存在感があまりにも強烈なのだ。公爵は背が高く、肌色は浅黒い。細面に刻まれているのは厳しい表情だが、濃いグレイの目のおかげで、その険しさがやわらげられている。身につけている作業服の胸には赤い鷹の紋章があしらってあった。細い腰に締めているのは使い古した銀張りのシールド・ベルトだ。

「どうだ、はげんでいるか、息子よ？」

公爵はそういいながら、L字形テーブルに歩みよると、テーブル上の文書にちらりと目をやったのち、室内をざっと見まわしてから、ポールに視線をもどした。公爵は疲れていた。しかし、疲れているようすを見せるわけにはいかないし、それで気を張るせいで、いっそうつらさが増した。

(アラキスへの途次、あらゆる機会をとらえて、からだを休めねばなるまいな。アラキスに着けば、休むどころではなくなるのだから)

「あまり身が入りません。なにかと気ぜわしくて……」

そういって、ポールは肩をすくめた。

「むりもない。出発はもうあすだからな。移動のごたごたが片づいて、移封先に落ちつけば、また身が入るようになるさ」

ポールはうなずいたが、そこで急に、教母のいったことばが思いだされた。

〝父親についてはな、ない〟

希望がないという意味だ。

「父上」ポールはいった。「みんながいうように、アラキスはそんなにも危険なところなのでしょうか」

公爵はみずからに強いて、さりげない態度をとり、テーブルの角に腰をかけ、ほほえみを浮かべた。これから交わすべき会話のパターンが心の中に形作られていく。戦いを前にして配下の兵らの緊張をほぐすさい、いつも交わすたぐいの会話で安心させてやるつもりだった。だが……いざそれを口にしようとして、はっと思いとどまった。ある考えが浮かびあがってきたからである。

(これは自分の息子なんだぞ。ごまかしはいかん)

「うむ。危険なところだろうな」

「ハワトの話では、フレメンを味方に取りこむ計画があるそうですが」

いってすぐに、ポールは思った。

(なぜあの老婆がいったことを父上に打ち明けてしまわないんだ? あの老婆、どうやって舌を封じた?)

公爵は息子の不安に気づき、こう答えた。

「例によって、ハワトは主要な危険を念頭に置いていると見えるな。とはいえ、危険の芽はまだあるぞ。そのひとつは〝公正なる高度貿易振興財団《コンビネ・オネト・オーバー・アドヴァンセー・メルカンテイル》〟——すなわちＣＨＯＡＭ《チョーム》だ。

わしにアラキスを与えることにより、皇帝はわが一族に対して、CHOAM理事の座も与えざるをえなくなったが……これはなかなかに微妙な特典でな」

「そして、アラキスとあの星に産する香料とは、まっすぐCHOAMにつづいている。問題なのは、香料《メランジ》貿易を取りしきっているのもCHOAMでしたね」

ポールはぐっと両手を握りしめ、思いきってたずねてみた。

「教母からなにか、警告を受けましたか？」

両の手のひらに汗がにじんでいた。この問いを口にするには、手に汗を握るほどの決意が必要だった。ポールの思いつめた問いに対して、父親はこう答えた。

「ハワトから聞いている。教母どのから、アラキスの件で警告されたそうだな。女の恐怖で心を曇らせてはいかんぞ。愛する者が危険にさらされることを望む女は、この世にはいない。教母どのがその警告を口にしたのは、おまえの母親の差し金だ。これはわれわれに対する、あれの愛情のあかしと思ってやれ」

「母上はフレメンのことをごぞんじなんでしょうか」

「知っている。それに、フレメン以外のこともいろいろ知っている」

「たとえば？」

公爵は思った。

（その真相の深刻さは、この子には想像すらつくまい。とはいえ、深刻な事実も意義を持つ

――それに対処する訓練を受けてきたのであればな。そして、つね日ごろから、わが息子に課してきたのは――まさしく、深刻な事実に対処することだ。もっとも、すこしやんわりと話してやらねばならんだろう。息子はまだ若いのだからな）

「およそ宇宙に産するもので、ＣＨＯＡＭを介さぬものはない」と公爵はいった。「丸太、ロバ、ウマ、ウシ、木材、肥料や燃料に使う糞、サメ――そして、モノ自体はなんの変哲もないが、しごくエキゾチックな特産品、クジラの毛皮――さらには、われらがカラダン産のささやかなプンディ米さえもこのリストに入る。航宙ギルドが輸送するものはなんでもそうだな。エカーズの芸術作品、リチェーシやイクスの機械製品。しかし、メランジの前には、なにもかもがかすんでしまう。ひとつかみの香料《メランジ》さえあれば、テュパリで家が一軒買える。メランジを化学合成することはできない。アラキスで採取するしかないんだ。それは宇宙に唯一無二の特産品であり、真の抗老化作用を持つ」

「それをアトレイデス家が取りしきるようになる、と？」

「ある程度まではな。しかし、重要なのは、香料に関する実態を考慮することだ。すべての領家《りょうけ》はＣＨＯＡＭの収益に依存している。そして、その収益のかなりの割合は、ただ一種の特産物、香料《メランジ》の上に成りたっている。異変が起きて香料の産出量が減ろうものなら、なにが起こるか想像してみるといい」

「香料を溜めこんでいた者は、ぼろ儲けできるでしょうね」ポールは答えた。「そうでない者は悲惨な目にあうでしょう」

公爵はつかのま、不安と誇らしさがないまぜになった思いをいだくことを自分にゆるした。息子を見つめて、しみじみ考える——ここまで裏が読めるとは、これはなんと洞察力のある子だろう、なんとすぐれた教育をこの子は受けてきたのだろう。

こくりとうなずいて、公爵はいった。

「そして、ハルコンネン家の者どもは、二十年以上にわたって香料を蓄えてきた」

「とすれば、香料の産出量を減らさせて、その責めを父上に負わせようと——」

「やつらはアトレイデス家の人気を失墜させたいのさ。考えてごらん。領主会議《ラーンスロード》の諸領家は、ある程度まで、わしのリーダーシップを認めている。非公式ではあるが、諸領家を代表するスポークスマンと見なしている。その諸領家の収入が著しく減少し、その責任がわしにあるとなれば、みなはどういう反応をするだろうな。結局のところ、だれしも、第一にくるのはおのが利益なんだ。〈大協約〉などくそくらえ！　公爵のせいで貧乏にされてはたまらん！　そういうことさ」乾いた苦笑に、公爵の口が歪んだ。「そうなれば、わしがどんな仕打ちを受けようと、みなはそっぽを向くだろうよ」

「われわれが核兵器で攻撃されてもですか？」

「ハルコンネンといえども、そこまでの暴挙には出まい。〈大協約〉に対してあからさまな挑戦をしたりはせんさ。しかし、核以外であれば、どんな手にも訴えるだろう……正面から攻め寄せてくるかもしれんし、土壌汚染もいとわぬかもしれん」

「だったらなぜ、そんな罠の中へのこのこ出かけていくんです？」

「ポール!」公爵は眉根を寄せて息子を見つめた。「罠がどこに仕掛けてあるかを把握すること――それこそは、罠を回避するための第一歩と知れ。ことは一対一の格闘と変わらん。ただ規模が大きいだけでな。フェイントに秘めたフェイント……それが際限もなくつづく。われわれとしては、フェイントのベールをすべて暴いて、相手の真意を見きわめねばならん。ハルコンネン家はメランジの膨大なストックを確保している。それを知ったうえで、かかげるべき問いがもうひとつある。ストックしている者は、ほかにだれがいるかということだ。その者たちはみな、われわれの敵にまわる」

「具体的には?」

「領家のなかには、当家に対して敵対的とわかっているところもあれば、友好的と見られているところもある。だが、当面、諸領家のことは考えなくともよい。というのも、この件の背後には、諸領家よりもはるかに強大な大物が控えているからだ。すなわち、われらが敬愛する帝《パーディシャー》――王皇帝だよ」

ポールはつばを呑みこもうとした。急にのどが干あがったように感じられた。

「では、領主会議《ラーンスロード》を召集して、この件を公に――」

「そして敵に教えてやるのか? だれの手がナイフを持っているのかを、こちらは把握していますよと? だめだな、ポール――いまなら敵のナイフが見えている。しかし、うかつに動けば持ち手が変わって、そのナイフが見えなくなってしまう。この件を領主会議《ラーンスロード》に訴えたところで、大混乱を招く結果にしかならん。皇帝もしらを切るだろう。そんなのはうそだ、と皇帝にもの申せる者がどこにいる？　領主会議《ラーンスロード》に問題を持ちこんだところで、稼げるのは多少の時間だけ、混沌はむしろいや増すだろう。それはどんな事態を招くと思う？」

「諸領家がこぞって香料をストックしだすかもしれません」

「われらの敵はこの陰謀においてかなり先をいっており、彼我の準備にはそうとうの開きがある。およそ挽回できる開きではない」

「皇帝、ということは――サーダカーが出てきますね」

「うむ、まずまちがいなく出てくる。それも、ハルコンネン軍を装ってな。しかし、実態はハルコンネンではない。皇帝直属の親衛軍――サーダカーだ」

「対サーダカー戦力として、フレメンがどう役にたつのでしょう？」

「ハワトからサルーサ・セクンドゥスの実態は聞いたか？」

「皇帝の収容所惑星ですね？　いえ」

「それがたんなる収容所惑星でなかったとしたらどうする、ポール？　帝国サーダカー軍については、けっして口に出されぬ疑問がつきまとう。〝サーダカーの兵員養成地はどこか〟ということだ」

「まさか……それが収容所惑星だと？」

「公にされてはおらぬがな」

「でも、皇帝はあの惑星から支援部隊を徴募していると――」

「それはわれわれがそう信じこまされているだけのことでしかない。あの惑星出身の兵は、若くて徹底的に鍛えられているが、結局は皇帝の支援部隊にすぎないのだとな。ときどき、皇帝の兵員訓練に携わる基幹要員についてのうわさを耳にすることもあろう。しかし、わが宇宙文明の軍事バランスは、二極間で一定にたもたれている。一極に領主会議《ラーンスロード》の諸大領家が擁する軍隊があり、もう一極にサーダカーとその支援に努める徴募兵部隊がある。要点は、それがサーダカーの支援を目的とする徴募兵部隊だという点だ。あれもまた、サーダカーの一部といっていいのさ」

「ですが、サ《S》ルーサ・セ《S》クンドゥスに関するどの報告書にも、SSは地獄の惑星だと書いてありますよ！」

「地獄なのはまぎれもない事実だ。しかし、タフで屈強で剽悍な兵を育てようと思ったら、どんな環境下で訓練するのがいい？」

「そんな環境で育った兵の忠誠心を、どうやって得られるというんです？」

「いくつか実効性が証明されている方法がある。たとえば、精強さを奨揚して、プライドに訴える方法。あるいは、秘密の契約で縛る隠微な方法。そして、ともに苦しみを分かちあう団体精神に訴える方法。いずれにしても、忠誠心を得る手段はしっかりとある。いろいろな方法が、あまたの惑星で何度となく導入されてきている」

　ポールはうなずき、父親の顔を見つめつづけた。もういまにも、思いがけない事実を打ち明けられそうな気がしてしかたがなかったからだ。

「アラキスの場合」公爵はつづけた。「各地の町や守備隊が駐屯する村から一歩外に出れば、あらゆる点でサルーサ・セクンドゥスに微塵も劣らぬ、地獄の環境が広がっている」

　ポールは目を見開いた。

「フレメン！」

「現地の住民は、精強さでも剽悍さでも、サーダカーに匹敵する精兵に育つ可能性を秘めている。内々にフレメンを語らって味方にするには、忍耐がいるだろう。一同に適切な装備を支給するとなると、莫大な額の資金が必要にもなる。しかし、かの地にはフレメンがいる。そして、かの地は香料を源泉とする富も産む。罠があると知りつつ、われわれがアラキスに乗りこんでいく理由が、これでわかっただろう？」

「ハルコンネン家はフレメンのことを知らないんですか？」

「ハルコンネンの連中は、フレメンを見くだしたうえ、遊び半分で人狩りの対象にしていた。フレメンの総人口を数えようとしたことさえない。アラキスの住民に対するハルコンネンの政策は知っている。住民の存続にプラスになることは、極力なにもしない――これだ」

　公爵は足を動かし、からだの重心をかけなおした。その動きに応じて、胸に縫いとられた赤い鷹の紋章の金属糸がきらめいた。

「わかったか？」

「こうしているいまも、フレメンとの交渉は進んでいるんですね」

「すでに、ダンカン・アイダホを長とする使節団を送りこんである。ダンカンは誇り高く、容赦を知らぬ男だが、真実を好む。フレメンはあの男を高く評価するだろう。運がよければ、フレメンはあの男を基準にして、当家の評価を定めるかもしれない。すなわち、〈高潔なるダンカン〉を基準にしてだ」

「〈高潔なるダンカン〉――そして、〈勇敢なるガーニー〉」

「どちらもおまえの命名だったたな。言いえて妙だ」

ポールは思った。

（ガーニーは教母のいう〝世界を支える四つの要素〟のひとつ――〝勇者の勇気〟なのかもしれないな）

「ガーニーから聞いたぞ。きょうはなかなか優秀な武器の使いぶりだったそうじゃないか」

「わたしにはそうはいいませんでした」

公爵は声をあげて笑った。

「ガーニーが本人の前で誉めことばを口にすることはめったにないさ。おまえは剣の刃先と切先の使い分けを――あいつのことばを借りれば――みごとに体得しているそうだ」

「ガーニーにはいつもいわれてるんです、切先で殺すのは芸がない、殺すのなら刃先を使うべきだと」

「あいつはロマンティストだからな」公爵はうなるようにいった。息子の口から〝殺す〟ということばが出たことで、急にこの話題に嫌気がさしたのだ。「おまえにはなるべくなら、人など殺さずにいてほしい……しかし、必要とあらば、なりふりなどかまってはおられん。いざとなったら確実に相手を倒せ――使うのは切先でも刃先でも、どちらでもいい」

ここで公爵は、天窓をふりあおいだ。雨粒がガラスを音高く打ちすえていた。父親の視線をたどり、ポールは頭上に広がる雨空のことを考えた。アラキスではけっして、こんなふうに雨が降る光景は見られないだろう。こうして空を見あげたことで、思いは空の上に広がる宇宙空間におよんだ。

「ギルドの宇宙船、そんなに大きいんですか？」

公爵はポールに目をもどした。

「おまえが惑星の外へ出るのは、こんどがはじめてだったな。うむ、でかいぞ。長旅なので輸送母船に乗っていくが、これがとてつもなく大きい。当家の哨戒艦《フリゲート》と輸送船を残らず格納しても、巨大船倉のごくわずかな一画を占めるのみだ。われわれは、母船の積荷目録のごく一部にすぎない」

「哨戒艦隊もいっしょに格納していかなくてはいけないんですね？」

「費用は嵩むが、ギルドの保安規定上、そこはやむをえん。同じ母船の中にハルコンネンの艦隊が格納されていたとしても、こちらが哨戒艦隊を連れていれば恐れる必要はない道理だ。もっとも、いかにハルコンネンの連中といえども、母船内で荒事に出ることの愚は承知しているだろう。へたをすれば、乗船権を剝奪されてしまうからな」

「船内スクリーンでギルドマンの姿を見られないかどうか、探してみようかな」

「やめておけ。ギルドの代理人たちでさえ、ギルドマンを見たことのある者はいないんだ。ギルドは運輸の独占だけではなく、プライバシーをも極度に重視する。われわれの乗船権を危険にさらすようなまねはするな」

「ギルドマンがなかなか姿を見せないのは、著しく変異していて、もう……人間のようには見えないという話、ほんとうでしょうか？」

「だれにわかろう？」公爵は肩をすくめた。「その謎はどうも解けそうにないな。だいいち、われわれにはもっと差し迫った問題が山ほどある。そのひとつは——おまえだ」

「わたし？」

「わしの口から話してくれ、とおまえの母親に頼まれていてな、息子よ。知ってのとおり、おまえには演算能力者《メンタート》の才がある」

ポールはまじまじと父公爵を見つめた。しばらく二の句がつげなかったが、ややあって、ようやくたずねた。

「メンタート？　わたしが？　でも、わたしは……」

「ハワトも同意見だ。才があるのはまちがいない」

「でも、メンタートの訓練は幼少期からはじめないといけないのでしょう？　それに、当人にはそのことを黙っていなくちゃならない。それによって支障が出るかもしれないからです、初期の……」その先は尻すぼみに消えた。過去のさまざまな状況が、一瞬の演算のうちに、明確な意味をもったからだ。「なるほど。そういうことだったのか……」

「その日はかならずくる」と公爵はいった。「潜在的メンタートが、自分に施された訓練のことを知らねばならぬ日がな。その日以降は、訓練が受動的になされることはない。訓練を継続するか、放棄するか、自分の意志で選択せねばならないからだ。継続できる者もいる。できない者もいる。自分自身の行く末を確実に予見できるのは、唯一、潜在的なメンタートだけだ」

ポールはあごをなでた。ハワトと母から受けてきた数々の特殊な訓練——記憶術、意識の集中、筋肉の制御、感受性の鋭敏化、各種言語と声音使いの修得——そのすべてが心の中でカチリとひとつに収まり、新たな理解が訪れた。

「いつの日か、おまえは公爵になる、息子よ」と父親はいった。「メンタートである公爵というのは、まことにもってたいしたものだ。訓練を継続するかどうか、いま決められるか？……それとも、もっと時間が必要か？」

ポールはすこしもためらうことなく、答えた。

「訓練をつづけます」

「まことにもって、たいしたものだ」と公爵はつぶやいた。

その顔には誇らしげな笑みが浮かんだが……その笑みを見たとたん、ポールは愕然とした。なぜなら、公爵の細面には、髑髏《どくろ》が二重写しに重なって見えたからである。ポールは急いで目を閉じた。例の〝畏るべき目的〟が身内に目覚めつつあるのがわかる。

（もしかすると、〝畏るべき目的〟とは、メンタートになることだったんだろうか）

だが、その可能性を思いめぐらすそばから、新たに覚醒した意識はそれを否定していた。

ベネ・ゲセリット・システムが保護伝道団《ミッショナーリア・プロテークティウア》を通じて、せっせと蒔《ま》いてきた預言者伝説の種子は、レディ・ジェシカとアラキスによって、みごとな実を結ぶにいたった。B・G要員を保護するため、既知の宇宙に播《は》種《しゅ》されてきた英知は、遠いむかしから高い評価を受けてきたものだが、これほど理想的な形で周到な準備が功を奏し、結縁者同士の組みあわせがうまくいった例は、われわれもついぞ見たことがない。アラキスにおいて、預言者伝説は帰化・定着するほどに浸透した（浸透した伝説には、教母の存在はもとより、朗唱と応唱を筆頭にして、保護伝道団《ミッショナーリア・プロテークティウア》が行なう預言者講話《パンプリア・プロフェーティクス》の儀式規定《シャリーア》のほとんどまでもが含まれている）。レディ・ジェシカの潜在能力がはなはだ過小評価されていたことは、いまでは広く受けいれられている

——プリンセス・イルーラン

「分析：アラキス危機」より

（関係者のみの閲覧：Ｂ・ＧファイルＡＲ－８１０８８５８７）

レディ・ジェシカのまわりには、いたるところに――アラキス領主公邸大ホールの壁ぎわにも、あちこちのオープンスペースにも――カラダンの日々を収めた荷物が積みあげられ、山をなしていた。おびただしい数の箱、トランク、カートン、ケース――なかには部分的に荷ほどきがなされたものもある。ギルドのシャトルから降りてきた荷役《にやく》たちが、建物の玄関ホールに、またも新たな積荷をおろす音が聞こえた。

ジェシカは大ホールのまんなかに立ったまま、ゆっくりと回転し、天井を見あげ、周囲を見まわし、影になっているあちこちの彫刻、壁龕《へきがん》、窓台の奥行が深い窓などに目をやった。広々として時代がかったこの部屋には、ベネ・ゲセリット学院にあった〈シスターの広間〉を思いださせるものがある。しかし、学院の広間はぬくもりを与えるよう造られていたのに対して、この大ホールが与えるのは、石造りがもたらす寒々しさだ。

控え壁といい、暗い色の壁掛けといい、ここを設計した建築家は、はるかな昔まで歴史を遡ったのだろう。大ホールには二階ぶんの高さがあり、頭上のアーチ形天井には極太の梁が交差していた。あの木材は、莫大な費用をかけて恒星間宇宙を越え、はるばるアラキスまで運んでこられたものにちがいない。この星系のいかなる惑星も、あれほどの太い梁に使える樹木は育たない。もちろん、あの梁が模造木材である可能性もあるにはあるが――。

たぶん、そうではないだろう。

ここは旧帝国時代から総督公邸だった建物だ。その当時ならば、費用はそれほど考慮する必要もなかったにちがいない。ハルコンネン家はこの地に新たなメガロポリス、カルタグを建設した。奇巌地帯を越えて北東へ二百キロほどいったところにある、安っぽくてけばけばしい町がそれだ。いっぽう、領主公邸があるこの町は、そこよりも古くから存在する。この古都を首府に選んだレトは賢明だった。アラキーンという名前の響きもいい。豊かな伝統を感じさせる。それに、ここは小都市だから、敵性分子を一掃するにも、町を防衛するにも、カルタグより簡単だ。

ふたたび、多数の箱が正面玄関の外におろされる、ゴトゴトという音がした。ジェシカはためいきをついた。

右手のカートンのそばには、先代公爵——公爵の父親の肖像画が立てかけてある。肖像画からたれた梱包用のひもが、まるで擦りきれた飾りのようだった。左手にはいまも、ひもの切れ端が握りしめられている。肖像画の横には、艶《つや》のある飾り板に載せられた、黒い牡牛の首《トロフィー》が置いてあった。詰め物用に丸めた紙の海に囲まれて、首は黒い島のように見える。飾り板は床の上へ水平に寝かせてあり、黒牛の光沢のある鼻づらは天井を向いていた。そのせいか、黒牛はあたかも、音が反響する広大なホールに向かって、いまにも挑戦の声を張りあげようとしているように見えた。

いったいどのような力が働き、自分はこのふたつの——首と肖像画の——梱包を真っ先に解いてしまったのだろう。この行為には、なにか象徴的なものがあるはずだ。公爵の見定め人たちによって学院の外へ連れだされて以来、こんなにも恐怖を感じ、自分に自信を失ったことはない。

首。そして肖像画――。

このふたつは、気持ちの混乱をいっそうかきたてるものだった。ジェシカは身ぶるいし、壁の高みにある縦長の細窓を見あげた。まだ午後も早い時刻だというのに、この高緯度地方では空が黒く、寒々しい。カラダンのあたたかい青空とくらべると、いっそう黒く感じる。心の中でホームシックが疼《うず》いた。

(こんなにも遠くまできてしまったのね、カラダンから)

「おお、ここにいたか!」

レト公爵の声がした。

ふりむくと、公爵がダイニングホールにいたるアーチ天井の廊下を歩いてくるのが見えた。胸に真紅の鷹の紋章をつけた黒い作業服はほこりにまみれ、しわだらけになっている。

「この陰鬱な館の中で、迷子になってしまったかと思ったぞ」

「寒々しいところですね、ここは」

公爵は背が高く、肌の色はオリーブのそれのように浅黒い。その見た目から、ジェシカはオリーブ苑の樹々と、青い水面に映りこむ黄金の太陽を連想した。グレイの目はおだやかな光をたたえているが、顔つきは精悍そのものといっていい。細面は彫りが鋭く、いかめしい印象を与える。

ふと公爵の身が案じられ、胸を締めつけられるような恐怖をおぼえた。皇帝の命に服する覚悟を固めて以来、公爵ははなはだ苛烈で果断な人間になってしまっている。

「この館だけではありません。町全体が寒々しいんだわ」ジェシカはつづけた。

「たしかにな、薄汚くて微粒砂にまみれた、守備隊が駐屯するだけの小さな町だ。しかし、それは変えられる」そういって、公爵は大ホールを見まわした。「この手のホールは国務に使用するものだからな。南の翼には家族が使う居室区画があった。何部屋か覗いてみたが、このホールよりもずっと快適だぞ」

公爵はジェシカに歩みより、腕にふれ、堂々として気品ある態度を愛でた。

そして、またもや思った。ジェシカの親も祖先もついに正体を明かされていない。それは反逆者の烙印を押された領家の者だったのかもしれないし、いなかったことにされた皇帝のご落胤なのかもしれない。いずれにしても、ジェシカは皇帝家の血筋の者よりもなお気品があり、女王然として見える。

ジェシカは凝視に耐えかねて顔をそむけ、公爵に横顔を向けた。その横顔を見て、公爵はあらためて気がついた。この美しさを顕現させているものは、単一の要素ではない。特定の要素ではない。卵形の顔を縁どるのは、磨きあげたブロンズのような赤褐色の髪だ。適度に間隔の離れた目は、カラダンの朝に広がる大空のような、澄みきった翠《みどり》色をしている。鼻は小さくて口は広く、思いやりを感じさせる顔だちだった。スタイルはいいが、肉づきは少々薄い。背は高く、からだのラインは凹凸が控えめで、細身といったほうがいいだろう。

公爵はふと思いだした。学院の助修女たちは、ジェシカのことを〝ガリガリ娘〟と呼んでいたそうだ。見定めに出向いた者たちからはそういう報告を受けている。だが、その形容はあまりにも単純化がすぎるといわざるをえない。ジェシカはアトレイデスの血統に王侯然とした美しさを取りもどさせてくれた。ポールが母親似なのはまことに喜ばしい。

「ポールはどこだ？」公爵はたずねた。

「館のどこかにいます。ユエの講義を受けているのでしょう」

「では、南翼のどこかにいるな。たしか、あそこでユエの声を聞いた気がする。どの部屋かたしかめるひまはなかったが……」公爵はためらいがちに、ちらとジェシカに目をやった。

「もっとも、わしがこのホールへきたのは、ダイニングホールの壁に飾るカラダン城の鍵を探すためだ」

ジェシカは鋭く息を吞み、公爵に手を伸ばしたくなる気持ちを抑えた。鍵を飾る――その行為には決定的な意味がある。だが、これは心の安らぎを求めるべき時でも場所でもない。

「入ってくるとき、館の上にアトレイデス家の旗標《はたじるし》が翻っているのを見ましたが……」

公爵はそれには答えず、父親の肖像画に目をやった。

「あの絵、どこに掛けるつもりだ？」

「大ホールのどこかにでも」

「それはいかん」

平板だが決定的なその口調は、正面きって議論しても無駄なことを物語っていた。ベネ・

ゲセリットの技をもってすれば、説得はできるかもしれない。しかし、ここはあえて、正面から議論しなくてはならない。たとえそれが、〝自分がこのひとに技を使うことなどありえない〟と再確認する結果におわるだけだとしてもだ。

「わが君《マイ・ロード》。せめてもうすこし……」

「どのみち、答えはノーだ。たいていのことは恥ずかしげもなく大喜びできみにまかせるが、ことこの件に関してだけは応じられん。たったいま、ダイニングホールから出てきたところだが、掛けるならあそこに――」

「マイ・ロード！　おねがいです」

「消化の妨げになるものを排除するか、わが父祖の名誉を重んじるか、ふたつにひとつだ」と公爵はいった。「これはダイニングホールに掛けてもらうからな」

　ジェシカはためいきをついた。

「そう。わかりました」

「状況が落ちつけば、可能なときには、自室で食事をとる習慣を再開してくれてかまわん。立場上の務めをはたすのは、正式な儀礼のときだけでいい」

「ありがとうございます、マイ・ロード」

「そんなふうに杓子定規で他人行儀な態度はとらんでくれ！　きみと正式に結婚しなかったことには、むしろ感謝してほしいくらいだぞ。結婚していたら、いやもおうもない、食事のたびに、わしのテーブルに同席する義務を負わされていたのだからな」

すこしも顔の表情を変えぬまま、ジェシカはこくりとうなずいた。公爵はつづけた。

「ハワトはすでに、食事テーブル周辺に当家が持ちこんだ毒物検知機をセットした。きみの部屋にもポータブル版を用意してある」

「予想ずみでいらしたのね……わたしがダイニングでは食事をしないことを」

「そのほうが気が楽だろうと思うからこそ、そのように手配したんだ。使用人はすでに雇い入れた。みな地元民だが、ハワトが身元を調べて、問題なしと判断した者ばかりだ。全員、フレメンだよ。連れてきた本来の使用人たちは、みな別件で手いっぱいなので、ほかの仕事から解放され、本来の仕事にもどれるようになるまで、身のまわりの世話は地元の者にしてもらう」

「この地の者で、信用できる人間などいるのでしょうか」

「ハルコンネンを憎んでいる者なら、みな信用していい。なかでも、侍女頭はずっと雇っておきたくなる逸材かもしれん。名はシャダウトのメイプスという」

「シャダウト——それはフレメンの称号ですね？」

「〝井戸掘り〟という意味だそうな。当地では、われわれに思える以上に重要な役目らしい。見たところ、あまり侍女らしくは思えんかもしれんが、ダンカンの報告をもとに、ハワトは高く評価している。ふたりの判断によれば、メイプスは進んで仕えたがっているという——とりわけ、きみに仕えたがっているそうだ」

「わたしに？」

「メイプスはきみがベネ・ゲセリットであると聞いて訪ねてきたという。当地のフレメンのあいだには、ベネ・ゲセリットに関する伝説が広まっているらしい」

(保護伝道団《ミッショナーリア・プロテークティウア》の仕事ね)とジェシカは思った。(伝道団が訪ねていない惑星はないもの)

「それはつまり、ダンカンが首尾よく目的をはたしたということでしょうか？　フレメンがわたしたちに味方してくれるということでしょうか？」

「はっきりしたことはまだわからんがな」公爵は答えた。「フレメン側はしばしば観察期間を設けて、われわれのようすを見まもりたがっている——と、ダンカンは見ている。ただし、その観察期間中は、辺境の村々を襲撃するのを控えると請けあったと聞く。これは一見して思えるより重要な成果だ。ハワトによれば、フレメンはハルコンネンの脇腹に深く刺さったトゲであり、フレメンの襲撃による被害の程度は、ずっと極秘あつかいされてきたという。ハルコンネン軍がどれほど弱体かを皇帝に知られては、なにかと不都合だからだろう」

「フレメンの侍女頭——」ジェシカはシャダウトのメイプスに話をもどし、つぶやくようにいった。「——フレメンであるからには、白目のない青一色の目をしているのでしょうね」

「フレメンの外見にだまされてはいかんぞ。連中は底知れぬ力強さと肉体的な頑健さを併せ持っている。フレメンこそは、われわれが必要とするすべてであるとさえ思う」

「危険な賭けです」

「またその話か。蒸し返しはやめにしようじゃないか」

ジェシカはむりに笑みを浮かべてみせた。

「たしかに、わたしたちは……ええ、それだけはまちがいありませんね」ジェシカはそこで、迅速に冷静さを取りもどす行《ぎょう》を行なった。二度、深呼吸をして、つかのま、儀式的な思考をめぐらす。それがすんでから、ようやくことばをつづけた。「部屋の割りふりにあたって、マイ・ロードのためにしておくべき、なにか特別なことはありますか？」

「いやはや、どうすればそんな芸当ができるのか、そのうち教えてもらわねばなるまいな。一瞬で悩みを脇に押しやり、現実的な問題に目をすえる……それもまた、ベネ・ゲセリット一流の技のひとつなのだろう？」

「むしろ、女の技かしら」

公爵はほほえんだ。

「部屋の割りふりだが。広い執務室を用意してくれ、寝室のとなりがいい。カラダン時代とくらべれば、書類仕事の量は格段に増えるだろう。もちろん、護衛たちの控え室もたのむ。手配はそれだけでことたりるはずだ。公邸のセキュリティは心配しなくてもいい。ハワトの配下たちが万全の態勢を構築していったから」

「その点は安心しています」

ここで公爵は腕時計を見た。

「すべての計時機器がアラキス時間に合わせてあるかどうかも、確認しておいてくれるか。直接の作業は技術者のひとりにまかせてある。じきに調整がすむだろう」公爵はそういうと、ジェシカの額に手を伸ばし、ひとふさたれた髪をうしろになでつけた。「わしはそろそろ、宇宙港にもどらねばならん。もういまにも、後続のスタッフを乗せて、二隻めのシャトルが到着するころだ」

「出迎えはハワトにまかせておけないんですか？　お疲れのようですけれど」

「有能なスフィルは、わしよりずっと忙しい。知ってのとおり、この惑星はハルコンネンの謀略まみれだ。それに、年季の入った香料ハンターの一部が惑星を出ていこうとしていてな。思いとどまるよう説得する仕事は、このわしにしかできん。領主《ランスロード》の交替にともない、契約を途中解除する権利は、万民に与えられている。皇帝と領主会議が移封監察官に任命した例の惑星学者は、まったく買収のきかない男でな。かたはしから契約解除を認めている始末だ。香料搬出シャトルで出ていこうとしている経験豊富な香料ハンターの数は、およそ八百人。そして軌道には、ギルドの貨物船が待機している」

「あの、マイ・ロード……」いいかけて、ジェシカはためらい、口をつぐんだ。

「どうした？」

（このひとは、わたしたちのために、この惑星の治安を堅固なものにしようと努めている。思いとどまらせようとしても、それは無理な相談。そして、このひとにベネ・ゲセリットの技を使うわけにはいかない）

「……ディナーは何時ごろがよろしいでしょう？」

（ほんとうは、こんなことをいおうとしたわけではないな）と公爵は思った。（ああ、わが愛するジェシカよ、これがどこかよその惑星であったなら。どこでもいい、こんな恐ろしい場所とは別の世界にいて——ふたりっきりで、なんの心配ごともなく過ごせたら……）

「食事は宇宙港の士官食堂でとる」ジェシカの問いに、公爵は答えた。「帰りはかなり遅くなるだろう。それから……そう、ポールの迎えに護送車をよこす。幕僚会議には、あれにも出席してほしい」

さらになにかをいおうとするかのように、公爵は咳ばらいをした。だが、そこで唐突に、くるりと背を向け、つかつかと大股で玄関に歩いていった。玄関の外からは、新たにつぎの荷物がおろされる音が聞こえている。いちど、玄関付近で公爵の声が響いた。蔑みを含んで叱咤するこの口調は、公爵が急いでいるとき、使用人相手に命令する口調だ。

「レディ・ジェシカが大ホールで待っている。ただちにそばへいってお仕えしろ」

玄関ドアが荒々しく閉じられる音がした。

ジェシカは玄関から向きなおり、レトの父親の肖像画に顔を向けた。これは老公が中年のころ、高名な画家オールビーに描かせた作品だ。老公は闘牛士の装いを身にまとい、左腕に真っ赤なケープを掛けた姿で描かれている。顔は若々しく、いまのレトと大差ない齢格好のようだ。顔つきは、こちらもやはり鷹のそれのように精悍で、同じグレイの目を持っていた。

ジェシカは両脇に降ろした手を握りしめ、肖像画をにらみ、小さくつぶやいた。

「この人でなし！　人でなし！　人でなし！」

「……なんなりとお命じを、高貴なる生まれのお方」

いきなり、そばから女の声がいった。かぼそくて力ない声だった。

さっとふりむくと、節くれだった古木を思わせる、半白の髪の女が立っていた。着ているのは、農奴茶色をした貫頭衣風《サックドレス》の服だ。女の顔は妙にしなびて干からびているような印象をもたらした。そういえば、けさがた宇宙港からこの公邸へ向かう途中、公爵一行を出迎えた群集からも、よく似た印象を受けたことを思いだす。この惑星にきてから目にした地元民は、例外なく干しスモモのように干からびて、栄養不良に見えたものだった。もっともレトは、フレメンは力強く、頑強だといっていた。そしてもちろん、フレメンたちの目は――白目のまったくない、恐ろしく深く濃いダークブルーの目は――なにを考えているのかが読めず、神秘的に見える。ジェシカはその目をあえてじろじろ見ないように心がけた。

女がぎごちなく会釈をし、ことばをつづけた。

「わたくしはシャダウトのメイプスと呼ばれる者。なにかご用命はございましょうか、高貴なる生まれのお方」

「わたしのことは〝マイ・レディ〟と呼んでちょうだい。高貴な生まれではないのだから。わたしはレト公爵の愛妾よ」

女はふたたび、ぎくしゃくと会釈をしてから、上目遣いにジェシカを見やり、ききにくいことをきいた。

「では、ほかにお妃さまがいらっしゃるので？」

「いいえ。お妃はいないの、いまも、むかしもね。わたしは公爵さまの、ただひとりの……

連れあいにして、お世継ぎの母親」

いいながら、ジェシカは心の中で笑った。自分のことばににじむ誇らしさがおかしかったのだ。

(聖アウグスティヌスはなんといっていたかしら? 〝精神が肉体に命令をすれば、肉体はしたがう。精神がみずからに命令をすれば、抵抗にあう〟だったわね。そう。このところ、わたしは自分の心の抵抗にあってばかり。自主的に〝静かなる隠遁〟の行《ぎょう》を行なっておいたほうがよさそうだわ)

そのとき、公邸の外の道から、異様な叫び声が聞こえてきた。同じことばが何度も何度もくりかえされている。

「スー=スー・スーク! スー=スー・スーク!」そしてこんどは、「イクート=エイ! イクート=エイ!」そしてまた、「スー=スー・スーク!」

「あれはなんなの?」ジェシカはたずねた。「けさがた、通りを車でやってきたときにも、何度か耳にしたけれど」

「ただの水売りでございますよ、マイ・レディ。ですが、あのようなものに興味を持たれる必要はありません。お館の地下の貯水タンクには五万リットルの水が備蓄されておりまして、いつも満タンですので」

女はそこで、自分のサックドレスを見おろし、語をついで、

「なにしろ、マイ・レディ、この館では保水スーツを着る必要さえないのです」というと、

かんだかい笑い声をあげた。「それなのに、死にもしない！」

ジェシカはためらった。このフレメンの女に現地の事情をきき、指針となる情報を与えてほしいところではあった。だが、さしあたって、混乱しきった館に秩序を取りもどすほうが緊急性は高い。そう思ういっぽうで、いまのことばにより、ここでは水が富の主要な指針であることに気づかされ、心がざわつくのをおぼえた。

「公爵さまから、あなたの称号は聞いたわ。シャダウト、というそうね」ジェシカはいった。

「そのことばには聞き覚えがあります。とても古いことばのはず」

「古い言語をごぞんじでいらっしゃるので？」

メイプスがたずね、やけに興味津々のようすで答えを待った。

「言語とはベネ・ゲセリットが最初に学ぶものなのよ」とジェシカは答えた。「古ボタニー方言《ジブ》やチャコブサ語のほか、狩猟言語はひととおり知っているわ」

メイプスはうなずいた。

「まさに、伝承にあるとおりの——」

ジェシカは思った。

（どうしてこんな欺瞞の伝承に話を合わせなければならないのかしら）

とはいえ、ベネ・ゲセリットのやりかたは遠謀深慮に基づく巧妙なものであり、その徒はいやでも学院の方針にしたがわざるをえない。

「昏《くら》きことどものことも知っているし、〈大いなる母〉の方針も知っているわ」

そういったとたん、メイプスのしぐさと表情に微妙な変化が現われた。ジェシカはそこに、いっそう明白なしるしを読みとった。

「ミセシス・プレジア」ジェシカはチャコブサ語でいった。「アンドラル・トレ・ペラ！　トラダ・チク・バスカクリ・ミセシス・ペラクリ――」

メイプスが一歩あとずさった。いまにも逃げだしそうなようすになっていた。

「わたしにはわかるの、いろいろなことが、それこそ手にとるように」ジェシカはつづけた。「あなたが複数の子を産んだことも、愛する者たちを失ったことも、恐怖を押し隠していることも、かつて荒事に身を染めたことがあって、今後も染めるであろうこともね。いろいろとわかるのよ」

低い声で、メイプスは答えた。

「お気を悪くさせるつもりはなかったのです、マイ・レディ」

「あなたは伝承のことを口にし、答えを求めているようだけれど――もうじき出るであろうその答えには、充分に注意することね。あなたが荒事にも訴える準備をしてきたこと、腰に得物を忍ばせていることも、やはりわたしにはわかっているのよ」

「マイ・レディ、わたくしは……」

「あなたがわたしに血を流させて命を奪えるという可能性も、まったくなくはないけれど」ジェシカはつづけた。「もしそんなことになれば、あなたが恐怖におののいてめぐらす想像をはるかに越えた、深刻な破滅が訪れますよ。世の中には、死ぬよりも悲惨な運命があるの

――あなた個人だけではなく、ひとつの民族全体にとってね」

「マイ・レディ！」メイプスがすがるような声を出した。いまにも床に両ひざをつきそうなありさまになっている。「この得物は、あなたさまへの捧げ物として持ちきたりしもの――あなたさまが〈あの方〉だと知れた暁《あかつき》にお渡しするために」

「でも、そうではないとわかれば、それを使ってわたしに死を捧げるつもりだったのね？」

ジェシカは一見、悠然として見える態度で女の反応を待った。ベネ・ゲセリットの修業を受けた者が戦いにおいてひどく恐れられるのは、この悠然たる態度のゆえだ。

（さあ、どちらの目が出るか、見るとしましょうか）

メイプスはゆっくりとサックドレスの襟元から手をつっこみ、一本の黒い鞘を取りだした。鞘からは黒い柄《つか》が突きだしている。握りに深い畝《うね》を施した柄だ。その柄を片手で持ち、鞘のほうを反対の手で持ってすらりと刃を抜くと、切先を上に向けてかまえた。刃面は乳白色で、みずから輝きを放ち、きらめいているように見える。キンジャールと同じく両刃の短剣で、刃渡りは二十センチほどだろうか。

「これをごぞんじであられましょうか、マイ・レディ」メイプスがたずねた。

ジェシカにはひと目でわかった。この短剣は、あれ――アラキスで使われる伝説の結晶質《クリス》ナイフでしかありえない。この短剣がかつて惑星外に持ちだされたことはなく、その存在はうわさと奇想天外な醜聞を通してのみ知られている。

「クリスナイフね」とジェシカはいった。

「軽々とその名を口にしてはなりません。その意味はごぞんじで？」

ジェシカは考えた。

（この問いかけには、ひときわ真剣さを感じるわね。このフレメンがわたしに仕えるためにやってきたのは、これを問うためだったんだわ。この問いへの答えを聞いて、この女は斬りかかってくるかしら、それとも……？　この女は答えを求めている。クリスナイフの意味を問いかけている。この女の称号であるシャダウトはチャコブサ語。そしてチャコブサ語では、ナイフは〝死を産むもの〟を意味する。この女、そわそわしてきたわね。すぐにでも答えてやらなくては。返答の遅れは、誤った答えと同じくらいに危険なものだから）

ジェシカはいった。

「それは〈産むもの〉――」

「エイーイィィィ！」

メイプスは鋭い叫び声を発した。それは嘆きの声であると同時に、喜びの声でもあった。柄を持つ手がわなわなと震えだし、小刻みに揺れるナイフの刃が広い部屋じゅうに光を投げかけた。

ジェシカは身がまえつつ、相手の出かたを待った。いましがたいいかけたことばはこうだ。

〝それは〈産むもの〉でしょう、死を〟。そしてそのあとに、チャコブサ語の語源を加えるつもりだった。だが、ありとあらゆる感覚が警告していた。深い修練によって身についた、ごくわずかな筋肉の動きから意味を読みとる力が、答えるべきことばを考えなおせと告げていた。

キーワードは……〈産むもの〉。

〈〈産むもの〉？　ああ、〈産砂《うぶすな》〉――〉

メイプスは依然、いまにもふるおうとするかのように、ナイフをかまえたままでいる。

ジェシカはいった。

「このわたしが、〈大いなる母〉の神秘を知悉《ちしつ》する者が、〈産砂〉のことを知らないとでも思ったの？」

メイプスはナイフを下に降ろした。

「マイ・レディ、長いあいだ予言とともに生きてきた者は、その予言の成就する瞬間に立ちあったとき、いやでも愕然とするものです」

ジェシカはそれを聞いて、くだんの予言を残した者のことを考えた。もう何世紀も前に、保護伝道団《ミッショナーリア・プロテークティウァ》の一員としてこの惑星へ派遣され、儀式規定《シャリーア》ほか、預言者講話《パノプリア・プロフェーティクス》を持ちこんだベネ・ゲセリットがいたのである。その者がとうに死んでいることはたしかだが、その目的はみごとなまでに達成された。いずれベネ・ゲセリットが必要とする〝そのとき〟にそなえて、各種の保護伝承が地元民に浸透したのだから。

そして、いま、〝そのとき〟がきた。

メイプスはナイフを鞘にもどした。

「これは未定着の刃でございます、マイ・レディ。肌身離さずお持ちください。一週間以上、人肌から離してしまうと、分解しはじめますので。シャイー＝フルードの歯より削りだしたこのナイフは、ご存命のかぎり、これよりのち、ずっとあなたさまのものでございます」

ジェシカは右手を伸ばし、あえて賭けに出た。

「メイプス——あなた、いま、釁《ちぬ》られぬまま、鞘に刃を収めましたね」

メイプスははっと息を呑み、鞘に収めたナイフをジェシカの手に握らせると、農奴茶色をしたサックドレスの胸もとを引き裂き、叫んだ。

「ならば、わが〈命の水〉をお取りください！」

ジェシカは鞘からナイフを引き抜いた。なんという輝きだろう！　その切先をメイプスに向ける。死を目前にしたパニックがもたらすよりも大きな恐怖——それに老婆が呪縛されているようすが見てとれた。

(切先に毒が？)

切先を上に向けて、メイプスの左乳房の上を、刃の先でごくかすかにひっかいた。傷口に血玉がにじみはしたものの、たちまち出血は収まった。

(なんと早い血液凝固。この者たちのからだは、水分保持のため変質したのかしら)

ナイフを鞘に収めて、ジェシカはいった。

「胸もとを隠しなさい、メイプス」

わななきながら、メイプスはいわれたとおりにした。白目がなく全体に青い目が、じっとジェシカを凝視している。

「あなたさまは、われらのもの」メイプスはつぶやいた。「あなたさまは〈あのお方〉」

玄関の外で、またもや荷物をおろす音がした。メイプスは鞘に収まったナイフをすばやくつかみ、ジェシカの胴着《ボディス》の隙間に押しこむと、うなるようにいった。

「このナイフを見た者は、浄化するか、殺すかしなければなりません。それはよくご承知であられましょう、マイ・レディ」

(知っているわ――いまはね)

荷役たちは大ホールまで入ってこようとせず、引きあげていった。

気をとりなおして、メイプスはいった。

「クリスナイフを見てもなお、浄化されておらぬ者は、生きてアラキスを出ることがかないません。そのことをけっしてお忘れなきよう、マイ・レディ。あなたさまはクリスナイフを持つ資格を得たのです」大きく息を吸いこんだ。「〝これよりのち、件《くだん》の聖物《せいぶつ》はみずからの道を歩まねばならぬ。そを急かすことはできぬ〟」

メイプスはことばを切り、周囲に積まれた箱や積みあげられた品々にちらと目をやると、語をついだ。

「それに、わたくしどもがここでする仕事は、山ほどございます」

ジェシカはためらった。

〝件の聖物はみずからの道を歩まねばならぬ〟

これは保護伝道団《ミッショナーリア・プロテークティウア》の祈禱文集、〈教母きたりて民を解き放つ〉のなかで、特別な重みを持った一文だ。

（けれどわたしは教母ではないのに）とジェシカは思った。それから、〈大いなる母《なんということ》〉！　先行伝道団は、あの祈禱文をここに根づかせたんだわ。だとしたら、この地はよほどひどいところなのね！）


淡々とした口調で、メイプスはいった。

「さて、最初に、なにをすればよろしゅうございましょう、マイ・レディ」

相手のさりげない口調に応じた受け答えをするべきだ——と、本能からそう警告されて、ジェシカは答えた。

「あそこにある老公さまの肖像画、あれをダイニングホールの壁に掛けなくてはならないの。となりの牡牛の首は、肖像画とは反対の壁に」

メイプスは牡牛の首に歩みよった。

「これほど大きな首を持っていたからには、よほど大きな動物だったのでございましょうね、これは」いいながら、首のそばにしゃがみこんだ。「まずは汚れを落としたいと思いますが、いかが？」

「だめよ」

「ですが、角の先に土がこびりついております」

「それは土ではないわ、メイプス。血なの、われらが公爵さまのお父上のね。その角には、透明の定着剤がスプレーされたのよ。その牛がご老公のお命を奪って数時間のうちに」

　メイプスはあわてて立ちあがった。

「おお、それはまた、なんと！」

「ただの血でしょう」とジェシカはいった。「それも、古い血よ。すぐにこのふたつを壁に掛けてちょうだい。だれかに手伝わせたほうがいいわね。どちらのけものも重いわよ」

「血ごときに、わたしが怯むと思われますか？」メイプスがいった。「わたしは砂漠の民。血はたっぷりと見てきておりますとも」

「わかっているわ……あなたがさんざん血を見てきたことはね」

「その血の一部は、わが身の血。さきほどあなたさまに受けた、小さな掻き傷の血などより、もっとたくさんの血を流してまいりました」

「いっそ、もっと深く切ったほうがよかったかしら？」

「いえいえ、まさか！　ただでさえ体内水分には限りがあるのです。むやみに空中に放って無駄にしてよいものではありません。適切なご判断でした」

　そのことばと態度から、ジェシカは〝体内水分〟というフレーズに一見して思える以上の重い意味を汲みとり、またしてもアラキスにおける水の重要性をひしひしと感じた。

「ダイニングホールのどの壁に、どちらのお品をお掛けしましょうか、マイ・レディ？」

（いつでも現実的なのね、このメイプスは）

　心の中でそう思いつつ、ジェシカはいった。

「あなたの判断にまかせるわ、メイプス。どこに掛けても、たいしたちがいはないから」

「ご指示のままに、マイ・レディ」メイプスはしゃがみこむと、牛の首から包み紙の残りと梱包用のひもを取り除き、小声で首に話しかけた。「そうかい、そうかい、おまえは先代のご老公を殺したのかい」

「荷役を呼びましょうか？」

「自力でいたします、マイ・レディ」

（そうね、自力でやるでしょうね、この人物なら。それがフレメンという存在の本質だわ。なにかを自分の力でやりとげるという意志の塊）

ジェシカは胴着《ボディス》の下にあたるクリスナイフの冷たい鞘を感じつつ、長い長い連鎖をなして連なる、ベネ・ゲセリットの遠大な計画を思った。その連鎖の一端はこの地にもつながっている。たったいま、死ととなりあわせの危機を乗りきれたのは、その遠大な計画のおかげにほかならない。〝急かすことはできぬ〟とメイプスはいった。しかし、この惑星に対しては迅速な手が打たれ、事態は急速な変化を迎えつつある。それはジェシカの心に不吉な予感をもたらした。保護伝道団《ミッショナーリア・プロテークティウア》が施した数々の工作も、城閣に仕立てあげられたこの岩の塊に対してハワトが行なった徹底的なセキュリティ・チェックも、不吉な予感を払拭できていない。

「そのふたつを掛けおえたら、箱の荷ほどきにかかってちょうだい」とジェシカはいった。「鍵はみな、玄関ホールに待機している荷役のひとりが持っているし、どれをどこに運べばいいかも把握しているから、その荷役にいって鍵とリストを受けとってちょうだい。ほかにききたいことがあれば、わたしは館の南翼にいます」

「ご指示のままに、マイ・レディ」

背を向けながら、ジェシカは思った。

（ハワトはこの館が安全だと判断したかもしれない。けれど、なにかがおかしいわ。それが感じられる）

急いで息子に会わなくてはとの思いにとらわれて、ジェシカはアーチ形の戸口に向かって歩きだした。ダイニングホールと家族が居住する南翼は、あの戸口をくぐって廊下を進んだ先にある。ジェシカの歩みはしだいに速くなっていき、とうとう小走りになった。

その背後で、メイプスは牡牛の首から包み紙をはぐ作業を中断し、去っていくジェシカの背中を見送った。そして、ぼそりとつぶやいた。

「マイ・レディこそ、〈あのお方〉に相違ない。ああ、おいたわしや……」

「ユエ！　ユエ！　ユエ！」と怨嗟《えんさ》の声はくりかえされます。「百万回の死をもってしても、あのユエには生ぬるい！」

――プリンセス・イルーラン

『子供のためのムアッディブ史』より

ドアはすこしだけ開いていた。ジェシカはその隙間を通りぬけ、室内に入った。どの壁も黄色い内装が施されている。左手には黒い革張りの低いソファーが一脚、本の入っていない書棚が二棹。壁からは一本、水の壜がぶらさがっており、その膨れた胴まわりにはほこりがたまっていた。右に目をやれば、持ち送り式のドアのほか、これも本の入っていない書棚がもう何棹かと、カラダンから運んできたデスクが一脚、椅子が三脚ある。正面の窓ぎわには、ドクター・ユエがこちらに背中を向けて立っていた。窓の外のなにかに意識を集中しているようだ。

ジェシカはもう一歩、音もなく歩を進めて、室内に足を踏みいれた。

ユエの上着はしわだらけだった。左ひじの付近には、白亜の壁にもたれかかっていたかのように、白い汚れがついている。うしろから見ると、肉のない棒人間が大きすぎる黒の服をまとっているようでもあった。まるで、人形操りの糸に合わせてぎくしゃくと動きだすのを待つ、本物の人形のようだ。ただし、角張った頭とうしろに長くたれている漆黒の髪だけは、生命感を感じさせる。髪は肩のあたりで、スーク医学院の出身であることを示す、銀の環で止めてあった。頭はゆっくりと動きながら、屋外にあるなにかの動きを追っている。

ジェシカはもういちど室内を見まわした。息子の姿は見当たらない。しかし、右手にある閉じられたドアの向こうには小部屋がある。この部屋が気にいったといってポールが寝室に選んだ部屋だ。あそこにいるのだろう。

「こんにちは、ドクター・ユエ」ジェシカは声をかけた。「ポールはどこ？」

ドクター・ユエは、窓外のなにかにうなずくようなしぐさをしてから、心ここにあらずのていで、ふりかえりもせずに返事をした。

「きみの息子は疲れたようだったのでな、ジェシカ。休憩させるため、隣室にいかせた」

そこではっと身をこわばらせ、くるりと背後をふりむいた。その動きで宙に浮いた細長いドジョウ髭が、ぱさりと紫色の唇にかかった。

「これは失礼を、マイ・レディ！　考えごとをしておりましたので……わたしは……けしてなれなれしい口をきくつもりなどなかったのです」

ジェシカはほほえみ、右手の手のひらで相手をなだめるしぐさをした。一瞬、ドクターが片ひざをつくのではないかと心配になった。

「ウェリントン、どうか、そのへんで」

「あなたさまの名前を呼び捨てにするなど……わたしは……」

「もう六年のつきあいでしょう」とジェシカはいった。「堅苦しいあいさつなど、とっくにしなくなっていてもいいころよ——ふたりきりのときにはね」

ユエは小さく笑みを浮かべた。

(どうやら、うまくいったようだ。これでこの先、ジェシカがいつもとちがうようすを感じとったとしても、動揺のせいだと見るだろう。ようすがちがう理由はわかっている——そう判断すれば、より深い原因を探ったりはすまい)

「恥ずかしながら、物思いにふけっておりましてな」ユエはいった。「あなたさまのことを……気の毒に思うときは、あなたさまのことを……その、ジェシカと考えてしまうのです」

「わたしが気の毒? なぜそう思うの?」

ユエは肩をすくめた。ずいぶん前に気づいたことだが、愛妻ワナとちがって、ジェシカは完全な読真能力に恵まれていない。それでも、可能なときはかならず、ジェシカに対しては真実を語るように心がけてきた。そうするのがいちばん安全だからだ。

「この地はごらんになったでしょう、マイ・レ……いえ、ジェシカ」名前の呼びかけかたでミスをしたものの、かまうことなく先をつづけた。「カラダンとくらべれば、ここは非常に荒涼としています。それに、この地の住民ときたら! この公邸へくる途中に見かけた町の女たちたるや、ベールの下で嘆くような声をあげておりました。それに、地元の者たちの、われわれを見る眼差し――」

ジェシカは胸を抱くようにして腕を組み、腕の下にクリスナイフがあたる感触をおぼえた。メイプスの話がほんとうなら、このナイフの刃は砂蟲《サンドワーム》の歯を削りだしたものだという。

「たんに物珍しいからでしょう。民族が変われば習慣も変わる。地元民はハルコンネンの者しか知らなかったのだし」そこで、ユエごしに窓の外を眺めやり、「なにを見ていたの？」

窓に向きなおって、ユエは答えた。

「住民です」

ジェシカは部屋を横切っていき、ドクターの横に立つと、館の正面左側の、ユエの注意が注がれているあたりに目をやった。その一帯には、二十本のヤシノキが一列に植えられて、根元まわりの地面をきれいに掃かれ、草もすべて抜かれており、不審物のチェックもすんでいた。並木と敷地外の道路は金網フェンスで隔てられていて、その向こうに行きかうローブ姿の住民たちが見える。そのフェンスの手前には、かすかなきらめきがあった。敷地全体をすっぽりと包みこむ、大規模な領域シールドだ。ジェシカはフェンスの外の通りを行きから人々の観察をつづけた。ユエはなぜ、あれほど熱心に住民を見つめていたのだろう。

やがて、ひとつのパターンが見えてきて、ジェシカは頬に片手をあてがった。通りすぎる人々はみな、ヤシの並木をにらんでいる！　住民たちの眼差しには羨望が感じとれた。なかには憎悪の目で見ている者もいるし……期待の目で見ている者さえいる。いずれにしても、道ゆく者のひとりひとりが、それぞれに独特の表情を浮かべて並木をにらんでいた。

「あの者たちが考えていることがおわかりですか？」ユエがたずねた。

「あなたには人の心が読めるの？」

「あの者たちの心でしたら。あの者たちは、並木を見てこう考えているのです——〝あれで百人を生かせる〟とね。そういうことです」

ジェシカはけげんな顔をユエに向けた。

「どういうこと？」

「あれはナツメヤシです。ナツメヤシ一本が一日に必要とする水は四十リットル。いっぽう、ひとりの人間が一日に必要とする水は、八リットル。ゆえに、一本のヤシが消費する水は、人間の五人ぶんに相当します。あそこにあるヤシは二十本。したがって——百人ぶんになる計算です」

「でも、なかには期待まじりの目を並木に注いでいる者もいるわよ」

「期待は期待でも、ナツメヤシが何本か倒れてしまえばいいのにという期待ですよ。いまは嵐の季節ではありませんが」

「わたしたちがこの地を見る目は、あまりにも批判的すぎるのではないかしらね。ここには危険もあるけれど、希望もあるのよ。香料はわたしたちを裕福にしてくれるかもしれない。充分な富があれば、この惑星を、みんなが望むとおりの形に変貌させられるかもしれない」

そういってすぐに、ジェシカは心の中で静かに笑った。

（わたしはだれを説得しようとしているの？　このひとを？　それとも、自分自身？）

心中の笑いは口から漏れてしまい、ユーモアのない、乾いた笑い声となって表われた。

「もっとも、治安だけは、お金では買えないわね」

ユエは横を向いた。ジェシカに顔を見られないようにするためだ。

（ああ、ジェシカたちを憎むことさえできたなら！　愛《いと》おしむかわりに憎めたら！）

ジェシカの立ち居振舞いはさまざまな点で、愛するワナのそれに似ていた。しかし、その類似はかえって胸を締めつけ、目的遂行の意志を固めさせることになった。ハルコンネンのやりくちの残酷さたるや、悪魔的というほかはない。ワナはまだ死んでいないかもしれず、それをたしかめるすべはただひとつ――。

「わたしたちのことなら心配しないで、ウェリントン」ジェシカがいった。「これはわたしたちの問題であって、あなたの問題ではないのだから」

（わたしが浮かない顔なのは、ジェシカの身を案じているからと思っているんだ！）ユエは涙をこらえた。（もちろん、案じてはいる。しかしわたしは、あの腹黒男爵の命令をはたし、あの男の眼前に立たねばならない。そして、もっとも油断している隙をついて――満足してほくそえんでいる瞬間を狙って――いちかばちか、あの男を討つ！）

ユエはためいきをついた。

「いま部屋を覗いたら、ポールのじゃまになるかしら」ジェシカがたずねた。

「そんなことはありません。睡眠誘導剤を与えましたから」

「あの子、変化をちゃんと受けいれているかしらね」

「申し分なく。少々、過労ぎみですが。だいぶ興奮しておられるようなのです。もっとも、まだ十五ですからな、こんな状況ではむりもありません」ユエは隣室に歩いていき、ドアをあけた。「さあ、ご子息はこちらに」

ジェシカはあとについていき、暗い室内を覗きこんだ。

ポールはせまい寝台の上に横たわっていた。片方の腕は軽い上掛けの下に入れているが、反対の腕は頭の上に投げあげている。ベッドの横にある窓はブラインドが閉じてあり、その何枚もの羽根板《スラット》が、ポールの顔と上掛けに横縞の影を落としていた。

ジェシカは息子を見つめた。卵形の顔は自分にそっくりだ。髪は公爵似で、石炭のように黒く、くせが強い。長い睫毛はライム色の目を隠している。恐怖が退いていくのをおぼえて、ジェシカはほほえんだ。だが、そこでふと、息子の外見に見られる遺伝的特質が気になった。目と顔の輪郭は母親似だが、その輪郭には、父親譲りの彫りの鋭さが顔を出しはじめている。子供の殻を破って、成熟の兆しが表われかけているのだ。

息子の外見は、無数のランダムなパターンの中から昇華された――偶然の際限なき連鎖がついに結実して生まれた――至上のものだ。そう思ったとたん、ベッドのそばにひざまずき、息子を抱きしめてやりたくなった。だが、ユエの前でそんなことをするわけにはいかない。

ジェシカはあとずさり、そっとドアを閉めた。

ユエはもう窓辺にもどっていた。ジェシカが息子を眺める姿に耐えきれなくなったのだ。

(なぜにワナは子供を産んでくれなかったのだ?) ユエは自問した。(子供が産めないからではなかった。医師として、それは知っている。なにかベネ・ゲセリットならではの理由があったのか? もしかするとワナは、別の目的をはたすよう指示されていたのではないか? それはなんだったのだろう。ただ、ワナがわたしを愛していたこと、それだけはたしかだ)

ここにおいてはじめて、ユエは不吉な考えをいだいた。もしや自分は、おのが精神ごときではとても把握できない、きわめて複雑怪奇なパターンの一部でしかないのではあるまいか。

ジェシカがそばにきて立った。

「子供の寝姿というのは、なんとあどけないものなのでしょうね」

ユエは機械的に答えた。

「大人もまた、あのようにリラックスできればよろしいのですが」

「そうね」

「人はどこであどけなさを失ってしまうのか……」

つぶやいたユエの口調に奇妙な響きを感じとり、ジェシカはちらとドクターを見たものの、すぐに意識をそらした。その心はまだ、ポールのことにすえられていたからだ。いろいろな考えが頭をよぎっていく。ここでの新たな訓練がポールにもたらす苛酷さのこと、ここでの人生で起きる変化のこと――これからの生は、かつてポールのために予定されていた生とは著しく異なるものになるだろう。

「人はなにかを失うものなのよ、じっさいね」

ここでジェシカは、敷地の右手にある斜面に目をやった。斜面をおおっているのは、風でねじくれた灰緑色の茂みで、砂ぼこりにまみれた葉と干からびた鉤爪のような枝が目を引く。斜面の上に広がる空はあまりにも暗く、インクがたれこめているようだ。そんな暗い空で、地上の光景を淡い白銀に染め、乳白色に燃えているアラキスの太陽は、ボディス内に秘めたクリスナイフの、やはり乳白色に光る刃面を思わせた。

「空があんなに暗いわ……」ジェシカはつぶやいた。

「ひとつには、湿度不足が原因です」ユエは答えた。

「また水なの！」ジェシカは思わず大きな声を出していた。「どちらを向いても、かならず水不足の問題にいきあたるのね」

「それこそは、アラキスにおける、大いなる神秘ですからな」

「どうしてこの星はこうも水がすくないの？　ここにはさまざまな火山岩があるのでしょう。エネルギー資源だって、十いくつも名前をあげられるわ。極冠には氷もあるしね。たしかに砂漠には、恒久的採取設備を設置できないと聞いてはいるわよ。嵐やら砂潮やらで、設置をすませるよりも早く壊されてしまうそうね。それ以前に、蟲《ワーム》が襲ってくるそうだけれど——水の痕跡はどこにもないのですって？　けれど、不思議なのは、ウェリントン、ほんとうに不思議なのは、陥没地や砂盆で掘られてきた井戸のことよ。それについては、なにか文献を読んでいて？」

「〝はじめちょろちょろ、すぐに涸れ〟ですな」

「でも、ウェリントン、それこそが不思議なところじゃない？　とにもかくにも、一カ所を掘れば水は出てくるのよ。それなのに、たちまち干あがってしまう。そしてもう、そこからは出てこない。その付近に井戸を掘っても、同じことのくりかえし。はじめちょろちょろ、すぐに涸れ。そのことについて、興味を持った人間はいないの？」

「たしかに興味深くはあります。おそらく、なんらかの生物が関与しているだろうとお考えなのですな？　その形跡は試錐《しすい》による砂中コア・サンプルに見られませんでしたか？」

「どんな形跡が見られるというのよ。異星の植物質か……動物質の形跡？　そんなものが、だれに識別できるというの？」ジェシカは斜面に視線をもどした。「いずれにしても、水はなにかに塞《せ》きとめられている。なにかに栓をされている。それがわたしの推測」

「もしかすると、原因はもう解明ずみかもしれませんぞ」ユエがいった。「ハルコンネンは、アラキスに関する多数の情報源を封印しています。あるいは、情報を秘匿せねばならない、なんらかの理由があるのでは？」

「どんな理由？」ジェシカは問い返した。「それに、空気中の水分の問題もあるでしょう。たしかに、かなりすくなくはあるけれど、ここにも水分がなくはない。空気中の水分はこの惑星の主要な水源だわ。この地の水は、導風器や結露促進器で空気から結露させて得るもの。では、その空気中の水分はどこからくるの？」

「極冠……でしょうか」

「冷たい空気はわずかな水分しか含まないのよ、ウェリントン。ハルコンネン家のベールの内側には、精査すべき秘密がいろいろとあるんだわ。そして、そのすべてが直接的に香料と関わるものばかりとはかぎらない」

「われわれはすでに、そのハルコンネン家のベールの内側に入っているのです。おそらく、われわれは……」そこから先は尻すぼみに消えた。ジェシカが急に、自分を真剣な眼差しで見つめていることに気づいたからだ。「……どうかなさいましたか？」

「あなたが〝ハルコンネン〟というときのその口調――わたしの公爵さまが憎き仇敵の名を口にするときでさえ、それほどの憎悪を孕んではいないわ。知らなかった、ウェリントン、あなたにそんなにもハルコンネンを憎む理由があったなんて」

〈〈大いなる母《しまった》〉よ！　無用の疑念を招いてしまったか。以後はわがワナから教わったベネ・ゲセリットの技をすべて使わねばなるまい。だが、この場を切りぬけるすべはただひとつ。できるかぎり真実を語ることだ〉

ユエはいった。

「わが愛妻ワナのことはごぞんじありませんでしたな……」肩をすくめ、黙りこんだのは、ふとのどを締めつけられるような思いがこみあげてきて、ことばが出てこなくなったからだ。ひと呼吸おいて、ユエはつづけようとした。「あやつらは……」

だが、その先はどうしても出てこなかった。パニックをおぼえて、ぎゅっと目をつむる。胸の内をかきむしられるようで、なにもできない。そのとき、ジェシカの手がやさしく腕に触れた。

「ごめんなさい――古傷をえぐるつもりはなかったのよ」

そういって、ジェシカは思った。

(あのけだものども！　ドクターの夫人は、ベネ・ゲセリットだったんだわ――ドクターのいたるところに、その兆しが残っている。そして、ハルコンネンが夫人を殺したのは確実。このひともまた、憎しみの呪縛によってアトレイデス家に結びつけられた、ハルコンネンのあわれな犠牲者のひとりだったのね)

「失礼しました」ユエは詫びた。「どうしてもお話しすることができず……」

ユエは目をあけ、身内に渦巻く苦悩に心をゆだねた。すくなくとも、苦悩だけは本物だ。

ジェシカはそんなユエの容貌を見つめた。突きでた頬骨、アーモンド形をした目の輪郭と黒い目、黄色い肌の色、紫色の唇の両脇に細長くたれた二本のドジョウ髭、細いあご――。頬と額のしわは、老齢だけのせいではなくて、悲しみによっても刻まれたものなのだろう。

ユエに対して深い愛情がこみあげてきた。

「ウェリントン――申しわけなく思っているわ、あなたをこんな危険な地に連れてきて」

「わたしは進んで参ったのです」これもまた真実だ。

「でも、この惑星全体がハルコンネンの罠なのよ。それはわかっているでしょう？」

「レト公爵をとらえるには、並の罠ではどうにもなりません」これもまた真実だ。

「わたしもね、もっとあの方を信頼すべきなのかもしれない。策士としてもすぐれた方なのだから」

「われわれは根をおろしていた土地から引き抜かれてここにきました。みなが浮き足だっているのはそのためです」

「根ごと抜かれた草は、たやすく枯れてしまうもの――とりわけ、敵意あふれる土地に移植されたときにはね」

「しかし、ここはほんとうに敵意あふれる土地なのでしょうか」

「公爵さまがどれだけの数の臣民を連れてこようとしているか、この地の人口をどのくらい増やそうとしているか、一般に知れたとたん、水暴動が起きたそうよ。ようやく住民が矛を収めたのは、わたしたちが人口増加に見あう導風器と結露促進器を設置すると知ってから」

「この星には、現状の人口をぎりぎり支えられる程度の水しかありませんからな。地元民は知っているのです、人口が増大し、限られた量の水を飲む人数が増えれば、水の値段が高騰して、極貧層が渇き死にしてしまうことを。しかし、その問題を公爵閣下は解決なさった。とすれば、今後も暴動がつづいて、いつまでも敵意を向けられる心配はなくなりましょう」

「もうひとつ気が重いのは、警備体制ね。ここではいたるところに警備兵が立っているわ。それに、シールドだらけだし。どこに目を向けても視界がぼやけて、シールドが張ってあることをうかがわせてしまう。カラダンでは、こんなふうではなかったのに」

「この惑星にも機会を与えてやってはいかがです」

しかし、ジェシカは依然として、険しい目を窓外に向けたままだった。

「この地からは死のにおいが感じとれるわ……。ハワトはあらかじめ、一個大隊の先遣隊を送りこんでいたの。外に立っている警備兵はハワトの部下。荷役たちもみなハワトの部下よ。国庫からは使途不明の経費がごっそり引きだされているしね。額の大きさからすれば、使い道はただひとつ。高位の者たちに対する賄賂だわ」かぶりをふった。「スフィル・ハワトのいくところ、死と欺瞞が撒き散らされる」

「ずいぶんと悪くいわれるのですな」

「悪く？　誉めているのよ。死と欺瞞とは、いまではもう、わたしたちにとって唯一の希望だもの。わたしはただ、スフィルのやりかたについて自分を偽りたくないだけ」

「このさい……忙しくしておられたほうがよろしいのではありませんか？　さすれば、このように不愉快なことを考えているひまもなくなって――」

「忙しく、ですって！　ウェリントン、わたしが自分の時間の大半を、なにに割いていると思うの？　わたしは公爵さまの秘書官なのよ。毎日、多忙をきわめつつ、慄然とする事実をつきつけられてばかり。そのなかには、公爵さまでさえも、わたしが知っているとは夢にも思っていないことが含まれているわ」唇をかみ、つぶやくように先をつづけた。「ときどき思うのよ、公爵さまがこのわたしを選ばれたのは、実務に関するベネ・ゲセリットの訓練にとりわけ重きを置かれたからではないかとね」

「はて、どういう意味でしょう？」

思わずユエはたずねた。ジェシカのシニカルな口調、いままで見せたことのない辛辣さに興味をそそられたのだ。

「あなたは思わないかしら、ウェリントン？　愛で縛られた秘書官ほど信頼できる秘書官はいないって？」

「それはあまり誉められた考えかたではありませんな、ジェシカ」

反射的に、とがめるような口調になっていた。公爵が愛妾のことをどれほど大切に思っているかは疑念の余地がない。ジェシカを見る眼差しひとつとっても、それは十二分にわかる。

ジェシカはためいきをついた。

「そのとおりね。たしかに、誉められた考えかたではないわ」

ふたたび、ジェシカは自分の胸を抱きしめた。その動きで、鞘に収まったクリスナイフがからだに押しつけられ、ナイフが体現する仕事、処理しておくべき仕事のことを思いだした。

「もうじき大量の血が流れるでしょう」ジェシカはいった。「ハルコンネン家が攻勢の手をゆるめることはないわ――自分たちが滅び去るか、公爵さまが斃れるか、そのときまでね。男爵は、レトが皇帝陛下の従弟筋であることをどうしても忘れられない――どれだけ遠縁であろうともよ――それに対して、ハルコンネン家の称号は、ＣＨＯＡＭ《チョーム》で得た財源から金で購《あがな》ったもののみ。とりわけ男爵の心に深く刻まれている怨念は、〈コリンの戦い〉ののち、アトレイデスの祖先がハルコンネンの祖先を臆病者として追放したことに根差しているの」

「まさしく、仇敵というやつですな」

ユエはつぶやき、つかのま、胸を焦がす憎悪の疼きをおぼえた。あの仇敵は、自分を罠の網にとらえ、愛しいワナを殺害したか、あるいは――もっと悪いことに――夫が命令を実行するときまで、ハルコンネン家で拷問しつづけている。あの仇敵は、自分を罠に追いこんだ。アトレイデス家の人々は、いまにもその毒牙にかかろうとしている。皮肉なのは、死を呼ぶ奸計が成就する場所が、このアラキスであることだ。宇宙における唯一のメランジの産地、アラキスであることだ。なにしろメランジは、人間の寿命を伸ばし、人間に健康をもたらす、他に類を見ない効用を持つのだから。

「なにを考えているの？」ジェシカがたずねた。

「香料のことを、すこし。いま現在、公開市場におけるメランジの単価は、十グラムあたり六十二万ソラリスです。単価でこれほどですから、メランジは巨万の富を産み、いろいろなものを買うことができます」

「あなたでさえ、欲に駆られるものなの、ウェリントン？」

「欲から申しあげているのではありません」

「では、なにから？」

ユエは肩をすくめた。

「虚しさからです」そういって、ちらりとジェシカを見る。「最初にメランジを口にされたときのこと、憶えておられますか？」

「シナモンのような味がしたわね」

「しかし、二度と同じ味がすることはありません。メランジは生命に似て――味わうたびに異なる顔を見せる。一説によれば、メランジは芳香想起反応を引き起こすとか。肉体というものは、なにかがおのれによい成分と学習すると、そのにおいを好ましいものと解釈し——少々の幸福感を得るのです。そして、これもまた生命と同じように、メランジは本物と寸分たがわぬものを合成することはできません」

「いっそ出奔の道を選んで、帝国の版図外に逃亡していたほうが賢明だったんじゃないかと思えるわね」

これがちゃんとした受け答えになっていないことに、ユエは気づいた。ジェシカは自分の考えにとらわれているのだ——それに気づいて、ユエは思った。

（そうとも——なぜジェシカは公爵にその道を選ばせなかった？ ジェシカなら、事実上、どんなことでも言いふくめられただろうに）

これは偽らざる疑問だったので、話題を変えるのに手ごろなきっかけでもあると判断し、口早に問いかけた。

「失礼は重々承知ながら……ひとつ、個人的な質問をさせていただいてよろしいでしょうか、ジェシカ？」

ジェシカは形容しがたい不安をおぼえつつ、窓台にもたれかかった。

「もちろん、いいわ。あなたは……友人だもの」

「なぜご自分と結婚するよう、公爵を誘導なさらなかったのです？」

ジェシカはユエに向きなおり、まなじりを決してにらみつけた。

「わたしと結婚するよう、誘導する？ それは——」

「おきするべきことではありませんでしたな」

ジェシカは肩をすくめた。

「いいえ、いいのよ。結婚しなかったのには充分な政治的理由があるの。公爵さまが未婚であるうちは、いずれかの大領家《だいりょうけ》が婚姻を通じた同盟を結んでくれる可能性があるでしょう。それに……」ためいきをつく。「……人の心を操って思いどおりにしてしまうと、人間性に対してシニカルな態度をとるようになるものでね。そんな態度は、接触するすべてのものの価値をそこねてしまう。もしも公爵さまに強制してなにかをさせたら……それは公爵さまのふるまいではないことになるでしょう」

「わたしのワナも、同じように申したことでしょうな」ユエはつぶやくようにいった。

じっさい、こう思ったことも真実ではある。ユエは片手で口を押さえ、いまにものどから出てきそうになることばを懸命に押しとどめた。これほど強く、秘密の使命を打ち明けたい衝動に駆られたのははじめてだった。

だが、ジェシカが語をついだことで、危険な瞬間は打ち砕かれた。

「それにね、ウェリントン、公爵さまは、じっさいにはふたりいるのよ。ひとりはわたしが愛してやまない方。魅力的で、ウィットに富んでいて、思慮深くて……やさしくて……女が望む要素をすべて持ち合わせていらっしゃる方。でも、もうひとりは……冷酷で鉄面皮で、苛酷な要求をして、身勝手で——冬の寒風のようにきびしくて、残酷な人。それは前公爵によって形成された人格なのよ」ジェシカの顔が歪んだ。「ああ、あの老公が、わたしの公爵さまが生まれる前に死んでいたら！」

ふたりのあいだにたれこめた沈黙をぬい、換気装置《ベンチレーター》からの微風がブラインドのスラットを揺らす音が聞こえた。

ややあって、ジェシカは深呼吸をし、いった。

「レトのいうとおりだわ——この翼の部屋は、館のほかの翼の部屋よりも快適」ジェシカは窓に背を向け、室内をざっと見まわした。「話の途中だけれど、ウェリントン、よければ、部屋の割りふりを決める前に、この翼のようすをあらためて見まわってきたいのだけれど」

「どうぞどうぞ」

ユエはうなずいた。そして、思った。

（ああ、これからせねばならぬことを、せずにすむ方法があるのなら……）

ジェシカは組んでいた腕を下におろし、廊下に通じる出口まで歩いていって、つかのま、ドアの前でためらいがちに立ったあと、外に出た。そこで、思った。

（いまのやりとりのあいだじゅう、ドクターはなにかを隠していたわ。なにかを見せまいとしていたわ。それは確実に。わたしを傷つけないため。あれはいいひとだもの）

しかし、そこでふたたび、ジェシカはためらった。いますぐ部屋にとってかえし、ユエを問いつめて、なにを隠していたのかを白状させようか。

（けれど、それほどたやすく心を読まれていたことを教えたら、恥をかかせることになる。怯《おび》えさせることになる。わたしは友人たちに対して、もっと信頼を置くべきね）

ムアッディブがアラキスで必要な知識を修める速さに関して、言及する者は多い。当然、なにゆえそれほど速かったのかを、ベネ・ゲセリットは知っている。ほかの者たちのためにあえて解説するならば、その速さは、ムアッディブが最初に学んだことが、〝ものを学ぶすべ〟だったからだといえよう。なかでも、最初に行なわれたレッスンは、自分がものを学べることに対して基本的信頼を持つことだった。ショッキングなことながら、世の中のあまりにもおおぜいの者が、自分はものを学べないと思っており、さらにおおぜいの者が、学ぶこと自体をむずかしいものと思いこんでいる。それに対してムアッディブは、〝あらゆる経験からものごとが学べる〟と知っていたのである。

――プリンセス・イルーラン
『ムアッディブの人間性』より

ポールは眠っているふりを装って、ベッドに横たわっていた。ドクター・ユエに渡された睡眠誘導剤を手のうちに隠し、服《の》んだふりをするのは、簡単なことだった。部屋を覗かれているあいだ、笑いをこらえるのに苦労した。母上でさえ眠っていると思いこんでいたらしい。虚をついて、いきなり起きあがり、屋内を探険する許可をもらおうかとも思ったが、むろん、OKが出るはずもなかった。館の中はまだまだ混沌としているのだから。だめだ。やはり、寝たふりをして機会をうかがうのがいちばんいい。

（許可を求めなければ、却下されることもないわけだから、指示にしたがわなかったことにならない。それに、館の外へ出なければ安全だしな）

隣室で母とユエが話しあう声が聞こえた。内容ははっきりとは聞こえない――香料のこと……ハルコンネンのことなどについて、なにかを話しあっているようだ。やりとりの声は、大きくなっては低くなり、それをくりかえしていた。

ポールはベッドのヘッドボードに注意を向けた。壁に接するボードは、彫刻を施されてはいるが、実体はコントロールパネルであり、この部屋の機能を制御できるようになっている。茶色の板材には、厚みのある一対の波と、そのあいだから跳ねる魚が彫刻されていて、この魚の目を押せば――目はこちら側のひとつしか見えていない――室内の浮揚ランプがともる仕掛けになっていた。波のかたほうをひねれば換気のシステムが働く。もうかたほうの波は温度を調整するものだ。

ポールはベッドの上でそっと上体を起こした。左手の壁には高い書棚がそそりたっている。

この書棚は片開きのドアのように手前にスイングして開く構造で、その奥はクローゼットになっていた。クローゼットの左側の壁一面にしつらえられているのは引きだしの列だ。奥の壁には廊下に出られるドアがあり、ドアのハンドルは羽ばたき飛行機《オーニソプター》のスロット・バーを模したものだった。

まるで〝ここからこっそり廊下に出ろ〟といわんばかりの造りではないか。その造りには心をときめかせるものがあった。

そして、心をときめかせるのは、クローゼットだけではない。この惑星もだ。

ふと、ユエが見せてくれたフィルムブックのことが思いだされた。その題名は『アラキス――皇帝陛下の砂漠性植物試験所』。それは香料が発見されるよりも前に著わされた、古いフィルムブックだった。その中で見た多彩な生物の名前が心をよぎっていった。そのひとつひとつが、掲載された図版といっしょに、フィルムブックの記憶定着パルスによって脳裏に刻まれている。ベンケイチュウ、アナヤブ、ナツメヤシ、這《ハイ》ビジョザクラ、マツヨイグサ、タマサボテン、アーモンドクマツヅラ、ハグマノキ、クレオソートノキ……キットギツネ、サバクダカ、トビネズミ……。

そのむかし、人類が地球だけに住んでいた当時からの、あまたの名前と図版、名前と図版――その大半は、もはや宇宙のどこでも見られなくなっている。例外はこのアラキスだけだ。いっぽう、新たに学ばなければならないこともたくさんあった。たとえば――香料だ。

そして――砂蟲《サンドワーム》。

隣室でドアが閉まる音がした。母親の足音が廊下を遠ざかっていく。ドクター・ユエは、なにか読むものを見つけて隣室にとどまっているだろう。

いまこそ屋内探険に出かける好機だ。

ポールはベッドを脱けだし、書棚の前に立った。書棚を手前にスイングさせて開き、奥のクローゼットを覗きこむ。背後で音がしたのはそのときだった。ぎょっとしてふりかえると、彫刻を施された例のヘッドボードが、さっきまでポールの頭があったところに倒れている。凍りついた。命拾いしたのは、そうやって動きをとめたからだ。

というのも、その瞬間、ヘッドボードの背後から、小型の誘導ハンターがすべりでてきたからである。全長はせいぜい五センチほどしかない。その姿を見たとたん、ポールは即座に、その正体に気づいた。貴族の子弟ならだれでも、幼時のうちから注意せよとたたきこまれる、一般的な暗殺兵器だ。その実態は、血に飢えた細長い金属片であり、どこか近くにいる者によって、ハンター内蔵のカメラを通じ、標的へと誘導される。標的の動きを検知した瞬間、ハンターはすばやくそのからだに潜りこみ、神経経路をたどって、肉を貪りつつ、最寄りの重要な臓器に到達し、これを破壊する。

誘導ハンターがふわりと高度をあげ、横すべりして部屋の横に移動してから、またもとの位置にもどってきた。

ポールの心に関連する知識が閃いた。誘導ハンターには限界がある。圧縮された重力中和フィールドによって、カメラごしに見える部屋は歪んでぼやけているため、操作者は標的の動きを目安にせざるをえない。動くものと見ればハンターに襲いかからせるのだ。シールドさえあれば、敏捷なハンターの攻撃を鈍らせることができるが、シールド・ベルトはベッドの上に置いてきてしまった。レース銃《ガン》さえあれば、ハンターを撃ち落とせるかもしれない。だが、この銃は高価なうえ、整備性の悪いことで悪評が高い。おまけに、銃の放つレーザー・ビームがシールドを過熱させれば、かならず大爆発を引き起こす。アトレイデス家の者が身を護るにあたり、銃は使わず、個人用防御シールドとみずからの機転を重視する理由は、そこにあった。

ポールはいま、緊張病なみに全身をこわばらせ、微動だにせずに立っていた。シールドがない以上、この脅威に対応するには、もはや機転にたよるほかない。

誘導ハンターがもう五十センチ、高度をあげた。左右に移動しながら、室内を探しだす。窓のブラインドが投げかけてくる光と影の横縞が、その表面を流れていく。

（こいつを手でつかまなきゃならない）とポールは思った。（重力中和フィールドのせいで腹側がすべりやすくなっているから、しっかりつかまないと）

ハンターは五十センチほど高度を落とし、まず左側の捜索をしてから、ベッドのまわりを旋回した。機体が発する、かすかなうなりが聞こえた。

（これを操作しているのはだれだ？　付近にいる何者かであることはまちがいない。ユエに叫んで助けを求めようか。しかし、ドアがあいたとたん、こいつはユエに飛びかかっていくだろう）

そのとき、ポールの背後にあるドア——クローゼットの奥の廊下に通じるドアがきしんだ。コンコンとノックする音。ついで、ドアが開いた。

その動きを検知して、誘導ハンターが猛然とドアに飛びかかっていき、ポールの頭の横をかすめた。

その刹那、右手をさっとつきあげ、暗殺機械をひっつかんだ。ハンターがうなりを発し、手の中でもがきだす。渾身の力をこめて、その動きを押さえこんだ。ついで、すばやく向きなおり、ドアに駆けよると、ハンターの鼻づらを金属ドアにたたきつけた。先端のカメラがひしゃげる感触とともに、手の中でハンターが死ぬのがわかった。

だが、それでもまだハンターは離さない。念のための用心だ。

ここでようやく、ポールは上に視線をあげた。自分を凝視する目、全体が青い目と視線が合った。このときはまだだれだか知らなかったが、それはシャダウトのメイプスの目だった。

「お父上に申しつかり、お迎えにまいりました」とメイプスはいった。「大ホールで護衛の方々がお待ちです」

ポールはうなずき、目と意識をこの奇妙な女に集中させた。老女は農奴茶色の、貫頭衣のような服を着ていた。ポールが握りしめた機械を見つめて、女はいった。

「そのようなものの話、聞いたことがございます。それはわたくしを殺そうとしていたのでございますね？」

ポールが口がきけるようになったのは、ごくりとつばを呑みこんでからのことだった。

「いや……標的はぼくだった」

「ですが、わたくしめがけて、まっしぐらに……」

「それはきみが動いていたからだ」

そう答えて、ポールはいぶかしんだ。

（いったい何者なんだ、この奇妙な女は？）

「では、わたくしの命を救ってくださったということでしょうか」

「きみの命だけじゃない。自分の命も救ったんだ」

「それをわたくしに襲いかからせておいて、その隙に逃げ去る、ということもできたのではありませんか」

「きみはだれだ？」

「シャダウトのメイプス——侍女頭でございます」

「どうしてぼくがここにいるとわかった？」

「お母上に教わりましたので。階段を昇っておりましたところ、ばったりとお会いしまして。お母上は廊下の突きあたりにある奇態《ウィアーディング》な部屋へ入ろうとしておられました」メイプスはそういって、右のほうを指さした。「お父上の護衛の方たちは、いまも大ホールでお待ちでございます」

（ハワトの部下だな。とにかく、これの操縦者を見つけるのが先決だ）

「父の部下のところへいって、こう伝えてくれ。ぼくが館の中で誘導ハンターをつかまえた、ただちに屋内じゅうを捜索し、操縦者を見つけるように。それから、即刻、館および敷地と外部との出入りを遮断するように、とも。それだけいえば、あとはみんなが適切に処理してくれる。操縦者は敷地内のどこかにいる見知らぬ者にちがいない」

（もしや、この怪しげな女か？）

だが、そうではないことはわかっている。女が入ってきたとき、ハンターは別のだれかによってコントロールされていたのだから。

「お言いつけにしたがう前に、お若いお方」メイプスがいった。「双方を隔てる道を浄めておかねばなりません。あなたさまはわたくしを救うことで〈水の責務〉を課せられました。それを負うべきかどうか、不分明のところはあるものの、われらフレメンはかならず借りを返します——それが黒い借りであれ、白い借りであれ。それをいま、お返しいたしましょう。お身内に獅子身中の虫がいることは、すでにわれらの知るところとなっております。それがだれであるかまではわかりかねますが、裏切り者がいることはまちがいありません。もしや、その〝肉を斬るもの〟を動かしていたのも、その裏切り者の手ではありますまいか」

ポールは女のことばを無言で咀嚼した。〝裏切り者〟か。だが、ポールが口を開くひまもないうちに、奇妙な女はきびすを返し、廊下へいたるドアに駆けもどっていた。

呼びもどそうかと思ったが、女には奇妙な雰囲気があり、呼びもどせば怒るだろうという気がした。あの女は自分が知っていることを告げた。いうべきことをいってしまった以上、あとは言いつけにしたがうだけなのだろう。まもなく、この館じゅうをハワトの部下が駆けまわり、徹底的に捜索しだすはずだ。

〝奇態な部屋〟。奇妙な女が指さした方向へ、現在地から見て左へと、ポールは顔を向けた。

〝われらフレメン〟か。では、あれはフレメンだったのだ。一瞬のうちに、記憶定着技術を用いて、あの女の顔面構造パターンを脳に焼きつけた。干しスモモのように皺くちゃな濃い茶色の顔、白目のまったくない、青い目の中の、青い虹彩。その顔に心の中でラベルを貼りつける。〈シャダウトのメイプス〉。

破壊したハンターをなおも右手に握りしめたまま、ポールは自室に取って返し、ベッドの上のシールド・ベルトを左手ですくいあげ、勢いをつけて腰にまわし、バックルをとめつつ、クローゼットに駆けもどって、ドアの外に飛びだすと、廊下を左に曲がった。

母上は廊下の突きあたり付近のどこかにいる——メイプスはそういっていた。階段付近の……奇態な部屋に入ろうとしていた、と。

自分自身の試練の時において、レディ・ジェシカを支えていたものとはなにか？　つぎにかかげるベネ・ゲセリットの箴言《しんげん》をじっくり考えれば、それがなにかがわかるだろう。〝目的地のみをめざして連なる道は、結局、どこにもたどりつけはしない。山が山であることをたしかめるためには、ほんのすこしだけ山に登ってみるだけでよい。頂《いただき》まで登ってしまえば、山そのものを見ることはできなくなる〟。

――プリンセス・イルーラン
『ムアッディブ――その身内の肖像』より

南翼の廊下を突きあたったところに、金属の螺旋階段を見つけた。それを昇りきった先に、楕円形のドアがある。ジェシカはいったん廊下をふりかえり、ふたたびドアを見あげた。

（楕円形？　屋内のドアにしては妙な形ね）

螺旋階段の向こうには窓があり、地平線に向かってアラキスの大きな白い太陽が近づいていくのが見えた。廊下には窓から射す夕陽が長い影を落としている。ジェシカは螺旋階段に注意をもどした。開放型金属階段の各ステップには、乾いた土がすこしこびりついており、斜め横から射しこむ夕べの陽光を受けて、そこだけ浮かびあがって見えた。

ジェシカは手すりに手をかけ、螺旋階段を昇りだした。手のひらをすべる金属の手すりがひんやり冷たく感じられる。ドアの前にたどりつき、そこで立ちどまった。ドアハンドルがない。だが、ハンドルがあるべき表面にはかすかな窪みがついている。

（掌紋錠ではないはず。掌紋錠なら、個人個人の手の形と掌紋が鍵になるはずだもの）

それでも窪みは掌紋錠のように見えた。ジェシカはどんな掌紋錠でもあける方法を知っている。学院で習ったからだ。

階段の下に目をやり、だれにも見られていないことをたしかめ、ドアの窪みに手のひらを押しあてた。ごくごくかすかな圧力を加えて、みずからの掌紋を変形させる。ついで手首をひねり、こんどは反対にひねり、窪みの上に手のひらをすべらせつつ、もういちどひねった。

カチリという感触があった。

下の廊下を急ぎ足で近づいてくる足音が聞こえたのはそのときだった。ドアから手を放し、向きを変えて下を見る。メイプスがちょうど階段の下まできたところだった。

メイプスはいった。

「大ホールに男たちがまいりまして。公爵さま差し向けの者である、若を——ポールさまをお迎えにきたと申しております。公爵印つきの書類を持っておりまして、お館の警備の者も、これはよく知っている顔だと請けあいました」

メイプスはドアにちらと目をやり、ジェシカに視線をもどした。

(用心深いわね、このメイプスという女は。もっとも、これはいい傾向だわ)

「息子なら、廊下のこちら側から数えて五番めの部屋にいるわ。小さな寝室にね。なかなか起きないようなら、隣室のドクター・ユエを呼びなさい。目覚めさせる薬がないと起きないかもしれないから」

メイプスはもういちど、楕円形のドアに鋭い一瞥をくれた。ジェシカはその表情に嫌悪を読みとった気がした。だが、ジェシカがこのドアのことと、ドアの向こうになにが隠されているかをたずねるひまもなく、メイプスは背を向け、急ぎ足で廊下を歩み去っていった。

(この館の中はハワトが徹底的に調べたはず)とジェシカは思った。(この奥に、そこまで恐ろしいものが隠されているはずはない)

ドアを押した。内側へ開いたドアの向こうに小さな部屋が現われた。小部屋の突きあたりには、さらにもうひとつ、楕円形のドアがある。奥のドアには回転ハンドルがついていた。

(エアロックだわ!)

足もとを見ると、小部屋の床にドアストッパーが落ちていた。ストッパーには、ハワトのものであることを示すマークがついている。

(外側のドアはストッパーで開かれたままになっていたのね。ところが、だれかがうっかりストッパーをはずしてしまい、ドアが閉じた……掌紋錠でロックがかかるとは気づかずに)

ドア框《がまち》を乗り越え、小部屋に足を踏みいれる。

(なぜ屋内にエアロックがあるの?)

自問したとたん、異星生物が特殊な環境に隔離されている可能性に思いいたった。

(特殊な環境!)

アラキスでなら納得がいく。ここでは、他の惑星でもっとも乾燥に強い生物でさえ、水を補給してやらなければ生きていけないのである。

背後のドアがゆっくりと閉まりだした。あわてて手で押さえつけ、ハワトが残していったストッパーをかませて、開いたままにした。ふたたび、回転ハンドルがついた内側のドアに向きなおる。あらためて見ると、ハンドルの上の金属面にはかすかな文字が刻印されていた。文字はギャラック語で、こう書いてあった。

〝おお、ヒトよ! こは神の創造物の美しき一部なり。前に立ちて学べ、汝が至高の友の、その完璧さを愛でるすべを〟

ジェシカは回転ハンドルに体重をかけ、ぐっとまわした。ハンドルは左に回転し、ドアが向こうに開いた。内側から吹きだしてきた風がジェシカの頬をなで、髪を乱す。吹きだしてくる空気は外と質が異なり、ずっと味わい深い。ドアを大きく開き、その向こうを覗いた。目の前に現われたのは、緑の植物が生い茂る温室だった。多数の植物の上に、黄色い陽光がさんさんと降りそそいでいる。

(黄色い陽光?)ジェシカは自問した。そして、(ああ、フィルター・ガラス!)

ドア框をまたぎ越え、室内に入る。背後でひとりでにドアが閉まった。

「湿潤な惑星環境……それを維持するための温室ね」思わず、ささやき声になっていた。いたるところに、鉢植えの植物や、高く伸びないよう剪定された樹々があった。ミモザがある。花の咲いたマルメロがある。ソンダーギも、緑の花が咲くプレニセンタも、緑と白の縞模様が特徴的なアカルソーも……そして、バラも……。

（バラまであるの！）

腰をかがめ、大きなピンクの花の芳香を嗅いだ。ついで背を伸ばし、室内を見まわした。

リズミカルな音が感覚に侵入してきたのは、そのときだった。

ひときわ鬱蒼《うっそう》と緑が濃い一帯の、重なりあう葉をかきわけて、部屋の中央を覗いてみた。そこに、小さな噴水があった。低く噴きあげられる水の上端は花弁のように広がっている。リズミカルな音は、その水が弧を描いてばらばらになり、連続した水滴となって金属水盤に落ちるさいの、ポチャポチャという音だった。

ジェシカはすばやく感覚純化の行《ぎょう》を行ない、温室のまわりを分析的に見ていった。温室は一辺が十メートルほどの、四角い部屋のようだ。廊下の突きあたりにあること、造りが少々ちがうことなどから察するに、この館が完成してからずっとあとになって、この翼の屋根の上に増設されたものだろう。

温室の南側には、横に広いフィルター・ガラスの窓がはめこんであった。ジェシカはその前までいって立ちどまり、窓に背を向けて温室を見まわした。温室内にはところせましと、湿潤な気候に育つエキゾチックな植物が植えられていた。

そのとき、なにかがガサガサと植物を揺らす音が聞こえた。すばやく身がまえたとたん、パイプと何本もの撒水アームをそなえた、単純な造りの自動機械《サーボク》が姿を現わした。タイマーで動きだしたのだろう。サーボクはアームの一本を持ちあげ、こまかい霧をスプレーした。霧はすぐ前までただよってきて、ジェシカの頬を濡らした。撒水をおえてアームが引っこむ。そのアームで給水されたばかりの植物に目をやった。木本性《もくほん》のシダだった。

室内にはいたるところに水があった。生命を維持するため、水がなによりも貴重な液体である惑星で、これほど野放図に水が浪費されているのを見て、ジェシカはショックを受け、そのため、純化の行で得た心の平静を乱れさせてしまった。

こんどは、フィルターごしに黄色く見える太陽に目をやった。夕陽は鋸歯状《きょしじょう》の地平に低くかかっている。あの地平に連なっているのは、〈防嵐壁《ぼうらんへき》〉として知られる巨大な岩石山脈の一部だ。

（フィルター・ガラス——白い太陽の光を、もっとおだやかで、もっと馴じみ深い質の光に変えるためのもの。ここにこんな施設を造れるとしたら、だれ？　レト？　こんな贈り物をしてわたしを驚かそうとするのは、いかにもあのひとらしい。でも、そんな時間はなかった。それに、もっと深刻な問題を山とかかえているから、こんなことに気をまわす余裕などあるはずがない）

そこで思いだしたのは、アラキスの家屋の多くが、出入口も窓も、屋内の水分を保持し、再利用するため、エアロック構造になっているという報告だった。レトの話では、この館がそうした保湿対策をとらず、ドアにも窓にも、惑星全土に遍在する微粒砂の締めだし策しか施していないのは、権力と富を誇示するための意図的な処置なのだそうだ。

しかしこの温室は、ドアのエアロック構造のあるなしよりずっと重大な意味を孕《はら》んでいた。癒しを目的としているであろうこの部屋でふんだんに使われている水は、このアラキスでは一千人の——もしかすると、もっとおおぜいの——人命を支えられるだけの量なのである。

ジェシカは窓ぞいに歩いていきながら、室内の観察をつづけた。進むうちに、例の噴水の横に広がった金属面に気がついた。どうやらテーブルのようだ。高さもふつうのテーブルと変わらない。上からたれかかる扇状の葉でなかば隠れているが、その上に白いメモパッドとスタイラスが載っているのが見えた。そばまで寄ってみると、ハワトがチェックをすませたことを示すカードが置いてあり、メモパッドには別人の字で、なんらかのメッセージが書きつけてあった。ジェシカはその文面に目を通した。


レディ・ジェシカへ——

この温室が、わたしと同じく、あなたにも安らぎを与えてくれますように。ただし——この温室を利用して、わたしたちがともに学んだ尊師たちからの、ある教えを託すことをおゆるしください。その教えとは、これです——

〝好ましきもののそばにいれば、人は耽溺しやすい。その道の先には危険が待つ〟

幸多からんことを祈って
マーゴット、レディ・フェンリング

ようやく合点がいって、ジェシカはうなずいた。そういえば、レトがいっていたわね——この館には先ごろまで、皇帝直属の総督を務めていたフェンリング伯爵が住んでいたのだと。しかし、このメモに秘められたメッセージは、差し迫った緊急事態を警戒するよううながすものであると同時に、この書き手もまたベネ・ゲセリットであることをほのめかしている。ジェシカの胸に、ちくりとせつなさがよぎった。

（フェンリング伯爵は、ベネ・ゲセリットと結婚したんだわ）

せつない思いを心にいだきながらも、ジェシカは身をかがめ、隠されたメッセージを読み解こうとした。ここにはなんらかの重要なメッセージがこめられているにちがいない。一見、なんの変哲もない、挨拶文のようなメモには、状況に応じて、学院の指示に縛られていないベネ・ゲセリットが別のベネ・ゲセリットに与える、警告のキー・フレーズが含まれていたからである。

〝その道の先には危険が待つ〟、だ。

暗号ドットでも記されてはいないかと、メモ用紙の裏側を探ってみた。なにもなかった。こんどはメモパッドの側面を探ってみた。やはりなにもない。切迫した思いに駆られつつ、パッドをもとの位置にもどす。

（パッドを置いた位置に、なにか意味が？）

しかし、ハワトたちはすでにこの温室を捜索ずみで、そのさい、パッドを動かしたことはまちがいない。そのとき、パッドの上にたれかかった葉に目がとまった。まさか、これが？　葉の裏を探り、縁をなで、茎をなぞる。あった！　指先が微妙な暗号ドットを探りあてた。一枚の葉の裏に記されていたのは、こんなメッセージだった。

〝ご子息と公爵さまに危険が迫っています。寝室のひとつは、とりわけご子息の関心を引くよう設計されたものです。Hはその寝室に、簡単に見つかる死の罠をいくつか仕掛けました。警備の注意をそちらにそらし、本物の罠が見過ごされやすくするためです〟

ジェシカはポールのもとへ駆けつけたい気持ちをこらえた。まずはメッセージ全体に目を通すことが先決だ。

〝脅威の具体的な性質までは把握していません。が、それはベッドと関係があるはずです。公爵さまに対する脅威には、信頼を置いておられるお仲間、または補佐の裏切りが含まれるでしょう。Hはあなたを、ある寵臣に対する贈り物にしようとたくらんでいます。ただし、わたしが知るかぎり、この温室は安全なはず。これ以上の情報を提供できないことをお許しください。わたしの伯爵さまはHの一味に加担していないため、情報源がすくないのです。取り急ぎ、M・F〟

ポールのもとへ駆けつけようと、ジェシカは葉を押しのけ、戸口に向きなおった。まさにその瞬間、エアロックのドアが勢いよく開いた。温室に飛びこんできたのはポールだった。

右手になにかを握りしめている。ポールはたたきつけるようにしてドアを閉め、母親に目をとめると、枝葉をかきわけてこちらに向かってきたが、途中で噴水に気づき、落下してくる水の中へ右手に持ったなにかをつっこんだ。

「ポール!」息子の肩をつかみ、右手を見つめる。「それはなに?」

ポールはさりげない口調で答えたが、その声には努力してそうしているふしがうかがえた。

「誘導ハンターです。寝室でつかまえて、鼻づらをたたきつぶしましたが、確実に破壊しておきたかったので。水に濡らせばショートするでしょう」

「水盤に沈めなさい!」

ポールは指示にしたがった。

すこし間を置いて、ジェシカはいった。

「水盤から手を抜いて。それは水中に残したままにしておくように」

ポールは引き抜いた手をふって、水を払い、水盤の底でじっと動かない金属塊を見つめた。

ジェシカは植物の茎を折り、先端で死の細い金属塊をつついた。

機械はたしかに死んでいた。

ジェシカは茎を水盤に投げこみ、息子に目を向けた。ポールの目は室内を克明に観察していた。その眼差しから、ジェシカは気づいた。ポールがいま観察に用いているのはB・Gの〈観法〉だ。

「この部屋には、どんなものだって隠せますね」ポールがいった。

「ここが安全だと信じるべき理由もあるのよ」

「それをいうなら、ぼくの寝室だって安全なはずでした。ハワトがいうには——」

「そこに水没させたのは誘導ハンターなのよ」ジェシカはポールも知っていることを改めて強調した。「とすれば、屋内でだれかがこれを操縦していたことになるわ。誘導ハンターのコントロール波は有効範囲がせまいからよ。この機械が屋内に持ちこまれたのは、ハワトが屋内をチェックしたあとかもしれないわね」

しかし、気になるのは、葉裏に書いてあったあの暗号メッセージだ。

〝……信頼を置いておられるお仲間、または補佐の裏切り……〟

（ハワトでないことはたしかだわ。ええ、そうよ、ハワトであるはずがない）

「いま、ハワトの手の者が屋内を捜索しています」ポールがいった。「このハンター、もうすこしで、ぼくを起こしにきた老女に飛びかかるところでした」

「シャダウトのメイプスね」侍女頭とは、螺旋階段のところで遭遇したことを思いだした。

「メイプスの話では、おとうさまから迎えの者が——」

「それは待たせておいてもかまいません。それより、なぜここが安全だと？」

ジェシカはメモを指さし、その含みを説明した。

ポールの緊張がすこしほぐれるのがわかった。

しかし、ジェシカのほうは緊張がほぐれるどころではなく、心の中でこう思った。

（誘導ハンター！　ああ、慈悲深き〈母〉よ！）

ヒステリックにからだが震えそうになるのを防ぐためには、これまでの修練で身につけた、ありったけの自制心を必要とした。

ポールが淡々と事実を述べる口調でいった。

「もちろん、ハルコンネンのしわざですね。あいつら、やっぱり滅ぼさなくては」

おりしも、エアロックのドアをノックする音が響いた。このノックのリズムは、ハワトの部下が使うコードのひとつだ。

「入れ」ポールが大声で応じた。

ドアが大きく内側に開き、アトレイデス家の制服を着た長身の男が、ひょいと頭を下げて室内に入ってきた。帽子にハワトの徽章をつけている。

「ああ、やはりここでしたか、若。侍女頭からこの部屋だと聞いてやってきました」長身の男は、ざっと温室を見まわし、報告した。「じつは、地下室に石造りの墓標のようなものが見つかりまして。内部は中空で、そこにひとり、男が潜んでいるのを発見しました。その男、誘導ハンターの操縦コンソールも持っていました」

「その者の訊問には、わたしも加わりたいのだけれど」ジェシカがいった。

「申しわけありません、マイ・レディ——取り押さえるさいにヘマをして、死なせてしまいました」

「身元をたしかめられそうなものは?」

「持っておりませんでした」

「それはアラキスの地元民か？」これはポールだ。

問いの的確さに、ジェシカは思わずうなずいた。

「容貌は地元民ですが。そのやつれようから察するに、一カ月以上も前から墓標に潜んで、われわれが移住してくるのを待っていたようです。墓標はモルタルがはがれて、石の一部がはずれていました。そこから地下室に出てきたと思われます。ただ、昨日、地下室を調べたときは、石はモルタルでしっかりと閉じられていました。名誉にかけてほんとうです」

「あなたがたの徹底ぶりは、だれも疑っていませんよ」ジェシカがいった。

「当のわれわれは不徹底ぶりを反省しています、マイ・レディ。地下室では超音波探知機も使っておくべきでした」

「いまは超音波探知機を使っているんだな？」ポールがきいた。

「はい、若」

「わかった。父上にすこし遅れますとお伝えしてくれ」

「ただちに」

長身の男は、そこでジェシカに目を向けて、

「ハワトより、状況が状況なので、若を安全な場所でお護りせよと命令されているのですが……」ふたたび、温室内を見まわした。「……ここはどのような場所なのでしょう」

「安全だと信ずるべき理由があるのよ」とジェシカは答えた。「ここはハワトだけでなく、わたしもチェックずみ」

「では、部屋の外に警備の者を立てます、マイ・レディ。屋内のチェックをやりなおすまで、どうぞここにおとどまりを」

男は一礼し、ポールには帽子に手をあてて敬礼してみせ、そのままあとずさって外に出ていき、ドアを閉めた。

急に訪れた静寂を破ったのは、ポールのほうだった。

「あとでわれわれも屋内をチェックしたほうがよくはないですか？　母上の目なら、ほかの者たちが見落としたものも見逃さないでしょう」

「わたしが調べていなかったのは、この翼だけよ。いままでチェックを先延ばしにしていた理由はね……」

「ハワトみずから、ここを調べていたからですね」

ジェシカはけげんな思いをいだき、息子の顔に目を走らせた。

「あなたはハワトを信用していないの？」

「いいえ。ですが、ハワトも齢ですし……オーバーワークぎみですから。ぼくらが動けば、すこしは重荷を肩代わりしてやれるでしょう」

「そんなことをしたら、かえって恥じ入らせて、ハワトの能率を落としてしまうのがおちよ。まかせておいてもだいじょうぶ、ハワトがこんどの件を聞いたら、この翼には、虫の一匹も迷いこんでこられなくするでしょう。警備の落ち度を恥じて、こんどこそは……」

「とはいえ、自分の目でも確認しておくのがいちばんです」

「ハワトはアトレイデス家の三代に仕えてきた忠勤の人物なのよ。その功には、充分に……いえ、十二分以上の敬意と信頼でもって応えるべきだわ」

「母上のすることが気にいらないとき、父上はよく〝ベネ・ゲセリット！〟といいますね。まるで罵倒のことばみたいに」

「気にいらないこととは、たとえば？」

「父上と意見が衝突するときです」

「あなたはおとうさまではないのよ、ポール」

それを受けて、ポールは思った。

（母上はきっと気にするだろう。それでも、あのメイプスという女がいったことは、母上に伝えておかなければならない。ぼくらのなかに裏切り者がいる──あの女はそういった）

「なにか隠しごとがあるのね？」ジェシカはいった。「あなたらしくないわよ、ポール」

ポールは肩をすくめ、メイプスとのやりとりを説明した。

ジェシカはその話と、葉裏のメッセージとを考えあわせた。それから、すばやく意を決し、ポールに問題の葉を見せ、そのメッセージの内容を打ち明けた。

「この件、大至急、父上にお伝えしなければ──」ポールがいった。「即刻、暗号化通信を送らせましょう」

「だめよ。お知らせするのは待ちなさい、おとうさまとふたりきりになれるそのときまでね。この件を知る者は、すくなければすくないほどいいの」

「だれも信用してはならないということですか？」

「ほかの可能性もあるからですよ。このメッセージはわ、た、し、た、ち、にあてられたものでしょう。でも、このメッセージを残した人たちは、ほんとうにこれが真実と思っていたかもしれない。でも、このメッセージをわたしたちに届かせること——それが唯一の目的だとしたらどうする？」

ポールは依然として、顔に切迫した思いを宿したままだ。

「当家の上層部に不信と疑念の種を蒔《ま》いて、弱体化させるためですか？」

「今回の件——とくにこの側面に関しては、おとうさまとふたりだけのときにご報告して、注意をうながさなければいけないわ」

「わかりました」

ジェシカは高さと幅のあるフィルター・ガラスに向きなおり、南西の彼方を眺めやった。アラキスの太陽はいよいよ地平線に沈もうとしている——絶壁の上にかかった、黄色い球となって。

ポールもいっしょに南西を向きながら、こういった。

「ぼくもハワトのしわざとは思っていません。では、ユエの可能性はあるでしょうか」

「ドクターは補佐でもなければ、仲間でもないでしょう。それにね、これは請けあえるわ、あのひとは、わたしたちと同じくらい強くハルコンネンを憎んでいるのよ」

ポールは彼方の絶壁を眺めやり、考えた。

（それに、ガーニーのはずもない……ダンカンもちがう。では、中堅幹部のだれかだろうか。

いいや、ありえない。あの者たちはみんな、何世代にもわたって、アトレイデス家に忠誠を——しかも、それなりの理由があって——誓ってきた家の出だ)

ジェシカは額を押さえた。疲れが出てきている。

(この地は危険なものだらけ!)

もういちど、フィルターで黄色味を帯びた屋外の景色を眺めわたし、観察した。公爵家が直轄する領主公邸の敷地の外には、高いフェンスで囲われた倉庫区画があり、香料貯蔵庫《サイロ》が何列もならんでいる。倉庫区画周辺には、高い支柱で支えられた監視塔が点々と立っていた。各監視塔の形は驚いたクモを思わせる。サイロがならぶ倉庫区画は、すくなくとも二十区画あり、〈防嵐壁〉の手前にまで断続的につづいている。砂盆上に区画ごとに連なる、多数のサイロ、またサイロの列——。

フィルターを通して見える太陽が、ゆっくりと地平線の向こう側に沈んでいった。星々がつぎつぎに顔を出しはじめる。そのなかに、地平線低くにかかるひときわ明るい星があった。その星のまたたきは、きわめて正確なリズムをともなっていた。いや、またたくというより……あれは光の明滅だ。チカッ、チカッ、チカッ、チカッ……。

薄暗くなった温室の中で、となりに立つポールが身じろぎをした。

だが、ジェシカはそのまばゆい星に意識を集中した。高度が低い。あまりにも低すぎる。あれは〈防嵐壁〉の崖上で光っているにちがいない。

(……だれかが信号を送っているんだわ!)

信号の内容を読みとろうとした。しかしそれは、ジェシカの知っているどの暗号とも一致しないものだった。

そのとき、もういくつかの光点が崖下の平原で点灯した。青い闇を背景にぽつんぽつんと点在する、小さな黄色の光点群――。と、向かって左のほうの光点がひときわ明るさを増し、崖上に向かって明滅しだした。明滅速度はかなり速い――明光、微光、明光！

そして、消えた。

崖上の星ならぬ星も、即座に消えた。

やはりあれは信号にちがいない。それはいっそう、ジェシカの不安をつのらせた。

(なぜ砂盆ごしの連絡に光信号などを使うの？　なぜ通信ネットワークを使わなかったの？もしかして、使うわけにはいかなかったから？)

答えは明白だった。通信ネットワークでのやりとりは、いまはもう、レト公爵の部下らによって監視されている。光信号を使うからには、あのメッセージは公爵の敵同士のあいだで――つまり、ハルコンネンの手の者同士のあいだで――交わされたものにちがいない。そうとしか考えられない。

おりしも、背後でドアをノックする音がして、さっきと同じハワトの部下の声がいった。

「オール・クリアです、若、マイ・レディ。われらが若きあるじを、お父上のもとへお送りする準備がととのいました」

レト公爵は、危険が待ち受けているとも知らずにアラキスへ飛びこんでいったといわれる。不注意にも、落とし穴にはまってしまったといわれる。しかし、この場合は、あまりにも長いあいだ、極度の危険の中で暮らしてきたがゆえに、その危険の度合いの変化を測りそこねた、と評するほうが適切ではないだろうか。あるいは、息子がよりよい暮らしを送れるよう、みずからをわざと犠牲にしたという線は考えられないだろうか。あらゆる証拠は、公爵がたやすくだまされる人物ではなかったことを示している。

——プリンセス・イルーラン
『ムアッディブ——その身内の肖像』より

レト・アトレイデス公爵は、アラキーン郊外にある宇宙港の、管制塔の手すり壁にもたれかかっていた。夜空には第一の月が、縦にややひしゃげた銀色の貨幣となって、南の地平のずっと上にかかっている。その月の真下には、〈防嵐壁《ぼうらんへき》〉を構成する鋸歯状《きょしじょう》の絶壁が、横に長く連なっていた。微粒砂の靄を透かして見える崖っぷちは、銀色の月光を浴びて、乾いた砂糖衣《アイシング》のように白く輝いて見える。左のほうには、これも微粒砂の靄を通して、アラキーン市街の灯がちらついて見えた。黄色……白……そして青の灯火だ。

いま公爵が考えているのは、この惑星で人口の多い地区の各所に立てられた、公爵の署名つき告示のことだった。

〈われらが偉大なる帝王皇帝陛下《パーディシャー》の勅命によって、余は当惑星をわが領地として拝領し、すべての係争に決着をつけるものである〉

型どおりの儀式的な表現を見るたびに、孤独な思いがつのる。

(こうも馬鹿げた法律尊重主義に、だれがだまされるというのか。フレメンがだまされないことはたしかだ。アラキスの惑星内商業を取り仕切っている各小領家の者たちも……そして、ハルコンネンのけだものどもも。やつらはひとり残らず、信じてはいまい。なにしろ、息子の命を奪おうとしたのだから!)

息子を暗殺しようとしたことに関する怒りは、どうしても抑えることができなかった。

おりしも、アラキーンから宇宙港へと近づいてくる車両のヘッドライトが見えた。あれがポールを乗せた護送兵員輸送車であればいいのだが。会議の開催は、もう耐えがたいほどに遅れてしまっている。もちろん、護送が遅れた理由は承知している。ハワトの副官が用心の上にも用心を重ねたためだ。

(やつらは息子の命を奪おうとした!)

頭をふるい、どす黒い怒りをふりはらおうとしながら、宇宙港を眺めやる。発着場には、公爵家の所有する五隻の哨戒艦《フリゲート》が、尖塔の形をした哨兵となってそそりたっていた。

(用心のしすぎで遅れても、息子が死ぬよりはましか……)

あの副官は優秀な男だ。将来、警備部門をしょって立つことは確実で、忠実このうえない。

(〝われらが偉大なる帝《パーディシャー》 王皇帝陛下の……〟)

その皇帝は、〝高貴なる公爵〟あての私信において、ベールに身を包む市井の男女に関し、侮蔑に満ちた形容を用いていた。守備隊が駐屯するこのけだるい町の住民たちがその表現を見たならば――。

〝……とは言い条、そのもっとも大いなる夢が身分制度《ファウフレルーチエス》の秩序ある治安体制の外で暮らすことにあるという野蛮人らに、いったいなにを望めよう？〟

この瞬間において、自身のもっとも大いなる夢は、すべての身分階層を廃し、息の詰まる秩序など二度と考えずにすむことだ。公爵はそう感じながら、頭上をふりあおぎ、微粒砂の靄ごしに、またたかない星々を見あげた。

(あの小さな光点のどれかひとつ――。そのまわりをカラダンがめぐっている……しかし、もう二度と故郷《ふるさと》の惑星を目にすることはない)

急にこみあげてきたカラダンへの郷愁は、せつないほど胸を締めつけた。このせつなさは、身内からこみあげるものではない。カラダンのほうからやってくるものだ。そんな気がした。アラキスの乾ききった荒野は、現状ではとても故郷とは呼べないし、この先も呼べるようになるとは思えない。

（自己の感情は隠さねばなるまい）と公爵は思った。（息子のためにもだ。あの子が故郷を持つとしたら、それはここになるのだから。自分自身にとっては、アラキスを〝死にいたる中継点として訪れた地獄〟と考えてもよい。しかし、あの子はこの地において、自身を成長させてくれるものを見いださねばならん。ここにもきっと、なにか糧《かて》となるものはあろう）

自己憐憫の波は全身をおおいつくした。レトはすぐに、蔑みの念とともに、そんな思いを退けたが、どういうわけか、ガーニー・ハレックがよく暗唱する詩の二行が、ふっと脳裏によみがえってきた。

〝わが肺が吸うは時節の空気
降砂を巻きこみ吹きすさぶ……〟

ガーニーのやつ、この地でほんとうに大量の降砂を目のあたりにするわけだな、と公爵は思った。月光を浴びて霜が降りたように白く見える絶壁、〈防嵐壁〉の向こうには、広大な中央荒野帯が広がっている。荒野を形作るのは純然たる不毛の地——荒涼とした岩場、砂丘、微粒砂の風が吹きすさぶ、地図も作られたことのない乾ききった砂漠だ。その砂漠の周辺に——おそらく砂漠自体のあちこちにも——フレメンの集落が点在していた。アトレイデスの血統にたしかな未来を与えられる存在がいるとすれば、それはフレメンである可能性が高い。

　とはいえ、フレメンにさえもハルコンネンの息がかかり、邪悪な計画を吹きこまれている恐れはある。

（やつらは息子の命を奪おうとした！）

　そのとき、金属をかきむしるような音が管制塔全体に響きわたり、腕をかけた手すり壁を震わせた。目の前に勢いよく隔壁がおりて視界を塞ぐ。（そろそろ階下に降りて、仕事にかかると
（シャトルが降下してきたか）と公爵は思った。

するか）

　背後の階段に向きなおり、下の階の大きな集会場へ降りていく。降りながら、きたるべき再会にそなえ、表情を冷静にたもとうと努めた。

（やつらは息子の命を奪おうとした！）

　集会場は黄色いドーム天井でおおわれている。公爵がその階段口付近まで降りたときには、到着したばかりの将兵たちが、早くも発着場からぞくぞくと集会場へ入ってきつつあった。それぞれが肩にスペースバッグをかつぎ、休暇から帰ってきた学生たちのように、あるいは叫びかわし、あるいは名前を呼びあっている。

「なあ！　足の下のこれ、感じるか？　重力だぜ、おい！」

「この星、何Gだっけ？　やけに重く感じるな」

「資料によると、十分の九Gだ」

投げかけられることばの十字砲火が、広い集会場を満たしていった。

「降りてくる途中、地表をよく見たか？　なーんもありゃしねえ。山ほどあるはずのお宝は、いったいどこにいっちまったんだよ？」

「ハルコンネンのやつらが持ってっちまったのさ！」

「熱いシャワーと柔らかいベッドさえありゃあ、おらぁそれで充分だ！」

「聞いてないのか、バカ。ここにはシャワーなんかねえんだよ。ケツをふくときゃ砂だぜ、使うのは！」

「おい！　そのへんにしとけ！　公爵閣下だ！」

場内がしんと静まりかえるなか、公爵は階段口をあとにし、集会場に出た。

集団の先頭に立っていたガーニー・ハレックが、公爵に向かって大股に歩いてきた。肩にかけたスペースバッグのストラップを右手で持ち、左手で九弦楽器《バリセット》のネックを持っている。どちらの手も指が長く、親指が大きくて、きわめて微妙な動きでも楽々こなすことができる。さすがにバリセットで繊細な調べを奏でるだけのことはあった。

公爵はハレックのずんぐりとしてごつい体軀を見つめ、たのもしさをおぼえた。ガラスの破片を思わせる小さな目は、海千山千のしたたかな光をたたえている。これは身分制度《ファウフレルーチエス》の埒外に住みながら、そのすべての決まりにしたがっている男にほかならない。ポールはこの男をなんと呼んでいただろう？　そう、〈勇敢なるガーニー〉だ。

ハレックのまばらな金髪が、ところどころに覗く無毛部分の上におおいかぶさっていた。

歪めた大きな口は、おもしろがっているような冷笑をたたえている。あごのラインに走る傷――インク蔦《ヅタ》の鞭で受けた傷痕は、みずからの生命を持ってひくついているように見えた。全体にまとう雰囲気はさりげない自信にあふれており、いかにもタフで有能そうだ。

公爵の前までやってくると、ガーニーは一礼した。

「ガーニー」公爵は声をかけた。

「閣下」手にしたバリセットで、ガーニーは広い集会場に集う一同を指し示して、「これで残りぜんぶです。できれば第一次移動組といっしょにきたかったところですが……」

「安心しろ。始末すべきハルコンネンは、まだすこし残してある」公爵はいった。「すこしつきあえ、ガーニー、余人に聞かれぬところで話をしよう」

「御意、閣下」

落ちつかなげに待機している部下たちをその場に残して、ふたりは水の自販機の横にある小さな部屋に入った。ハレックはバッグを片隅に降ろしたが、バリセットのネックは握ったままでいる。公爵はたずねた。

「ハワトの応援にどれだけ人員を割ける？」

「スフィルがなにか、やっかいごとにでも？」

「部下の犠牲者は、いまのところふたりだけだ。ハワトの先遣隊は、その犠牲と引き替えに、ハルコンネン組織の全貌をかなり詳細に把握してな。迅速に行動すれば、充分な治安体制を構築し、ひといきつける可能性がある。そのためにも、ハワトはできるだけ多く、おまえの部下をまわしてほしいといっている——多少の荒事にはびくともしない、タフな連中をだ」

「腕利きを三百人、提供できます。どこにいかせましょう？」

「正門へ。ハワトがそこに手の者を待機させている。指示にしたがわせろ」

「ただちに送りだしますか？」

「すこし待て。ほかにも問題がある。宇宙港の責任者は、適当な口実を設けて、夜明けまでシャトルを引きとめてくれる。われわれを運んできたギルドの輸送母船は、そのシャトルを回収しだい、別の場所へ出航するが、当のシャトルはそれに先立って、香料をめいっぱい積みこみ、軌道上の貨物船に送りとどける予定だ」

「われわれの香料ですか、わが君《ム・ロード》？」

「われわれの香料をだ。しかしシャトルは、旧体制下で活動していた香料ハンターの一部も乗せていくことになっている。その連中は、領主の交替にともなって惑星を出ていくことを選択し、移封監察官の了承も得ている。いずれも貴重な働き手だというのにだ、ガーニー。その数、八百人にちかい。そこでおまえには、シャトルが出発しないうちに連中を説得し、それなりの人数をわれわれと契約させてもらいたい」

「説得にはどの程度の強腰で臨みます？」

「ハンターたちには自発的に協力してほしい。なにしろ、われわれに不可欠の経験と技術を豊富に持った者たちだ。出ていくことにした、ということは、その者たちがハルコンネンの息のかかった者ではないことも示唆している。ハワトはその中にも敵の手先がまぎれこんでいるとにらんでいるが、あれはどんなものにも暗殺者の影を見いだす男だからな」

「しかし、じっさいスフィルは、現場の第一線にいるあいだ、巧妙に擬装した影をたびたび暴いてきましたよ、ム・ロード」

「あの男でさえ見ぬけなかった影も、事実、たしかにあった。とはいえ、去りゆくハンターたちに草を仕込むというのは、ハルコンネンへの危険幻想がすぎるのではないか」

「かもしれません。で、そのハンターたちはどこに？」

「下の階層にいる。待合室だ。下に降りたら、ひとまず一、二曲、歌でも披露して、連中の気持ちをなごませてから、圧力をかけるのがよかろう。優秀な人材にはそれなりのポストを提供してもよい。ハルコンネン時代に受けとっていた報酬の二割増しを保証してやれ」

「それ以上は出ませんか？　ハルコンネンの賃金体系は知っていましてね。それに、離職の一時金をポケットに詰めこんでいるうえ、放浪癖のある者たちにちらつかせるとなると……二割増し程度では、残留させるエサとして弱いでしょう」

レトはじれったそうにいった。

「では、相手に応じて、適宜、おまえの判断で増額をしろ。ただし、国庫が無尽蔵ではないことを忘れるな。可能な場合は二割増しに抑えること。とくに必要なのは、香料技師、天気読み、砂働きなど——大砂原《おおすなばら》での経験が豊富な者たちだ」

「承知しました。〝彼らみな、荒事を期して集《つど》いきたりぬ。顔を東風《こち》にさらし、産砂《うぶすな》の糧《かて》を採取せんがために〟」

「〈ハバクク書〉か？　なかなかに泣かせる引用をするものだ」と公爵はいった。「では、部下の面倒は副官に引き継がせろ。全員に当地の節水律をざっくり説明したら、今夜はもう寝《やす》ませるといい。営舎は宇宙港のとなりにある。営舎へは宇宙港の職員が案内する手はずになっている。それから、ハワトに人員をまわすのを忘れるな」

「腕利き三百人、おまかせあれ」ガーニーはスペースバッグを拾いあげた。「説得の仕事をおえたら、どこへ報告しにいけばよろしいでしょう？」

「管制塔最上階にある会議室を接収した。そこにスタッフを詰めさせる。各地に武装部隊を展開させ、惑星全土に対して新たに厳戒態勢を敷きたい」

背中を向けかけていたハレックが、動作の途中で動きをとめ、レトの目を見つめた。

「そこまでせねばならんほどの事態が起こる——とお考えですか？　ここには移封監察官がいると思っていましたが」

「公然たる戦い、隠然たる戦い、ともに覚悟せねばなるまい」公爵は答えた。「秩序が確立されるまでは、おびただしい血が流れることになるだろう」

「〝汝、河の水を汲みて、乾きたる陸地《くが》に注がば、その水、血となるべし〟」

ハレックはふたたび引用した。こんどは〈出エジプト記〉からだ。

公爵はためいきをついた。

「早々に説得をすませて、早く本務に復帰してくれ、ガーニー」

「かしこまりました、ム・ロード」にやりと笑ったその顔に、鞭の傷が波打った。「〝見よ、砂漠に往く野ロバのごとく、われ仕事に赴かん〟」

最後に〈ヨブ記〉の引用をして、ハレックはくるりと背を向け、大股で集会室の中央まで歩いていき、そこで足をとめて一同に命令を伝えてから、部下たちのあいだをぬって階下へ降りる階段に急いだ。

去ってゆくハレックの背中を眺めながら、レトはかぶりをふった。ハレックという男には、いつまでたっても驚かされてばかりいる。あの頭の中にはどれほど膨大な歌と引用と美辞が詰まっているのだろうか。そのいっぽうで、ことハルコンネン家を相手にするときは、冷酷きわまりない暗殺者に変貌する。

ほどなく、レトは小部屋をあとにし、エレベーターをめざして、悠然たる歩みで集会室をななめに横切りはじめた。しゃちこばってつぎつぎに敬礼する者たちに、鷹揚に手をふって応えていく。途中、広報担当の下士官が目にとまり、いったん足をとめて、全将兵と職員に対し、通信回線を通じて伝達するメッセージを託した。女を連れてきた者たちは、ここでは女たちが安全でいられるのかどうか、どこにいけば合流できるかを知りたがっているだろう。連れてきていない者たちにしても、当地の女性人口が男性人口よりも多いらしいと知れば、みな喜ぶはずだ。

広報要員の腕をぽんとたたき——いま託したメッセージを、最優先で、ただちに伝達するようにとの合図だ——公爵はふたたび大部屋を横切りだした。歩きながら、みなにうなずき、ほほえみかけ、若い尉官たちと軽口をたたきあう。

（総指揮官たるもの、つねに悠然とかまえておらねばならない）とレトは思った。（全員が総指揮官を信頼して、その双肩に運命を預けているのだからな。たとえ危地にあろうとも、けっしてそれを見せてはならん）

エレベーターに足を踏みいれた。そして、うしろに向きなおり、目の前で閉まったドアを見るなり、ふうっと安堵の吐息をついた。そこにはもう、部下たちの顔がないからだ。もう感情を隠す必要がないからだ。

（やつらは息子の命を奪おうとした！）

アラキーン宇宙港の出入口の上には、ありあわせの道具で彫ったのか、稚拙な彫りの銘文が刻まれている。のちに何度となくこの銘文を引用するムアッディブがはじめてそれを目にしたのは、アラキスに着いて最初の晩、父公爵が宇宙港に設けた指揮所において、最初に召集した幕僚会議に出席した折のことだった。銘文の内容は、アラキスを離れようとする者たちに対する願いだったが、からくも死の罠を脱した直後の少年の目に、それは先行きを暗示する不気味な語句と映った。その銘文にいわく――〝おお、汝ら、われらのこの地における苦しみを知る者たちよ、祈りにさいして、けっしてわれらを忘るるなかれ〟。

――プリンセス・イルーラン
『ムアッディブを知る』より

「戦争に関する理論はすべて、計算された危険を考慮するものだ」と公爵はいった。「だが、みずからの家族に危険がおよぶとなると、計算できる要素は……他の要素に埋没する」

怒りを抑えるべきであることはわかっていた。が、抑えきれていないこともわかっていた。

公爵は向きを変え、長テーブルぞいに端から端まで歩いていき、また引き返しだした。

公爵はポールと余人を交えず、宇宙港会議室で話をしていた。音がうつろに反響するのは、調度がまだ数すくなく、中央の大きな長テーブルを中心に、古風な三脚椅子がならんでいるだけだからだ。テーブル上にはマップボードが載せてあり、一端にはプロジェクターが設置してある。ポールはマップボードに近い席にすわっていた。公爵はすでに、誘導ハンターの顚末をひととおり打ち明けられ、息子の命を脅かしたのが裏切り者であるらしいとの報告も聞かされている。

公爵はテーブルをあいだにはさみ、ポールと向かいあう位置にきて立ちどまると、板面を荒々しく殴りつけた。

「ハワトのやつ、館の安全を確認したといったくせに！」

ポールはためらいがちにいった。

「わたしも怒りました——最初のうちは。ハワトの失態だと憤りもしました。しかし、あの脅威は館の外からきたものです。単純にして狡猾、直接的な攻撃でした。一歩まちがえれば、目的ははたされていたでしょう。どうにか脅威を退けられたのは、長年の訓練のおかげです。その訓練を施してくれたのは、父上をはじめ、おおぜいの師にほかなりません——そのなかにはハワトもいました」

「おまえはあれをかばうのか？」

「はい」

「あれも齢をとった。それだけのことだ。ほんとうなら、ハワトは——」

「経験豊富な切れ者です」とポールはいった。「ハワトが犯したミスを、いったいどれだけ思いだせます？」

「本来ならば、あれをかばうべきなのは、このわしのほうであり——おまえではないのだがな」

ポールは微笑を浮かべた。

レト公爵はテーブルの上座に腰をおろし、息子の手に自分の手を重ねた。

「いつのまにか……大人になったものだ、息子よ」重ねた手を引っこめる。「うれしいぞ」

それから、息子の微笑に応え、自分もほほえんでみせた。

「ほうっておいても、ハワトはみずからを罰する。わしらがふたりがかりで叱責するくらいでは追っつかんほどのはげしい怒りを自分に注ぐだろう」

ポールはマップボードの向こうの、すっかり暗くなった窓に目を向け、夜闇を眺めやった。室内照明が窓外を走るバルコニーの手すりに反射している。そのバルコニーに、動く人影がひとつあった。アトレイデス家の制服を着た衛兵だった。ポールは父親のうしろの白い壁に目をもどし、テーブルのつややかな天板に視線を落とした。自分の手が固く握りしめられているのがわかった。

おりしも、公爵の真向かいの、下座側にあるドアが勢いよく開き、老スフィル・ハワトが血相を変えて飛びこんできた。いつも以上に老けて見える。表情についても、いつも以上に険しい。長テーブルにそって歩き、上座の横までやってきたスフィルは、レトの前に立つと、直立不動の姿勢をとった。

「閣下」着席しているレトの、頭上の一点を見つめて、スフィルはいった。「いましがた、ご信頼を著しく損ねたことを知りました。かくなるうえは、ただちに職を辞し――」

「いいから、席につけ、阿呆のようなふるまいはやめろ」公爵はポールの向かいの席を指し示した。「おまえがミスを犯したとしたら、それはハルコンネンどもを過大評価したことだ。やつらの単細胞の頭では単純すぎるトリックしか考えられん。あそこまで単純なまねをするとは、われわれには思いもおよばなかった――それだけだ。しかも、息子はおおいに熱弁をふるって、自分が危地を脱しえたのは、おまえに施された訓練のおかげだとわしに説いた。十二分な訓練を施した点で、おまえは信頼を損ねてなどいなかったことになる！」

ポールの向かい側の、だれもすわっていない椅子の背もたれをぽんとたたいて、

「いっただろうが。席につけ！」

ハワトはいわれたとおり、椅子に腰をおろした。

「ですが――」

「この件については、もう弁明は聞きたくない。過ぎたことだ。そんなことよりも、もっと差し迫った問題が山積している。ほかの者はどうした？」

「室外に待機しているよう、みなに頼みました。大事な話がすむまでは――」

「呼び入れろ」

ハワトはレトの目を見つめた。

「閣下、わたしは――」

「自分の真の友がだれかくらい心得ている、スフィル。いいから、みなを呼び入れろ」

ハワトはごくりとつばを呑みこんだ。

「ただちに、わが君《マイ・ロード》」

ハワトはうなずくと、すわったまま椅子を回転させ、開かれているドアに呼びかけた。

「ガーニー、みなを中へ！」

一同をぞろぞろと引き連れて、ハレックが室内に入ってきた。真剣な顔つきの幕僚たちのあとには、若い副官や専門家たちがつづいている。若い連中は一様に、意気盛んな雰囲気をみなぎらせていた。室内にひとしきり足音が響いたのち、全員が着席をおえた。テーブルの上には、興奮成分であるラシャグのにおいがかすかにただよっている。

「コーヒーの用意がある。ほしい者は遠慮するな」

公爵はそういって、一堂に会した幹部たちを見まわした。

(みんな優秀な者たちだ。この種の戦争にはもったいないほど優秀な人材がそろっている)

隣室からコーヒーが運ばれてきて、各人の前に置かれるあいだ、公爵は待った。なかには顔に疲労を色濃くにじませている者もいた。

ややあって、公爵は冷静かつ有能な賢将の仮面をつけ、悠然と立ちあがると、コンコンとテーブルをたたき、一同の注目を集めた。

「さて諸君。われらが文明は、侵略の悪癖にどっぷりとつかってしまったらしい。おかげで、旧体制を一掃しないことには、帝国の簡単な命令ひとつ守ることができん」

低く乾いた笑い声がテーブルの周囲に起こった。そのようすを見て、ポールは気がついた

——一同の気分を高揚させるうえで、公爵がこのうえなく適切な口調を選び、このうえなく適切なせりふを口にしたことに。声にわずかな疲労をにじませていることさえ、この場では適切といえる。

「まず最初に、フレメンに関してスフィルが行なった報告についてだ。なにか追加するべきことがあるなら、先に把握しておいたほうがいいだろう。どうだ、スフィル?」

スフィル・ハワトは公爵に目をやった。

「先日の包括的報告をまとめたあとで、二、三、経済的な問題に関し、追加調査の要が出てきましたが、それはさておいて、いまいえるのは、フレメンがわれわれと共闘すべき相手である線が一段と高まったということです。フレメンは現在、われわれを信用できるかどうか、ようすを見ているところですが、公式に交渉する用意はあるようです。先ごろ、献上の品を贈ってきました。手製の保水スーツ数着と、ハルコンネンが砂漠に残していった軍事基地の所在を示す地図です」そこで、テーブル上の資料に目を落として、「フレメンのもたらした諜報資料は、きわめて信頼性が高いことが判明し、移封監察官との交渉において、おおいに

役にたちました。また、そのほかにいろいろと付随の献上品も届けてきています。レディ・ジェシカあての宝飾品、香料酒、菓子、医薬品です。ただいま部下に命じて、徹底的に分析させているところですが、とくに怪しい要素はなさそうに見えます」

テーブルのやや下座にいる男がいった。

「ずいぶんとフレメンが気にいったようだな、スフィル？」

ハワトはその男に顔を向けた。

「ダンカン・アイダホがいうには、フレメンは敬服すべき相手だそうだ」

ポールは父親に目をやってから、ハワトに視線をもどし、思いきって質問をした。

「フレメンの総人口について、新たにわかったことはあるのか？」

ハワトはポールに顔を向けた。

「食料加工その他の証拠からアイダホが推定したところによりますと、当人が訪ねた複雑な洞窟系に住むフレメンの人口は、すべてひっくるめて一万人ほどだそうです。その洞窟系の指導者の表現を借りれば、〝二千の炉からなる群居洞《シエチ》を司っている〟由。そのような群居洞《シエチ》コミュニティは、相当数が存在していると信じるべき理由があります。また、どの群居洞《シエチ》も、リエトと呼ばれる人物に忠誠を誓っているように見受けられます」

「それは初耳だ」レト公爵がいった。

「これはまだ、わたしの段階に留めおくべき誤情報かもしれません。このリエトなる存在が、現地固有の神である可能性もありますので」

テーブルについている別の男が咳ばらいをし、質問した。

「フレメンが密輸業者と通じているというのはほんとうなのか？」

「アイダホがこの群居洞《シエチ》にいたとき、密輸業者の隊商が大量の香料を運びだすのを目撃している。役獣で荷駄を輸送して、十八日の旅になるといっていたそうだ」

「どうやら――」と公爵がいった。「――情勢不安定なこの時期を狙って、密輸業者どもが活動を活発化させていると見える。この点への対応は入念に検討せねばなるまい。惑星外へ出ていく無鑑札の輸送船については、あまり神経をとがらせてはならんだろう――前々からつづいてきたことなのだからな。しかし、まったく目を光らせず、すべてに目こぼしをするのも――良策ではない」

「なにかお考えがおありですか」ハワトがたずねた。

公爵はハレックに目をやった。

「ガーニー、おまえには代表団を率いて、くだんのロマンティックな商売人たちとの交渉をたのみたい。なんなら、使節団の形にしてもかまわん。公爵家に対して十分の一税を支払うかぎり、密輸活動に目をつぶると伝えてやれ。密輸屋どもは取り締まり対策として、護衛を過剰に雇ってきた。ハワトの見積もりでは、その過剰分に使ってきた費用は、十分の一税で払う額の四倍になるという」

「この件が皇帝陛下のお耳に入ったらどうします？」ハレックがたずねた。「CHOAM《チョーム》の上がりをへらす方策には、いたく難色を示されるかと」

レトはにやりと笑ってみせた。

「十分の一税は、表向き、シャッダム四世陛下の名において積み立てておけばよい。それによって、徴税促進費用に使う名目で合法的に引きだせる。ハルコンネンの息のかかった者は抵抗するだろうがな。この一手で、ハルコンネン体制下で密輸業者に過大な護衛を提供し、肥え太ってきた地元有力者を、さらにもう何組か破産させられるだろう。これ以上、上前をはねることはゆるさん！」

ハレックが顔を歪めて笑った。

「おお、ム・ロード、それはじつに巧妙な寝技ですな。かなうものなら、この一手を知ったときの、男爵めの顔を見てやりたいものだ」

公爵はハワトに向きなおった。

「スフィル、金で購《あがな》えそうだといっていた例の帳簿、手に入ったか？」

「はい。現在、綿密な調査にかけているところです。ただ、ざっと検分はすませてありますので、おおまかな所見は述べられます」

「たのむ」

「ハルコンネン家は、当惑星において、三百三十標準日ごとに百億ソラリスを確保しておりました」

押し殺した驚きの声がテーブル全体に広がった。少々退屈したようすを見せていた若手の副官たちでさえ、居ずまいをただし、大きくむいた目を見交わしあったほどだった。

ハレックが〈中命記〉からの引用をつぶやいた。

「〝また海の中に満てる物を得て食らい、砂の中に蔵《かく》れたる物を得て食らわん〟」

「聞いてのとおりだ、諸君」レトは一同に語りかけた。「わしが皇帝陛下の勅命を得たからといって、ハルコンネンがこれほどの利権を手放し、おとなしく荷物をまとめて出ていく。そんなことを思うお人好しが、この場にひとりでもいるか？」

全員がかぶりをふり、口々に〝いません〟とつぶやいた。

「武力に訴えてでも、われらはこの利権を奪いとらねばならん」レトはハワトに顔を向けた。「このあたりで、設備機器に関する報告をしてもらうのがよさそうだ。連中がここに残していった砂上這行車《サンドクローラー》、採取機、香料工場、採取支援機器はどれくらいある？」

「帝国資産目録に掲載されている全数が残されています。これは移封監察官の監査でも確認されているところです」ハワトは答え、副官のひとりに合図して、受けとったフォルダーを開き、目の前に置いた。「ただ、目録に明記されていないのは——稼動可能なクローラーが半数にも満たないこと、香料産出砂漠へクローラーを空輸するための翼葉機《よくようき》、すなわち翼状搬送機が、当のクローラーの三分の一しかないこと——そして、ハルコンネンたちの残していったすべての機器が、いまにも故障し、分解する寸前のものばかりであることなどです。設備機器の半数でも動けば運がいいほうでしょうし、その半数のうち、半年後に四分の一がまだ動いていれば、さらに運がいいというべきでしょう」

「まさに予想どおりだな」とレトはいった。「基幹機器で確実に動くのはどの程度ある？」

ハワトはフォルダーをちらりと見た。

「二、三日のうちに送りだせる採取工場が、九百三十台前後。香料探索、偵察、気象観測に使う羽ばたき飛行機《オーニソプター》が六千二百五十機前後……翼葉機は千機に若干欠けるくらいです」

ハレックが口をはさんだ。

「もういちどギルドと交渉をしてだな、気象衛星がわりに、哨戒艦《フリゲート》を軌道周回させる許可を取りつけてはどうだ？　そのほうが安くあがるんじゃないか？」

公爵はハワトに視線を向けた。

「ギルドがらみで、なにか進展はないか、スフィル？」

「当面、ギルドはあてにできません。ほかの回避策を考案する必要があります。われわれと面会したギルドのエージェントは、交渉をしにきたわけではなく、たんに事実を淡々と——演算能力者《メンタート》からメンタートに対して——伝達したにすぎません。すなわち、ギルドが関わることがらについては、なにごとであれ、要する費用は当方に手の届く金額ではない、いくら金を積みあげても届くものではない、ということです。われわれとしては、改めてギルドにアプローチする前に、その理由をつきとめねばなりません」

テーブル下座側にいるハレックの副官のひとりが、上座側に椅子をまわし、声を荒《あら》らげた。

「ここには正義がないのか！」

「正義？」公爵がその副官に目を向けた。「正義を問う者はだれか？　正義はわれらが作るもの。われらこそが正義を打ち立てるのだ、このアラキスにな。勝利か、しからずんば死か。

われらの陣営に与《くみ》したことを、おまえは悔いているのか？」

副官は公爵を見つめ、一拍おいて答えた。

「いいえ、閣下。閣下に退転の道なくば、わたしもまた閣下につきしたがうのみ。不用意な発言、おゆるしください。ですが……」副官は肩をすくめて、「ときどき鬱憤がたまるのも、むりからぬことかとぞんじます」

「鬱憤がたまるのはわかる。しかし、われらに武器とそれを使う自由があるかぎりは、正義うんぬんを問うのはやめにしようではないか。ほかに鬱憤をかかえているものはいるか？いるなら、いまここで吐きだしてしまえ。これは仲間うちの会議だ。だれであろうと、腹蔵ない意見を口にするがいい」

ハレックがもぞもぞと身を動かした。

「どうにも癪《しゃく》にさわるのは、閣下、ほかの大領家《だいりょうけ》が義勇兵のひとりも出そうとはしないことです。閣下のことを〈公正なるレト〉などと持ちあげて、永遠の友情を約束していながら、その友情は自分たちに累がおよばぬかぎりにおいてのことらしい」

「今回の対決でどちらが勝つか、連中にはまだ見きわめがついておらんのさ。領家の大半は、できるだけリスクを回避することで肥え太ってきた。そんな者たちにはなじる価値もない。できるのは蔑むことだけだ」公爵はハワトに顔を向けた。「まだ設備の話の途中だったな。みなを当地の設備機器に馴じませるため、二、三、サンプルを見せてやってくれんか」

ハワトはうなずき、プロジェクターのそばにつく副官に合図した。

テーブル上に立体イメージが出現した。位置は公爵の席から見てテーブル全体の三分の一あたりだ。下座側の者たちのうち、何人かが立ちあがり、よく見ようと目をこらした。

ポールは前に身を乗りだし、現われた機械を見つめた。

周囲に投映されている人間の微小なサイズから判断すると、機械の全長は百二十メートル、幅は四十メートルほどありそうだ。基本的な軀体《くたい》構造には長大なイモムシを思わせるものがある。イモムシの腹脚に似て、下面には幅の広い、それぞれ独立したキャタピラがたくさんついており、それで移動する仕組みになっていた。

「これが採取工場——工場型這行車《クローラー》です」ハワトが説明した。「ここで投映するものには、修理状態のよい一台を選びました。ほかの掘削・採取機械のなかには、最初期の帝国生態学チームといっしょに運びこまれたものもあり、まだ動くには動きますが……どうして動けるのか、なぜ動くのかは、わたしの理解を超えています」

「それが連中のいう〈オールド・マリア〉というオンボロなら、博物館級の年代ものです」副官のひとりがいった。「思うに、ハルコンネンは、懲罰用としてそれを使っていたのではありますまいか。つまり、作業員たちの頭上に吊るす脅威としてです。〝いいか、まじめに働かないと〈オールド・マリア〉行きだぞ〟というわけです」

テーブルのあちこちで忍び笑いが起こった。

だが、ポールはいっしょになって笑う気にはなれなかった。眼前に浮かぶ投映イメージと、それがもたらす疑問とで、頭がいっぱいになっていたからである。テーブル上のイメージを指さして、ポールはたずねた。

「スフィル——こんなにも大きな機械を呑みこむほど巨大な砂蟲《サンドワーム》が、ほんとうにいるものなのか？」

たちまち、長テーブルのまわりがしんと静まり返った。公爵は心の中で毒づいたものの、すぐに思いなおした。

（そうだな——みな、この地の現実を見すえておいたほうがいい）

「砂漠の奥地には、このサイズの工場をひと呑みにできる巨大蟲《ワーム》が実在します」とハワトは答えた。「〈防嵐壁《ぼうらんへき》〉近く、香料採取の大半が行なわれる高緯度地方でも、大型採取工場をたやすく行動不能にし、面白半分に破壊できる蟲《ワーム》がいくらでも存在しています」

「なぜ防御シールドを使わない？」ポールは問いを重ねた。

「アイダホの報告によれば、砂漠で防御シールドを使うのは危険このうえない行為とのことです。個人用シールドひとつを起動するだけでも、半径数百メートル以内の蟲《ワーム》をことごとく呼びよせてしまうそうですから。どうやらシールドは、蟲《ワーム》の殺戮衝動をかきたてるようです。フレメンの証言もあることですし、この現象を疑うに足る理由はありません。アイダホも、群居洞《シエチ》ではまったくシールド発生装置《ジェネレーター》を見なかったといっています」

「一台も？」これもポールだ。

「一万の住民が住む場所でこの手の装置を隠しきるのは、きわめてむずかしい。アイダホは当該群居洞《シエチ》内のどこにでも立ちいることをゆるされたものの、シールド・ジェネレーターもシールドが使われた形跡も、まったく見つけられなかったそうです」

「妙だな」公爵がいった。

「おっしゃるとおりです。ハルコンネンが当星で大量のシールド・ジェネレーターを用いていたことはまちがいありません。守備隊が駐屯するすべての村に修理所を設けていましたし、帳簿を見ても、シールド・ジェネレーターの取り替えと部品交換に莫大な出費を強いられていたことがわかります」

「フレメンにはシールドを無効化する手だてでもあるんだろうか」ポールがたずねた。

「あるとは思えません」ハワトは答えた。「もちろん、理論上は不可能ではありませんよ。シールドを相殺する働きを持つ、とてつもなく大きな静電場をかければ、無効化することは可能です。しかしそのようなものは、いまだかつて、実験にこぎつけた者すらおりません」

「じっさい、そんな機械があるんなら、とっくのむかしに耳に入っていていいはずだしな」ハレックがいった。「密輸屋連中、フレメンと密接に連絡を取りあっている、そんなものが造れるなら、連中もとうに手に入れていただろう。あいつらに商売上の禁忌などないから、さっそく惑星外に持ちだして、法外な値で売りさばいていたはずだ」

「この種の重要な問題に関して、実態が不明確なままなのは望ましくない」と公爵はいった。「スフィル、この案件、最優先で解明しておけ」

「すでに調査には着手しております、マイ・ロード」スフィル・ハワトは咳ばらいをした。「しかし、その、アイダホが申しますには——シールドに対するフレメンの態度は、だれが見ても一目瞭然であろうと。すなわち、たいていの者は、シールドを見ると、おもしろがるのだそうです」

公爵は眉をひそめた。それから、話題をもとにもどした。

「話していたのは、香料採取機器についてだったな」

ハワトはプロジェクター操作の副官に合図した。

採取工場／クローラーの立体イメージが、基本的に翼だけしかない飛行機械のイメージに取って代わられた。この機械もそうとうに巨大で、周囲の人間が豆つぶのように見える。

「これが搬送用の翼葉機《よくようき》です」ハワトが説明した。「本質は超大型羽ばたき飛行機《オーニソプター》ですが、その役割は、香料を豊富に産する砂漠に工場型クローラーを運ぶことと、砂蟲《サンドワーム》が出現したさい、クローラー救出に向かうことにあります。蟲《ワーム》はいつ出現してもおかしくありません。香料を採取するということは、すばやく侵入し、できるだけ多くをかっさらい、迅速に撤退することのくりかえしなのです」

「これはまた、じつにハルコンネンの性《しょう》に合った仕事だな」

公爵のジョークに、テーブルのまわりでどっと笑い声があがった。ただし、一同の不安を示すかのように、それは妙に大きすぎる笑い声だった。

翼葉機のあとには羽ばたき飛行機《オーニソプター》が投映された。

「当地のソプターも、ほかの惑星で一般に使われているものとほとんど同じです」ハワトが説明をつづけた。「主要な改修点は航続距離の延長にあります。それと、重要な機関に砂や微粒砂が入りこむことのないよう、気密性をひときわ高めてあります。シールドをそなえている機体は三十機に一機のみ――おそらく、シールド・ジェネレーターの重量を削ることで、航続距離を伸ばそうとしたのでしょう」

「シールド軽視の傾向は気にいらんな」

公爵はつぶやき、心の中でこう思った。

(これはハルコンネンの策略か？　惑星のシールド保守技術を細らせておいて、万策尽きたわれわれが惑星外に脱出するとき、哨戒艦《フリゲート》のシールドも機能不全に陥らせる腹か？)

鋭くかぶりをふり、そんな考えを心から締めだした。

「では、事業の見積もりに移ろうか。予想される利益はどのくらいだ？」

ハワトはフォルダーを二ページめくった。

「修理の必要性と稼動可能な機器の評価を行なったのちは、その後の運営にかかるであろうコストの見積もりを行ないました。これからお見せするのは、当然ながら、余裕のある安全マージンを見こむため、低めに見積もった数値です」

ハワトは目をつむり、演算能力者《メンタート》特有の半トランス状態に入って、語をついだ。

「ハルコンネンの体制下では、保守にかける費用と賃金が、惑星総収入の一四パーセントに抑えられていました。われわれの体制では、この割合は増えます。当初は三〇パーセントにまで抑えられれば運がいいほうでしょう。再投資と成長因子に要する費用を計算すれば――これにはCHOAM《チョーム》に支払う手数料や軍事コストも含みます――われわれの収益は総収入の

六、七パーセントという、はなはだ小さい割合に縮小してしまいます。しかし、老朽化した設備機器の更新が完了すれば、この状況は改善されて、本来あるべき数値、一二パーセントから一五パーセントの収益が見こめるようになります」
ハワトは目をあけた。

「ただし、閣下がハルコンネン方式を採用されるとおっしゃるのでしたら、収益が低下する懸念はなくなります」

「われわれは、堅実かつ長続きする社会基盤を、惑星ベースで構築する」と公爵はいった。「われわれとしては、地元住民のかなりの割合を幸福にしてやらねばならん——とりわけ、フレメンをだ」

「とりわけ、フレメンをですね——最優先で」ハワトが同意した。

公爵はつづけた。

「われわれがカラダンで繁栄できたのは——海と空における、運輸力と軍事力の充実によるところが大きかった。ここでは軍事も含めて、それとは別の原動力を確立せねばならない。それを砂漠力と呼ぶことにしよう。これには空輸の充実も含まれるかもしれないが、含まれない可能性もある。ソプターがシールドを欠く点に注目してほしい」公爵はかぶりをふった。「ハルコンネンは、香料採取を司る中枢要員の一部を、惑星外からの人員に依存していた。われわれは同じ轍は踏むまい。新たに採取チームを編制するたびに、工作員を何人もまぎれこまされてはかなわんしな」

「そうしますと、収益が著しく減少し、香料採取量も減ってしまいます。最初の二採取期における収量は、ハルコンネン時代の平均の三分の二になってしまうでしょう」

「そんなところだろう。だいたい予想したとおりだ。そのいっぽうで、われわれとしては、フレメンとの交渉を急がねばならん。われらが体制下でCHOAMによる最初の会計監査が行なわれるまでに、フレメン部隊が五個大隊はほしい。それも定数を完全に充足させた状態でだ」

「時間的に苦しいところですが……」

「もともと、時間はないのだ。それはおまえも知っているはずだぞ。いつハルコンネン軍に擬装した帝国の親衛軍《サーダカー》が攻めてくるかもわからんのだからな。やつら、どれくらいの兵力を投入してくると見る、スフィル？」

「合わせて四個、または五個大隊というところでしょう。それ以上ではないと見ています。ギルドの高額な兵員輸送費用に鑑みれば、それが限度でしょう」

「それならば、フレメンの五個大隊、および自前の兵力で対抗できるだろう。サーダカーの捕虜を何人か、領主会議《ラーンスロード》の高等審問会で行進させてやれば、事態は大きく変わる——収益があがろうと、あがるまいとな」

「最善を尽くします」

ポールは父に目をやり、またハワトに視線をもどして、唐突に、まざまざと実感した——演算能力者《メンタート》であるハワトがそうとうの高齢に達していることに。なにしろ、アトレイデス家三代にわたって仕えてきたのだ。

（もう齢なんだな……）

老齢の兆しは、涙っぽい茶色の目にも、異境の気候で乾燥し、日焼けした頰にも、丸みを帯びてしまった肩にも、サフォの抽出液でクランベリー色に染まった薄い唇にも、はっきり表われていた。

（これほど高齢の老人の双肩に、あまりにも多くのものがかかりすぎている……）

「われわれは現在、暗殺戦のさなかにある」公爵がいった。「しかし、全面的衝突にまではいたっていない。スフィル、当地にあるハルコンネン工作機関の摘発状況はどうか」

「幹部級を中心に、二百五十九名を排除しました。残るハルコンネン分子は三百名を越えぬものと見ています——おそらく、百名がところでしょう」

「その排除したハルコンネンの手先どもだが——みな資産家か？」

「それなりの地位にある者ばかりです。企業家階級が大半を占めます」

「その者たち全員について、当家への忠誠宣言書をでっちあげてくれ。署名は偽造でいい」公爵は命じた。「その写しは移封監察官に提出しておくように。われわれとしては、その者たちが、表面上は当家に忠誠を誓っているという法的立場をとっておきたい。その者たちの財産はすべて没収し、なにひとつ残すな。家族はみな狩りたてて、身ぐるみはいでしまえ。それで得た資産の十分の一は、忘れずに皇帝陛下へ献上しろ。すべては合法的に行なわねばならん」

スフィルは薄く笑い、洋紅色《カーマイン》の唇の下に、真っ赤に染まった歯を覗かせた。

「ご祖父堂ばりの巧妙な一手、感服しました。真っ先にその手を思いつかなかったわが身を恥じます」

向かいの席でハレックが眉をひそめた。ポールが渋面を作っていることに気づいたのだ。ほかの者たちは、あるいは笑みを浮かべ、あるいはうなずいている。

(この戦術はまちがっている)とポールは思った。(これでは敵がいっそう必死に抵抗するだけだ。降伏しても得られるものがない)

今回の公式決戦《カンリー》が、ルール無用、禁じ手なしの戦いであることは承知している。とはいえこれは、勝てる勝負で破滅を招く悪手に思えてならない。

「〝われ異邦《ことくに》に客《かく》となりおればなり〟」ハレックが引用を口にした。

引用元が『OC聖典』にある〈出エジプト記〉だと気づき、ポールはガーニーを見つめた。

(ガーニーもやはり、この無軌道路線をおわらせたいと思ってるんだろうか)

公爵は窓外の暗闇にちらと目をやってから、ハレックに視線を向けた。

「ガーニー。出ていきかけていた砂働きのうち、どれだけが残留の説得に応じた?」

「総勢二百八十六人です。応じてくれてよかった、ときっと思われることでしょう。みんな有能な者ばかりです」

「たったそれだけか?」公爵は唇をかんだ。それから、「まあよかろう、では、その者らに伝えてくれ――」

そのとき、戸口で短いやりとりが交わされ、公爵は口を閉じた。衛兵の通行許可をとって室内に入ってきたのは、ダンカン・アイダホだった。アイダホは長テーブルぞいに急ぎ足でやってくると、公爵のそばで身をかがめ、耳打ちしようとした。

公爵は横に手をふり、耳打ちをやめさせた。

「みなに聞こえるように話せ、ダンカン。見てのとおり、ここにいならぶのは、わが帷幕《いばく》の将たちだ」

ポールはアイダホを見つめた。ネコ科の動物を思わせる、しなやかな動きと敏捷な反射はあいかわらずだ。武術の教師として唯一無二の存在でいられるのは、その身体能力のおかげだった。アイダホの浅黒い丸顔がポールのほうに向けられた。細くて感情の読めない目は、教え子に気づいたようすを見せていないが、表情のない顔の下には興奮が渦巻いているのがわかる。

アイダホはテーブルの下座を眺めやり、報告をはじめた。

「さきほど、フレメンに擬装したハルコンネンの傭兵隊を急襲しました。偽フレメンが存在する旨を警告するため、フレメンが急使を送ってきたのです。しかし、われわれと合流するまぎわ、急使はハルコンネン部隊の待ち伏せを受け、深傷を負ってしまいました。急襲後、負傷者を衛生兵に手当てさせるべく、ただちにここまで運んできたのですが……着いたときにはもう手遅れでした。深傷であることはわかっていましたので、なにかしてやれることはないかと思い、負傷者のそばに寄りそったところ、その者はわたしに向かって、あるものを放ってよこそうとしました」アイダホはそこで、公爵に目をやった。「ナイフです、閣下。閣下がごらんになったことのないナイフです」

「結晶質《クリス》ナイフか？」だれかがたずねた。

「まちがいない。表面が乳白色で、みずから光を放つ」

アイダホはそういって、上着のポケットに手をつっこみ、ひとふりのナイフを取りだした。鞘に収まったナイフの柄《つか》には、いくすじもの黒い畝《うね》が刻まれていた。

「――その刃《やいば》を鞘から抜いてはならん！」

勁烈《けいれつ》の声が、下座側、開かれたままになっている戸口から飛んできた。精気みなぎる声に、一同はぎょっとして戸口に顔を向けた。

そこに立っていたのは、背が高く、ローブをまとった男だった。男の眼前では、ふたりの衛兵が左右から剣を交差させ、部屋へ侵入するのを押しとどめている。男は全身を淡褐色のローブですっぽりとおおい、頭にもフードをかぶっていた。わずかに見える生身の部分は、フードの下につけた黒いベールの隙間に覗く、青一色の双眸《そうぼう》――白目のまったくない一対の目だけだ。

「通すようにお命じください」アイダホが公爵にささやいた。

「その者を通せ」公爵が衛兵に命じた。

衛兵たちはためらったものの、剣を下げた。

男はすべるような動きで室内に入ってくると、長いテーブルを隔て、公爵と向きあう形で立った。

アイダホが紹介した。

「この方はスティルガー――わたしが訪ねた群居洞《シエチ》の長《おさ》であり、偽装フレメン集団について急使を派遣してくれた集団のリーダーです」

「ようこそ、長《おさ》どの」公爵がいった。「この刃を抜いてはならぬといわれたが、その理由をお聞かせねがえるか」

スティルガーは公爵のとなりに目を向け、アイダホにこういった。

「おまえはその目で、われらが浄化と名誉の慣習をしかと見た。ゆえに、おまえには許す。おまえが助けた者の刃だ、おまえは見てもよい」スティルガーはそういって、室内の面々を見まわした。「しかし、ほかの者どもについては、素性が知れぬ。そのような者たちの目によって、名誉ある武器を穢《けが》せというか？」

「わしは公爵のレトだ。わしにはその刃を見ることを許してもらえるか？」

「許すのは、刃を抜く権利を得んとする試みまでだ」テーブルのまわりで抗議のつぶやきがあがるのを聞いて、スティルガーは血管の浮き出た手――細く浅黒い手をすっとかかげた。「もういちどいう。それなる刃は、おまえが助けた者の刃にほかならぬ」

訪れた静寂の中、ポールはスティルガーを観察し、その全身から放たれる力強いオーラを感じとった。たしかにこの人物はリーダーだ。フレメンの長《おさ》にちがいない。

ポールの向かい側で、テーブルの中央付近にすわった男が、つぶやくように問いかけた。

「アラキスでわれらが持つ権利を説く？　きさま、何さまだ？」

「聞くならく、レト・アトレイデス公爵は、治下の民と協調して統治に臨むと。であるなら、公爵どのには、われらと協調する法を語らずばなるまい。クリスナイフの刃を目のあたりにした者にはな、特定の責務が生ずるのだ」フレメンの長《おさ》は、アイダホに暗い視線を送った。「刃を見し者はわれらのもの。われらの同意なくしてアラキスを出ることはならぬ」

ハレックほか数名が、血相を変えて立ちあがりかけた。ハレックがいった。

「それを決めるのは、レト公爵閣下の――」

「まあ、待て。しばし待て」

レト公爵は制した。その声のおだやかさに、一同は矛を収めた。

（ここでことを荒だてるのはまずい）

公爵はそう思いつつ、フレメンの長《おさ》に語りかけた。

「長《おさ》どの。わが権威に敬意を払う者に対しては、だれであれ、わしはその者の権威に敬意を払うよう心がけている。貴兄にはまぎれもなく借りができた。借りはかならず返すのがわが流儀だ。いまはこのナイフを鞘に収めたままにしておくのが貴兄らの慣習なら、そう命じもしよう――わが名において。そして、われらを救うために命を落とした勇者の名誉を讃えるすべがほかにあるのなら、どうかそれを口にしてほしい」

フレメンはまじまじと公爵を見つめていた。ややあって、ゆっくりとベールを剝ぎとり、細い鼻、厚い唇、その口を囲むつややかな黒鬚《くろひげ》をあらわにした。ついで、テーブルの下座の端にゆっくりと身をかがめると、磨きあげられた天板にぺっとつばを吐いた。

テーブルじゅうの者たちが卒然と立ちあがりかけたとき、アイダホの大声が部屋じゅうに響きわたった。

「待てっ！」

一転して訪れた静寂の中で、アイダホはつづけた。

「感謝申しあげる、スティルガー、貴兄のからだの水分、贈り物としてたしかに賜わった。この水分を下されし心延《こころば》えと同等の至心《ししん》をもって、これを拝受する」

アイダホはそういうと、みずからもテーブル上、公爵の前につばを吐き、公爵のすぐ横に立ったまま、語りかけた。

「ご想起ください、閣下、この地で水がどれだけ貴重かを。これは敬意のしるしなのです」

公爵は椅子の背もたれに背中をあずけ、ポールが自分を見ていることに気づくと同時に、その顔に悲しげな笑みが浮かんでいることも見てとった。部下たちに理解が広まるにつれて、テーブルじゅうの緊張がほぐれていく。

フレメンはアイダホを見やり、いった。

「わが群居洞《シエチ》でよく観察に努めたようだ、ダンカン・アイダホ。おまえが公爵どのに忠誠を誓っているのは、なんらかの絆のゆえか？」

アイダホが公爵に説明した。

「あれはわたしに、〝自分に臣従しろ〟といっているのです、閣下」

「わしと長《おさ》どのと、双方に忠誠を誓うことを受けいれるのか、フレメンは？」

「それはつまり、以後、長《おさ》とともに行動をともにせよということですか？」

「その件はおまえの判断にまかせる」

答えた公爵の声は、切迫した思いを隠しきれていなかった。

アイダホはフレメンのようすを探りつつ、たずねた。

「この条件でもまだわたしをしたがえたいか、スティルガー？　わが公爵さまにお仕えするため、わたしはたびたびここにもどってくることになると思うが、それでもよいか？」

「おまえは手練《てだれ》だ。加うるに、われらが友のために最善を尽くしてくれた」スティルガーは公爵に目を向けた。「では、この条件でどうか。その男アイダホは、われらに対する忠誠のしるしとして、引きつづきそのクリスナイフを所有する。むろん、その男は浄化され、その儀式は見届けられねばならぬが、それはなんなく果たせよう。アイダホはアトレイデス家の兵士であると同時に、フレメンともなるのだ。じっさいこれは、先例のあることでもある。リエトはふたりのあるじに仕えているのだから」

「どうだ、ダンカン……？」公爵が問いかける。

「かしこまりました」アイダホが答えた。

「では、合意はなった」

「おまえの水はわれらの水だ、ダンカン・アイダホよ」スティルガーがいった。「われらが友の亡骸は、おまえの公爵のもとに残してゆこう。あの者の水はアトレイデスの水。それがわれらを結ぶ絆だ」

公爵はためいきをつくと、ハワトに目を向け、老メンタートの視線をとらえた。ハワトは安堵した顔でうなずいた。

「おれは階下で待つ」スティルガーがいった。「アイダホは友人たちに別れを告げるがいい。われらが死せる友の名はテュロクという。あの者の魂を解き放つときは、どうか思いだしてやってくれ。おまえたちはもうテュロクの友だ」

そういって、スティルガーは背を向けた。

「もうすこし、ここに残っていてもらえぬか？」公爵は声をかけた。

フレメンはくるりとふりかえり――ふりかえりながら、さりげないしぐさでベールを顔にもどすと、その下のなにかをととのえた。ベールが顔をおおう寸前、ポールの目がとらえたのは、細いチューブだった。

「残るべき理由でもあるのか？」

「貴兄の名誉に敬意を表したい」

「わが名誉ならば、じきによそで必要とされよう」

フレメンはそう答え、最後にもういちどアイダホに一瞥を送り、ローブを翻してきびすを返すと、ふたりの衛兵のあいだを通りぬけ、戸口から出ていった。

レト公爵はいった。

「ほかのフレメンもあのような者なら、われわれとは馬が合いそうだな」

アイダホは淡々と答えた。

「あれは典型的なフレメンです、閣下」

「自分がなさねばならぬことはわかっているな、ダンカン?」

「はい。フレメンの世界において、閣下の大使となることですね」

「おまえの双肩にかかっているものは大きいぞ、ダンカン。サーダカーが降下してくる前に、最低でも五個大隊のフレメン部隊が必要となる」

「生半可なことで達成できる目標ではありませんね。フレメンはきわめて独立心の高い集団ですから」アイダホはためらった。「それと、閣下、もうひとつ申しあげておくことが……。われわれが急襲した傭兵部隊のひとりは、われらが死せるフレメンの友から、このナイフを奪おうとしていました。その傭兵に口を割らせましたところ、だれであれ、ハルコンネンのもとへクリスナイフを持っていった者は、ひとふりにつき、百万ソラリスの報賞を得られるのだそうです」

公爵は驚いたようすで顔をあげた。

「やつらはなぜ、それほどまでにそのナイフをほしがるのだ?」

「クリスナイフとは、砂蟲《サンドワーム》の歯を削りだしてこしらえるものであって、フレメンの象徴にほかなりません。このナイフさえ持っていれば、目が青く染まった者ならば、惑星上のどの群居洞《シエチ》にでも入れます。このナイフを持っていれば、……どこの群居洞《シエチ》にいっても、存在を知られていないうちは、わたしは確実に誰何《すいか》されるでしょう。フレメンのようには見えないからです。しかし……」

「パイター・ド・フリースか」

「さよう——あの悪魔のように狡猾な男の発想ですな、閣下」ハワトがいった。

アイダホは鞘に収まったナイフを上着にもどした。

「そのナイフ、護りとおせ」公爵が命じた。

「了解しました、ム・ロード」そこでアイダホは、ベルトに差した通信機をぽんとたたいて、

「なるべく早くにご報告します。呼びだしコードはスフィルが知っておりますので。必要なときは戦闘語をお使いください」

それだけ告げると、アイダホはぴしっと敬礼し、すばやく向きを変え、フレメンのあとを追って部屋を出ていった。

しばし廊下から、足早に去っていくアイダホの足音が聞こえていた。

レト公爵はハワトと理解の視線を交わしあった。ふたりの顔に笑みが浮かんだ。

「やることはたんとありますな、閣下」ハレックがいった。

「それなのに、おまえには本務以外のことをさせてばかりだ」

「個々の前哨施設について、報告することはありますが」ハワトがいった。「それは機会をあらためますか？」

「長くかかりそうか？」

「概略だけでしたら、さほどには。フレメンのあいだでは、〈砂漠性植物試験所〉時代に、二百以上もの前哨施設がアラキスに設けられたといわれています。そのすべては閉鎖された

ものと見られますが、閉鎖されるまぎわ、厳重に封印されたとの報告もあります」

「内部になんらかの装備があるのか？」

「ダンカンからあがってきた報告では、そういう話です」

「所在地は？　どこにある？」ハレックがたずねた。

「その問いに対する答えは——」ハワトはハレックに顔を向けて、「——いつも同じだよ。〝リエトのみぞ知る〟だ」

「つまり、〝神のみぞ知る〟の謂《いい》か」公爵がつぶやいた。

「そうではないかもしれません。さきほどスティルガーが、リエトという名を口にするのをお聞きになったでしょう。あれは実在の人物を指していたように聞こえませんでしたか？」

「〝リエトはふたりのあるじに仕えている〟かい？」ハレックがいった。「あれは宗教的な引用のようにも聞こえたがな」

「引用なら、おまえの得意分野だろう」公爵のことばに、ハレックは苦笑した。

「移封監察官であり——」レト公爵はつづけた。「——帝国生態学者でもある男、カインズ……。この人物は、各前哨施設のありかを知っているだろうか」

「閣下」ハワトが注意をうながした。「あのカインズなる人物が、帝国の官吏であることをお忘れなきよう」

「しかしここは、皇帝のひざもとから遠く離れた地だぞ。前哨施設はぜひほしいところだ。まだ動く機器の修理に使える資材が収蔵されているかもしれん」

「閣下！」ハワトは語気を強めた。「くだんの施設は、法的にはまだ皇帝陛下の財産です」

「この惑星の気候は苛烈だ。どんなものでも破壊してしまいかねん。追求されたら、気候のせいにすればいい。カインズに問い合わせて、せめて前哨施設が実在するかどうかくらい、調べだしておけ」

「施設を徴発するのは危険です」ハワトは食いさがった。「ひとつ、ダンカンが明白にしていったことがあります。前哨施設そのもの、または前哨施設の概念は、フレメンにとって、きわめて深い意味を持つものだということです。施設を接収した場合は、フレメンの不興を買うことになるかもしれません」

　ポールはテーブルについた面々の顔を見わたし、公爵が口にする一語一語を、みな真剣な表情で聞いていることに気がついた。父の態度を見て、著しく動揺しているのだ。

「ハワトのことば、ここは容《い》れられてはいかがでしょう、父上」ポールは低い声でいった。

「ハワトは真実を語っています」

「公爵閣下」ハワトは語をついだ。「たしかに、くだんの施設には、われわれの手元に残る機器をひとつ残らず修理できるだけの資材が格納されているかもしれません。しかしながら、戦略的な理由から、おいそれとは手が出せません。十二分な情報なくして動くのは、拙速にすぎます。カインズなる男、帝国から監察官として権威を与えられた人物なのです。それを忘れてはなりません。そして、フレメンがカインズに敬意を払っていることもです」

「ならば、慎重に調べろ。わしが知りたいのは、前哨施設が実在するかどうかだ」

「御意」ハワトは椅子の背にもたれかかり、目を伏せた。

公爵は一同に向かって語りかけた。

「ようし、ではみんな——目の前になにが待ち受けているのかはわかっているな？　仕事だ。われわれはそのために訓練をしてきた。それなりに経験も積んでいる。得るものの大きさは承知しているし、それを得られない場合に訪れる運命も、十二分に承知している。それぞれやることは山積みだ」そこで、ハレックに顔を向けて、「ガーニー、なにはともあれ、例の密輸業者の件、たのんだぞ」

ハレックは〈詩篇〉の一節をもじって答えた。

「〝悖逆者《そむくもの》は潤いなき地に住めり〟。その地のもとへ、いざゆかん」

「いつの日か、引用の種が尽きたおまえを見てみたいものだな。きっと丸裸のように見えることだろう」

テーブルのまわりで笑いが沸き起こった。しかし、みんな、無理をして笑っているようにポールには聞こえた。

公爵はハワトに顔をもどした。

「このフロアにもうひとつ、指揮所を設置しろ。スフィル。情報と通信の中枢をになわせる。設置がすんだら、またあとで会いたい」

ハワトは立ちあがり、室内を見まわした。まるで、味方をもとめるような眼差しだった。ついで背を向け、副官たちを引き連れて部屋を出ていった。ほかの者たちも椅子の足を床に引きずる音を響かせていそいそと立ちあがり、混乱したいくつかの塊となって、あたふたとそのあとを追いかけていった。

(混乱のうちに幕が引かれた……)

最後に部屋を出ていく一団の背中を見送りながら、ポールはそう思った。過去の例では、幕僚たちは例外なく、意気揚々と部屋を出ていったものだった。今回の会議は充分な議論を尽くせず、不完全燃焼のまま尻すぼみにおわり、しかも意見のぶつかりあいで幕を閉じた。

ここにおいてはじめて、ポールは敗北するかもしれない可能性を真剣に考えた。恐怖からではない。あの老教母から受けた警告のせいでもない。自分の意志で問題を見すえ、状況を評価した結果だった。

(父上は必死になっている。事態がアトレイデス家にとってうまく運んでいない証拠だ)

それに、ハワト――。ポールは会議のあいだに老メンタートが見せたふるまいを顧みた。微妙にためらいがちで、落ちつかないようすが随所に散見された。なにか問題をかかえていて、気が気ではなかったようだった。

そのとき、公爵がいった。

「今夜はもう、ずっとここに詰めていたほうがいいな、息子よ。どのみち、夜明けも近い。母親《あれ》にはこちらから連絡しておく」公爵はゆっくりと、ぎくしゃくした動きで立ちあがった。「そこらの椅子を何脚かならべて、横になるといい。すこし寝むことだ」

「それほど疲れてはおりません、父上」

「まあ、好きにしろ」

公爵はうしろ手を組み、長いテーブルにそって、室内を行ったりきたりしはじめた。

（檻に入れられた動物のようだな）

ポールはそう思い、口に出してこうたずねた。

「裏切り者がいる可能性について、ハワトと相談なさいますか？」

公爵はテーブルをはさんで息子と向かいあう位置で立ちどまると、暗い窓のほうを向き、窓に映りこんだ息子の鏡像に答えた。

「その可能性については、何度となく話しあった」

「あの老女、やけに自信ありげでした。それに、母上が見つけたメッセージは——」

「予防策は講じてある」

公爵はふりかえり、部屋の中を見まわした。ポールはその目に、追われる者の焦燥を見た。

「おまえはこの部屋にいろ。わしは増設の指揮所についてスフィルと相談してくる」

公爵はそう言い残してドアに向きなおり、戸口へ大股に歩いていくと、ドアの衛兵たちにうなずきかけ、室外に出ていった。

ポールはそれまで父親が立っていた場所を見つめた。父親が部屋を出ていく前から、その場所はうつろに見えていた。そのことから、ポールはふと、あの老女が——教母が口にした警告を思いだした。

〝……おまえの父親については、いかんともしがたい……〟

アラキスに到着した日、ムアッディブが家族とともに車でアラキーンの通りを領主公邸へ向かったとき、路傍の地元民の一部は伝承と予言を思いだし、思わずこう叫んでいた——「救世主《マフディー》！」。だが、その叫びは断定というよりも、問いかけというべき性質のものだった。なぜなら、その時点では、ムアッディブがリサーン・アル＝ガイブ——〈外世界からの声〉として予言された存在であると期待する以上のことはだれにもできなかったからである。また、地元民の関心は母親にも向けられた。なぜなら、その時点で、地元民は母親がベネ・ゲセリットであると聞き知っており、もうひとりのリサーン・アル＝ガイブであるらしいことも明らかになっていたからである。

——プリンセス・イルーラン
『ムアッディブを知る』より

公爵は衛兵に案内され、管制塔の一角にある部屋へ連れていかれた。そこに、スフィル・ハワトがひとりきりで待っていた。隣室に通じる戸口からは通信機器の設置作業にともなう喧噪が聞こえてくるが、この部屋自体は静かなものだ。書類の散らばったテーブルの前からハワトが立ちあがるのをよそに、公爵は室内を見まわした。壁は緑色で、テーブルのほかに三脚の浮揚椅子がある。椅子にはハルコンネンを表わす〝H〟の文字が急いで削りとられたあとがあった。そこだけ補修の塗装が施してあるが、地色といまひとつ合っていない。

「椅子は前体制の使いまわしですが、きわめて安全です」ハワトがいった。「ポールはどうしておられます、閣下？」

「会議室に残してきた。わしがいないほうが気を散らされることなく休めると思ってな」

ハワトはうなずき、隣室に通じる戸口まで歩いていって、ドアを閉め、静電ノイズや電子機器の設置音を締めだした。

「スフィル」レトはいった。「わが興味を引きつけてやまないのは、帝国とハルコンネンが溜めこんだ香料だ」

「わが君《マイ・ロード》？」

公爵は唇をかんだ。

「敵の倉庫は、とくに頑丈なものではない。たやすく破壊できる」ハワトがなにかいいかけようとするのを片手で制し、「皇帝の貯蔵ぶんには構えて手を出すな。ハルコンネンだけが大損をすれば皇帝もひそかに喜ぶ。それに、公には自分の所有物と認められないものを破壊されたところで、男爵も文句をいえる筋合いではあるまい？」

ハワトはかぶりをふった。

「そのようなことに人員を割く余力はありません」

「アイダホの手の者にやらせろ。フレメンのなかにも、惑星外への旅に出たがるやつがいるかもしれん。ジエディ・プライム急襲——この手の陽動は、戦術的優勢をもたらすはずだぞ、スフィル」

「御意」ハワトはそういって、顔をそむけた。

公爵は老人の態度に、なにかしら落ちつかなげなようすを見てとった。

（もしかすると、スフィルのやつ、信用されていないとでも思っているのではなかろうか。内々で裏切り者の報告を受けていることも知っているにちがいない。そうだな——その手の恐怖は、一刻も早く取り除いてやるのがいちばんだ）

「スフィルよ」公爵は語りかけた。「おまえはわしが心から信頼できる、数すくない腹心のひとりだ。そんなおまえだからこそ、話しあわなければならない問題がある。たがいによく知っているとおり、反逆者の手で内側から切り崩される事態を防ぐべく、われわれはつねに目を光らせてきたが……最近、新たにふたつの報告があがってきた」

ハワトは公爵に顔を向け、じっと視線を注いだ。

ハワトに向かって、公爵はポールから聞いた顚末を話した。

ところがこの顚末は、演算能力者《メンタート》ならではの集中力を取りもどさせるどころか、いっそう狼狽させる結果となった。

レト公爵はそんな老メンタートを見つめてから、すこし間を置き、いった。

「なにか隠しごとがあるようだな、旧友よ。スタッフ会議のあいだ、あれほど落ちつかないようすだったのだから、もっと早くに気がついてしかるべきだった。スタッフたちの面前で吐きだせないほど深刻な問題があるのか？　それはなんだ？」

サフォで赤色に染まったハワトの唇が、しかつめらしく、まっすぐに引き結ばれた。口の周囲には放射状にいくつもの小じわができている。そうやって、こまかいしわを寄せたまま、ハワトはいった。

「マイ・ロード。さて、いったい、どう切りだしたものやら……」

「つらいことも打ち明けあい、苦楽をともにしてきたわれらだ、スフィル。かまわんから、どんなに衝撃的なことでもいい、吐きだしてしまってくれ」

ハワトは公爵を見つめたまま、思った。

（この方のなにより愛すべき点がこれだ。この方は名誉の人であり、ありったけの忠誠心をもって仕えるに値する。そんな方に、こんなことをいって傷つけねばならんとは……）

「どうだ？」レトがうながした。

ハワトは肩をすくめた。

「発端は、とあるメッセージの断片でした。ハルコンネンの密使から取りあげたものですが……。メモはパルディーという名のエージェントにあてたものでした。このパルディーなる人物は、アラキスに根を張るハルコンネン地下組織のトップだと信ずるべき、充分な理由があります。そのメッセージは——きわめて重要なものかもしれませんし、そうではないかもしれません。さまざまな解釈が可能で、なんともいいがたいのです」

「その微妙だというメッセージの内容は？」

「メッセージではなく、その断片です、閣下。不完全なのですよ。媒体は微細フィルムで、例のごとく、自壊カプセルが付属していました。強酸による腐食で全面消去されることこそ食いとめたものの、手元に残ったのは断片だけでした。しかしながらその断片は、きわめて深刻な内容を含むものでした」

「つまり？」

ハワトは唇をこすった。

「書いてあった内容は、こうです。〝……ト公爵は疑いもすまい。そして、愛する者の手によって討たれるとき、その正体を目のあたりにするだけでも、やつを絶望させるに足る〟。メッセージには男爵本人の印章が押されていて、まちがいなく本物の印章であることも確認できました」

「——おまえがだれを疑っているのかは明白だな」

公爵はいった。一転して、慄然とするほど冷たい声になっていた。

「閣下のお心を傷つけるくらいなら、自分の両腕を斬り落としたほうがましです。しかし、もしも……」

「レディ・ジェシカを疑うか」怒りが身を焦がすのをおぼえながら、レトはいった。「そのパルディーとやらを締めあげて、真相を絞りだすことはできなかったのか」

「不幸にも、密使を捕縛したとき、パルディーはもはや生者のリストに入っておりませんでした。密使のほうは、自分が運んでいるメッセージの内容を知っていたとは思えません」

「ふむ」

レトはかぶりをふり、思った。

(なんと下種な手を使うやつらだ。このメッセージには真実のかけらもない。自分が愛する女のことはよく知っている)

「マイ・ロード、もし――」

「いうな！」公爵は怒鳴った。「そこにはなんらかのミスが――」

「無視するわけにはいきません」

「あれとはな、十六年もいっしょにいるのだぞ！　その間、機会はいくらでもあったはずだ――だいいち、学院とあれを調査したのは、当のおまえではないか！」

ハワトは無念そうに答えた。

「わたしが見落としたことも多々あります」

「ありえぬ、絶対！　あれがそんなことをするはずはない。ハルコンネンはアトレイデスの血統を根絶やしにしたいのだ――ポールを含めてな。すでに一度、ポールは命を狙われた。どこの世界に、自分の息子を殺そうとする女がいる」

「ご子息に対しては殺意をいだいておられないかもしれません。それに、昨日の暗殺未遂は巧妙な目くらましであった可能性も考えられます」

「あれが目くらましなどであるものか！」

「閣下――レディはご両親がだれかを知らないことになっておりますが、もしもごぞんじであったとしたらどうします？　もしもレディが孤児であり――孤児となる原因を作ったのが、じつはアトレイデス家であったとしたら？」

「そうであれば、とうに行動を起こしていないはずがない。飲みものに毒を入れるなり――夜のうちに錐刀を突きたてるなりしてな。あれ以上に暗殺の機会に恵まれていた者がどこにいる」

「ハルコンネンの意図は、閣下に煮え湯を飲ませたあげくに、破滅させることにあります。たんに殺せばいいと思っているわけではありません。公式決戦《カンリー》の種別には幅があるのです。今回のものは、宿怨を晴らすための、高度な仕掛けかもしれません」

　公爵はがっくりと肩を落とした。瞑目したその姿は、はた目にも年齢を感じさせ、疲労のにじむものだった。

（それだけはありえん）と公爵は思った。（ジェシカは胸襟を開いていてくれていた）

「自分の愛する女に疑念をいだかせる――これ以上の煮え湯はあるまいな。やはりこれは、そのための策謀だろう」

「その解釈も検討はしましたが。それでも……」

公爵は目をあけ、ハワトを見すえた。

(疑念を持つ仕事は、この者にまかせておこう。疑うのはハワトの役目だ、わしのではない。こんな話を真に受けて、あれを疑うそぶりを見せれば、かえってハワトは不注意になるかもしれん)

「どうすればいい？　おまえの提案は？」公爵は小声でたずねた。

「当面、つねに見まもっているほかはありません、マイ・ロード。レディを常時、監視下に置かれることです。それについては、わたしのほうで目だたぬように手配しておきましょう。この仕事にはアイダホがうってつけです。一週間もあれば、呼びもどせるようになりますし、アイダホの隊で訓練してきた若いので、フレメンのもとに送るのにぴったりの人材がいますから、アイダホと交替させます。この者も、外交の才にはなかなかのものがありまして」

「フレメンの内部に築いたせっかくの足がかりだ、危険にさらしてはならんぞ」

「その点はご心配なく」

「ポールについてはどうする？」

「身辺を警戒するよう、ドクター・ユエにたのんではいかがでしょう」

レトはハワトに背を向けた。

「おまえの判断にまかせる」

「十二分に注意し、ことにあたります」

(すくなくとも、その点はあてにできるな)

レトはそう思い、口に出してこういった。

「わしはすこし歩いてくる。管制塔内にいるから、用があれば呼べ。衛兵には――」

「お出かけの前にもう一点。目を通していただいたほうがよいフィルムクリップがあります。フレメンの宗教に関する一次的な概略説明です。以前、報告せよとおっしゃいましたので」

戸口に歩みだしかけていた公爵は、足をとめ、ふりかえることなくたずねた。

「いますぐでないと、だめか？」

「ということはありませんが、マイ・ロード。昼間、地元民たちはなんと叫んでいるのかとたずねられましたな。〝マフディー！〟というあの叫びです。あれは、われらが若に対して向けられたことばだとわかりました。地元民の――」

「ポールにだと？」

「はい、マイ・ロード。地元民のあいだには、ひとつ伝承がありまして。ひとりの預言者が――ベネ・ゲセリットの子であるところの指導者が――地元民のもとへ降臨し、真の自由をもたらすという伝承です。これはおなじみの救世主パターンをなぞるものにほかなりません。マフディーとは、救世主という意味なのです」

「地元民は、ポールがそれだと考えているのか。その……その……マフディーとやらと？」

「いまのところは、そうであればよい、という程度に見ているようですが」

ハワトはフィルムクリップ・カプセルを差しだした。

公爵はカプセルを受けとり、ポケットにつっこんだ。

「あとで見る」

「かしこまりました」

「いましばらくは……考える時間が必要だ」

「承知しました、マイ・ロード」

ためいきまじりに、公爵は大きく吐息をつくと、大股にドアの外へ歩み出た。廊下を右へ曲がり、うしろに手を組んで歩きだす。どこを歩いているかは気にもとめない。いくつもの廊下、階段、バルコニー、ホールを通っていく。すれちがう者たちはみな、さっと敬礼して脇に寄り、道をゆずった。

ほどなく、例の会議室にもどってきた。室内は暗く、ポールはテーブルの上で、バッグを枕がわりにし、衛兵のローブをからだにかけて眠っていた。公爵は静かに部屋の奥へ歩いていき、発着場を一望するバルコニーに出た。バルコニーの隅には衛兵がひとり立っていたが、発着場からのかすかな光で公爵に気づき、はじけるように気をつけをした。

「楽にしろ」

公爵はつぶやくように声をかけ、バルコニーの冷たい金属手すりにもたれかかった。

砂盆の上には夜明け前の静けさがたれこめている。おもむろに、頭上の空をふりあおいだ。ブルーブラックの夜空を背にして、真上に広がるのは、スパングルをちりばめたショールのようにきらびやかな銀河の星々だ。南の地平線付近には、うっすらとかかった微粒砂の靄を透かして、第二の月が沈もうとしているのが見える。不信の月は、シニカルな光をたたえ、公爵を見つめていた。

　公爵が眺めているうちに、月は〈防嵐壁《ぼうらんへき》〉の縁を冷光で白く染め、絶壁の向こうに沈んだ。唐突に訪れたぬばたまの闇のなか、公爵は寒気をおぼえ、ぶるっと身ぶるいした。

　同時に、強烈な怒りがこみあげてきた。

（ハルコンネンどもめ、ついにわが行く手をはばみ、わしを狩りたて、罠に追いこみおった。村長《むらおさ》なみの展望しか持たぬ糞の山め！　ここでわしは地歩を築いてみせるぞ！）

　だが、それにつづく思いは、悲しみを帯びていた。

（わしはここで、鋭い目と鉤爪をもって統治せねばならん。下位の鳥を統べる鷹のごとく）

　無意識のうちに、手が上着に縫いとられた鷹の紋章をさわっていた。

　東の方で、夜空が白々と淡い灰色に明るみだし、やがて真珠層のような淡い乳白光が射し染めた。その白光で、星影が薄れだす。長々と鳴り響く鐘の余韻のように、曙光が鋸歯状《きょしじょう》の地平に広がっていく。

　あまりの美しさに、公爵は魂を奪われたようになり、夜明けの光景にじっと見入った。

（よその星にも、これほどの景観はそうそうない……）

　よもやこの星に、あの鋸歯状の赤い地平や、紫色と黄土色に染まる絶壁ほど美しいものがあろうとは思いもしなかった。発着場の向こうでは、夜のあいだに降りたわずかな露により、アラキスの急ぎ歩きの種子に生命が吹きこまれたのだろう、広範囲にわたって赤い花が咲き乱れている。そのあいだをぬって点々と走る、菫《スミレ》色の鮮烈な花々が咲いた部分は……まるで巨人の足跡のようだった。

「じつに美しい夜明けですね、閣下」衛兵がいった。

「うむ。たしかに」

公爵はうなずき、思った。

（たぶん、この惑星はひとつにまとまる。たぶんこの星は、息子にとってすばらしい故郷になるだろう）

そのとき、花咲き乱れる野に、一団の人々が入っていくのが見えた。人々は奇妙な大鎌のような道具で植物をしごいている。〝夜露採り〟だ。この惑星ではきわめて水が貴重なので、夜露でさえ、ああして集めなくてはならないのである。

（そしてここは、恐ろしい場所にもなりうる……）と公爵は思った。

自分の父親が人間であり、人の肉体を持つ者である——そうと知るとき以上に衝撃的な悟りをもたらす瞬間は、たぶん、ほかにない。

——プリンセス・イルーラン
『ムアッディブ名言集』より

公爵はいった。

「ポール。わしはこれから忌むべきことをしようとしている。それを承知のうえで、しかし、これはどうしてもやっておかねばならぬことだ」

公爵はいま、携帯型毒物検知機のとなりに立っていた。これは朝食の毒物チェックのため、会議室に持ちこまれたものだ。テーブルの上にだらりとたれたセンサー・アームは、たったいま死んだばかりの、不気味な昆虫のように見えた。

公爵の目は、窓の外に広がる発着場と、朝の空にうねる微粒砂の砂塵に向けられていた。

ポールの目の前にはフィルムブックのビュアーが置かれ、それにはフレメンの宗教儀礼に関する短いフィルムクリップがセットしてある。クリップ自体はハワトの専門家のひとりがまとめたものだ。そこに自分への言及があるのを知って、ポールはとまどった。

「マフディー！」

「リサーン・アル＝ガイブ！」

目をつむれば、路傍にならぶ地元民の叫びが耳によみがえってくる。

（あの者たちがぼくに期待していたのは、これだったのか）

それで思いだしたのは、あの老教母が口にしたことば、〈クウィサッツ・ハデラック〉だ。あの記憶は、例の〝畏るべき目的〟に接したときの感覚をよみがえらせ、この奇妙な世界に、理解はできないながら、どこか馴じみのある翳《かげ》りを帯びさせた。

「忌むべきことをな」公爵がくりかえした。

「どういう意味です、父上？」

レトはふりかえり、息子を見おろした。

「ハルコンネンのやつらめ、このわしにおまえの母に対する疑念を植えつけんと、小細工を弄しおった。あれを疑うくらいなら、自分自身を疑うほうがましだ。わしがそう思っていることを、やつらは知らぬ」

「話が見えません、父上」

ふたたび、レトは窓外を眺めやった。白い太陽は朝の空をかなりの高さまで昇っている。乳白色の太陽光が彼方で照らしているのは、砂塵——〈防嵐壁《ぼうらんへき》〉にはばまれて行きどまりになったいくつかの峡谷へ、うねりながら流れこんでいく微粒砂の雲だ。

　ゆっくりとした口調で――ゆっくりとしているのは、怒りを抑えているせいでもある――公爵はポールに、例の謎めいたメッセージを説明した。

「母上を疑うのなら」とポールはいった。「わたしのことだって信用できなくなります」

「うむ。だが、やつらには、この小細工がうまくいったと思わせねばならん。わしのことをそこまで阿呆と思わせねばならん。ほんとうに疑っているように見せねばならん。おまえの母親にさえ、これが見せかけだとわからぬようにする必要がある」

「でも、父上！　なんのために？」

「おまえの母親の反応が演技であってはならんからだ。いや、その気になれば迫真の演技はできるだろう。しかし、かかっているものが大きすぎて、危険を冒しがたい。わしは裏切り者をいぶりだすつもりでいる。そのためには、まんまと敵の策略にひっかかったと思わせる必要がある。だが、それによって、ジェシカはこれ以上ないほど深く傷つくだろう」

「父上、どうしてそんなことをわたしに？　母上に漏らすかもしれないじゃありませんか」

「この件については、やつらはおまえを注視しておるまい。おまえならば秘密を守る。いや、守らねばならん」公爵は窓に歩みより、ふりかえることなく語をついだ。「おまえに話しておけば、わしに万一のことがあっても、あとでおまえからあれに真相を話してやれるからな。わしはあれを疑ったことなどない。ほんの一瞬たりともない。そのことを、あれには知っておいてほしいのだ」

ポールは父親のことばに死の覚悟を感じとり、急いでいいかけた。

「父上に万一のことなど、起こるはずが――」

「いうな、息子よ」

ポールは父親の背中を見つめ、うなだれぎみの首の角度に――落とした肩のラインに――ゆっくりとした動きに――色濃い疲労を見てとった。

「父上はお疲れなんです。それだけです」

「疲れているさ、じっさい」公爵はうなずいた。「精神的に、もうくたくただ。各大領家《だいりょうけ》をむしばむ精神的な衰退が、とうとうわしにもおよんだのかもしれん。かつてはあれほど強盛だったわれらなのだがな」

ポールは思わず声を荒らげた。

「わが領家は衰退などしていません！」

「そうかな？」

公爵は向きなおり、息子と正面から向きあった。公爵の冷徹な目の下には黒い隈ができており、口はシニカルに歪められていた。

「本来なら、おまえの母親とは結婚しておくべきだった。公爵夫人に迎えておくべきだった。だが……わしが未婚のうちは、多数の領家が好意を示してくる。目あては同盟関係の構築だ……年ごろの娘をわしに嫁がせたいのさ」公爵は肩をすくめた。「ゆえに、わしは……」

「その話、母上からも聞きました」

「指導者が忠誠を得るにあたり、勇壮にして華麗な雰囲気ほど効果的なものはない。ゆえにわしは、勇壮にして華麗な雰囲気をまとおうと心がけてきた」

「父上は立派な指導者です。立派な統治者です。民草は自発的に父上にしたがって、父上のことを敬愛しています」

「世の宣伝部隊のなかでも、うちの連中はトップクラスだということだな」公爵はふたたび窓に向きなおり、砂盆を眺めやった。「このアラキスの地では、帝国の想像を大きく超えた可能性がわれらを待ち受けている。しかし、ときどき思う——その可能性を求めてひた走るくらいなら、帝国から出奔したほうがましだったのではないか、とな。そして、ときどき、こうも願う——市井にまぎれて名もなき者となり、敵の目にさらされることもなく……」

「父上！」

「ふむ。やはりわしは疲れているようだ……。おまえは知っているか？　われわれが香料の残滓を原材料にして、フィルム素材を製造する独自の工場を設けていることを？」

「父上？」

「フィルム素材を払底させるわけにはいかん。フィルムがなくなれば、どうやって村や町にわれらの情報を氾濫させられるというのか。民草には、わしがいかに適切に統治しているか知らしめねばならん。われわれが告げずして、どうやって民草がそれを知る」

「すこし、お休みになられたほうがいいのでは」

公爵はふたたび向きなおり、息子を見つめた。

「いっておくのを忘れるところだった。アラキスにはもうひとつ利点がある。この地では、ありとあらゆるものに香料が含まれているということだ。呼吸する空気にも含まれている。口にするほぼどんな食物にも含まれている。体内に蓄積された香料は、『暗殺必携』にあるもっとも普遍的な毒物の一部に対して、それなりに天然の免疫をもたらすこともわかった。それに、ここではすべての食物生産過程において――イースト菌培養、水耕栽培、化学合成など、ありとあらゆる食物の生産において――貴重な水の一滴一滴が加えられるにあたり、厳密にチェックされ、厳重な監視下に置かれている。したがって、人口の大半が毒物で死ぬような事態にはならず――われわれも、生産段階で毒を盛られる心配をしなくてよくなる。アラキスはわれわれの道徳と倫理を高めてくれるのだ」

ポールは口を開きかけたが、公爵は押っかぶせるようにして語をついだ。

「わしにはな、こういうことを聞いてもらう人間が必要なのだ、息子よ」

そして、ためいきをつき、乾燥しきった大地にもういちど目を向けた。発着場の向こうに咲いていた花々はすでに姿を消している。夜露採りたちに踏みにじられたうえ、午前もまだ早い太陽に照りつけられ、しおれてしまったのだ。

「カラダンでは、われわれは海と空の総合力により、にらみをきかせていた」公爵はいった。「アラキスでは砂漠の潜在力を糾合せねばならん。それを受け継ぐのはおまえだ、ポール。わしに万一のことあらば、生き延びるには砂漠の力に頼るしかない。おまえは出奔した領家ならぬゲリラ化した領家の当主となるのだ。逃走し、追いたてられる日々を送りながらな」

ポールは頭の中を探したが、適当なことばが見つからなかった。これほど気落ちした父を見るのははじめてだった。

「アラキスを掌握するには、自尊心を犠牲にせざるをえん決断にたびたび直面するだろう」公爵はそういって、窓の外を指さした。その指が示すものは、発着場のはずれに立った棹ではためくことなくたれている、緑と黒の旗――アトレイデス家の旗だった。「あの名誉ある旗は、さまざまな邪悪の象徴になるかもしれん」

ポールはごくりとつばを呑みこんだ。のどがからからに渇いていた。父の予言は無力さを含んでいる。諦観を含んでいる。それは少年の胸に、やりきれない思いをもたらした。

公爵はポケットから疲労回復剤を一錠取りだし、水なしで飲みくだした。

「力と恐怖――このふたつは国家運営に欠かせぬ道具だ。おまえに命じよう。以後は新たに、ゲリラ戦に重点を置いた訓練を積め。そこにあるフィルムクリップを――地元民がおまえのことを〝マフディー〟や〝リサーン・アル＝ガイブ〟と呼んでいるクリップだ――最終的な拠《よ》りどころとし、その名で呼ばれることを利用しろ」

ポールはまじまじと父親を見つめた。回復剤が効いてきたのだろう、落としていた肩にも張りが出てきている。だが、最前からの恐怖と疑念のことばは、いまもなお、ポールの心に焼きついていた。

「ええい、あの生態学者め――なにをぐずぐずしている？」公爵がつぶやいた。「朝一番でここへくるよう、スフィル経由で命じておいたのだがな」

ある日のこと、わが父、帝《パーディシャー》王皇帝がわたしの手をとった。母に父のくせは聞いていたので、その握りかたから、父が悩んでいることはすぐにわかった。父はわたしの手を引いて、〈肖像の間〉に入っていき、レト・アトレイデス公爵の自我像の前まで連れていった。両者には——父とこの肖像画の人物には——かなり似通った印象があることにわたしは気づいた。どちらも細面で上品な容貌をしているのに、冷徹な目を中核とする表情はきわめて険しい。

「プリンセスたるわが娘よ」と父はいった。「かってこの者が、連れあう女を選んだとき、おまえがもっと年上で、この者に釣りあう齢であったらよかったのだがな」

このとき、父は七十一歳。だが、肖像画の男とはたいして変わらない齢格好に見えた。わたしはといえば十四歳だったが、この瞬間、こう悟ったことを憶えている。じつは父は公爵を義理の息子として迎えたかったのだ。

それこそは父の隠れた本音だった。最終的に彼我を敵対させるにいたった政治的宿命を、父は嫌悪していたのである。

――プリンセス・イルーラン
『父の宮廷にて』より

裏切るようにと指示されていた相手とはじめて顔を合わせたとき、カインズ博士は動揺を禁じえなかった。カインズは科学者であることに誇りを持っている。伝説のたぐいなどは、文化的ルーツの指標となるだけの、たんに興味深い手がかりにすぎない。しかしこの少年は、古《いにしえ》の予言にあまりにもぴったりと一致していた。〝探求の目〟をそなえているし、〝遠慮がちな純真さ〟の雰囲気もただよわせている。

もちろん、その予言には幅があり、〈大いなる女神〉が〈救世主〉を連れてくるパターンもあれば、その場で〈救世主〉を産みだすパターンもある。とはいえ、予言と今回まみえる人物たちとが、これほどに奇妙な一致を見せようとは……。

出会った時間帯は午前のなかば、場所はアラキーン宇宙港の管理棟の前だった。付近には紋章のない羽ばたき飛行機《オーニソプター》が着地しており、いつでも飛びたてるようにと、静かにうなりを発して待機していた。機体のそばにはひとり、アトレイデス家の衛兵が抜き身の剣を携えて立っている。衛兵のまわりの空気がわずかに歪んで見えるのは、シールドをオンにしている証拠だろう。

シールドの存在を見て、カインズは心の中で嘲笑した。

(アラキスの実態を知れば、この連中、驚くぞ!)

惑星学者であるカインズは、片手をあげ、下がっていろ、とフレメンの護衛たちに合図を出し、建物の入口に向かって大股で歩きだした。目差すは管理棟の入口——プラスティック被膜でおおわれた〝巨大石柱〟の前面に口をあける黒い穴だ。この石柱のような四角い人工建築物は、周囲の環境に対する露出がはなはだしい。この地では洞窟のほうがずっと居住に適している。

そのとき、エントランスの中に動きをとらえ、カインズの注意を引いた。カインズは立ちどまり、すこし時間をかけて保水スーツの左肩部分を調整し、ローブをととのえた。

両開きの扉が大きく外に開き、エントランスからアトレイデス家の衛兵たちが飛びだしてきた。全員が、低速の麻酔針を撃ちだす麻痺銃、剣、シールドで重武装している。そのあとから、背の高い男が出てきた。鷹のような顔だちだ。肌は浅黒く、頭髪も黒い。身につけているのは、アトレイデス家の紋章を胸につけたジュバ・マントだった。着用ぶりからして、まだこのマントに馴じんでいないことはひと目でわかる。マントの一端が、身につけた保水スーツの脚にからみついているため、独特の揺動リズムを欠いている。本来ならば、歩みに合わせ、左右にゆったりと揺れるのが、このマントの醍醐味なのだ。

男のとなりには、これも黒髪の少年が歩いていたが、顔つきは丸みを帯びている。十五のわりには小柄のようだ。とはいえ、命令する立場に慣れた者の雰囲気をただよわせており、かつ、周囲の人間には見えていないものをすべて見通しているかのような、悠然たる自信を感じさせた。身につけているのは、父親のものと同じスタイルのマントだが、ずっとそれを着て過ごしてきたかのように、着こなしが堂に入っている。

〝救世主《マフディー》は他者に見えぬことどもを知る〟

これは予言の一節だ。

カインズはかぶりをふり、自分に言い聞かせた。

(相手はただの人間じゃないか)

ふたりのアトレイデスといっしょに、やはり砂漠用の装備を身につけて外に出てきたのは、カインズもよく見知っている人物、ガーニー・ハレックだった。ハレックに対する腹立ちを鎮めるために、カインズは大きく深呼吸をした。公爵とその世継ぎに対し、とるべき態度について講釈をたれたときの、あの男の言いぐさ……。

「公爵さまのことは〝わが君《マイ・ロード》〟または〝閣下〟と呼んでもいい。〝高貴なるお方〟も正しい呼びかけだが、ふつうはもっとフォーマルな機会のために取っておく。ご子息については、〝若君〟または〝マイ・ロード〟と呼ぶがいい。公爵さまは寛大なお方だが、なれなれしい態度はお許しにならんぞ」

近づいてくる三人を見ながら、カインズは思った。

(もうじきあの者たちは、だれがアラキスのあるじであるかを思い知る。そうしたら、あの演算能力者《メンタート》のやつに夜更けまで質問攻めにされることもなくなるだろう。香料採取の現場を

視察するからといって、こうしておれにガイドを務めさせるまねもしなくなるはずだ)

ハワトに延々とつきつけられた質問の真意を、カインズは鋭く見ぬいていた。この連中、帝国の前哨施設がほしいんだ。前哨施設の存在をアイダホから聞きこみ、知っていることはまちがいない。

(見ているがいい。スティルガーに命じてアイダホの首を公爵に送りつけさせてやる)

公爵一行は、砂漠用ブーツで砂を踏みしめつつ、ほんの数歩のところまで近づいてきた。

「公爵閣下」

カインズはそういって、一礼した。

オーニソプターからそう遠くない位置に、男はひとりで立っていた。男のもとに向かって歩いていく途中、レト公爵は相手のようすを観察した。背が高く、痩せぎすで、ゆったりとしたローブ、保水スーツ、短いブーツという、砂漠用衣装に身を包んでいる。フードを首のうしろに落とし、ベールをいっぽうにたらしているため、長い砂色の頭髪とまばらな顎鬚《あごひげ》がはっきりと見えた。太い眉の下の目は、例によって、底知れぬほど深い青に沈む濃い青だ。ただし、まだ黒い部分もしみのように残っており、それが汚れのように見えている。

「きみが生態学者か」公爵は声をかけた。

「われわれは、この地では古い呼称を好みます、マイ・ロード」カインズなる人物は答えた。

「〝惑星学者〟です」

「では、そのように呼ぼう」

公爵はそこで、息子に目をやった。

「ポール、この学者どのは移封監察官だ。揉めごとの調停者であり、われわれがこの封土の支配権を引き継ぐにあたって、形式にのっとった委譲が行なわれているかどうか、見届ける役目をになっている」

それから、カインズに視線をもどして、

「これは息子だ」

「マイ・ロード」カインズはあいさつした。

「あなたは――フレメンですか？」ポールはたずねた。

カインズは薄く笑った。

「わたしは群居洞《シエチ》でも地元民の村でも受けいれられています、若きあるじどの。と同時に、皇帝陛下にもお仕えしておりましてね。帝国所属の惑星学者です」

この男が放つ力強いオーラに圧倒されながら、ポールはうなずいた。これがカインズなる人物であることは知っている。さっき管理棟の上階で窓ぎわに立っていたとき、ハレックが下を指さして、こう説明したからだ。

「あそこにフレメンの護衛を何人か連れて立っている男――ああ、いま、オーニソプターのほうへ動きだした男、な。あれがカインズだ」

そういわれたポールは、すこしのあいだ、双眼鏡でカインズを観察した。目についたのは、しかつめらしいまっすぐな口と、高い額だ。ポールの耳もとに、ハレックがささやいた。

「どうにも妙な男だよ。しゃべりかたが几帳面で――ことばの歯切れがよくて、一語一語をくっきり発音するんだ――まるで剃刀で切り分けたみたいに」

そのとき、ふたりの背後に立っていた公爵がこういった。

「典型的な科学者タイプだな」

いま、こうして本人から一メートルしか離れていないところで相対してみると、カインズの放射する力強さ、人となりの強烈さがひしひしと感じられた。あたかも高貴な血筋の者であり、生まれたときから命令することに慣れているような印象を与える。

公爵がカインズにいった。

「この保水スーツとマントのことは、きみに感謝せねばならないものと理解している」

「おからだに合えばいいのですがね」とカインズはいった。「どれもフレメンの手作りです。そこにいるあなたの部下、ハレックどのから聞いた寸法に、できるだけ近くなるよう仕立てさせました」

「この手の服を着ないかぎり、砂漠へは連れていけぬ、ときみはいったそうだな。であれば、いやでも着ていかざるをえまい。水はたっぷりと持っていける。もっとも、長く砂漠にいるつもりはないし、直衛機隊もつく。いま頭上を飛んでいるあれがそうだ。何者かによって、強制的に着地させられる心配はない。その点はあてにしてもよかろう」

カインズは公爵を見つめた。そして、水分過多に映るからだを値踏みしつつ、冷たい声で応じた。

「アラキスでは、なにかをあてにしたりはしないものです。ただ可能性のみを語るのです」

ハレックが気色ばんだ。

「公爵さまに対しては、〝マイ・ロード〟か〝閣下〟をつけろ！」

公爵は、やめておけ、と仲間うちだけで通じる合図を出し、ハレックを黙らせた。

「われわれの流儀はまだ、この地に馴じんではおらん。寛容の心で臨め、ガーニー」

「御意、閣下」

「きみには借りがある、カインズ博士」レトはつづけた。「このスーツ、それにわれわれの身を気づかってくれたこと、この好意は記憶に留めおかれるだろう」

ポールは衝動的に、『OC聖典』からの引用を口にしていた。

「〝贈り物は贈り主の祝福なり〟」

よどんだ空気の中で、そのことばはやけに大きく響いた。カインズにつきしたがってきたフレメンの護衛たちは、それまで管理棟が落とす影の中に身をひそめ、うずくまっていたが、このことばを聞いたとたん、はじけるように立ちあがり、興奮したようすでつぶやきつつ、影から飛びだしてきた。ひとりが大声で叫んだ。

「リサーン・アル＝ガイブ！」

カインズはすばやく護衛たちに向きなおり、そっけなくなにかを切るようなしぐさをして、引き下がるよう指示した。護衛たちはぼそぼそとつぶやきながら影にもどり、管理棟の角をまわりこんで姿を消した。

「なかなかに興味深い」レト公爵がいった。

カインズは公爵とポールに険しい視線を向けた。

「砂漠に住む民の大半は迷信深いのです。あの者たちには、どうか注意を払われませんよう。危害を加えることはありません」

だが、そういうそばから、カインズは心の中で、伝承中のことばを思いだしていた。

（〝その者ども、汝らに聖なることばもて声をかけ、汝らの贈り物を祝福となさん〟）

いっぽう、レトのほうは、ハワトの手短な口頭報告から（〝あれは警戒心と猜疑心の強い人物です〟）、カインズに対して漠然とした評価を下していたが、いまの顚末で、その評価が一気に固まった。この男、もはやフレメンそのものといってよい。護衛にもフレメンたちを連れてきた。この行為はたんに、フレメンに対して新たに認められた、都市部への出入りを確認するためのものとも考えられる。だが、護衛たちは、カインズの儀杖兵的な性質を持つ者のようにも思える。それに、物腰から判断すると、カインズは誇り高い男であり、自由に慣れている。そのしゃべりかたと物腰は、公爵の推測を裏づけていた。さきほどのポールの問いかけは、直接的かつ的確なものだったといえる。

カインズはフレメンに同化しているのだ。

「そろそろ出かけたほうがいいのでは、閣下？」ハレックがうながした。

公爵はうなずいた。

「公爵専用のソプターはわしが操縦する。カインズには、フロントの副操縦席にて道案内をたのもう。おまえとポールはリアシートに乗れ」

「しばらくお待ちを」カインズがいった。「失礼ながら、閣下——保水スーツの気密状態をチェックさせてもらわねばなりません」

公爵は口を開きかけたが、カインズは押しかぶせるようにして先をつづけた。

「自分自身の安全はもとより、おふたかたの安全もわが重大な関心事です……マイ・ロード。わたしが案内しているあいだ、おふたりの身になにか起ころうものなら、掻き切られるのがだれののどであるかは、重々承知しておりますのでね」

公爵は眉をひそめて考えた。

（これはまた微妙な瞬間だな。ここで断われば、この男は気を悪くしよう。わしにとって、測り知れぬ価値を持つかもしれぬ男の機嫌をそこねてしまう。とはいえ……まったく得体の知れぬ男をわがシールドの内に入れて、この身に触れさせてもいいものか）

ひとしきり考えをめぐらせたのち、公爵は腹をくくった。

「たのむ」

公爵は前に進み出て、ローブの前をはだけた。たちまちハレックが警戒し、躍りあがらんばかりにして足を踏みだしかけたが、そこでぐっとこらえ、その場にとどまった。

「それと、志あらば」公爵はつづけた。「このスーツを常用している者の口から、使い道の説明を受けられるとありがたい」

「よろしいでしょう」

カインズは公爵のローブの内側に手を差しこみ、肩の気密シールを探りあてると、状態を調べながら説明をはじめた。

「このスーツの要《かなめ》はそのマイクロ・サンドウィッチ構造にあります。これの構造はきわめて効率のいいフィルターであり、熱交換システムなのです」

肩の気密シールを調整した。

「肌に触れる最内層の生地は、透過性を持っていましてね。まず、これが汗を透過させて、からだを冷やす……通常の蒸発に近い過程ですよ。最内層を透過した汗は、第二、第三層に吸収されます。このふたつの層は……」

スーツの胸のたるみをぐっと引っぱって直した。

「……熱交換繊維と塩分の結晶化機構を含んでいて、結晶化した塩はここで回収されます」

手ぶりでうながされるままに、公爵は両腕を上にあげた。

「なかなかに興味深い」

「さあ、深呼吸をして」カインズはうながした。

公爵はいわれたとおりにした。

カインズは腋の下の気密シールを調べ、いっぽうを調整した。

「肉体の運動、とくに呼吸運動——それから一部の浸透作用は、ポンプの働きを持ちます」

カインズはすこしだけ、胸の張りをゆるめた。「回収された水は、循環機構によって、蓄水ポケットに蓄えられていく。そこにたまった水は首のクリップについているこのチューブで飲む仕組みです」

公爵はあごを引き、首のクリップから突き出たチューブの先端を見た。

「効率的で要領がいい。巧みな細工だ」

カインズは地にひざをつき、こんどは脚の気密状態をたしかめた。

「大小の排泄物は太腿のパッドで処理されます」カインズは立ちあがり、首の収まり具合をたしかめ、独立フラップを引きあげた。「大砂原《おおすなばら》に出たら、このフィルターつきフラップを顔につけて、このチューブを鼻孔に挿す。そのさい、プラグがしっかりフィットするようにしてください。息は口からフィルターごしに吸い、チューブ経由で鼻から出す。フレメンのスーツの状態さえ良好なら、一日に全身から失う水分量は、雀の涙ほどにしかなりません。大砂海《エルグ》のただなかにあってさえもです」

「一日に雀の涙ほど、か」公爵がくりかえした。

カインズはつぎに、スーツの額のタブに指先を押しつけた。

「これがゆるいと、すこし擦れるかも知れません。わずらわしいようでしたら、そういってください。詰め物を増やして、少々きつくします」

「感謝する」

カインズがあとずさると、公爵は両肩をまわしてみた。さっきまでよりスーツが馴じんでいた。ぴったりとフィットして、着心地もそう悪くなっている。

ここでカインズは、ポールに向きなおった。

「さて、では、こちらもあらためさせてもらいましょうかね、少年」

（これはいい男だが）と公爵は思った。（われわれに対する正しい接しかたを憶えさせねばならんな）

ポールはその場に立ったまま、カインズがスーツをあらためるにまかせた。ついさっき、多数の畝《うね》はあるものの表面自体はつるつるしているこのスーツを着たときは、奇妙な感覚をおぼえたものだ。前意識の中には、かつて一回も保水スーツを着用したことがないという、厳然たる事実がある。それなのに、自身もまだ不慣れなガーニーから着かたを教わりながら、ポールは本能的に、ごく自然にスーツの粘着タブを調整することができた。呼吸運動により、最大のポンプ効果が得られるよう、胸の締めつけを強めるときにも、自分がなにをしているのか、なんのためにそんなことをしているのかが、ちゃんとわかっていた。首と額のタブをきつく装着したときも、それが擦れによる水ぶくれを防ぐためであると心得ていた。

身をかがめて調べていたカインズは、背筋を伸ばし、当惑顔であとずさった。

「前にも保水スーツを着たことが？」

「これがはじめてですよ」

「では、だれかに着つけてもらったとか？」

「いえ」

「砂漠ブーツも、足首を動かしやすいように履いている。だれに教わりました？」

「こうするのが……正しいように思えたので」

「このうえなく正しい履きかたですよ」

カインズは自分の頬をなで、伝承にあることばを反芻した。

（〝その者、生まれついてのごとくに、この地の生きかたをば知らん〟）

「じっとしていても、時間の無駄だ」

公爵はそういって、待機させてあるオーニソプターを指し示し、先に立ってそちらへ歩きだした。そばまでいくと、衛兵の敬礼に会釈で応える。操縦席に乗りこみ、シートベルトを締め、コントロール装置と計器をチェックした。機体をきしませつつ、ほかの者たちも乗りこんでくる。

カインズはシートベルトを締め、部厚くパッドを施されたシートの、すわり心地のよさに注目した。グレイ・グリーンの内装はやわらかくて豪華だし、計器類にしてもぴかぴかだ。ドアが閉じられると同時に、ベンチレーターのファンが始動し、フィルターを通した新鮮な空気を機内に噴きだした。その空気のまたさわやかなこと――。

（なんと軟弱な！）とカインズは思った。

「全員、シートベルトを締めおわりました、閣下」ハレックが報告した。

レトは翼を始動させた。左右の翼が上下に羽ばたく――一度、二度。その動きで、機体が十メートルほど浮きあがった。翼がしっかりと空気をつかみ、後部ジェットが噴きだすと、機体は推進音をふりまき、急角度で上昇を開始した。

「〈防嵐壁《ぼうらんへき》〉を越えて、南東へ」カインズがいった。「あなたの砂業監督に、そこへ機材を集めておくよう指示しておきました」

「わかった」

公爵はソプターをバンクさせ、直衛機隊にコースを指示した。四機の直衛機は南東方向にコースを定め、上部後方と左右に占位した。

公爵がいった。

「デザインといい、造りといい、この保水スーツ、作り手にそうとう高度な生産技術があることを物語っているな」

「いずれ群居洞《シエチ》の工房をごらんにいれます」カインズが答えた。

「興味深く見学させてもらうことになりそうだ。そういえば、このスーツは守備隊駐屯村の一部でも造られているそうだが」

「劣化コピー品がね。自分の肌を大事にする砂漠の男なら、例外なくフレメン製のスーツを着用しますよ」

「ほんとうに、体外に放出される水分は、一日に雀の涙程度なのか?」

「適切に着つけて、額のキャップをしっかり締めて、気密シールをすべてきちんと閉じれば、からだから出ていく水分は手のひらから蒸発するものだけになります」カインズがいった。

「素手で危険な作業をするのがいやなら、スーツ付属の手袋をつければよろしい。もっとも、大砂原《おおすなばら》に住む大半のフレメンは、クレオソートノキの葉からとった汁を手になすりつけます。

これをつけると発汗が抑制されるんです」

公爵は左下方を見おろした。そこには〈防嵐壁〉の峨々《がが》たる岩山が連なっていた。突起と裂け目だらけの荒涼たる地形が果てしなくつづいている。黄褐色の岩石山脈に連なる無数の黒いラインは、山脈をずたずたに引き裂く断層群だ。まるで、だれかがこの一帯を宇宙から投げ落とし、砕けたまま放置したような、惨憺たる地形だった。

ほどなくソプターは、浅い砂盆の上空を通過した。〈防嵐壁〉南側の峡谷入口から外へ、輪郭のくっきりした灰色の砂地が広がっていたのだ。砂盆にはいくすじもの砂の川が指状に流れこみ、黄褐色の絶壁に縁どられた砂の三角州を形成している。

カインズはシートにもたれかかり、公爵と世継ぎの保水スーツを調整したさい、その下に感じた水分過多の肉体のことを考えた。ふたりはローブの上に防御シールド・ベルトをはめ、腰には低速麻酔針を撃つ麻痺銃を吊るし、首にはコードでコイン大の緊急時用信号発信機をぶらさげている。そしてふたりとも、手首に取りつけた手甲形の鞘にナイフを挿していた。鞘にはかなり使いこんだ跡があった。そんなふたりは、カインズの目には、軟弱さと武勇が組みあわさった、奇妙な存在として映っていた。アトレイデスの者たちの泰然とした態度は、ハルコンネンのそれとはまったく雰囲気を異にする。

「この星の統治者交替を皇帝陛下に報告するさいには、われわれが粛々と規則にのっとって行なった旨、伝えてもらえるかね？」

レトはたずね、ちらとカインズに目をやり、また視線を前にもどした。

「ハルコンネンは去った。あなたがたがきた。そう報告します」

「万事、あるべき形に収まっている――そうした報告は？」

カインズのあごの筋肉がわずかにこわばった。一時的に緊張したことの証拠だった。

「惑星学者としても、移封監察官としても、わたしは帝国の官吏以外の何者でもないのです……マイ・ロード」

公爵が薄く笑った。

「しかし、われわれはたがいに現実を知っているぞ」

「わが仕事の後ろ盾は皇帝陛下であられる――それだけを申し添えておきましょう」

「ほんとうにそうかな？　では、きみの仕事はなんだ？」

訪れた短い沈黙のあいだに、ポールは思った。

（父上はすこし、このカインズという男を刺激しすぎているぞ）

とまどって、ハレックを見た。だが、吟遊詩人であり、戦士でもある男は、眼下の荒涼とした地形に見入っている。

カインズが頑《かたくな》な声でいった。

「仕事というのは、むろん、惑星学者としての勤めの内容をきいておられるのでしょうな」

「むろんだ」

「仕事はおおむね、乾燥地帯の生物学と植物学の研究です……多少は地質学の調査もします。地殻コアの採取と分析などですよ。一個の惑星全体が秘める潜在性は無限ですから、いくら調査しても仕事が尽きることはありません」

「香料の調査も行なうのか？」

カインズは公爵に、さっと顔を向けた。後部シートにすわったポールは、カインズの頬に深いしわが刻まれていることに気がついた。

「これはまた、異なことをきかれるものだ――マイ・ロード」

「これは肝に銘じておくがいい、カインズ。ここはもう、わが領地だ。わしのやりかたは、ハルコンネンのそれとはちがう。発見したことをきちんと報告しさえすれば、きみが香料を研究していようがいまいが気にはしない」そこで惑星学者に目を向けて、「ハルコンネンは香料の研究を阻害した――そうだな？」

カインズは無言のまま、公爵を見つめ返した。

「正直に話してくれてかまわん。身に危難がおよぶ心配なら無用だ」

「じっさい、帝国の宮廷ははるか彼方ですしね」カインズはつぶやき、心の中でこう思った。

（水分過多のよそ者め、なにをもくろんでいる？　簡単に抱きこめるほど、このおれを愚かだと思っているのか？）

公爵は進行方向に視線を向けたまま、のどの奥でくっくっと笑った。

「声に険があるぞ。われわれは飼い馴らされた殺し屋の群れを連れてここに乗りこんできた――そう思っているのかね？　きみのような人物なら、われわれがハルコンネンとはちがうことに、いちはやく気づくだろうと期待していたのだがな」

「あなたが群居洞《シエチ》や村にあふれさせたプロパガンダはさんざん見ました。いわく、われらが良き公爵さまを愛せよ！　あなたの率いる——」

「いいかげんにしろ！」

突然、ハレックが怒鳴り、窓から荒々しく顔を離すと、フロントシートに身を乗りだした。

ポールは急いでハレックの腕をつかんだ。

「ガーニー！」公爵はぴしりと制し、うしろをふりかえった。「このご仁、ハルコンネンのもとで長く過ごしていたのだぞ」

「承知しました」ハレックはシートに背中をあずけた。

「あなたの部下のハワトは、露骨に切りだしたりはしませんでしたがね」カインズはいった。

「意図は明白でしたよ」

「では、前哨施設を提供してくれるのか？」

「あれは陛下の財産です」答えたカインズの声はそっけなかった。

「だが、使われてはいない」

「この先、使われる可能性もあるでしょう」

「陛下も同じご意見か？」

カインズはきっと公爵をにらんだ。

「統治者が香料採取にのみ血道をあげなければ、アラキスは楽園にもできるんです！」

(質問に答えていないな) 公爵はそう思い、口に出してこういった。

「資金もなしに、どうやって惑星を楽園にできるというんだ？」

「資金になんの価値があるというんです？——必要なサービスを買えもしない資金などに」

（おお、ついに本音が出たか！）と思いながら、公爵は答えた。

「その件については、別の機会に話しあおう。そろそろ〈防嵐壁〉の縁に近づいたようだ。コースはこのままでいいのか？」

カインズはぼそりと答えた。

「どうぞ、そのままで」


ポールは機窓の外を眺めやった。眼下の峨々《がが》たる岩山はしだいに低くなっていき、荒涼とした岩石平原を経て、縁がナイフのように鋭い岩棚の列に切り替わった。岩棚の向こうには、見わたすかぎりどこまでも、爪半月を思わせる形をした三日月状の砂丘が地平線まで連綿と連なっている。彼方のあちこちには、くすんだしみのようなものが見えた。周囲よりも色が黒っぽいところを見ると、砂ではなさそうだ。おそらく、岩の露頭だろう。ただし、熱暑で空気がゆらいでいるため、はっきりとはわからない。

「あそこに植物は？」ポールはたずねた。

「多少なら」カインズが答えた。「この緯度付近の生物分布帯には、たいてい、われわれが〈チビ水盗み〉と呼ぶ生物がいましてね。水分を求めて、たがいに襲いあったり、わずかな夜露をむさぼったり、そんなことばかりしているんです。つまり、夜露が降りる程度には、植物はあるということですよ。場所によっては、砂漠でも生物相が豊かなんです。ただし、どの生物も、苛酷な環境のもとで生きるすべを学んでいる。もし砂漠に取り残される事態になったら、その生物たちの生きかたをまねることですね。さもないと死んでしまいます」

「まねるとは、水を盗むことを？」とポールはたずねた。

生きるためになにかを盗むのかと思うと、なんだか腹が立ち、憤りがはっきり声に出た。

「じっさい、そのとおりのことが起こっているわけですよ」とカインズは答えた。「しかし、わたしがいおうとしたのは、そういうことではありません。つまり、わが気候帯では、水に対して特別の態度が要求されるということです。水に対してはつねに気をつけていなければならないし、水分を含むものはいっさい無駄にしてはならない——そういう意味です」

カインズのことばを聞いて、公爵は思った。

（……わが気候帯、ときたか！）

「コースをもう二度、南へ向けてください、マイ・ロード」カインズはつづけた。「じきに西から強風が吹いてきます」

公爵はうなずいた。たしかに、西方向に黄褐色をした微粒砂の渦が見える。うながされたとおり、公爵はソプターの向きを変えた。そのさい、微粒砂で乱反射される陽光を受けて、直衛各機の翼が白みがかったオレンジ色にきらめくのが見えた。直衛機隊もまた、こちらに合わせてコースを変えたのだ。

「このコース変更で、砂嵐をぎりぎり回避できるはずです」カインズがいった。

「あの砂嵐は、突っこんだら危険なんですね？」ポールがいった。「いちばん硬い金属でも、ずたずたになるほどなのかな」

「この高度だと、問題になるのは、ふつうの砂ではなくて、微粒砂のほうですな。視界不良、乱気流、空気取入れ口の砂づまりなどを引き起こすのでね」

「きょうは香料採取の現場を見られるんでしょうか」ポールは問いを重ねた。

「可能性は高いでしょう」とカインズは答えた。

ポールはシートの背にもたれかかった。いまのふたつの質問は、母が人となりの〝登録〟と呼ぶ、ハイパー認識のために行なったものだ。これでもう、カインズのことは把握できた。口調をはじめとして、こまかい表情やしぐさまで認識できる。ローブの左袖にある不自然なひだは、手首の鞘にナイフを忍ばせているしるしだ。腰にも妙な膨らみがある。砂漠の民は、こまごまとした必需品を腰帯に収めるというから、この膨らみはそれだろう。すくなくとも、シールド・ベルトを隠しているわけではない。それはたしかだった。ローブの首もとにある留め金には、野ウサギのような動物をかたどった銅製のピンが使われている。フードは首のうしろに落としてあるが、その一ヵ所にも、サイズは小さいが同じ形のピンがついていた。

ポールのとなりでハレックが身をひねり、後部コンパートメントに手を伸ばして、愛用の九弦楽器《バリセット》を取りだした。ハレックがチューニングをはじめると、カインズはいったん後席をふりかえったものの、すぐに前方へ注意をもどした。

「ご所望の曲はなにかな、若？」ハレックがきいた。

「選曲はまかせるよ、ガーニー」とポールは答えた。

ハレックは共鳴板に耳を近づけ、軽くコードを鳴らしてから、静かな声で歌いだした。

「親父どのらは砂漠の上で、メシを食ってた、陽に焼かれつつ、
そこにきたりし旋風《つむじかぜ》。
神よおれらをこの土地の、恐ろしさから救っておくれ！
救って、おうおう、救っておくれ、
乾いて渇いたこの地から」

カインズは公爵を見やり、いった。

「しかし、ほんとうに最低限の護衛だけしか連れ歩かないのですな、マイ・ロード。それにしても、閣下の護衛はみな、こんなふうに多才なのですか？」

「ガーニーか？」公爵はのどの奥で笑った。「うむ、ガーニーも多才な者のひとりに入る。この者を気にいっているのは、とくに、その目だな。この者の目がなにかを見過ごすことはまずない」

惑星学者は眉をひそめた。

ハレックはすこしも演奏を乱れさせぬまま、すかさずこう歌った。

「なぜならおいらは、さも似たり、砂漠に棲みつくフクロウに、おお！

そうさ、おいらは！　さも似たり、あ、砂漠に棲みつくフクロウに！」


そのとき、公爵が計器パネルに手を伸ばしてマイクをとり、親指でスイッチを入れた。

「リーダーより直衛機ジェンマへ。九時方向、セクターBに飛行体あり。識別できるか？」

「ただの鳥ですよ」カインズが口をはさみ、さらにつけくわえた。「しかし、なかなかいい目をしておられる」

ザッというノイズにつづいて、パネルのスピーカーが応答した。

「こちら直衛機ジェンマ。飛行体を最大ズームで視認。大型の鳥です」

ポールは示された方向に目をやり、遠くに小さな点をとらえた。断続的な動きで、小さな点が動いている。その小ささから、ポールは父親がそうとう気を張っていることに気づいた。あらゆる感覚を総動員して、この飛行に臨んでいるにちがいない。

公爵がいった。

「砂漠のこれほど深くに、あれほど大型の鳥がいるとは思わなかった」

「どうやら、ワシのようですな」カインズがいった。「この環境に適応した生物はたくさんいるんです」

オーニソプターは、岩が露出した岩石平原の一帯に差しかかった。高度二千メートルから下を眺めると、平原上に乗機と直衛機隊の歪んだ影が落ちているのが見えた。この高度では、岩石平原は平らに見えるが、影の歪みようからすれば、じっさいにはそうでもなさそうだ。

「砂漠から北へ、徒歩で出てきた者はいるのか？」公爵がたずねた。

ハレックが演奏をやめた。前に身を乗りだしたのは、答えをはっきり聞くためだ。

「砂漠の奥地から出てきた者はいません」カインズは答えた。「第二帯から徒歩で出てくる者なら、ときどきいますが。蟲《ワーム》がめったに近づこうとしない岩石地帯の上を通ってくるので、なんとか生き延びられるんです」

カインズの声が含む響きに、ポールは注意を引かれた。自分の感覚が、訓練されたとおり、相手の緊張を感じとるのがわかった。

「ふむ、蟲《ワーム》か」と公爵はいった。「いずれ一頭、見てみたいものだ」

「きょうのうちにも見られるかもしれません。香料のあるところ、蟲《ワーム》ありですから」

「例外なしにか？」ハレックがきいた。

「例外なしにだ」とカインズは答えた。

「蟲《ワーム》と香料のあいだに、なにか関係はあるのか？」これは公爵だ。

カインズは公爵に顔を向け、答えた。その横顔から、口もとが緊張しているのがわかった。

「蟲《ワーム》は香料を産む砂地を護っていましてね。蟲《ワーム》の一頭一頭には——テリトリーがあるんです。香料との関係は……さあ、だれにわかるでしょう。これまでに行なった蟲《ワーム》の解剖結果から、その体内では複雑な化学変化が起きている形跡が見つかっています。ある種の管の中には、微量の塩酸も見つかりました。ほかの部位でも、もっと複雑な酸が見つかっていますしね。

あとでこのテーマについて記した論文をお届けしますよ」

「シールドは防御の役にたたないんだな？」公爵が確認した。

「シールド！」カインズは鼻で笑った。「蟲《ワーム》の棲息域でシールドなど始動しようものなら、一巻の終わりですな。蟲《ワーム》は各々のテリトリー境界を越えて、はるか遠くからでもシールドを襲いに押しよせてくる。シールドを始動させていてこの手の襲撃を生き延びた者は、ただのひとりもいません」

「では、どうやって蟲《ワーム》をとらえる？」

「一頭の蟲《ワーム》をまるごと仕留め、保存する方法として唯一知られているのは、全体を構成する体節環ひとつひとつに対して、満遍なく高圧の電気ショックを与えることとです」カインズは答えた。「爆発物で麻痺させたり、ばらばらにしたりすることはできますが、体節はひとつひとつが独自の生命を持っていましてね。大型の蟲《ワーム》全体を破壊できるほど強力な爆発物は、核兵器のほかに知りません。蟲《ワーム》というのは、信じられないほど頑丈な生物なんです」

「どうして蟲《ワーム》を一掃する試みがなされてないんだろう？」ポールはたずねた。

「費用がかかりすぎるからですよ。カバーしなければならない範囲が広すぎるんです」

ポールはシートの壁側にもたれかかった。自分の読真力——口調から真相を読みとる能力からすれば、カインズはうそをついている。半分しか真実を語っていない。

（香料と蟲《ワーム》のあいだに関係があるとしたら、蟲《ワーム》を仕留めることで、香料まで破壊してしまう結果を招くんだろうな）

「いずれ、急いで砂漠から徒歩で逃げだす必要はなくなるさ」公爵がいった。「われわれが首に下げているこの小型発信機――こういうものを身につけていれば、すぐに救出隊が駆けつけてくる。われわれの作業員は、遠からず、全員が発信機を身につけることになるだろう。いま、特殊レスキュー隊を設立しようとしているところだ」

「それはご立派な心がけで」

「ほう。口ぶりからすると、賛成ではないようだな」

「賛成？　もちろん、賛成ですとも。ただし、あまり役にはたたないでしょう。なにしろ、砂嵐にともなう静電気で、信号はおおむねマスクされてしまいますのでね。発信機にしても、たちまち使いものにならなくなってしまう。じっさい、前にも試されたことがあるんですよ。アラキスは機械に苛酷なところなんです。それに、蟲《ワーム》に狩られはじめたら、そういつまでも逃げまわれるものじゃない。たいてい、十五分から二十分でアウトです」

「では、きみの助言は？」

「わたしの助言をお聞きになりたいと？」

「惑星学者としての見解をな」

「わたしの意見を容《い》れてくれますか？」

「容れる。理にかなっていれば」

「よろしいでしょう、マイ・ロード。まず、単独で機を飛ばすのは絶対に控えることです」

公爵はコントロール装置から目を離し、カインズに顔を向けた。

「それだけか？」

「それだけです。単独では飛ばぬこと」

ハレックが口をはさんだ。

「嵐に巻きこまれて不時着を余儀なくされたらどうする？　なにかできることはないか？」

「〝なにか〟では漠然としすぎだな」とカインズ。

「あなたならどうします？」ポールはたずねた。

カインズはじろりと少年を見てから、公爵に注意をもどした。

「自分の保水スーツの気密性をたもつことに腐心しますね。不時着したのが蟲《ワーム》棲息域の外や岩場の上であれば、機のそばにとどまります。大砂原《おおすなばら》に不時着したのであれば、できるだけ早く機を捨てますよ。千メートルも離れれば充分でしょう。そうして、あとはローブを引きかぶってうずくまる。蟲《ワーム》は機を捕捉するでしょうが、わたしのことは見落としてくれるかもしれません」

「そのあとは？」ハレックがうながした。

カインズは肩をすくめた。

「蟲《ワーム》が去るのを待つのさ」

「それだけ？」これはポールだ。

「蟲《ワーム》が去ったら、徒歩で砂漠から出ることを試みてもいい」カインズは答えた。「ただし、静かに歩くことです。砂太鼓《すなだいこ》は避けて、干満のある微粒砂盆も避けて、最寄りの岩石地帯を目差す。岩石地帯はあちこちにありますからね。なんとかたどりつけるかもしれません」

「砂太鼓？」ハレックが問い返した。

「砂表が特殊な形で圧縮された一帯のことさ。ごく軽く踏んだだけでも、太鼓のような音が鳴り響く。それを聞きつけて、かならず蟲《ワーム》がやってくる」

「では、干満のある微粒砂盆とは？」公爵がたずねた。

「砂漠の窪地のうち、何世紀にもわたって微粒砂がたまった一帯のことですよ。なかには、とてつもなく広大で、微粒砂の流れや満ち干があるところもある。不用意に踏みこんだ者は、ひとたまりもなく呑みこまれてしまいます」

ハレックはシートの背にもたれかかり、ふたたびバリセットをつま弾いた。ややあって、歌を歌いだした。

「砂漠の野獣は狩りをする、
間抜けが通るを待ちかまえ。
おうおう、砂漠の神々を、怒らせば立つよ、
孤独な墓碑が。
行く手の危険に――」

そこで急に歌をやめ、ハレックは前に身を乗りだした。

「閣下！　前方、微粒砂雲」

「見えている、ガーニー」

「あれこそ、われわれが探していたものです」とカインズがいった。

　ポールはシート上で首を伸ばし、行く手に目をこらした。三十キロほど前方の砂漠表面に、低くうねる黄色い砂塵が見えている。

「あれが、閣下の工場型這行車《クローラー》の一台です」カインズが説明した。「砂上に出ているということは、香料採取中であることを意味します。あの砂塵は、香料が遠心分離機で選別されたあとに排出される砂でしてね。ああいうタイプの砂塵は、香料採取時以外、発生しません」

「砂塵上空に航空機が見える」公爵がいった。

「いますね。二機……三機……四機。警戒機だな。あれは蟲跡《ワームサイン》を警戒しているんです」

「蟲跡？」これも公爵だ。

「這行車《クローラー》をめざして進む砂切り波のことですよ。採取チームは周辺の砂上に地震波検知機も設置しています。蟲《ワーム》はときどき、砂の表には波が起こらないほど深く砂中を潜行することがあるんです」カインズは砂塵周辺の上空に目を走らせた。「しかし、おかしいな、近辺にはかならず〝飛翼《ひよく》〟がいるはずなのに、見当たらない」

「蟲《ワーム》はかならずくるのか？」ハレックがきいた。

「くる。かならず」

　ポールは前に身を乗りだし、カインズの肩をつついた。

「蟲《ワーム》一頭あたりの、縄張りの広さは？」

カインズは眉をひそめた。子供のくせに、おとなびた質問を連発するやつだ。

「それは蟲《ワーム》の大きさしだいですな」

「どれくらいの幅がある？」これは公爵だ。

「大型のものは、三百から四百平方キロの範囲を占有します。小型のものは──」

いいかけて、カインズはことばを切った。公爵がいきなりジェット推進を切ったからだ。シューッと息をひそめるようにして、機尾のエンジンポッドが沈黙するのと同時に、機首が勢いよく跳ねあがり、機体が一瞬、棹立ちになった。短かった翼が左右に展張して、ぐっと空気をつかむ。完全形態になったソプターをバンクさせ、両翼をゆっくりと羽ばたかせつつ、公爵は左手で工場型クローラーの向こう、東の彼方を指さした。

「あれは──蟲跡か？」

カインズが公爵のひざの上に身を乗りだし、遠方に目をこらした。

ポールはハレックと肩を寄せあい、やはり東の彼方に目をこらした。こちらが急減速したため、直衛機隊は一気に前方へ飛びだす形となり、彼我の距離が大きく開いたが、四機とも旋回してもどってきつつある。工場型クローラーがいるのは、まだ三キロほど先だ。

ポールは父親が指さした方向に目をやった。三角波のような無数の砂丘が、はるか地平の彼方にまで重畳している。その砂丘の波また波を突っ切って、ずっと遠くまで延び連なる、ひとすじの線があった。その線の先頭にあるのは、長く延びた動く山──先端が大きく盛りあがった砂の波濤《はとう》だ。ポールはその光景から、波をかきわけ、海面の直下を近づいてくる、巨大な魚を連想した。

「蟲《ワーム》だ――でかい」

いうなり、カインズは自分のシートにもどり、計器パネルのマイクをひっつかむと、数字キーをたたき、さっきまでとは別の周波数にセットした。コックピットの天井部分には小型スクリーンが設置され、そこに座標を示す方眼チャートが表示されている。それを見ながら、マイクに話しかけた。

「座標〈デルタ・アイアース9〉のクローラーへ。蟲跡だ。座標〈デルタ・アイアース9〉のクローラーへ。蟲跡だ。応答されたし」

応答を待っていると、スピーカーから静電ノイズが響き、声がいった。

「座標〈デルタ・アイアース9〉に連絡してきたのはだれだ？　以上《オーバー》」

「ずいぶん冷静なようだな」ハレックがつぶやいた。

カインズがマイクにいった。

「当機はフライト・リスト非掲載機だ。そちらから見て北東三キロの地点を飛行中。蟲跡がそちらに向かっている。推定接触時刻は二十五分後と見られる」

さっきとは別の声がスピーカーからがなった。

「こちら、警戒機リーダー。当該蟲跡を確認した。いま接触時刻を計算する」間があった。それから、「推定接触時刻は二十六分後弱。そちらの推定は正確きわまりない。フライト・

リスト非掲載機の搭乗者はだれか？　オーバー」

ハレックがシートベルトをはずし、カインズと公爵のあいだに首をつっこんだ。

「それは通常業務用の周波数か、カインズ？」

「そうだが。なぜきく？」

「だれが聞いてる？」

「この一帯で業務に携わるクルーだけだ。干渉を避けるために」

ふたたびノイズが響き、スピーカーから声がいった。

「こちら〈デルタ・アイアース9〉。蟲跡発見のボーナスはだれにつく？　オーバー」

ハレックはけげんな目を公爵に向けた。

答えたのはカインズだった。

「最初に蟲《ワーム》警告を発した者には、現場の香料採取高に応じて、ボーナスが出る仕組みなんだ。先方は、だれが第一発見者かを知りたがって――」

「あの蟲《ワーム》の第一発見者を教えてやれ」ハレックがいった。

公爵もうなずいた。

カインズはためらったものの、マイクを手にとった。

「発見者ボーナスは、レト・アトレイデス公爵に。レト・アトレイデス公爵に。オーバー」

スピーカーから流れ出た声は平板で、静電嵐により、部分的に歪んでいた。

「了解。感謝する」

「つづいて、〝ボーナスは関係者で分けろ〟といってやれ」ハレックは指示した。「公爵のご厚意で、といいそえて」

カインズは深呼吸をし、マイクにいった。

「公爵のご厚意だ。ボーナスはクルーで分けてくれ。聞こえたか？　オーバー」

「聞こえた。感謝する」

公爵がカインズにいった。

「いうのを忘れていたな。うちのガーニーは達意の広報マンなんだ」

カインズは眉をひそめ、けげんな顔をハレックに向けた。ハレックは疑問に答えた。

「こうすることで、公爵が人民の安全に気を配っていることが知れわたる。そんなうわさが広まる。いま使っていたのは、この地域に限定の業務用周波数なんだろう？　だとしたら、ハルコンネンの手先に聞かれる恐れもない」直衛機隊に目をやった。「たとえ聞かれてたとしても、たのもしい護衛がついていることだしな。リスクを冒すだけの価値はある」

公爵は機をバンクさせ、工場型クローラーから噴きだす砂塵の方向へ針路を向けた。

「これからどうなる？」

「どこか近くに、翼《はね》が——翼葉機《よくようき》がいるはずなんです」カインズがいった。「もうまもなく飛来して、クローラーを抱きあげるでしょう」

「翼葉機が墜落していたら？」ハレックがきいた。

「あのクローラーはあきらめざるをえないでしょうな。ともあれ、もうすこしクローラーに近づいてみてください、マイ・ロード。けっこうおもしろいものが見られますよ」

機がクローラー上空の乱気流に差しかかると、公爵は険しい表情を浮かべ、機体の操縦に専念しだした。

ポールは窓から下方を見おろした。眼下に横たわる金属とプラスティックの怪物からは、いまなお盛んに砂が吐きだされている。クローラー自体は巨大な黄褐色と青の甲虫のように見えた。本体から周囲へは何本もの脚がつきだしており、その先には幅の広いキャタピラがついている。前部の黒っぽい砂地には、漏斗を逆さにしたような、巨大な物体が突きたててあった。

「砂の色からすると、これは良好な香料産地だ」カインズがいった。「作業は危険が目前に迫る寸前までつづけられます」

公爵は左右の翼にまわすエネルギーを増やし、ぴんと張った状態にして、羽ばたかせずに急降下し、充分に高度を落としたのち、グライダーのように滑空させ、クローラーの上空を旋回しだした。ついで、ちらりと左右上方に目をやり、直衛機隊の動向を確認した。各機は高度を維持したまま上空を旋回している。

ポールはクローラーを観察した。後部よりつきでた数本のパイプ状噴出口からは、黄色い砂塵が勢いよく吐きだされている。そのようすを目に収めて、砂漠の彼方から近づいてくる蟲跡を眺めやった。

「連中、もう翼葉機を呼びよせていてもいいころなんじゃないか?」ハレックがきいた。

「通常、翼《はね》と交信するときは別の周波数を使うんだ」カインズが答えた。

「本来なら、クローラー一台ごとに、二機の翼葉機を待機させておくべきではないのか？」

こんどは公爵がいった。「クローラーには二十六人が乗っているはずだ。それだけの人命が危険にさらされるのだぞ。クローラーをつぶされた場合の費用はいうにおよばずだ」

「閣下におかれては、あまりここの経験が――」

いいかけて、カインズはことばを切った。スピーカーからいきなり、憤然とした声が流れ出たからだ。

「だれか翼《はね》が見えるか？　野郎、ちっとも応答しやがらねえ」

ついで、ガリガリとノイズが響き、突然の優先信号に呑みこまれ、しばしの沈黙ののち、最初の声が呼びかけた。

「全機、番号順に報告しろ！　オーバー」

「こちら、警戒機リーダー。最後に見たとき、翼《はね》はうんと高みにいて、旋回しながら北西に向かってた。いまは見えない。オーバー」

「警戒機1。見えない。オーバー」

「警戒機2。見えない。オーバー」

「警戒機3。見えない。オーバー」

沈黙。

公爵は下を見おろした。自機の影が、ちょうどクローラーの上をよぎったところだった。

「警戒機はリーダーも入れて四機しかいない。そうだな？」

「そうです」カインズが答えた。

「われわれは合わせて五機だ。こちらのほうが機体が大きい。詰めこめば、もう三人ずつは乗せられる。警戒機のほうは、もう二名ずつなら、追加で乗せられるだろう」

ポールは暗算し、いった。

「それだと三人、乗せきれません」

「クローラー一台に翼葉機二機、なぜ張りつけておかない！」公爵が怒鳴った。

「機数の余裕がそこまでないんです」カインズが答えた。

「だったら、手持ちのクローラーをいっそう大事に使うべきではないか！」

「くだんの翼葉機、どこへ消えた？」ハレックがきいた。

「視界の外で不時着を余儀なくされたのかもしれん」

公爵はマイクをつかみ、スイッチに親指をあてがったが、オンにするかどうかをためらい、カインズにたずねた。

「そもそも、どうすれば翼葉機の姿を見失えるというんだ？」

「連中、蟲跡を探して、地上にばかり目がいってたんでしょう」

公爵はスイッチを入れ、マイクを通じて指示を出した。

「こちらは公爵、諸君を管掌する者だ。いまから降着し、〈デルタ・アイアース9〉地点のクルーを救出する。全警戒機に命令、以後は指示にしたがえ。警戒機はすべてクローラーの東側に降着せよ。われわれは西側に降りる。オーバー」

ついで、計器パネルに手を伸ばし、軍事用の周波数に切り替えると、直衛隊に同じ命令をくりかえしてから、カインズにマイクをつきつけた。

カインズが業務用の周波数にもどしたとたん、スピーカーから声が炸裂した。

「……タンクは香料で満杯にちかい！　ほぼ満杯なんだ！　オーバー」

「香料は放っておけ！」公爵は怒鳴り、マイクを奪いとると、クローラーの者たちに命じた。「香料などいつでも採れる。ただ、総員中、三人を乗せきれない。くじでも引いて、だれが残るか決めろ。それ以外の者は、香料を捨てて救出機に乗りこめ。これは命令だ！」

公爵はたたきつけるようにマイクをカインズの手のひらにもどし――カインズが痛そうに手をふると、ぼそりとつぶやいた。

「すまんな」

「残り時間は？」ポールはたずねた。

「九分です」とカインズ。

公爵がいった。

「当機は護衛機よりパワーがある。翼を四分の三に縮めて、発進にジェットを使うのなら、もうひとりくらい、余分に詰めこめるだろう」

「無謀です、砂が柔らかい」カインズがいった。

「もう四人乗せてジェット発進すると、翼が折れるかもしれません」これはハレックだ。

「この機体にかぎって、その恐れはない」

公爵は操縦装置に注意をもどした。ソプターは地表すれすれを滑空し、クローラーの横へ向かっていく。やがて左右の翼が上を向き、空力ブレーキをかけ、機体がひとしきり砂上をすべったのち、クローラーの二十メートル手前で停止した。

クローラーはもう騒音をまきちらしてはいないし、噴出口から砂を吐きだしてもいない。車体からかすかな駆動音を発しているだけだ。その音は、公爵が操縦席側の搭乗口をあけたとたん、いっそう大きく聞こえるようになった。

たちまち、乗員の鼻孔は圧倒的なシナモン臭に襲われた。刺激的で強烈なにおいだ。

羽ばたきの音を響かせつつ、警戒機の一機が砂地にすべりこみ、クローラーの向こう側で停止した。公爵の護衛機も、後方からつぎつぎに舞いおりてくる。

ポールは工場型クローラーを見あげ、その巨大さを実感した。この巨大機械とくらべれば、ソプターはじつに小さい。まるで大型カブトムシに群がるブユだ。

「ガーニー、おまえとポールで後部シートを放りだせ」公爵はそう命じると同時に、両翼を四分の三まで縮め、角度を適切に調整し、ジェット推進ポッドの制御機構をチェックした。

「クローラーの連中、いっこう出てこんな。なぜだ？」

「翼葉機が駆けつけてこないか、待ってるんです。蟲《ワーム》来襲まで、まだ数分ありますから」

いいながら、カインズは東に目をやった。

それに合わせて、全員が東に視線を向けた。まだ蟲《ワーム》の兆しは見えない。だが、あたりには重苦しく鬱積《うっせき》した不安がたれこめている。

公爵はマイクを取り、軍事用の周波数に切り替えた。

「どれか二機、シールド発生装置《ジェネレーター》を投棄しろ。どの二機を選ぶかは緊急時手順にしたがえ。ジェネレーターのスペースをあければ、あとひとりずつは余分に乗せられる。だれひとり、あの怪物の餌食にはさせんぞ」ついで、業務用の周波数に切り替え、怒鳴った。「いいか、〈デルタ・アイアース9〉の連中！　ただちに出てこい！　急げ！　これは諸君を統治する公爵の命令だ！　即刻、出てこなければ、レース銃《ガン》でクローラーを焼き切る！」

クローラー前部付近のハッチが勢いよく開いた。ついで、後部ハッチと上部ハッチもだ。乗員たちが姿を現わし、あるいは側面をすべり、あるいはまろぶようにして、砂表に降りてきた。最後に現われたのは、つぎだらけの作業ローブを着た、背の高い男だった。男は上面からいったんキャタピラの上に飛びおり、そこから砂の上へ飛びおりた。

公爵はマイクをパネルにかけ、翼のステップに身を乗りだし、怒鳴った。

「ふたりずつ、向こうの警戒機へ！」

つぎだらけのローブを着た男が、自分のクルーからふたりずつ、合わせて八名を選びだし、クローラーの向こうで待機する警戒機四機のほうへ押しやった。

「四人はこの機へ！　四人は後続のあの機へ！」

公爵は叫び、すぐうしろに着地している直衛ソプターの一機を指し示した。その機の護衛たちは、シールド・ジェネレーターをはずそうと躍起になっている。

「もう四人はあちらの機に！」

すでにシールド・ジェネレーターを投棄しおえた、別の一機を指さした。

「残る六人、三人ずつに分かれてあそこの二機へ！　走れ！　死にものぐるいで！」

長身の男はクルーのグループ分けをおえ、三人の仲間を連れて、重い足どりで歩いてきた。

「蟲《ワーム》の音は聞こえる。だが、まだ姿は見えん」カインズがいった。

長身の男以下、香料採りのクルーは、みな聞き耳を立てている。なにかを引きずるような遠い音がしだいに大きくなってきていた。

「まったく、なんといいかげんな採取体制だ」公爵がつぶやいた。

周囲の砂上で各機が羽ばたき、つぎつぎに舞いあがりだす。その光景から、公爵は母星のジャングルで見た光景を思いだした。密林を歩いていて、思いがけず樹々のない草地に出たあのとき、野牛の死骸に群がっていた腐食鳥たちが、いっせいに飛びたつ光景だ。

そばの香料採りたちは、のろのろと搭乗口に歩みより、公爵のうしろに乗りこみはじめた。ハレックが手を貸し、ひとりずつ引っぱりあげては後部に押しこんでいく。

「さあ、早く入れ！」ハレックは怒鳴った。「もたもたするな！」

男たちに押されて、ポールは後部の片隅に押しつけられた。汗みずくの男たちはみんな、恐怖のにおいを発散させている。そのうち二名は、よほどあわてたと見えて、保水スーツの首の部分に気密のゆるみが見えた。先々の行動のため、ポールはこの情報を心に書きつけた。おそらく父上は、保水スーツの着用手順を厳格化する必要にせまられるだろう。こういったことはきびしく監視してやらないと、人はついつい気をぬきがちになってしまう。

最後のひとりが、あえぎながら後部に乗りこんできた。

「蟲《ワーム》だ！　すぐそこまできてる！　飛んでくれ！」

公爵は眉根を寄せ、操縦席にすべりこんだ。

「当初の接触推定時刻まで、三分近くある。そうだな、カインズ？」

ドアを閉じ、機内の気密をたしかめる。

「だいたいそのとおりです、マイ・ロード」カインズは答え、心の中で思った。

（たいした冷静さだ、この公爵どのは）

「全員、からだを固定しました」ハレックが報告した。

公爵はうなずき、直衛機の最後の一機が離陸するのを見届けてから、始動装置を調整し、もういちど両翼と計器をざっとチェックしたのち、ジェット推進手順に移った。

急発進の高Gにより、公爵とカインズはシートの背に、後部の六人はうしろの壁にぐっと押しつけられた。その状態でカインズが目にしたのは、操縦装置を操作する公爵の鮮やかな手ぎわだった。おちつきはらった、じつに冷静沈着な操縦ぶりだ。ソプターがすっかり宙に浮きあがると、公爵は計器をチェックし、左から右にかけて翼の状態に目を走らせた。

「かなり重いはずです、閣下」ハレックがいった。

「充分に最大積載量の範囲内だ。まさか、わしがこの機に無理をさせると本気で思ったわけではあるまいな、ガーニー？」

ガーニーはにやりと笑った。

「いやいや、ほんのすこしも」

公爵は機体をバンクさせ、長くゆるやかなカーブを描き、ソプターをクローラーの上空に飛翔させた。

窓ぎわの一角に押しつけられていたポールは、砂表の上にひっそりと残された巨大機械を見おろした。長い長い蟲跡は、クローラーから四百メートルほどのあたりで途切れている。そしていま……工場型クローラー周辺の砂地には、奇妙な乱流が生じはじめていた。

「蟲《ワーム》がクローラーの直下にいる」カインズがいった。「もうじき、めったに拝めない光景が見られるぞ」

砂漠にもうもうたる微粒砂の雲が舞いあがった。それがクローラー周辺の砂地を陰らせていく。と、大型機械が右にかしぎだした。クローラーの右手にとてつもなく巨大な砂の渦が出現したのだ。砂の渦の流れはますます速く、どんどん速くなっていく。濃厚に立ちこめる粗粒砂と微粒砂の雲は、差しわたし何百メートルもの範囲におよんだ。

そのとき——彼らは見た。

砂中にとてつもなく大きな穴が出現するのを。穴の中には白いスポーク状のものが何本も覗いており、それらが陽光を反射してきらめいている。大穴の直径は、ポールの見るところ、すくなくともクローラーの倍はあった。噴きあがる粗粒砂と微粒砂のなか、大型機械は穴にすべりこんでいく。そのさまをポールはじっと見まもった。やがて穴は縮まりはじめた。

「くそっ、なんて化け物だ！」ポールのとなりにいる男がつぶやいた。

「苦労して採った香料が……おれたちの香料が持ってかれちまう」

「この損害はかならず、責任者に償わせてやる」公爵がいった。「約束する」

その声がひどく平板なことから、ポールは父の深い憤りを感じた。その怒りを、ポールもまた分かちあっていた。これほどの浪費は犯罪的だ！

訪れた静寂の中で、カインズがつぶやきだした。

「〈産砂《うぶすな》〉と〈産砂の水〉に祝福あれ。〈産砂〉の到来と退去に祝福あれ。〈産砂〉の通過が世界を浄《きよ》めますように。〈産砂〉がその崇拝者のために世界を維持しますように」

「いったいなにをいってるんだ？」公爵がたずねた。

だが、カインズは返事をしない。

ポールは周囲に押しこまれた男たちを見まわした。みな一様に、恐怖の表情でカインズの後頭部を見つめている。ひとりがつぶやいた。

「リエトだ……」

カインズがうしろに向きなおった。その顔に浮かんだ渋面に、男は狼狽し、黙りこんだ。救出された男のひとりが咳きこみはじめた。喘鳴まじりの乾いた咳だった。ややあって、男はあえぐようにいった。

「ちきしょう、この地獄穴め！」

クローラーから最後に出てきた、背の高い砂働きの男が、片言でその男にいった。

「しゃべるな、コス。しゃべる、悪化する、おまえの咳」それから、仲間たちをかきわけ、公爵の後頭部が見えるところまで移動した。「あなた、レト公爵、まちがいない。われわれ、礼いう、あなたに、われわれの命、救ってくれたことに。われわれ、死ぬ覚悟、決めていた、あなたがくるまで」

ハレックが声をひそめるようにして、男にいった。

「いまはすこし黙っててくれんか。機の操縦に専念させてさしあげろ」

ポールはハレックに目をやった。ではハレックも、公爵のあごの端に怒りのしわが寄っていることに気づいているのだ。公爵が怒っているときは、だれもが足音を忍ばせて歩く。

下を見ながら機体をバンクさせ、大きく円を描いてソプターを旋回させていたレト公爵は、そろそろ直進に移ろうとしかけて、急に思いとどまった。砂上に新たな動きを認めたからである。蟲《ワーム》はすでに砂の深みへと潜っており、姿が見えない。だが、さっきまでクローラーがあった場所にほど近い砂の窪みから、ふたつの人影が現われ、北に向かって歩いていこうとしていた。まるで砂の表をすべってでもいるかのように、その行跡にはまったく砂ぼこりがたっていない。

「あそこにいるのはだれだ！」公爵が吠えた。

「ふたり──名を知らぬ者。請われて便乗させた。あるじどの」長身の砂働きが答えた。

「なぜだれもあのふたりのことをいわなかった？　なぜあそこに残してきた？」

「ふたり、自分で選んだ危険、あるじどの」

「マイ・ロード」カインズが口をはさんだ。「この者たち、蟲《ワーム》の統べる砂漠に取り残された者については、もはやなすすべがないことを知っているんです」

「あとで基地から救出機をよこす！」

「御意、マイ・ロード。しかし、救出機がここに到着したときには、もう救出する人間などいなくなっていますよ」

「いずれにしても、機はよこす」公爵は頑《かたくな》にいいはった。

「蟲《ワーム》が襲ってきたとき、あのふたりは現場の間近にいたのに――」ポールがいった。「――どうやって危険を逃れられたんだろう？」

カインズが説明した。

「現場に近いようでいて、距離があったのでしょう。砂漠では距離を見誤りやすいのでね」

「閣下、燃料の無駄になるのでは……」ハレックがあえて指摘した。

「わかった、ガーニー」

公爵は機首を〈防嵐壁〉へと向けた。上空を旋回待機していた直衛機隊が降下してきて、上と左右に占位した。

その間に、ポールは長身の砂働きとカインズがいったことばを考えた。感じとれたのは、なかば真実のことばと、純然たる虚偽だ。下にいたふたりは、たしかな足どりで、砂の上をすべるように歩いていた。あれは深みに潜った蟲《ワーム》を呼びもどさないように、しっかりと計算された歩きかただった。

（フレメンか！）ポールは気づいた。（ほかにあれほどたしかな足どりで砂表を歩ける者はいない。なにごともなかったかのように、平然とあそこを歩けていたのは——危険がないとわかっていたからじゃないのか？　あのふたりは砂漠で生きぬくすべを知っている！　蟲《ワーム》をだしぬくすべも知っている！）

「あのフレメンたち、クローラーの中でなにをしてたんだ？」ポールは問いかけた。

カインズがすばやくふりかえった。

長身の砂働きは目を見開き、ポールを凝視している——青の中の青の中の青い目で。

「この若いの、だれか？」やおら、砂働きがたずねた。

ハレックは男とポールのあいだに割って入った。

「この方はポール・アトレイデス——公爵のお世継ぎだ」

「なぜいう、フレメンがわれわれのドンガラにいたと？」長身の砂働きが問いを重ねた。

「フレメンの形容に一致するからさ」ポールは答えた。

「見た目だけでフレメンを識別できるはずがない！」カインズが鼻を鳴らしてそういうと、長身の砂働きに顔を向けた。「おまえ——あれは何者だった？」

「友だち、あの集団のひとつの」砂働きは答えた。「ただの友だち。香料の砂漠、見たいといってきた、ある村から」

カインズは前方に向きなおった。

「やはりフレメンか！」

この顚末でカインズが思いだしたのは、伝承にある語句だった。

〝リサーン・アル＝ガイブは、すべてのごまかしを見ぬく〟

「いまごろ、もう、死んでいる、思っていい、若いあるじ」砂働きがいった。「死者のこと、あまり語るものでない」

だが、ポールはその声に偽りを聞きとった。しかも声は、威嚇めいた響きも含んでいた。ハレックもそれを感じとったのだろう、本能的に、ポールを護る態勢をとった。

ポールはそっけない声で答えた。

「死ぬには恐ろしい場所だね、あそこは」

ふりかえることなく、カインズがいった。

「〝神は生きものを特定の場所にて死なせたまいぬ、そのゆえは神が生きものをその場所に導かんと思し召されたればなり〟」

レトがすばやく、カインズに険しい視線を向けた。

カインズは公爵の視線を受けとめ、つかのま、にらみかえしたものの、今回、この砂漠にきて見聞きした事実を思い返し、困惑をおぼえた。

（この公爵、香料よりも働き手のことを案じていた。みずからの命、さらには息子の命をも危険にさらしてまで、働き手を救った。しかも、香料採りのクローラーが一台失われるのを、あっさりと受けいれた。働き手に脅威がおよんだときには、本気で怒っていたな。この手の指導者は狂信的なまでの忠誠心を捧げられる。この手の人物を打ち負かすのはむずかしい）

そして、みずからの意志に反して、これまでの判断とも相いれぬことながら、カインズは認めざるをえなかった——。

（おれはこの公爵が好きだ）

偉業とは一過性の経験である。それはけっして永続するものではない。それは部分的に人類が神話を生みだす想像力に依存する。偉業を経験する個人は、自分が所属する神話を感じとらねばならない。人から自分に投影されるものをみずからに反映させねばならない。そして強い冷笑的要素を持ち合わせている必要性がある。冷笑的要素こそは、自己が持つおのれのイメージから自分を解き放つものだからだ。冷笑的要素はみずからの内で自在に動くことを可能にする。この性質なかりせば、偶発的な偉業でさえ、その人物を押しつぶしてしまうだろう。

――プリンセス・イルーラン
『ムアッディブ名言集』より

アラキーンにある領主公邸のダイニングホールでは、火点《とも》しごろを迎えて、浮揚ランプが光を放っていた。あちこちから投げかけられる黄色い光は、血のついた黒牛の角を照らすと同時に、その向かいの壁で鈍い光沢を放つ老公爵の、暗い油彩を照らしている。

　この一対の〝魔除け〟の下には、巨大な長テーブルが設置されており、真っ白なリネンのテーブルクロスがかけられていた。テーブルの周囲にならぶがっしりした木の椅子の前には、ぴかぴかに磨きあげられたアトレイデス家伝来の銀器が、整然と、正確無比にならべられて、食器のささやかな多島海を形作り、そばに置かれたクリスタルのグラスともども、燦然たる輝きを放っている。ただし、天井中央から吊りさげられた年代物のシャンデリアだけは光が点《とも》っておらず、吊りさげチェーンは天井の暗がりに消えている。人目につかないよう、その暗がりに設置してあるのは、毒物検知機だ。

　戸口で足をとめ、整然とならんだ食器を見わたしながら、公爵は天井ぎわの毒物検知機と、それが社交の場で持つ意味を考えた。

（すべてはパターンで決まる。それを検知機《おまえ》はわれわれの言語で語りなおす。不意をついて死をもたらすさまざまな方法を識別し、正確かつ繊細な判定をすることで。今夜、だれかがチャウマーキー――飲みものに入れる毒を試すだろうか。またはチャウマス――食べものに入れる毒を試すだろうか）

　かぶりをふった。

　長テーブルにならぶ各皿のそばには、水を満たした細口瓶も置いてある。公爵の推測では、このテーブルの上にある水だけでも、アラキスの貧しい家庭が消費する水の一年ぶん以上になるはずだった。

公爵が立つ戸口の左右には、装飾的な黄色と緑色のタイルを張られた、幅の広い洗面器がならんでいる。それぞれのラックにはタオルもかけてあった。侍女頭から説明された話では、これは当地の古い習慣であり、招かれてきた客は、儀式として洗面器に張られた水に両手をひたし、カップ数杯の水を床に撒いたのち、タオルで手を拭き、そのタオルを、水を撒いた床に投げ捨てるのだという。床にはだんだんと濡れたタオルがたまっていく。やがて晩餐がおわると、びしょびしょのタオルは容器に移され、玄関先に運びだされる。すると、物乞いたちが表に集まってきて、そのタオルから水を絞っていくのだそうだ。

(典型的なハルコンネン家のやりくちだな) と公爵は思った。(民草を堕落させるために、ありとあらゆる手を使う)

深呼吸をした。腹に怒りがたまっているのがわかった。

「こんな習慣はやめさせねば!」思わず、つぶやいていた。

戸口の向かいには厨房に通じる戸口がある。そこにひとり、使用人の女がいた。侍女頭に推薦された女——齢古《としふ》りてふしくれだった女のひとりだ。公爵は手をあげ、こちらにこいと合図した。女は戸口の影から進み出てくると、小走りにテーブルをまわりこみ、目の前までやってきた。皮革のような顔の肌と、青の中の青い目が特徴的だった。

「だんなさま、なんでございましょう」女は目を伏せ、頭を下げたままにしている。

公爵は壁ぎわを指さした。

「あの洗面器とタオル、すべて撤去してくれ」

「でも……高貴な生まれのお方……」女は顔をあげた。あんぐりと口をあけている。

「習慣だったのは知っておる！　この洗面器はみな玄関先に持っていけ。食事中であってもかまわん、物乞いがきたら、それぞれにカップ一杯の水をふるまうように。いいな？」

女の皮革のような顔が、複雑な感情によって歪んだ。狼狽、そして、怒り……。

唐突にレトは気づいた。この女、足で踏みにじられたタオルの水を絞って売る腹だったにちがいない。玄関先にきた物乞いに水を売りつけて、小銭数枚をふんだくるつもりだったのだろう。おそらくは、それもまた長年の習慣だったのだ。

顔を曇らせて、公爵はうなるようにいった。

「命令が確実に実行されるよう、玄関先には衛兵を立たせておくからな」

それだけいうと、くるりときびすを返し、大ホールに通じる廊下を大股に引き返しだした。さまざまな記憶が、歯のない老女のつぶやきのように心の中で渦巻いている。思いだすのは、カラダンの大海原と波の光景――砂ではなく草の海が広がる日々――まばゆい夏の陽射しだ。そんなさまざまな記憶が、暴風に舞う木の葉のように心を打ちすえていく。

すべては去った。

（わしも老いたものだ。死を意識して、その冷たい手を感じるようになるとは。きっかけはなんだった？　いましがた見た老女の貪欲さか？）

大ホールに入る。暖炉の前に立つ多彩な客の中心に、レディ・ジェシカが立っているのが見えた。暖炉ではぜて燃える薪が周囲にちらつくオレンジ色の光を投げかけ、客たちの宝石、レース、高価な生地などを赤く染めている。集団のなかには、カルタグからきた保水スーツ製造人、電子機器輸入業者、水の供給業者——この男は極冠の取水場付近にサマーハウスを持っているという——ギルド銀行の代表者（これは痩せぎすで超然とした雰囲気の男だ）、香料採取機器の交換部品のディーラー、それと、細面で険しい顔つきの女が混じっていた。女は表向き、惑星外からきた訪問者の同伴サービス業を営んでいることになっている。だが、裏では各種製品の密輸、諜報、恐喝などに手を染めているといううわさの人物だ。

大ホールに集う女の大半は、同じ鋳型にはめて造ったかのように、みんな似通っていた。同じように宝石で飾りたて、同じように着飾り、奇妙に近よりがたい雰囲気をただよわせた者ばかりだ。

宴の女主人という立場にいなくとも、この集団にいれば、ジェシカはひときわ自分の目を引いただろう、と公爵は思った。まず宝石をつけていない。それに、身につけている装いは暖色系で、長いドレスは暖炉で燃える炎にも似た色だし、赤褐色の髪をとめるヘアバンドもくすんだ茶色だ。

これは自分に対する軽いあてつけだな、と公爵は気がついた。このところ、ジェシカに対し、自分は冷たい態度をとっている。公爵があの色合いを——暖色系の取りあわせを——とくに好むことを、ジェシカはよく知っていた。それをこれ見よがしに着てきたからには、暗に不満を表明しているのだ。

ジェシカからさほど遠くないところには、客たちからすこし距離を置いた形で、ダンカン

・アイダホが立っていた。きらびやかな制服に身を包んだダンカンは無表情をたもち、その顔からは考えていることがまったく読めない。黒い巻毛には、ていねいに櫛を入れてある。ダンカンは一時的にフレメンのもとから呼びもどされ、ハワトの命令に従事していた。その命令とは、〝おそば近くで警護するという名目のもと、レディ・ジェシカの動向を注視しろ、つねに目を光らせておけ〟だ。

公爵は大ホール内を見まわした。

隅のほうにポールがいる。アラキスの富裕層の子弟たちがまわりを取り囲み、ごきげんをうかがっていた。子弟の集団の中に、館の衛兵が三名、そしらぬ顔でまぎれこんでいるのがわかった。子弟の集団のなかでも、公爵はとりわけ、若い娘たちの反応に注目した。公爵の世継ぎとして、娘たちをどうあしらっているのかに興味があったのだ。だが、ポールは終始、控えめで貴族的な態度で、分け隔てなく娘たちをあつかっていた。

（あのぶんだと、公爵位をついでもうまくやっていけそうだな）

そう思ってすぐに、公爵は慄然とした。これもまた、死を意識した考えであると気づいたからだ。

ポールは戸口に立つ父親に気づき、あえて視線をそらした。そらした目で室内を見まわし、あちこちに固まった客の集団と、各々の客が指輪をはめた手で飲みもののグラスを受けとる（と同時に、リモコン式の超小型検知機で目だたないように毒物をチェックする）ようすを観察する。雑談にふけるたくさんの顔を見ているうちに、ふと嫌悪感がこみあげてきた。客たちがつけているのは、下卑た考えに取り憑かれた安物の仮面でしかない。ぺちゃくちゃと交わす会話にしても、がらんどうの胸のうちを隠すたわごとだ。

(われながら、ささくれだった気分だな)とポールは思った。

ガーニーなら、こんな気分をどう形容するだろう。

自分の気分がささくれだっている理由は承知している。そもそも、こんな儀式になど出てきたくなかった。だが、父は頑として欠席をゆるさなかったのだ。

「おまえには収まるべき場所がある。維持するべき立場がある。そろそろ、こういうことに馴じんでいい齢だぞ。もうじき大人なのだからな」

見るとはなしに見ていると、父公爵は戸口から足を踏みだし、大ホールを見まわしてから、レディ・ジェシカを取りかこむ一団に近づいていった。

公爵がジェシカを取りまく一団に近づいたとき、水の供給業を営んでいる男が、ちょうどこんな質問を発したところだった。

「公爵さまが気象コントロール衛星を配置されるという話、ほんとうですか?」

男のうしろから、公爵はいった。

「まだそこまでは考えがおよんでおらんよ」

ふりかえった男の、あたりの柔らかそうな丸顔は、黒く日焼けしていた。

「おお、これはこれは、公爵さま。おでましをお待ち申しあげておりました」

レト公爵はジェシカに目をやって、

「すこしばかり、やっておくことがあってな」といった。それから、水の供給業者に注意をもどし、洗面器について講じてきた措置を説明してから、こうつけ加えた。「わしが領主となったからには、今後いっさい、ああいう旧来の習慣は認めん」

「それはその、公爵令、ということでございますか、わが君《ム・ロード》？」

「どう思うかは、貴兄の……そうだな……良心にまかせよう」

公爵はそういって、視線をよそに向け――グループに近づいてくるカインズに気がついた。

女性客のひとりがいいかけた。

「ずいぶんと気前がよろしくていらっしゃるのね、水を大盤振るまいなさるなんて、あんな物乞いごときに――」

だれかが女性客を黙らせた。

きょうの惑星学者は、古式にのっとり、帝国の官吏であることを示す肩章つきの、ダークブラウンの制服を着用して、襟には小さな涙滴型の身分章をつけていた。

例の水業者が、怒気を含んだ声で公爵に問いかけた。

「公爵さまは、わたしどもの習慣に批判的であられるのですか？」

「あの習慣は廃止だ。新たな習慣を作る」

レト公爵はそういって、カインズにうなずきかけた。だが、そのとき、ジェシカが渋面を浮かべているのに気がついた。

（渋面はジェシカに似つかわしくないな。もっとも、われわれのあいだに軋轢があるというわさが、これでいっそう広まることになるわけだが）

「公爵さまのご許可をいただけますならば」水業者がいった。「その新たな習慣について、もうすこしくわしくおうかがいしたくぞんじます」

男の声に、急にねちこい響きが宿った。グループの者たちはみな黙りこみ、レトの答えを待ち受けている。大ホールじゅうのあちこちで、いくつもの頭が公爵にふりむけられるのが見えた。

「――そろそろ晩餐の時間ではありませんか？」ジェシカが水を向けた。

「しかし、われらが客人は、ききたいことがあるそうだ」

レトは水業者を見すえ、その丸い顔、大きな目、部厚い唇から、ハワトの覚え書にあった記述を思いだした。

〝……水の供給業者には注意が必要です。リンガー・ビュート――この名前を憶えておいてください。ハルコンネンもこの男を利用しておりましたが、完全に御しきれてはおりませんでした〟

「水にかかわる習慣というのは、なかなかに興味深いものでしてな」そういったビュートの顔には、にやにや笑いが浮かんでいた。「このお館に付属する温室をどうなさるおつもりか、興味津々で見まもっているところで。今後も人民の面前であれを誇示されるおつもりですか、ム・ロード?」

レトは怒りを抑え、男を見すえた。さまざまな考えが心をよぎっていく。公爵の、いわば居城に招かれていながら、こんなふうに挑戦してくるとは、なかなかの度胸といっていい。忠誠の誓約書にサインをすませたあととあっては、なおさらだ。いっぽうで、この挑戦的なふるまいは、当人が権力を自覚していることのあかしでもある。この地において、じっさい、水は権力なのである。水の供給施設に爆破装置を仕掛けておけば、合図ひとつで、いつでも破壊できるし……この男はそこまでやりかねないように見える。水の施設を破壊することは、アラキスを滅ぼすことに等しい。それはこのビュートにとって、ハルコンネンの頭上にふりかざす棍棒になりえただろう。

「——わがあるじである公爵さまとわたしには、あの温室について、いろいろ考えがあるのです」ジェシカが口をはさみ、レトにほほえみかけた。「もちろん、あれは今後も維持するつもりでいますけれど、それはアラキス人民の信頼を得んがため。いつの日か、アラキスの気候を著しく変化させて、あのような植物を屋外のどこででも育てられるようにするのが、わたしたちの夢なのですよ」

(さすがだ! われらが水業者どのには、このことばの含意を噛みしめてもらうとしよう)

レト公爵はそう思い、口に出してはこういった。

「水と気象コントロールに対する貴兄の関心はよくわかった。そんな貴兄に対して、経営の多角化を助言しておこう。いつの日か、このアラキスにおいて、水は貴重品ではなくなるのだからな」

（ハワトに命じて、この男の組織に対する浸透工作を急がせよう。それに、至急、水の供給施設の整備にも着手せねば。何ぴとたりとも、わが頭上に棍棒をふりあげはさせぬぞ！）

ビュートはうなずき、依然として顔に笑みをへばりつかせたまま、いった。

「それはまた、ごたいそうな夢でございますな、ム・ロード」

そういって、ビュートは一歩、あとずさった。

ここでレトは、カインズの顔に浮かんだ意外な表情に注意を引かれた。カインズはじっとジェシカを見つめている。その顔つきは、前に見たときのそれとはちがって見えた。まるで恋する男のような……あるいは、宗教的法悦にひたっている男のような……独特のうっとりした表情を浮かべていたのだ。

じつはこのとき、カインズの思考は、ついに成就した予言のことばに圧倒されていた。

〝しかして、その者ども、汝のかけがえなき夢をば分かちあわん〟

カインズはジェシカにたずねた。

「あなたさまは——〝〈道〉の短縮〟をこの地にもたらすために来臨されたのですか？」

「おお、これはカインズ博士」水業者がいった。「ようやくの参上か。日ごろはフレメンをぞろぞろ引き連れて砂漠の巡回、ごくろうさまなことだな。なんとも奇特なことで」

カインズは考えの読めない視線をビュートに投げかけ、こういった。

「砂漠ではこういわれている——たっぷりの水を持つ者は、致命的な不注意を犯しかねぬ、とな」

「砂漠はなにかと奇妙なことわざだらけだわい」

ビュートは切り返したが、その声には不安がにじんでいた。

ジェシカはレトのそばまで歩いていき、その腕に手をかけた。一瞬でいい。拠りどころがあれば、心の動揺を鎮められるからだ。いま、カインズはいった――〝〈道〉の短縮〟と。古い言語でいいかえれば、それは〈クウィサッツ・ハデラック〉のことを指す。もっとも、惑星学者の奇妙な問いは、ほかの招待客たちには真意を気づかれなかったらしい。そして、当のカインズはいま、どこかの人妻のひとりに身をかがめ、小声でささやかれる艶言《えんげん》に耳をかたむけている。

ジェシカは思った。

（〈クウィサッツ・ハデラック〉――われらが保護伝道団《ミッショナーリア・プロテークティウァ》は、ここにもあの伝説を根づかせたのだろうか）そう思うにつけ、ポールに対してひそかにいだいた希望は、いやがおうにも高まった。（やはり、あの子が〈クウィサッツ・ハデラック〉なのかもしれない。その可能性はあるわ）

おりしも、ギルド銀行の代表が水業者と話をはじめた。ふたたび大ホールを満たしていたおおぜいの会話のなかで、ビュートの声はひときわ高く響いた。

「まったく、アラキスを変えようとするやからが多くてかなわん」

あてつけがましい業者のことばに、カインズはむっとしたらしい。公爵の見ている前で、惑星学者はすっと背筋を伸ばし、人妻のささやきから離れた。

急にシーンと静まりかえった大ホールの中で、召使いのお仕着せを着た館の衛兵がレトのうしろで咳ばらいをし、報告した。

「晩餐の準備ができましてございます」

公爵はジェシカに物問いたげな視線を向けた。

「当地の習慣では、招待した主人と女主人が招待客のあとから席につくもの」そういって、ジェシカはほほえんだ。「このさい、その習慣も変えてみませんこと？」

レトは冷たい声で応じた。

「いや、それはよい習慣に思える。当面はつづけるとしよう」

（わしがジェシカの裏切りを疑っている——そうしたイメージを維持せねばならん）公爵は目の前を通りすぎてゆく客人たちを眺めた。（おまえたちのなかに、この演技を信じる者はどれだけいる？）

ジェシカはレト公爵のよそよそしさを感じとり、この一週間、たびたびいだいてきたのと同じ思いをまたしてもいだいた。

（まるで自分自身と葛藤しているよう。わたしがこの晩餐会を設定した時期が早すぎたせいかしら。でも、当家の士官やスタッフを地元社交界の名士たちと交流させるのは大切なこと。それはこの人にもわかっているはずよ。わたしたちは当地の人間すべてにとって父親であり、母親なのだから。こうした社交上の交流以上に、彼我の関係を強く印象づけるものはないわ。

それは否定しようのない事実）

いっぽうレト公爵は、通りすぎてゆく客人たちを眺めながら、この晩餐会を開くといったときの、スフィル・ハワトの拒絶反応を思いだしていた。

〝閣下！　断じてなりません！〟、だ。

陰鬱な笑みが公爵の口もとに浮かんだ。ハワトの頑強な抵抗ぶりには、ほとほとまいる。公爵がどうあっても晩餐会を開き、出席するつもりだと知って、ハワトはかぶりをふりふり、こういったものだった。

〝いやな予感がしてなりません。現状、アラキスのものごとの動きは、あまりにも急すぎる。これはハルコンネンのやりくちらしくない。まったくハルコンネンらしくありません〟

若い娘をエスコートして、ポールが公爵の目の前を通りすぎた。ポールよりも頭半分ほど背の高い娘だった。ポールは父親にげんなりした視線を投げかけてから、若い娘が口にしたなにごとかにうなずいてみせた。

「あの娘の父親、保水スーツ製造業者です」ジェシカが説明した。「なんでも、その業者の造ったスーツを着て砂漠の奥地に出かけるのは、愚か者だけだとか」

「ポールの前を歩いていく男――顔に傷のあるあの男――あれはだれだ？」公爵はたずねた。

「招待者リストの写真で見た憶えはないぞ」

「ぎりぎりのタイミングで、招待者リストに加わった人物ですので」ジェシカは声を低めた。

「ガーニーが手配しました。密輸業者です」

「ガーニーが？」

「はい、わたしの要請で。ハワトによる身元確認もすんでいます。もっともハワトは、少々難色を示したようですけれど。名前はトゥエク、エスマー・トゥエク。密輸業者のなかでも大物です。この地でトゥエクを知らない者はおりません。そして、たくさんの領家《りょうけ》で晩餐に招かれています」

「なぜそんな者が、ここに？」

「招かれた客はだれしも、その疑問をいだくことでしょう。トゥエクはそこにいるだけで、疑念と疑惑を呼び起こす人物です。であると同時に、公爵さまが不正の一掃令を推し進める姿勢の象徴ともなります。密輸業者の顔役からも圧力を加えるぞ、という意思表示になるのですから。ハワトもその点には好感を持っているようでした」

「わしとしては、好感は持てんな」公爵はそういいながら、目の前を通りすぎるカップルに会釈してみせた。大ホールにはもう、数人の招待客しか残っていない。「ところで——なぜフレメンを何人か招《よ》ばなかった？」

「カインズがいますもの」

「ああ、カインズはきていたな。ほかにちょっとしたサプライズはないのか？」

公爵はジェシカをうながして、ダイニングルームへ移動する列の最後尾についた。

「ほかはみんな、ごくありきたりの顔ぶればかりですわ」

そう答えてすぐに、ジェシカは思った。

(愛しいあなた――あなたには、あの密輸業者が高速の宇宙船を何隻も駆使していることがわからないの？　あの男には買収がきくことに思いいたらないの？　わたしたちは脱出路を確保しておかねばならないのよ。万策つきたとき、アラキスから脱出するための裏口を確保しておかねばならないのよ)

ダイニングホールの中に入ると、ジェシカは公爵の腕を離れ、公爵が引いてくれた椅子に腰をおろした。ついで公爵は、長テーブルの反対側にある主人席へ歩いていった。召使いのひとりが公爵のために椅子を引く。だが、招待客たちが衣ずれの音をたて、椅子の脚を引く音を響かせて席についたあとも、公爵はひとり、主人席に立ちつくしていた。おもむろに、手で合図を出す。召使いのお仕着せを身につけ、テーブルの周囲に立っていた衛兵たちが、いっせいにあとずさり、一糸乱れず、直立不動の姿勢をとった。

気まずい沈黙がダイニングホールに降りた。

長テーブルの反対端からようすを見まもっていたジェシカは、公爵の口のはたがわずかにひくついていることに気づいた。さらに、頬がうっすら赤く怒りに染まっていることにもだ。

(なにを怒っているのかしら。わたしが密輸業者を招いたからでないのはたしかね)

「何人かの者が問う。なぜ洗面器の習慣を変えるのかと」レトは切りだした。「この習慣を変えることは、これから数々の変革がなされることの、わしなりの宣言にほかならぬ」

当惑ぎみの静寂がテーブルにたれこめた。

(みんな、レトが酔っていると思っているんだわ)とジェシカは思った。

公爵は水の細口瓶を手にとると、高々とかかげてみせた。浮揚ランプの放つ光を浴びて、瓶は周囲に燦然と光を反射した。

「それでは――帝国の貴紳として、乾杯の音頭をとる」

招待客たちは公爵に目をすえたまま、各自の細口瓶を手にとった。ホールがしんと静まりかえるなか、厨房につづく給仕用通路からの気まぐれな風を受けて、浮揚ランプのひとつがわずかに揺れた。その動きによって、公爵の鷹のような顔だちに落ちる影が微妙に躍った。

公爵が大声で叫んだ。

「われここに在《あ》り、以後もわれ、ここに在《あ》らん」

一同、細口瓶を口に運ぼうとしたが――そこでみな、動きをとめた。細口瓶を持つ公爵の手が、なおもかかげられたままであることに気づいたからだ。

「これより、人口に膾炙《かいしゃ》する格言のひとつをもて、わが乾杯のことばとする。すなわち――〝事業は進歩を生む！　資産のあまねく行きわたるべし！〟」

公爵はぐびりと水を飲んだ。

客たちもそれにならった。だが、客同士のあいだでは物問いたげな視線が交わされていた。

「ガーニー！」公爵が呼ばわった。

「これに、わが君」

公爵の後方にある小部屋から、ハレックの声が答えた。

「一曲、歌え」

九弦楽器《バリセット》から短調のコードが流れだし、小部屋からホールにただよいだすなかで、公爵の合図を受け、召使いたちが長テーブルに料理の皿をならべはじめた。砂漠ウサギのロースト・セペダソース添え、アプロマージュのシリウス風、ガラスドーム《クロシュ》をかぶせたチャッカ料理、メランジ入りコーヒー（香料の放つ馥郁《ふくいく》たるシナモンの香りがテーブル全体にただよった）。まがいものではないガチョウのパテは、カラダン産スパークリングワインを添えて供された。

だが、公爵は依然として、その場に立ったままだった。

客たちは待った。その注意は、目の前にならんだ料理と立ったままの公爵とのあいだで、股裂き状態になっている。

レト公爵はいった。

「そのむかし、みずからの才能で来客を楽しませることは、招待主の務めであった」公爵の手の関節は白くなっていた。水の細口瓶を強く握りしめているためだ。「わしは歌が歌えぬ。ゆえに、かわりとしてガーニーの歌を披露する。これを第二の乾杯と考えていただいてよい。この地、この立場へわれらを導くために命を落とした、すべての者に捧げる乾杯だ」

テーブルのまわりじゅうで、客たちが居心地悪そうに、もぞもぞと身じろぎする音がした。

ジェシカは視線を落としつつ、付近にすわる来客のようすをうかがった。丸顔の水業者と細君がいる。青白く陰気なギルド銀行代表がいる（公爵にひたと視線を注ぐその顔は、頬のこけたカカシのようだ）。見るからにむさ苦しい、顔に傷のある密輸業者、トゥエクもいる。青に包まれた青の目はテーブルに向けられていた。

「顧みよ、友よ——はるけき過去のもののふを顧みよ」公爵は詠誦するような口調でいった。「苦痛と金銭の重みを背負う定めの、すべての者を顧みよ。その者らの魂は、われらが銀の襟をつけるであろう。顧みよ、友よ——はるけき過去のもののふを顧みよ。ひとりひとりは時の一点にして、偽りも不実も知らぬ。その者らとともに、富の誘惑はついえる。顧みよ、友よ——遠き過去のもののふを顧みよ。われらの時が苦笑のうちに尽きゆくとき、われらが富の誘惑はついえるであろう」

最後の語句は絶え入るように消えた。いうべきことが尽きてしまうと、公爵はごくごくと水を飲み、たたきつけるようにして、どん！　と細口瓶をテーブル上に置いた。瓶の口から水がはね、白いリネンを濡らした。

客たちはとまどい顔のまま、無言で水を飲んだ。

ここでふたたび、公爵は細口瓶を取りあげたが、今回は水を飲むのではなく、残っていた半分を床にぶちまけた。テーブルにつく面々も同じようにせねばならない——それを承知のうえでのふるまいだった。

最初にそれにならったのはジェシカだった。

凍りついたような一瞬を経て、ほかの者たちも水を捨てはじめた。ジェシカは父親の席のそば近くにすわるポールに目を向けた。ポールもまわりの者の反応を観察しているようだ。ジェシカ自身、招待客たちの反応からうかがえる本音、とくに女性たちの本音を、興味深く観察した。これは清浄な飲料水だ。タオルに吸わせる水を床に捨てるのとはわけがちがう。

水を捨てたくないという気持ちが、さまざまな反応に表われていた。震える手、ぐずぐずと捨てきれずにいる者のとまどい顔、神経質な笑い声……そして、したがわざるをえないことへの憤りをこめた、荒々しい動作。ある女性は細口瓶を取り落としてしまい、同伴の男性がそれを拾うあいだ、そっぽを向いていた。

しかし、ひときわジェシカの注意を引いたのは、カインズだった。惑星学者はすこしだけためらったのち、瓶の水を上着の下の容器の中にあけたのだ。そして、見られていることに気づくと、ジェシカにほほえみかけ、からになった瓶を無言で宙にかかげてみせた。自分のふるまいに、これっぱかりもうしろめたさを感じてはいないようだった。

ハレックの音楽はなおも室内にただよっていたが、来客の気分を引きたてようとするかのように、いつしか長調に切り替わっていた。

「では、晩餐をはじめるとしよう」公爵がいって、椅子に腰をおろした。

ジェシカは思った。

（怒っているし、不安に駆られてもいる。あの工場型クローラーを失ったのが、必要以上にこたえているようね。物的損失以上に、心にダメージをもたらしたんだわ。まるで絶望的な状況に置かれた人間のようにふるまっているもの）ジェシカはフォークを手にした。ふいに浮かんできた辛辣な思いを、この動作で隠せていればいいがと思いながら。（むりもない。じっさい、絶望的な状況に置かれているのだから）

はじめのうちはひっそりと、しだいに活気を呈しながら、晩餐はつづいた。保水スーツの製造業者はシェフの腕前とワインの上等さをほめたたえ、ジェシカのごきげんをうかがった。

「シェフはカラダン出身で、ワインもカラダン産ですの」とジェシカは答えた。

「すばらしい！」業者は感嘆の声を発し、チャッカ料理を味わった。「これもすばらしいの一語につきる！　料理にはメランジのメの字すら使われていない。なんでもかんでも香料を混ぜるのには、みんなあきあきしているのですよ」

ギルド銀行の代表が、テーブルの向かいにすわるカインズに顔を向けた。

「わたしの理解しているところでは、カインズ博士、またも一台、工場型クローラーが蟲《ワーム》に襲われて失われたそうですな」

「もう知れわたっているのか？」公爵がいった。

「それでは、事実なのですね？」銀行家は公爵に顔を向けた。

「そのとおり、事実だ！」公爵は声を荒《あら》らげた。「ろくでもない翼葉機《よくようき》は、どこかへ消えてしまった。あれほど大きなものが消えてしまうなど、あるはずがないのに！」

カインズが説明した。

「蟲《ワーム》が襲ってきたとき、クローラーを回収する手だてはまったくなかったんだ」

「あるはずがない！」公爵がくりかえした。

「翼葉機が去るところは、だれも見ていないのですか？」銀行家がたずねた。

「警戒機はふつう、砂表《ワームサイン》ばかり見ているからな」カインズがいった。「警戒機がおもに目を光らせているのは、蟲《ワーム》跡《サイン》だ。翼葉機の搭乗員は、ふつうは四名――パイロットが二名に、熟練の連結員が二名だ。そのうちのひとり——あるいはふたりでも——公爵の敵からカネをつかまされていたら——」

「ふうむ、なるほど」銀行家がいった。「では、移封監察官であるあなたは、この件を糾弾なさるのかな？」

「まず、自分の置かれた立場をじっくりと考えてみないとな。そしてこれは、断じて晩餐の席で話すような内容じゃない」

そう答えてから、カインズは心の中で思った。

（この青白い白骨野郎！　この手の違反行為には目をつぶれ——おれがそう指示されていることを承知のうえできいてやがるな）

銀行家はほほえみ、視線を料理にもどした。

ジェシカはすわったまま、ベネ・ゲセリットの学院時代に受けた講義を思いだしていた。講義のテーマは諜報と防諜だ。講師はぽっちゃりとして幸福そうな顔の教母だったが、その陽気な口調は、語られる内容とは異様なほどの対比をなしていた。

〝諜報活動、または防諜活動の教育機関について注目すべきことのひとつは、そこで教育を受けた者全員に共通する、基本的な反応パターンがあるということです。閉じられた機関でたたきこまれた規律は、その者に固有の特徴、固有のパターンを刻みます。このパターンは、分析や予言で見ぬきやすいものなの。

そのいっぽうで、動機づけによるパターンも、諜報活動に携わるすべてのエージェントに同じような特徴を与えます。要するに、教育を受けた機関がどこであろうと、受ける目的がどれだけ異なっていようと、同系統の動機は固有の特徴をもたらすということね。ですから、分析を行なうにあたっては、まず固有の特徴を切り分けるように心がけなさい。分析対象が訊問者の場合には、まず訊問のパターンを分析すること。そうすれば、訊問者がなにを探りだそうとしているかが読みとれるようになります。それと、分析対象者の言語＝思考徴候をじっくり観察することですよ。そうすれば、当然だけれど、声の調子や話しぶりのパターンから対象者の母語を特定することくらい、たやすくできるようになります〟

いま、息子や愛する公爵、招待客たちとともに、こうしてテーブルにつき、ギルド銀行の代表が話す口調を聞いているうちに、ジェシカはある事実に気づき、慄然とした。この男はハルコンネンのエージェントだ。そう断言していい。ジエディ・プライムの話法パターンが見られるからである。巧妙に隠してはいるが、ジェシカの訓練された知覚力をもってすれば、この男が口をきくだけで、みずから正体を白状したも同然だった。

（これはつまり、ギルドそのものが、反アトレイデス陣営についたということなのかしら）

そう思うと、大きなショックをおぼえた。動揺を隠すため、別の料理に手を伸ばす。そのあいだにも、銀行家のことばに耳をすました。目的が聞きとれるのを期待してのことだった。

（つぎはいったん、他愛もない会話に移るでしょうね。でも、底流にはつねに悪意が流れている。それがこの人物の固有パターン）

銀行家は料理を食し、ワインを飲み、右にすわった女性客からなにかをいわれて、微笑を浮かべた。ついで、テーブルの上座側にすわる男性客が公爵に語る内容に耳をかたむけた。男はアラキス原生の植物にはトゲがないという話をしていた。

「アラキスで鳥が飛ぶのを見るのは、とても楽しいものです」おもむろに、銀行家はいった。これはジェシカに向けられたことばだった。「むろん、アラキスにいるのは腐食鳥ばかりで、多くは水なしでも生存できます。水のかわりに血を飲むのですよ」

それを聞いた保水スーツ製造業者の娘が――すわっているのは上座側の、ポールと公爵のあいだの席だ――愛らしい顔を歪ませ、銀行家にこういった。

「まあ、スー＝スー、どうしてそんなに不愉快な話題を持ちだすの」

銀行家はほほえんだ。

「わたしはみなからスー＝スーと呼ばれているんですよ。水行商組合の財務顧問なもので」無言で見つめるジェシカの前で、銀行家は語をついだ。「そして、水行商人の呼び売り声はこうなのです――〝スー＝スー・スーク！〟」

銀行家の口まねが本物そっくりだったので、テーブルのまわりで笑いが沸き起こった。たんなる物まね自慢のようにも聞こえるが、娘が銀行家の合図を受けて発言したことは、ジェシカには一目瞭然だった。ふたりはしめしあわせていたのだ。娘の苦情めいたことばをきっかけに、銀行家が口まねし、笑いを誘う。それがいまのやりとりの本質だ。ジェシカはリンガー・ビュートに目を向けた。水業者は険しい顔になって、黙々と料理を食べている。それを見て、要するに、銀行家はこういう主旨のことをいったのだ、とジェシカは判断した。

〝わたしもまたコントロールしているのですよ、アラキス究極の権力の源をね――すなわち、水をです〞

ポールのほうも、招待客たちが交わす会話のうさんくささに気づいており、母親がベネ・ゲセリットならではの集中力で会話に聞き耳を立てていることを把握していた。衝動的に、茶々を入れて会話をひっかきまわしてやりたくなり、ポールは銀行家にこう話しかけた。

「ここの鳥というのは、みんな共食いをするんですか？」

「これは異なことをおっしゃる」銀行家は答えた。「わたしはただ、ここの鳥は血を飲むといっただけですよ。同種の血を飲むなどとはひとこともいっておりませんが？」

「べつに、異なことでもなんでもないでしょう」

ジェシカはポールの声に、未熟ながら、自分が仕込んだ切り返しの技法を聞きとった。

ポールは語をついだ。

「教育を受けた人間であれば、たいていは知っているはずですよ――若い生物個体にとって、潜在的にもっとも危険な競争相手は、同族の個体であることを」ポールはわざと隣席の皿にフォークを伸ばし、料理のひときれを突き刺すと、さっと口に運んだ。「同族の個体同士は、同じ皿からものを食う。必要とする基本的な栄養分が同じだからです」

銀行家は身をこわばらせ、眉根を寄せて公爵を見た。

「わが世継ぎを子供と見誤る愚は犯さぬことだ」公爵はそういって、にやりと笑った。

ジェシカはテーブルに居ならぶ面々のようすをうかがった。ビュートは小気味よさそうに笑みを浮かべている。カインズと密輸業者のトゥエクはにやにや笑っていた。

「いまのは生態学の決まりごとでね」カインズが口をはさんだ。「われらが若きあるじは、非常によく理解しておられる。生物個体間の闘争は、ひとつの系における自由エネルギーを求めての闘争にほかならない。血というのは、もっとも効率のよいエネルギー源なのさ」

銀行家はフォークを置き、怒気をはらんだ声でいった。

「そういえば、フレメンのクズどもは、同族の死体の血を飲むそうじゃないか」

カインズはかぶりをふり、講義するような口調でいった。

「血ではない。しかし、一個の人体が含む水は、最終的に、所属する集団に——その部族に属する。大岩床付近に住む者にとっては、これは必要欠くべからざる処置だ。あの近辺では、水が貴重このうえない。そして人体というものは、体重の七〇パーセントほどが水でできている。死んだ人間がもうその水を必要としないことは明白だろう」

銀行家はテーブルの上に、皿をはさむ形で両手をついた。ジェシカはてっきり、銀行家が席を蹴って立ちあがるものと思った。

そんなジェシカに、カインズは目を向けた。

「失礼しました、マイ・レディ、晩餐の席でこのように不快な話題を持ちだしてしまって、申しわけない。しかし、事実と異なることを語られた以上は、それを正しておくのが筋かと思いましてね」

銀行家はいらだった口調になった。

「フレメンと長らく過ごしすぎたせいか、きみは如才のなさというものをすっかりなくしてしまったようだな」

カインズは冷静な面持ちで銀行家を見つめ、わななく青白い顔をじっと見つめた。

「……それはつまり、このわたしに決闘を申しこむということかな、銀行家どの？」

銀行家はぴたりと凍りついた。ごくりとつばを呑む。それから、こわばった口調で、

「もちろん、そんなことはしないとも。それでは招いてくださった公爵さまとレディを侮辱することになる」

ジェシカは銀行家の声に——顔に——息づかいに——こめかみに浮きあがった血管に——恐怖を感じとった。この男、カインズを恐れている！

「公爵さまもレディも、ご自分が侮辱されたのかどうかくらいは、余裕でおわかりになる」

とカインズはいった。「おふたりとも勇敢な方々であり、名誉を守ることの大切さを心得ておいでだからな。そもそも、おふたりがこの星に……いま、このアラキスにおられるという事実自体、おふたりの勇気を示す証拠ではないか。これはみなも同感だろう」

ジェシカの見るところ、レトはこのなりゆきを楽しんでいた。しかし、招待客の大半は、そうではなかった。一同、テーブルの下に手を隠し、いつでも逃げだせる態勢をとっている。ひときわ目だつ例外はふたりだけだ。ひとりは水業者のビュートで、満面の笑みを浮かべ、銀行家のうろたえぶりを露骨におもしろがっている。もうひとりは密輸業者のトゥエクで、こちらはカインズからの合図がありしだい、銀行家に飛びかかりそうなようすを見せていた。

明らかに身がまえている。ポールはといえば、賞賛の目でカインズを見ていた。

「返答はいかに？」カインズが静かにうながした。

「怒らせるつもりはなかった」銀行家はぼそりと答えた。「怒らせたのなら、謝罪を容れていただきたい」

「惜しみなく与えられたものは、惜しみなく受けいれよう」

カインズはそういって、ジェシカにほほえみかけ、なにごとも起こらなかったかのように食事を再開した。

ジェシカは密輸業者に目をやった。ついいましがたまで身がまえていたのがうそのように、こちらも肩の力を抜いている。この男はずっと、いざとなればカインズの助勢に入る姿勢をありありと見せていた。カインズとトゥエクのあいだにはなんらかの絆があるらしい。

レト自身は、フォークをもてあそびながら、新たな視点からカインズを見ていた。いまの顛末を見るに、この生態学者、いつのまにかアトレイデス家に対する態度を変えたらしい。砂漠への旅のあいだは、もっと冷たい態度をとっていたように思えたのに。

ジェシカはここで、つぎの皿と飲みものを出すよう合図した。召使いたちが新たな料理を運んできた。野ウサギ《ラング・ド・ラパン・ド・ガレンヌ》の舌だ。横には赤ワインのグラスと茸《キノコ》酵母のソースが添えてある。

食事をしながらの談笑が、ゆっくりともどってきた。しかし、ジェシカはそこに、少々の興奮と、ぎくしゃくとしたよそよそしさを感じとった。銀行家はむっつりした表情になり、沈黙をたもっている。

（決闘になっていたら、カインズはためらうことなく銀行家を殺していたでしょうね）

カインズの態度には、人を殺すことをなんとも思っていない剽悍さがあった。この人物は平然と人を殺す。それはフレメンの特質であるらしい。

ジェシカは左側にすわる保水スーツの製造業者に顔を向けた。

「それにしても、アラキスで水が大切なこととときたら、驚かされてばかりです」

「非常に大切ですな」保水スーツ業者はうなずいた。「ところで、この料理はなんです？ えらく旨いですが」

「野ウサギの舌と特製ソースです。とても古いレシピですのよ」

「そのレシピ、ぜひ教えていただきたいものです」

ジェシカはうなずいた。

「のちほどお渡しするよう、手配しておきましょう」

ここでカインズがジェシカに顔を向けた。

「アラキスにきたばかりのうちはですね、この地における水の重要性を過小評価される方が多いんですよ。つまり、あれです、最少量の法則です」

カインズの声には、この意味がわかりますかといいたげな響きがあったので、ジェシカは的確な答えを返した。

「植物の生長は、生長に必要な条件のうち、もっとも量のすくない成分によって規定されるというものですね。そして、当然、生長率を決定するのは、もっとも不利な生長条件」

「大領家の一員たる方が、惑星学上の問題を承知しておられるとは――じつにめずらしい」

そういって、カインズは先をつづけた。「アラキスにおいて、そのもっとも不利な生長条件――それが水なのです。そして、生長それ自体、不利な生長条件を作りだすことがある――よほど注意深くケアしてやらないかぎり。このことも、どうかお忘れになられぬよう」

カインズのことばにはなんらかのメッセージが秘められていた。ジェシカはそれを感じはしたものの、どういった内容かまでは把握することができなかったので、質問した。

「生長条件――それはアラキスに秩序だった水の循環系を確立できるという意味ですか？ より有利な条件のもとで、人間の生命を維持できるほどに？」

「無理だ！」いきなり、水供給業界の大物、ビュートが叫んだ。

ジェシカはビュートに注意をふりむけた。

「無理？」

「アラキスでは無理です。そこの夢想家の話になど、耳を貸されぬように。実験室の証拠はことごとく、その男の夢想を否定しておるのです」

カインズが鋭くビュートに目を向けた。ジェシカは気がついた――テーブルのあちこちで交わされていた会話がぴたりととまり、全員の目がこの新たな議論に注がれていることに。

「実験室の証拠というがね、それはわれわれの目から、ごく単純な事実をおおい隠すものにすぎない」カインズが反論した。「事実はこうだ――われわれがここであつかっているのは、自然界において――実験室の外で――発生し、存在する事物であって、その自然界における植物も動物も、この地でごくふつうに生存している」

「ふつうにだと！」ビュートは鼻を鳴らした。「アラキスにふつうのものなどないわ！」

「実態はその正反対だ。自立した系においては、この惑星でも一定の調和がもたらされうる。調和の実現に必要なのは、惑星の限界と、惑星にかかる負荷を理解することだ」

「そんなもの、実現できるもんか！」

やりとりを聞いていて、公爵はふと気がついた。カインズの態度が歴然と変わったのは、ジェシカが〝アラキス人民の信頼を得るため、この館の温室を維持する〟といったときからだ。


レト公爵はたずねた。

「自立した系を確立するには、どうすればいいのかね、カインズ博士？」

「アラキスに現存する葉緑素植物の三パーセント。その三パーセントを使って養分や食料にまわす炭素化合物を作らせることさえできれば、循環系をスタートさせられます」

「問題は水だけか？」

公爵はカインズの興奮を感じとり、自分もその興奮に引きずりこまれるのをおぼえた。

「水はほかの問題にもなにかと影を落としていましてね。この惑星は、大量の酸素を有しています。それなのに、かつてその酸素を作りだしたはずの基本要素が見当たらない。広大な植物生命の広がりもなければ、火山現象による噴出のような、酸素の元になる二酸化炭素を大量に放出する源もない。この星の地表のうち、かなりの領域では、常識では考えられない化学的な交換過程が起こっているんです」

「循環系成立に向けて、なんらかの腹案はあるのか？」公爵はたずねた。

「われわれは長い時間をかけて、タンスリー効果を成立させるべく、環境を築いてきました。未熟ながら、小型ユニットを用いた実験では有効な事実を見いだし、成果をあげられそうなところまでこぎつけています」

「水が足りんのだよ」ビュートがいった。「なにをするにも、充分な水がない」

「ビュート大人《たいじん》は、水の大家《たいか》であられますからな」

カインズはそういって、にやりと笑い、料理に注意をもどした。

公爵は右手を鋭く横にひと薙ぎし、一喝した。

「はぐらかすな！　わしがほしいのは問いの答えだ！　充分な水はあるのか？　どうなんだ、カインズ博士？」

カインズは皿に目を向けたまま、返事をしない。

ジェシカはその顔に、さまざまな感情がよぎるのを見た。

（巧妙に隠してはいるけれど……）

人となりの〝登録〟をすませ、ハイパー認識ができるようになったいまなら、カインズが自分のことばを悔やんでいるのがわかる。

「どうした、充分な水はあるのか！」公爵が語気を強めた。

「ある……かもしれません」カインズは答えた。

ジェシカは気がついた。

（不確定事項に見せかけようとしている！）

そのようすを観察していたポールも、母親を超える読真力により、カインズの心底に潜む本音を見ぬいた。湧きあがる興奮を顔に出さないようにするには、訓練で身につけた技倆のすべてを駆使しなければならなかった。

（充分な水があるんだ！　しかしカインズは、それを知られまいとしている）

「われらが惑星学者さまは、興味深い夢想をたくさんお持ちだからな」とビュートがいった。「フレメンについても夢みたいなことばかりのたまう。やれ予言がどうの、救世主がどうのと」

テーブルの何カ所かで、小さく笑い声があがった。ジェシカは笑った者たちを確認した。密輸業者、保水スーツ製造業者の娘、ダンカン・アイダホ、謎めいた同伴サービスの女――この四人だ。

（今夜は予想もつかない緊張状態がくりかえされてばかり。わたしの気づいていないことが、あまりにもたくさん起こっている。新しい情報源を開拓しなくてはいけないようね）

公爵はカインズからビュートへ、ついでジェシカへと視線を移した。なにか大切なものが手からするりとすりぬけていったかのように、奇妙に気落ちしたようすになっている。

「かもしれん、か」公爵がつぶやくようにいった。

カインズは急いでことばを添えた。

「この件につきましては、機会をあらためてお話しさせていただこうと思います。この場はあまりにも――」

そこまでいいかけたとき、惑星学者は口をつぐんだ。アトレイデス家の制服を着た兵員がひとり、給仕用の通路から小走りに入ってきて、警備の者に通行をゆるされ、公爵のそばに駆けよったからだ。衛兵は身をかがめ、公爵に耳打ちした。

帽子にハワト隊の徽章をつけた兵士は動揺を隠そうとしている。ジェシカはそれに気づき、保水スーツ業者の連れの女性に話しかけた。小柄で黒髪で、人形のような顔だちの、すこし蒙古ひだのある女性だった。

「食事にあまり手をつけていらっしゃらないのね。なにか別のものを用意させましょうか」

女性は保水スーツの業者をちらりと見てから、こう答えた。

「いえ、その、あまりおなかがすいておりませんので」

だしぬけに、公爵がすっくと立ちあがり、そばに兵員をしたがえたまま、鋭い命令口調で客たちにいった。

「一同、そのまま。すまぬが、わしはこれで失礼する。みずから立ちあわねばならぬ事態が出来《しゅつたい》したのでな」一歩、脇に寄った。「ポール、わしに代わって主人役を務めてくれんか」

ポールは立ちあがった。どんな急用ができたのか、ききたいところではあったが、ここは悠然とした態度で応じなければならない。すぐさまテーブルの角をまわりこみ、父親の席に移動して、腰をおろした。

公爵は奥の小部屋にふりかえり、そこにすわっているハレックに命じた。

「ガーニー、ポールの席についてくれ。空席を作るわけにはいかんからな。晩餐がすんだら、ポールを戦闘指揮所に連れていき、待機せよ。そこでわしの連絡を待て」

礼装の制服を身につけたハレックが、小部屋からすっと現われた。ああしてきらびやかな礼装を身につけていると、ずんぐりいかつい体格がずいぶん場ちがいに見える。ハレックは手に持ったバリセットを壁に立てかけ、テーブルまで歩いてきて、いましがたまでポールがすわっていた椅子に腰をおろした。

「ことさら警戒を要するほどのことではない」公爵はつづけた。「だが、館の警備の者らが安全を保証するまでは、だれも表へ出ぬように願いたい。公邸に残っているかぎり、危険はいっさいない。このささやかなトラブルには、じきに片がつく」

ポールは父親のことばの中に、メッセージとしていくつかの符丁が秘められていることに気づいた。警備の者——安全——危険はない——じきに。それでは、問題はセキュリティに関することなのだ。何者かの攻撃を受けたわけではない。見ると、母親もそのメッセージに気づいたようだった。ふたりとも、ひとまず肩の力をぬいた。

公爵は小さくうなずくと、さっと背を向け、兵員をしたがえて、大股に給仕用戸口の奥へ消えた。

ポールは一同に語りかけた。

「さあ、みなさん、どうぞ食事をつづけてください。カインズ博士は、水についての議論をなさっていたと思いますが……」

「その議論は、またの機会にさせていただけませんか？」

「いいですとも」

ジェシカは誇らしい思いで、息子の堂に入った主人役ぶりを見まもった。ポールの態度はそれほどおとなびていて、自信を感じさせるものだったのだ。

銀行家が水の瓶を手にとり、その口側でビュートを指し示した。

「この場にいる者で、リンガー・ビュート大人ほど表現力の豊かな方はおられん。大領家の地位も狙えるのではないかと思ってしまうほどだ。さあさあ、ビュート大人、ひとつ乾杯の音頭をとってはいただけませんか。成人男性としてあつかわれるべき少年に対して、英知のおこぼれを分けてさしあげなさい」

テーブルの下で、ジェシカはぐっと右手を握りしめた。その合図は、ハレックを経由してアイダホに伝わり、壁ぎわにならぶ衛兵たちが第一級の警戒態勢をとった。それを見届けて、ジェシカはようすを見まもった。

ビュートが険悪な眼差しで、銀行家をぎろりとにらんだ。

ポールはハレックを見やり、みずからも自衛する態勢をとりつつ、銀行家に目を向けた。そして、相手が水の瓶をおろすのを待ってから、こう切りだした。

「以前、カラダン時代に、溺死した漁師の死体が引きあげられるのを見たことがあるんです。その漁師は――」

「〝できし〟？」保水スーツ業者の娘がたずねた。

　ポールはすこしためらい、説明した。

「そうです。水に浸《つ》かりつづけて死ぬことです。これを溺死というんですよ」

「とても……興味深い死にかたですのね」娘は小声でいった。

　ポールはそっけない笑みを浮かべ、銀行家に注意をもどした。

「興味深いことに、溺死した男の両肩には傷がありました。それは別の漁師の鉤爪ブーツでつけられた傷でした。男は数人の仲間といっしょに釣り舟に乗っていたんですが——ああ、舟というのは、水に浮かべて水上をいく乗り物のことです——この舟は、水底に沈んでいたことがわかりました。そのさい、死体の回収を手伝った漁師が、自分もその死体の肩にあるのと似た傷を何度か見たことがある、というんです。舟が転覆して水中に投げだされた別の漁師が、助かろうとしてほかの漁師の肩に乗るために、そういう傷ができるんだそうですよ。人の肩に乗って、水面に顔を出そうとするんです——空気を吸おうとして」

「……それのどこが興味深いのですかな？」銀行家がたずねた。

「興味深いのは、そのとき、父がこんなことをいったからです。助かりたい一心で、溺れる者が仲間の肩に乗る。その気持ちはわからんでもない。だが、目の前でそのたぐいのことが起こるなら、話は別だ」いわんとすることが銀行家の胸に落ちるまで、ポールは間を置いた。

「あえてつけくわえるのなら、晩餐会のテーブルでそのたぐいのことが起こる場合もまた、話は別だということです」

痺れたような静寂がダイニングホールにたれこめた。

（向こう見ずなまねを……）とジェシカは思った。（この銀行家が、公爵の世継ぎに対して〝出ていけ〟と命じるだけの官位を持っていたらどうするの）

アイダホは即座に行動に出られる態勢をとっている。衛兵たちも警戒怠りない。ガーニー・ハレックはテーブルごしに、席につく面々を油断なく見まもっていた。

「だーっはっはっはっ！」

いきなり響いたのは、密輸業者トゥエクの笑い声だった。頭をのけぞらせ、豪快に笑っている。

テーブルのまわりの者たちが、それぞれに気まずそうな笑みを浮かべはじめた。

ビュートはにやにや笑っている。

銀行家は椅子を引き、ポールをにらみすえた。

カインズがいった。

「いやはや、アトレイデス家の方を相手にするときには、それなりの覚悟がいるようだな」

語気鋭く、銀行家が切り返した。

「招待した客を侮辱するのがアトレイデス家の習慣なのか？」

ポールが返事をするよりも早く、ジェシカは前に身を乗りだし、口をはさんだ。

「ギルド銀行の方！」

その先をつづける前に、つかのま、考える。

（この男はハルコンネンの手先。そのもくろみを見ぬかなくては。この男、ポールを試しているのかしら？　ここに仲間はきているの？）

「息子は一般論を述べただけですのに、それを指して、〝この胴着は自分用に仕立てられたものだ〟とおっしゃるの？　これはまた、不可解な反応をなさるものね」

いいながら、そろそろと手を片脚に這わせる。結晶質《クリス》ナイフは鞘に収めて、ふくらはぎに取りつけてある。

銀行家がきっとジェシカをにらんだ。ポールは自分から目が離れた瞬間をとらえ、そっと椅子を引いて、いつでも席を立てる態勢をとった。ジェシカの口にした符丁に反応したのだ。

〝胴着〟、すなわち、〝攻撃にそなえよ〟。

カインズがジェシカに考え深げな目を向け、手で控えめな合図をトゥエクに送った。

密輸業者がのそりと立ちあがり、水の瓶を手にとって、

「おれが乾杯の音頭をとってやろう」といった。「若きポール・アトレイデス——見た目はまだ若僧だが、ふるまいは大人の男に！」

（なぜこの者たちは介入するの？）ジェシカは自問した。

銀行家はまじまじとカインズを見つめた。ハルコンネンの手先の顔には、ふたたび恐怖がもどってきていた。

テーブルについた客たちが、それぞれにグラスをかかげだした。

（カインズが主導すれば、みんな、それにしたがうんだわ）とジェシカは思った。（いまの

顛末で、カインズは〝ポールの肩を持つ〟と宣言したも同然。だからみんな、したがった。でも、その権力の源泉はなに？　移封監察官だからであるはずはないわね。これは一時的な役職なんだもの。それに、帝国の官吏だからではないこともたしか）

　ジェシカはつかんでいたクリスナイフの柄《つか》を放し、カインズに向かって水の瓶をかかげてみせた。カインズもそれに応えた。

　瓶を手にしていないのは、もはやポールと銀行家しかいない。

（スー＝スー！　なんとばかげたニックネームかしら）

　銀行家は食いいるようにカインズを凝視している。ポールは皿に視線を落としたままだ。

　そのときポールが考えていることはこうだった。

（あのままでもうまくことを運べたはずだ。それなのに、どうしてカインズたちは介入してきたんだろう？）

　ポールはさりげなく、付近の男性客たちのようすをうかがった。〝攻撃にそなえよ〟？　だれからの？　銀行家自身からの攻撃でないことはたしかだ。

　ハレックが身じろぎをし、テーブルの向かい側にならぶ客たちの頭上に目を向け、だれにいうともなく、こういった。

「世の中、すぐにかっとするものではないですな。それはたびたび自殺行為となる」そこで、となりにすわる保水スーツ業者の娘に顔を向けて、「そうは思われませんか、ミス？」

「ええ、ええ。思います。思いますとも、もちろん。世の中は暴力的なことだらけ。気分が悪くなってしまいますわ。それに、かっとしてなどいないのに、それでも人々が死ぬことはありますでしょ？　もう、なにがなんだか」

「いやいや、まったくで」とハレックはいった。

娘の完璧に近い演技を見て、ジェシカは本質を見ぬいた。

(この頭がからっぽの娘は、けっして頭がからっぽの娘なんかではないわ)

そこに潜む脅威のパターンが見てとれた。それはハレックも感じとったようだった。この娘は銀行家とぐるであり、ポールを色香でたらしこむつもりだったと見ていい。ジェシカは安堵した。そのことに真っ先に気づいたのは、おそらくポールだ。受けてきた修業の成果で、明白な手がかりを見落とさなかったのである。

カインズが銀行家にうながした。

「さてさて、もういちど謝罪する準備はととのったかな？」

銀行家は引きつった笑みを浮かべ、ジェシカにいった。

「マイ・レディ——どうやら、こちらでいただいたワイン、酔いのまわりが早いようです。なかなか強いワインを供されるものだ。これほど強いワインには慣れておりません」

ジェシカはその口調に毒を感じとり、おだやかな声で応じた。

「異なる境遇の者同士が出会うとき、相互の習慣と訓練の差異に対しては、おおいに寛容であるべきと考えています」

「お気づかい、感謝します、マイ・レディ」

保水スーツ業者のとなりにすわっている黒髪の連れが、ジェシカのほうに身を乗りだした。

「公爵さまは、ここにいれば安全とおっしゃっていらっしゃいましたわね。外の戦いに巻きこまれる恐れはないという意味であればよろしいのですけれど」

（なるほど。こういう場面ではこう言え、と指示されていたのね）

心の中でそう思いつつ、ジェシカはいった。

「おそらく、たいしたご用ではないのでしょう。けれど、昨今は、公爵さまがみずから臨監なさらなくてはならないことがたくさんありますの。アトレイデスとハルコンネンの反目がつづくかぎり、いくら用心してもしすぎるということはありません。公爵さまは公式決戦《カンリー》を宣言なさいました。したがって、このアラキスには、ハルコンネンの手先を生かしたままで置いておく余地などいっさいありません――いうまでもないことでしょうが」

そこで、ギルド銀行の代表に目をやった。

「この点において、当然ながら、〈大協約〉は公爵さまを支持しています」ついで、視線をカインズに向けて、「そうではありませんか、カインズ博士？」

「まったくもって、おっしゃるとおりです」

保水スーツ製造業者が、連れをそっと引きもどした。連れは業者を見やり、いった。

「やはり、なにか食べなくてはね」それから、これはジェシカに向かって、「さっき出していただいた鳥料理、もういちどおねがいできますかしら？」

ジェシカは召使いに合図を出し、銀行家に向きなおった。

「さきほど、この惑星の鳥とその習性について話していらっしゃいましたわね。アラキスについては、ほんとうに興味深いことばかり。そういえば、香料はどこで見つかるのかしら？　香料ハンターの方たちは、砂漠の奥地にまで踏みこんでいかれますの？」

「ああ、いや、それはありません、マイ・レディ」銀行家は答えた。「砂漠の奥地のことは、まだなにもわかっておりませんのでね。南方領域についても、まったくわかっていないのが実情なのです」

すかさず、カインズが口をはさんだ。

「一説によると、南方領域には、香料の大供給源があるそうですよ。もっともわたしには、歌の文句として作られた架空のお話にしか思えませんが。とくに度胸のある香料ハンターのなかには、機会さえあれば、中央低緯度帯の縁まで入りこんでいく猛者もいます。しかし、あそこがまた、はなはだ危険なところでしてね。方位はすぐにわからなくなるし、嵐も頻発するし。じっさい、〈防嵐壁《ぼうらんへき》〉のふもとから離れるほど、死傷者の数は劇的に増えていく。あまり南へ深く入りこむのは割に合わないんですよ。おそらく、気象コントロール衛星さえあれば、事情はまた別に……」

これを聞いてビュートが顔をあげ、料理を口いっぱいにほおばったまま反論した。

「フレメンはずっと南方まで旅するというじゃないか。連中はどこにでもいく。低緯度地方までも。その目的は、滲出地《しんしゆつち》と吸い出し井戸を見つけることにある」

「滲出地と……吸い出し井戸？」ジェシカはおうむがえしにいった。

カインズが急いで否定した。

「根も葉もないうわさです、マイ・レディ。そういったものは、ほかの惑星でこそ知られていますが、アラキスではとんと耳にしません。滲出地というのは水が砂表に滲《し》みだしている一帯のことです。あるいは、水が砂表付近まできていて、一定の特徴を目印に掘ると、水が滲み出てくる地形のことです。吸い出し井戸のほうは、滲出地の一種で、そこにストローをつっこむと水が吸える……といわれています」

（このことばには虚偽が含まれているわね）とジェシカは思った。

（なぜうそをつくんだろう？）とポールも思った。

「とても興味深いお話ですわ」ジェシカは答え、ふたたび思った。

（〝といわれている〟……。この星の人たちは、そればかり。なんと独特の物言いをするのだろう。この物言いによって、迷信に対する依存ぶりをさらけだしているのがわからないのかしら？）

「そういえば、ここにはこんな格言があるそうですね」ポールがいった。「〝洗練は町から、英知は砂漠から〟」

「アラキスにはいろんな格言があるんですよ」カインズが答えた。

ジェシカが新たに質問をしようとしたとき、召使いのひとりが近づいてきて、身をかがめ、メッセージの紙を差しだした。開いてみると、公爵の手書きメモと符丁だった。ひととおり目を通してから、ジェシカはいった。

「報告いたします、みなさま、どうぞご安心を。公爵さまより、心配無用とのメッセージが届きました。公爵さまが立ちあわれる必要のあった事案は、ぶじ解決しました。行方不明になっていた翼葉機《よくようき》が発見されたのです。同機に乗りこんでいたハルコンネンの手先がほかのクルーを威《おど》して、機体を密輸業者の基地まで飛ばせたとのことです。どうやら、そこで売り飛ばすつもりだったようですね。その手先の身柄も機体も、当家の者が確保しました」

ジェシカはトゥエクにうなずきかけた。

トゥエクもうなずきかえした。

ジェシカはメモを折りたたみ、袖にしまいこんだ。

「ああ、荒事にいたらずによかった」銀行家がいった。「当地の住民はみな、アトレイデス家が平和と繁栄をもたらしてくださると期待しているのです」

「とくに、繁栄をな」ビュートがいった。

「そろそろデザートはいかがです？」ジェシカは水を向けた。「シェフにいって、カラダン独特のスイーツを用意させましたの。ポンジー米《ライス》のソース・ドルサがけです」

「おお、それもまた旨そうだ」保水スーツ業者がいった。「それのレシピも教えていただけますかな？」

「どのレシピでも、お望みのままに」

ジェシカは答え、この人物について、あとでハワトに耳打ちする旨、心に〝登録〟した。この保水スーツの製造業者は小心者であり、権力者の歓心を買うことに汲々《きゅうきゅう》としている。

買収がきくだろう。

周囲ではあたりさわりのない会話が再開された。

「まあ、これはすてきな生地ですこと……」

「あの方なら、この宝石に見あうお召物を一式……」

「つぎの四半期には、増産を試みねばなりませんな……」

そのあいだ、ジェシカは自分の皿に目を落としたまま、公爵のメモにあった符丁の意味を考えていた。

〝ハルコンネンの手先が惑星外から大量のレース銃《ガン》を持ちこもうとしていた。今回は現場を押さえたが、われわれの知らぬところで搬入されている可能性は否めない。これはやつらがシールド誘爆をも辞さない構えでいることを意味する。充分な予防措置を講ずるように〟

ジェシカはレースガンのことを考えた。あの破壊的な超高熱ビームは既知のどんな物体も焼き切ることができる——その物体がシールドされていないかぎり。だが、シールドされている側もけして無事ではすまない。ひとたびビームとシールドが触れれば、シールドからのフィードバックにより、レースガンもシールドも爆発してしまう。ハルコンネンはその点に躊躇しないのだろうか。だとしたら、それはなぜか？　レースガン＝シールド爆発は、設定しだいで威力に幅があり、危険きわまりない。核爆発よりも強力な爆発だって起こすことができるし、狙撃手とシールドで護られた標的のみを殺すこともできる。

相手の得体の知れない動きに、ジェシカの胸は不安であふれた。

そのとき、ポールがいった。

「翼葉機はきっと見つかると思っていました。ひとたび父が問題解決に動けば、かならずや解決してのけます。この事実を、そろそろハルコンネンも気づきはじめたころでしょう」

（自慢顔であんなことを……）とジェシカは思った。（あんなこと、いうべきではないのに。今夜、レースガン対策として、地表よりもずっと深い地下階層で眠ることになる人間には、なにかを自慢する権利などないのよ）

逃げ場はない――われわれは、祖先の働いた暴力の報いを受けるのだ。

――プリンセス・イルーラン

『ムアッディブ名言集』より

大ホールの騒ぎを聞きつけたジェシカは、ベッドサイドの灯りをつけた。時計はまだ現地時刻に合わせていないので、表示から二十一分を引かなくてはならない。とすると、いまは午前二時。

騒ぎは騒々しく、いっこうに収まる気配がなかった。

（ハルコンネンでも攻めてきたの？）

ベッドからすべり出て、家族全員の居場所を示すスクリーン・モニターをチェックした。ポールはいま、深い地下室で眠っていた。この地下室は、急遽、世継ぎの寝室用に改修したものだ。眠っているからには、この騒ぎは地下室まで届いていないのだろう。公爵の寝室に人影はなく、ベッドにも寝乱れたようすがない。ということは、ずっと戦闘指揮所にいるのだろうか。

公邸の前部には、まだカメラが設置されていない。

ジェシカは寝室の中央に立ち、耳をすました。

叫び声がひとつ。支離滅裂な声だ。だれかがドクター・ユエを呼ぶ声がした。ジェシカはローブを探りあて、肩にはおり、室内履きに足をつっかけて、ふくらはぎに結晶質《クリス》ナイフを結わえつけた。

ふたたびユエを呼ぶ声がした。

ジェシカはローブの前を閉じ、ひもでとめ、廊下に出た。慄然とした思いが宿ったのは、その瞬間だった。

(もしもレトが負傷して、かつぎこまれてきたのだとしたら?)

声のしたほうへ走りだす。この廊下は無限に延びているのだろうか、走っても走っても、声のもとにたどりつけない。ようやく廊下の突きあたりに達して、アーチ形の戸口をくぐり、ダイニングホールを走りぬけ、大ホールへ通じる廊下を駆けていく。大ホールでは、壁面の浮揚ランプがひとつ残らず、最大照度で煌々と灯されていた。

右手、正面玄関の付近に衛兵がふたりいて、左右からダンカン・アイダホを支えていた。アイダホは前にがっくりとこうべをたれている。ジェシカが大ホールに姿を見せたとたん、衛兵たちが気まずそうな顔になった。聞こえるのは、自分のあえぎ声だけだ。

衛兵のかたほうが、アイダホに向かってなじるようにいった。

「自分がなにをしたのかわかってるのか？　レディ・ジェシカを起こしてしまったんだぞ」

男たちの背後で、厚地の大カーテンが風にあおられ、その向こうの正面玄関が見えている。玄関の扉は開いたままだ。公爵の姿もユエの姿も見当たらない。男たちのそばには侍女頭のメイプスが立っており、冷たい目をアイダホに向けていた。メイプスが身につけているのは裾に螺旋状の刺繍が入った長い茶色のローブ、足に履いているのは、ひもをきちんと結んでいない砂漠用ブーツだ。

「へへえ、レディ・ジェシカを起こしちまったれふか」アイダホがつぶやいた。それから、天井をふりあおぎ、大声を発した。「ありゃーなあ、グラマンだったんだよ、はじめて剣に血ぃ吸わせたのはよぉ！」

（〈大いなる母〉《なんということ》！　泥酔している！）

浅黒くて丸いアイダホの顔が渋面を作った。黒ヤギの体毛のようなくせっ毛は土をかぶり、額にへばりついている。上着はぎざぎざの長い裂け目ができており、そこから晩餐会で着ていたドレスシャツが覗いていた。

ジェシカは大ホールを横切って、アイダホのもとへ歩いていった。

衛兵のかたほうが、アイダホから手を放すことなくジェシカに会釈し、報告した。

「どうしたものか、対処に窮してしまいまして。玄関先で騒いで、屋内に入ってこようとはしなかったのです。放置すれば、地元民がなにごとかとようすを見にくる恐れがありました。そんな事態を招くわけにはいきません。この地に当家の悪評が立ちます」

「アイダホはどこにいっていたの？」

「晩餐会がお開きになったあと、若い女性客のおひとりをお送りしていきました。ハワトの命令で」

「どの女性客？」

「同伴サービス関係の女性のひとりです。その、おわかりでしょう、マイ・レディ」衛兵はメイプスに目をやり、声を低めた。「アイダホにはいつも、女性客相手に特別の用命がありまして」

（あの連中ね。でも、なぜ酔っているの？）

ジェシカは眉をひそめ、メイプスに顔を向けた。

「メイプス、なにか気つけになるものを。カフェインがいいでしょう。香料入りコーヒーがまだ残っているかもしれないわ」

メイプスは肩をすくめ、厨房に向かっていった。靴ひもを結んでいない砂漠用ブーツが、石の床を踏んで鈍い音をたてた。

アイダホはふらつく頭をふりむけ、首をかしげたように見える格好でジェシカを見た。

「おらあよー、三百じゃあきかねーよ？　公爵さまのために殺した人数はよぉ」アイダホはつぶやくようにいった。「なんだって、こんな土地にいんのかなあ。あんた、知ってっか？　地下にゃ住めねえ。地上も住めねえ。ったくよぉ、なんつー土地だっつーの、こかぁよぉ」

横手に通じる廊下の入口から、足音が聞こえてきた。ジェシカがそちらに注意を向けると、ユエが歩いてくるところだった。左手に医療キットをぶらさげている。ローブなどではなく、きちんと服を着ていたが、顔色は悪くて、疲れているように見えた。そのせいもあってか、額に彫られたダイヤモンド形の刺青がひときわ目だつ。

アイダホが叫んだ。

「こりゃあ、センセイさま！　なにやってんすか。副木《そえぎ》も薬もごくろうさん」とろんとした目をジェシカに向けた。「おれ、なんかバカなこと、いっれまふー？」

ジェシカは眉をひそめ、黙《もく》したまま考えた。

（なぜアイダホがこうも泥酔するはめに？　一服盛られたのかしら？）

「いやー、飲みすぎちまってさー、香料ビール」

アイダホはそういって、背筋を伸ばそうとした。

湯気のたつカップを両手でかかえて、メイプスがもどってきた。いったん、ユエの背後で困ったように立ちどまり、ジェシカに目顔で問いかける。ジェシカはかぶりをふった。

ユエは医療キットを床に置き、ジェシカに会釈すると、アイダホにたずねた。

「いま、香料ビールといったのかね？」

「いやー、あーんな旨《うめ》ぇビール、飲んだこたねっす」アイダホは気をつけをしようとした。「ありゃーなあ、グラマンでのことらったんらよ、はじめて剣に血ぃ吸わせたのはよぉ！ハルコン……ハルコン……のやつをね、こう、ばっさりとね。公爵さまのために」

ユエはうしろをふりかえり、メイプスが手にしているカップを見た。

「それはなんだね？」

「カフェインよ」ジェシカが答えた。

ユエはカップを受けとり、アイダホに差しだした。

「飲みなさい、若いの」

「飲めません、もう飲めません」

「いいから、飲みなさい！」

アイダホはふらつく頭をユエに向け、衛兵たちを引きずり、よろりと一歩を踏みだした。

「これまで、おらぁね、全身全霊、帝国宇宙のために尽くしてまいりましたけどね、ドク。一回くらい、好きなようにやらしたってくだはいよー」

「これを飲んだらな。これはただのカフェインだ」

「そんなもん、飲めるかっつーの！　ここのはなんでもふつーじゃねーんだよ！　おてんとさんはまぶしすぎるしよぉ？　まともな色のもんなんか、ひとっつもありゃしねえ。なんもかんも、おかしいもんだらけ。でなきゃ……」

「もう夜更けだ、そのくらいにしておきなさい」ユエが道理を諭す口調でいった。「さあ、いい子にして、これを飲みなさい。飲めば気分がよくなる」

「なりたかねーよ、んなもん！」

「ひと晩じゅう、押し問答をしているわけにはいかないわ」ジェシカがいった。

（これはショック療法がいりそうね）

「マイ・レディがつきあってくださるにはおよびません」ユエがいった。「あとはわたしがやっておきます」

ジェシカはかぶりをふり、一歩前に踏みだすと、思いきりアイダホの頬をはたいた。衛兵たちに左右からかかえられたまま、アイダホはうしろによろめき、きっとジェシカをにらんだ。

「これはおよそ、公爵さまのお屋敷で許されるふるまいではありません」ジェシカはユエの手からカップをひったくり、中身が多少こぼれるのもかまわず、アイダホの顔につきつけた。「さあ、飲みなさい！　これは命令です！」

アイダホは懸命に背筋を伸ばすと、怖い顔でジェシカを見おろし、呂律のまわらない舌を動かして、ゆっくりと、しかし、きっぱりといった。

「あんたに命令されるいわれはないね、ハ、ハ、ハ、ハルコンネンのスパイなんかによぉ」

ユエが身をこわばらせ、ジェシカに顔をふりむけた。

ジェシカは蒼白になった。それでもうなずいたのは、ようやく合点がいったからである。ここ何日か、周囲の者のことばやふるまいに感じられた、さまざまなとげとげしさ。いまのことばで、それがようやく、ひとつにつながった。同時に、抑えがたい怒りにとらわれた。速くなった動悸を鎮め、呼吸をととのえるには、ベネ・ゲセリットの行《ぎょう》でも、もっとも深いレベルを駆使しなければならなかった。どうにか平静を取りもどしたあとでさえも、怒りの熾火《おきび》がちらついているのが感じられた。

（〝アイダホにはいつも、女性客相手に特別の用命がありまして〟）

じろりとユエを見た。ドクターは視線を落とした。

「知っていたの？」

「うわさには……聞いていました。しかし、これ以上、レディの重荷を増やしたくはなくて……」

「ハワトを！」ジェシカはぴしりと命じた。「ただちに、スフィル・ハワトをここへ連れてきなさい！」

「しかし、マイ・レディ……」

「ただちによ！」

（これはハワトのしわざにちがいない。自分にこのような疑念を向けた相手がハワト以外であれば、即座にそれとわかったはずだもの）

アイダホがかぶりをふり、ぼそりといった。

「なんもかんも、もううんざりだ」

ジェシカは手にしたカップに目を落としてから――中身をアイダホの顔にひっかけた。

「この者を東翼の客用寝室に」衛兵たちに命じる。「酔いが醒めるまで、そこに閉じこめて、眠らせておきなさい」

ふたりの衛兵は困ったように顔を見あわせた。おそるおそる、ひとりがいった。

「あの、どこかよそへ連れていったほうがよくはないでしょうか。たとえば……」

「この者は、ここに不可欠の人物！　ここでなすべき仕事があるのでしょう！」ジェシカは声を荒《あら》らげた。そこで声に辛辣さをしたたらせて、「淑女たちのお相手がお得意のようですからね」

衛兵はごくりとつばを呑みこんだ。

「公爵さまはどちらにおられるか、知っていて？」

「戦闘指揮所においでです」

「ハワトもいっしょ？」

「ハワトさまは、アラキーン市内におられます」

「ただちにハワトをここへ連れてきなさい。ハワトがくるまで、自分の居間にいます」

「ですが、マイ・レディ……」

「埒があかないようなら、公爵さまに連絡しますよ。そうはならないことを祈っているわ。こんなことで公爵さまのお心をわずらわせたくはないから」

「かしこまりました、マイ・レディ」

ジェシカはからになったカップをメイプスの手に押しつけた。青の中の青の目は、なにか問いたげなようすで、こちらをじっと見つめている。

「あなたはもう寝《やす》んでいいわ、メイプス」

「わたしがおそばにいなくてもよろしいのでしょうか」

ジェシカは陰りのある笑みを浮かべてみせた。

「だいじょうぶよ」

「ハワトを呼ぶのは、あしたになさってはいかがです」ユエがいった。「鎮静剤を差しあげますので……」

「あなたも自分の部屋にもどりなさい。この件はわたしのやりかたで処理します」ことばが含むトゲをやわらげるため、ユエの腕をそっとたたいた。「こうするほかないのよ」

それだけいうと、こうべをかかげ、さっときびすを返し、自分の居室めざしてつかつかと歩きだした。冷たい壁……廊下……見覚えのあるドア……。荒々しくドアをあけて、憤然と室内に入り、たたきつけるようにドアを閉める。しばし戸口の前に立ったまま、シールドで外が見えない居間の窓をにらんだ。

（ハワト！　ハルコンネンに買収されたのはあの男だったの？　話をすればわかるわ）

ゆったりとした、古風な造りのアームチェアに歩みより――シュラグの皮張りで、刺繍が施してあった――それを動かしてドアの正面を向かせる。そこではっと、ふくらはぎに取りつけてあるクリスナイフに意識がいった。いったん鞘ごとナイフをはずし、腕に取りつけ、すぐに抜けるかどうか確認する。もういちど室内を見まわして、どんな非常事態が起きても対処できるように、すべての配置を克明に記憶した。一角には長椅子が一脚。壁ぎわには、背もたれのまっすぐな椅子が数脚、低いテーブルが二脚。寝室に通じているドアの横には、スタンドに載せた弦楽器《ツィター》が一本。

いくつかの浮揚ランプからは、淡いバラ色の光が放たれている。その照度を暗めにして、アームチェアに腰をかけ、肘かけの生地を軽くたたいた。こんなふうに重厚な造りの椅子を用意しているのは、こういう機会にそなえてのことだ。

(さあ、あとはハワトがくるのを待つばかり。話をすれば、知るべきことはわかるわ)

待っているあいだに、ベネ・ゲセリットの流儀で心の準備をし、自制心を高め、精神力をたくわえた。

思っていたよりも早く、ドアをノックする音がした。入りなさい、という指示に応えて、ハワトが姿を現わした。

椅子から立ちあがることなく、ハワトを観察する。その動きには、薬物でむりやり体力を確保しているようなぎごちなさが感じられた。やや鈍い動作には疲労が見え隠れしており、老いて涙っぽい目はぎらぎら光っている。皮革のような皮膚は、淡いバラ色の照明のもとで、かすかに黄色っぽく見えた。ナイフを持つ右手の袖には、大きな濡れたしみがあった。

ジェシカはそこに、血のにおいを嗅ぎとった。

背もたれのまっすぐな椅子の一脚を指し示し、ジェシカはいった。

「あの椅子をわたしの前に持ってきてすわりなさい」

ハワトは一礼し、指示にしたがった。

(アイダホの阿呆めが！　だらしなく酔っぱらいおって！)

そう思いながら、ハワトはジェシカの顔を見た。さて、どうやってこの状況を切りぬけたものだろう。

ジェシカは切りだした。

「もっと早く、たがいを隔てるわだかまりを解いておくべきだったわね」

「なにかあったのでしょうか、マイ・レディ」すわりながら、ハワトは両手をひざにのせた。

「しらばっくれるのはやめなさい！」ジェシカは語気を強めた。「なぜあなたを呼びつけたのか、ユエからは理由を聞いていないにせよ、わたしの預かる家政に潜りこませたスパイのひとりからは状況を耳打ちされているでしょうに。せめてそれを明かすくらいは、おたがい、正直になれないものかしらね」

「心がけましょう、マイ・レディ」

「まず、ひとつ質問をします。それに答えなさい。あなたはハルコンネンの手先なの？」

ハワトは血相を変え、椅子から腰を浮かした。怒りで顔色がどす黒くなっている。

「そこまでわたしを侮辱なさるか？」

「すわりなさい。あなたのほうも、そこまでわたしを侮辱したのよ」

ゆっくりと、ハワトは椅子に腰をおろした。

ハワトの顔に浮かんだ表情から、ジェシカは本心を表わす徴候を読みとり、相手の真意を見ぬいて、深く安堵の吐息をついた。

（裏切り者は、ハワトではなかった――）

「これであなたが、わたしの公爵さまにいまなお忠実であることはわかりました。ゆえに、わたしに対する無礼は赦《ゆる》す用意があります」

「はて、赦されねばならぬようなことを、わたしがなにかしましたかな?」

ジェシカは眉をひそめて思案した。

(ここでカードを切るべきかしら? わたしのおなかに公爵さまの娘が宿って何週間かたつことを打ち明けるべきかしら? いいえ……レト自身でさえも、まだ知らないことだもの。これを打ち明ければ、レトの多忙な日々はいっそう複雑になってしまう。アトレイデス家を存続させるうえで、全霊を捧げなければならないこの時期に、気を散らさせることになってしまう。このカードを切るべき機会はまた訪れるわ)

「読真師にかかれば、たちどころにわかります」とジェシカはいった。「もっともここには、諮問委員会に認定された読真師はいないけれどね」

「おっしゃるとおりです。読真師はおりません」

「わたしたちの中に、ほんとうに裏切り者がいるのかしら? これまでずっと、味方の中の重立った者を入念に観察してきたのだけれど、いるとしたらだれ? ガーニーではないわね。ダンカンではないこともたしか。両名の腹心たちでもない。裏切って大きなダメージを与えられるほどの地位にはいないからよ。といって、あなたでもないわ、スフィル。もちろん、ポールではありえない。そして、自分ではないこともわたしは知っている。では、ドクター・ユエ? あの者を呼び入れて、たしかめましょうか?」

「ご承知でしょう、それが形ばかりの、無意味なジェスチャーでしかないことは。あの者は高等学寮による条件づけを受けている。それだけは確実にわかっています」

「加えて、ユエの細君はベネ・ゲセリットであり、ハルコンネンに殺されている」

「では——やはり殺されていたのですか」

「ハルコンネンの名を口にするとき、ユエの声ににじむ憎悪を聞いたことがないの？」

「わたしにそれほどの耳はありません、ご承知のように」

「わたしを疑うにいたった根拠はなに？」

ハワトは顔をしかめた。

「マイ・レディは、臣を困った立場に立たせておられる。わたしがなによりも忠節をつくすべき相手は公爵さまです」

「あなたを赦す用意があるのは、なによりもその忠節ゆえです」

「そういわれては、またおたずねせずばなりますまい。赦されねばならないようなことを、わたしがなにかしましたか？」

「手詰《ステイルメイト》まりというわけね」

ハワトは肩をすくめた。ジェシカはつづけた。

「では、しばし、ほかの話でもしましょう。ダンカン・アイダホは、並ぶ者なき武術の達人。警備においても、監視においても、きわめてすぐれた能力の持ち主です。そのアイダホともあろう者が、今夜、香料ビールと呼ばれる飲料で正体もなく酩酊しました。そのほかにも、この混合飲料で前後不覚に陥った者たちがいるそうね。それはほんとう？」

「報告はあげているはずですが、マイ・レディ」

「たしかに。でも、この酩酊例がひとつの徴候であることがわからないの、スフィル？」

「謎かけをされても困ります」

「演算能力者《メンタート》の能力を発揮して、かけた謎を解いてはいかが？」ジェシカは語気を強めた。

「ダンカンほかの酩酊者にまつわる問題とはなに？　それはこのひとことで言い表わせるわ——〝故郷《ふるさと》がない〟よ」

ハワトは床を指さした。

「アラキス——それがみなの故郷です」

「アラキスは未知の世界ではありませんか！　みんなの故郷はカラダンなのよ。でも、そのカラダンを離れて主君に同行せざるをえなかった。ゆえに、故郷がない。そしてみんなは、公爵さまが敗北なさることを恐れている」

ハワトは身をこわばらせた。

「そのような敗北主義、部下のひとりでも口にすれば、ただちに——」

「ポーズはおやめなさい、スフィル。医師が病気を的確に診断することが敗北主義なの？　背信行為なの？　わたしが唯一関心を持つのは、病気を治すことなのよ」

「公爵閣下は、そのようなことがらについては、わたしに一任してくださっています」

「けれど、あなたも理解しているわね？　わたしがこの病気の進行に関して、持って当然の関心を寄せていることは。そしておそらく、あなたも認めるはずよ——この種のことがらに関しては、わたしが一定の能力を有していることも」

（このへんで手ひどくショックを与えておくべきかしら？　ハワトはがくがくと揺さぶって、目を覚まさせてやる必要があるわ。なんらかのショックを与えて、日常のルーティーンから逸脱させなくては）

「マイ・レディのご懸念は、さまざまに解釈できます」ハワトは肩をすくめた。

「それでは、すでにわたしを裏切り者として確定したのかしら？」

「もちろん、そんなことはありません。しかし、現状に鑑みるなら、立場上、わたしはどのような可能性も見落とすわけにはいかないのです」

「そういうあなたの目をすりぬけて、この公邸の、この翼で、息子に脅威がおよびましたね。見落としがなかったのなら、どうしてそのようなことに？」

ハワトの顔が曇った。

「公爵閣下には辞任を申し出ました」

「わたしに対しては？　辞任を申し出たの？……ポールに対しては？」

ハワトの怒りは、いまやはっきりと外面にも表われるようになっていた。速くなった呼吸、広がった鼻孔、食いいるような眼差しでそれとわかる。こめかみで血管が脈打っているのも見える。

絞りだすようにして、ハワトはいった。

「わたしがお仕えする相手は、公爵閣下でありますれば」

「裏切り者はいないのです」ジェシカはいった。「脅威は内部ではなく、外部からくるもの。

もしかすると、あのレース銃《ガン》も関係しているかもしれない。近隣に少数のレースガンを持ちこんで、同調機構でいっせいにこの館の領域シールドを狙うつもりかもしれない。あるいは……」

「レースガン＝シールド爆発は、起こってしまったあとでは、核爆発と見分けがつきません。放射能も残ります。ちがうでしょうな、マイ・レディ。連中もそこまで非合法な行為は——核を使ったと疑われるような危険は冒しません。放射能はいつまでも残留します。核爆発の証拠は消せません。そんな危ない橋は渡らんでしょう。それより、証拠の出ない裏切り者を使うと見てまちがいありません」

「あなたが仕える相手は公爵さまなのでしょう？」ジェシカは鼻先で笑ってみせた。「公爵さまを救おうとして、結果的に破滅させてしまってもいいの？」

ハワトは大きく息を吸った。

「あなたさまが無実であれば、地にこの頭をこすりつけてお詫びします」

「いまのあなたをごらんなさい、スフィル。人間というものは、属すべき居場所を得てこそ、しっかりとした足場に立っていると自覚してこそ、真価を発揮できるものなのよ。居場所を壊すことはその人間を壊すこと。あなたとわたしは、スフィル、公爵さまを愛するすべての者のなかでも、たがいの居場所を壊すうえで最適の立ち位置にいます。わたしが寝物語で、あなたに対する疑念を公爵さまのお耳にささやいたとしたら？　とくに受けいれられやすいときを狙って、誹謗のことばをささやいたとしたら、どうするの、スフィル？　それとも、もっとはっきりわかるように言ってあげなくてはならないかしら？」

「わたしを威《おど》す気ですか」うなるように、ハワトはいった。

「まさか。わたしはただ、だれかがわたしたちを攻撃している、生活基盤の隙をついて攻撃してきていると指摘しただけ。巧妙で悪魔的なやりくちだわ。わたしはね、この種の攻撃を無効化しようと申し出ているの――自分たちの日々を秩序だったものにして、破壊のトゲが入りこむ亀裂をなくしてしまうことでね」

「わたしが根拠のない疑惑をささやいている――そう批難なさるのですか？」

「根拠がない――その点はたしかね」

「それに対して、ご自身もまた、ささやきで対抗なさると？」

「ささやきでできているのはあなたの日々よ、わたしのはちがうわ、スフィル」

「では、わたしの能力に疑問をお持ちということですか？」

ジェシカはためいきをついた。

「スフィル。この件に関する自分の情緒的反応を顧みてごらんなさい。自然のままの人間というのは、論理とは無縁の動物。あらゆる事象に論理を投影するあなたの手法は不自然なの。それでもなお、あなたのやりかたに目をつぶらなくてはならないのは、その有用性のゆえよ。あなたは論理を体現する存在、メンタートだもの。でもね、あなたの問題解決法は、実態に即していえば、本来なら、あなたの外に投影された概念をひねりまわして、ためつすがめつしつつ、あらゆる角度から検証すべきものでしょう」

「こんどは、わが職務の遂行のしかたにご託宣を下されるわけですか」

ハワトはもう、声ににじむ侮蔑を隠そうともしていなかった。

「自分の外に投影された概念なら、目にも見えるし、自分の論理をあてはめることも可能よ。けれど、これは人間の性《さが》なの。個人的な問題と相対するとき、そのひときわ個人的な部分に対しては、論理で測ることがはなはだむずかしいの。人は心の奥底に潜む問題、ほんとうに自分をむしばみ、苦しめている問題から目をそらしてもがき苦しみ、ほんとうの原因以外のすべてを批難してしまうからよ」

「あなたは意図的に、メンタートとしてのわが能力に対する自信を喪《うしな》わせようとしている」きしるような声で、ハワトはことばを絞りだした。「味方のいずれかが、われらが武器庫の武器にこのようなサボタージュを働いたなら、わたしはためらうことなくその味方を告発し、抹殺するでしょうな」

「最良のメンタートは、みずからの演算におけるエラー要素を正視するものよ」

「エラー要素を正視しなかったことなどありません!」

「では、わたしたちがともに見てきた徴候を、あなた自身にも適用なさい。部下に頻発する酩酊、いさかい――みんなはアラキスに関する根も葉もない風説をうわさしあうばかりで、ごく単純な事実に対しては、目を――」

「原因は怠惰です。それ以上のものではありません。単純なことがらを謎めいたものに見せかけて、わたしの注意をそらそうとしないでいただきたい」

ジェシカはハワトを見つめ、公爵の部下たちが兵舎の中でぎすぎすした雰囲気をつのらせ、火花を散らし、焦げた絶縁体のようなにおいをただよわせている場面を思い描いた。

（みんなはギルド以前の伝説にある人間たちのようになりつつある。さまよえる星間探査船〈アムポリロス〉の乗員たちのように、銃火に倦《う》み、永遠に理想郷を探しもとめて、永遠にそこへ移り住む準備をしながら、永遠に覚悟の定まらない者たちのようになりつつある）

「なぜあなたは、公爵さまに仕える者として、わたしの能力を十全に活かそうとしないの」ジェシカはたずねた。「あなたの地位を脅かすライバルを擡頭させることが怖いの？」

老いた目に炎を燃えあがらせて、ハワトはジェシカをにらみつけた。

「あなたが受けた訓練のことは多少とも知っています。あなたがベネ・ゲセリットの……」

ハワトはいいよどみ、眉根を寄せてことばを切った。

「どうしたの、つづけなさい。ベネ・ゲセリットの魔女がどうしたの？」

「あなたがたが受ける訓練がいかに怪しいものであるかは多少とも知っています」ハワトはいいなおした。「あなたが手塩にかけて育てたポールを見ているだけで、その一端はわかる。あなたがたの学院が世間に広言している宣伝文句――あなたがたが人類に仕えるためにのみ存在しているというあれ――あんなものにだまされるほど、わたしは愚かではありません」

（与えるショックは、ひときわ強烈なものでなくてはならないようね。ハワトのほうも腹をくくっているようだし）

「評議会の席でこそ、あなたは丁重にわたしのことばを聞くけれど」とジェシカはいった。

「わたしの助言を容れたことはめったにないわね。それはなぜ？」

「あなたがたベネ・ゲセリットの動機を信用していないからですよ。あなたがたは人の心を見透かせると思っているかもしれない。人の心を操り、思いどおりに動かせると思っているかもしれない。しかし――」

「度しがたい愚か者もいたものだわ、スフィル！」ジェシカはことばに怒気を含ませた。

ハワトは渋面を作り、椅子の背にもたれかかった。

ジェシカはつづけた。

「わたしたちの学院について、どんなうわさを聞いているか知らないけれど――真相はそれよりもはるかに圧倒的なものよ。わたしがひとたび、公爵さまを破滅させようと望めば――あるいは、あなたでもいい、手の届くところにいるだれだっていい、ひとたびその者を破滅させようと望めば――だれにも止めることはできないのですよ」

そういってすぐに、ジェシカは思った。

（なぜわたしはこんなことを誇らしげにいうの？　こんなもの、わたしが修業で身につけたやりかたじゃない。ショックを与えねばならないのだとしても、こんなやりかたであってはならない）

ハワトは上着のポケットにそっと手をすべりこませた。そこに忍ばせているのは、小型の毒針発射銃だ。ハワトは思った。

（相手はシールドをつけていない。いまのはただのブラフか？　いまならこの女を殺せる。

しかし、ああ、しかし、もしも自分の判断がまちがっていたら？）

ハワトがポケットに手をすべりこませるのを見て、ジェシカはいった。

「わたしたちのあいだには、暴力など必要ないことを祈りましょう」

「順当な祈りですな」

「さて、アトレイデス家に仕える者たちのあいだに心の病が蔓延しつつあることについてだけれど」ジェシカは語をついだ。「もういちど、質問をしなくてはならないわ。わたしたちふたりを反目させる目的で、疑惑の種子を植えつけること以上に、ハルコンネン家にとって都合のいい離間策《りかん》はある？」

「また手詰まり《ステイルメイト》にもどってしまいましたな」

ジェシカはためいきをつき、思った。

（そろそろショックを与えるべきころあいだわ）

「公爵さまとわたしは、アトレイデス家の者たちにとって、父親代わりであり、母親代わりでもあるのよ。その立場は——」

「母親？　はて、閣下はあなたと結婚しておられませんが」

ジェシカはみずからに強いて冷静さをたもたせた。

（うまい切り返しね）

「でも、公爵さまには、ほかのだれとも結婚なさるおつもりはないの。わたしが生きているうちはね。だからわたしたちは、いまいったように、両親の代わりなのよ。ハルコンネンの者たちが、アトレイデス家の営みにおけるこの自然な秩序を破壊し、わたしたちを動揺させ、困惑させ、混乱させるうえで、だれよりも効果的な標的は——さあ、だれかしら？」

ハワトは、ジェシカが持っていこうとしている話の行き先に気づき、眉間に深い縦じわを刻んだ。

「公爵さまかしら？　たしかに魅力的な標的だわ。けれど、ポールを別にすれば、あれほど厳重に護られている方はいない。では、わたし？　食指の動く標的だろうけれど、向こうもベネ・ゲセリットが手ごわい相手であることは承知しているはず。それよりも、もっと攻略しやすい相手がいるでしょう。その職務と立場上、必然的にだれもが見落とし、盲点となる人物が。だれにでも疑いを持つことが、呼吸をするのと同じように自然である人物が。その人生のすべてを、暗示と謎の上に構築してきた人物が。すなわち——」

ジェシカは右手の人差し指をすっと相手につきつけた。

「——あなたよ！」

ハワトが椅子から飛びだしてきかけた。

「立ち去る許可など与えてはいませんよ、スフィル！」

ジェシカの一喝を受け、老メンタートは倒れこむように、椅子にへたりこんだ。どすんというすわりこみかたからすると、筋肉がいうことをきかなかったようだ。

ジェシカは相手を慄然とさせる微笑みを浮かべてみせた。

「これで多少はわかったでしょう——わたしたちが積んだ修業が、じっさいにはどのようなものであるのかが」

ハワトはつばを呑みこもうとした。口の中がすっかり干あがっていた。ジェシカの一喝は女王然としたものであり、有無をいわさぬものだった。口調といい、態度といい、まったく抗《あらが》う余地のないものだった。ハワトの肉体はなにを考えるひまもなく、反射的にジェシカの命令にしたがっていた。なにをもってしても、自分のこの反応を抑えることはできなかっただろう。論理でも、燃え盛る怒りでも……いかなる対抗手段でもだ。ジェシカがたったいましたことは、細部にいたるまで相手の心を知りつくしていないかぎり、とうていできる芸当ではない。これほど深い次元で人の心をコントロールできるものとは夢にも思わなかった。

「さっきいいましたね、わたしたちはたがいに理解しあうべきであると」ジェシカはいった。「あれはあなたがわたしのことを理解するべきだという意味だったのよ。わたしはすでに、あなたのことを理解しているわ。そして、あらためて通告しましょう。あなたは公爵さまに忠誠を捧げている。あなたがわたしから危害を加えられる恐れがないのは、まさにその一点ゆえなのです」

ハワトはまじまじとジェシカを見つめ、舌先で唇を湿らせた。

ジェシカはいった。

「公爵さまを操り人形にする——そんな意図があれば、わたしはとうに公爵さまをわたしと結婚させていたでしょう。しかも、公爵さまは自分の自由意志でそうしたと思われたはず」

ハワトはうつむき、まばらな睫毛のあいだから上目づかいにジェシカを見た。かろうじて衛兵を呼ばずにすんだのは、身内に残るひときわ強固な自制心のおかげといえる。しかし、自制心……？　それは自制などではなく、衛兵を呼ばないよう操られたからではないのか？　いましがた心を操られたときの記憶が肌を這いまわっていた。向こうにその気さえあれば、こちらが麻痺したようになっているあいだに武器を取りだし、殺すこともできただろう！

ハワトは思った。

（どんな人間にも、こうした〝心の盲点〟があるのか？　どんな人間も、そこを突かれたら抵抗するひまもなく操られて、命令にしたがわされてしまうのか？）そう思うと、めまいがした。（それほどの力を持った人間を、だれに止められるというんだ？）

「あなたはたったいま、ベネ・ゲセリットのこぶしを——ふだんは手袋の中に隠されているこぶしをかいま見ました。それを見て生き延びた者はめったにいません。そして、わたしがしてみせたことは、ベネ・ゲセリットにとっては比較的単純な部類に属すること。あなたはまだ、わたしの真の力を見ていない。それをよう く考えることね」

「いっそ、その力で、公爵閣下の敵を滅ぼし去ってはどうです」

「わたしになにを滅ぼさせるというの？　わたしがこの力をふるうことによって、公爵さまご自身を軟弱にさせて、わたしに永久に頼るようにしむけろとでもいうの？」

「しかし、それほどの力があるのなら……」

「力とは諸刃の剣なのよ、スフィル。あなたはこう考える——〝人間を道具に仕立てて敵の急所を襲わせるのは、この女にとってはたやすいことなのだろう〟と。たしかにそうだわ、スフィル、あなたの急所を襲わせることもたやすいことよ。けれどね、そんなことをして、なんになるの？　それなりの数のベネ・ゲセリットがそんなまねをしようものなら、ベネ・ゲセリット全体が疑いの目で見られてしまうのではなくて？　わたしたちは、そんなことは望んでいないのよ、スフィル。自分たちを滅ぼすような願望などないの」そこで、こくりとうなずいてみせた。「わたしたちはほんとうに、仕えるためにのみ存在するのよ」

「わたしには……なんともいえない。なんともいえないことは、あなたにもおわかりのはずだ」

「ここで起こったことを、あなたはだれにも口外しないはず。あなたのことはよくわかっているわ、スフィル」

「マイ・レディ……」

老メンタートはふたたび、干からびたのどにつばを送りこもうとした。そして、思った。

（たしかに、この女は強大な力を持っている。だが、それゆえに、ハルコンネン家にとって、いっそう強力な道具となるのではないか？）

「公爵さまのお命は、敵によってだけではないわ、友人によっても奪われうるものなのよ。これであなたの疑念の根底にあるものがわかったでしょう？　だったら、早々にこの疑念を取りはらいなさい」

「もしもそれが、根拠なきものと証明されれば、そうしましょう」

「もしも？」ジェシカは冷たい声を出した。

「もしも、ははずせません」

「強情ね」

「用心深いだけです。それにわたしは、エラー要素も正視します」

「だったら、もうひとつだけ質問をしましょう。あなたが、とある人間の前に立っていると しましょう。あなたは縛られていて身動きもならず、のどにナイフを突きつけられている。 けれど、相手はあえて、あなたを殺そうとはせず、縛めからあなたを解き放ち、好きに使い なさいといって、そのナイフをあなたに差しだす。いかが?」

ジェシカは椅子から立ちあがり、スフィルに背中を見せた。

「もう立ち去ってもいいわよ、スフィル」

老メンタートは立ちあがり、ためらった。片手がそろそろとポケットの中の毒針発射銃に近づいていく。そのとたん、脳裏にあの闘牛場と闘牛士の格好をした先代公爵のことが――現公爵閣下の父君で、欠点だらけながら、なにはともあれ勇敢ではあった人物のことが――よみがえってきた。そして、闘牛が行なわれた遠い日のことも。さっきまで猛りたっていた黒牛は、闘技場に立ちつくし、頭をうなだれさせ、身動きもならず、困惑していた。かたや老公爵は、観客席から降りそそぐ歓声のなかで、ケープを華麗に片腕にかけ、黒牛の鋭利な角に背を向けて――。

(いまはおれが闘牛、この女が闘牛士というわけか)とハワトは思った。

武器には触れぬまま、ポケットから手を引き抜き、開いた手のひらに光る汗をちらと見る。

最終的に、どのような事実が判明しようとも、自分はこの瞬間のことを忘れまい。レディ・ジェシカに対していだいた、このうえない賞賛の念を忘れまい。

ハワトは無言で背を向け、部屋をあとにした。

ジェシカは窓に映りこむ反射でそれを見とどけ、うしろに向きなおり、閉じられたドアを見つめた。そして、つぶやいた。

「これで多少は、あの者の行動もあらたまるでしょう」

おまえは夢と戦うか
おまえは影と争うか
眠りの中で動くのか
時はするりと逃げ去って
おまえの生命《いのち》は盗まれた
瑣事にかかずり手間どって
おのが愚かさに散りはてた

——プリンセス・イルーラン
『ムアッディブの歌』より
「葬送砂漠におけるジェイミスへの挽歌」

レトはひとり、公邸の玄関の間に立ち、一灯だけ灯る浮揚ランプの光でメモを読んでいた。夜が明けるまであと数時間にせまったいま、疲労がずしりとのしかかっている。フレメンのメッセンジャーがこのメモを門衛に差しだしたのは、ついさきほど、レト公爵が戦闘指揮所から帰りついたときのことだった。

メモにはこうあった。

〝昼は煙の柱、夜は火の柱〟

署名はない。

（どういう意味だろう？）

メッセンジャーは返事を待たず、内容について問うひまも与えずに、すばやく立ち去り、おぼろな影となって夜の闇に消えていった。

あとでハワトに見せようと思いながら、メモをポケットにつっこんだ。額にたれかかったひとふさの髪をかきあげて、ふーっと吐息をつく。疲労回復剤の効き目は薄れてきていた。晩餐会以来、長い二日が過ぎたが、眠っていない時間は二日ではきかない。

数々の軍事問題に加えて、ハワトからは心を乱される顚末を報告された。ジェシカに呼びだされて、ひと悶着あったというのだ。

（いますぐにジェシカを起こすべきだろうか。これ以上、ジェシカを相手に秘密のゲームをつづける理由はない。それにしても、ダンカン・アイダホの大馬鹿者め！）

（それとも、あるのか？）

かぶりをふった。

（いいや、ダンカンのせいではない。最初からジェシカに腹を割って話さなかったのが失敗

だったのだ。これ以上ダメージが蓄積される前に、いますぐ話をしておかねばならんな）

そう決めたことで、すこしは気が楽になった。玄関の間をあとにし、急ぎ足で大ホールを横切って、いくつもの廊下を通りぬけ、家族の居住翼へと急ぐ。

使用人区画へ入る廊下の前に差しかかったとき、ふと足をとめた。使用人用廊下の奥から、奇妙なうめき声が聞こえてきたのだ。いつでも始動できるよう、左手をシールド・ベルトのスイッチにかけ、手首の両刃の短剣《キンジャール》をすべりださせて、右手にしっかりと持つ。あの奇妙なうめき声は、背筋に冷たいものを走りぬけさせたが、ナイフは安心感を与えてくれた。

足音を忍ばせて、そっと廊下を進んでいった。照明の不充分さに毒づいた。この廊下には最小の浮揚ランプが八メートルおきにしか設置されておらず、しかも、いちばん暗い設定になっていたのである。暗い石壁は光を呑みこんでしまう。

やがて前方の薄闇の中に、くすんだ色の塊が現われた。床に転がっている。

レトはためらい、もうすこしでシールドを入れかけたものの、思いなおした。シールドがあると、動きと音の聞こえに制約が出てしまう。それに、レース銃《ガン》を押収したという報告も、疑念を膨らませるうえでひと役買っていた。

足音を殺し、灰色の塊に忍びよる。それは人間だった。石の床の上に、うつぶせに倒れた男だった。片足でその男をひっくりかえした。暗い照明のもとで、男の顔をよく見ようと、ナイフを構えたまま身をかがめる。それはあの密輸業者の男、トゥエクだった。胸には黒く濡れたしみができている。生気のない目は暗い虚空を見つめていた。黒いしみに手を触れてみると、まだあたたかい。

（なぜこの男がここで死んでいる？）レトは自問した。（だれが殺した？）

ここまでくると、うめき声はいっそう大きくなっていた。廊下をまっすぐに進み、途中で横に曲がった廊下の先から聞こえてくる。廊下の奥には公邸の中心に位置する部屋があった。そこに設置されているのは、館全体を包みこむ主シールド発生装置《ジェネレーター》だ。

ベルトのスイッチに手をかけ、キンジャールを構えて死体をまわりこむ。廊下をそうっと進んでいって、角から顔をつきだし、主シールド・ジェネレーター室のほうを覗きこんだ。

廊下を数歩いったところに、またひとつ灰色の塊が倒れていた。人だ。それがうめき声の主だとすぐにわかった。灰色の人影はあえぎあえぎ、なにかをつぶやきながら、苦しそうにこちらへ這ってくる。

こみあげる恐怖をこらえ、すくみがちの足を叱咤して廊下を駆けてゆき、這い寄ってくる人影にしゃがみこんだ。メイプスだった。フレメンの侍女頭のメイプスだ。頭髪は顔にたれかかり、服は乱れている。背中から脇腹にかけて、黒く濡れ光るしみが広がっていた。肩に手をふれると、メイプスは両のひじをついて上体を持ちあげ、顔をあげてレトを見あげた。その目からは光が失せかけており、黒い影がよどんでいた。

「あなた……さまで」きれぎれの声で、メイプスはいった。「衛兵が……殺され……助けを……呼ぼうと……トゥエクが……逃がして……ください……ム・レディを……あなたは……あなたは……ここに……いては……いけない……」

がっくりとつっぷした。頭がごつんと石の床にぶつかった。

こめかみを探る。もう脈がない。黒いしみを見た。刺されていたのは背中だった。だれが刺した？　懸命に考えた。メイプスは〝衛兵がだれかに殺された〟といおうとしたのか？　それに、トゥエクは……ジェシカが呼びにやったのか？　なんのために？

立ちあがろうとしたとき、第六感が閃いた。大急ぎでシールド・ベルトのスイッチに手を伸ばす。が——もはや手遅れだった。前腕の手首付近に、チクッという痛みをおぼえたのだ。痺れをともなって痛む部分に目をやると、袖口から一本の短い針が突きだしていた。麻痺の感覚が腕を這い登ってくる。頭をもたげて、廊下の奥に目を向けるには、たいへんな努力を必要とした。

シールド・ジェネレーター室の開かれたままの戸口に、ユエが立っていた。戸口の上には、ほかよりも明るい浮揚ランプが一灯だけ浮かんでおり、その光を浴びて顔が黄色く見える。背後に広がる部屋はしんとしていた。シールド・ジェネレーターの稼動音はまったく聞こえない。

（ユエ！　ユエが主ジェネレーターを停止させたのか！　これで館は完全に丸裸だ！）

麻酔針発射銃をしまいながら、ユエがこちらに歩いてきた。

まだしゃべれそうだったので、あえぎあえぎ、レトはいった。

「ユエ！　どうやって？」

だが、そこでとうとう麻痺が脚にもおよび、石壁に背中をあずけたまま、ずるずると床にすべり落ちた。

どこか悲しげな表情を浮かべて、ユエがかがみこみ、レトの額に手をふれた。さわられたことはわかったが、感覚が鈍く……厚い布ごしにさわられているような感触だった。

「麻酔針に塗布した薬剤の効果は選択的なものですので」ユエがいった。「口をきくことはできます。しかしながら、しゃべられぬがよろしい」

ユエは廊下の奥に目をやって、ふたたびレトにかがみこみ、麻酔針を引き抜くと、そばに放りだした。麻酔針が石の床に落ちるチリンという音は、レトの耳には遠く、かすかにしか聞こえなかった。

(ユエが裏切れるはずはない——条件づけをされているのだから)

「どうやって?」レトはささやいた。

「申しわけないと思っております、敬愛する公爵閣下。とはいえ、世の中には、このしるしよりも、もっと強力な要求があるのです」ユエはそういって、額のダイヤモンド形の刺青に手をふれた。「われながら、奇妙に感じたものですよ。心に組みこまれた発熱性の良心呵責発動機構を抑えこめたのですからな。しかし、わたしにはどうしても、殺したい人物がいる。さよう、それこそがわたしの、心からの望みなのです。それを果たすためならば、いかなる妨げにも屈しはしません」

ユエはそこで、レトを見おろして、

「ああ、殺したいという人物は、あなたさまのことではありませんよ、敬愛する公爵閣下。

ハルコンネン男爵です。わたしはね、男爵を殺したくてたまらないのです」

「ハル……だんしゃ……」

「どうぞ口をきかれませぬよう、お気の毒な公爵閣下。閣下にはもう時間がないのですから。閣下がナーカルの地で転倒なさったあとに、お口に入れさせていただいた、あの差し歯——あれを交換せねばなりません。ほどなく、意識を失っていただいて、歯を交換いたします」

ユエは手を開いて、そこにあるなにかを見つめた。「これは複製した予備の差し歯なのです。このコアは、神経繊維を模した繊細な作りをしておりましてな。通常の検知機はもとより、精細スキャニングでさえ見つけられません。しかし、これを思いきり嚙みしめれば、外殻が砕ける。そこで息を強く吐きだせば、周囲の空気を毒ガスで満たすというわけです。それも、致死性の高い猛毒ガスでです」

レトはユエを見つめ、その目に狂気を見てとった。額にもあごにも、汗がにじんでいる。

「どのみち、あなたさまはもう死んだも同然です、お気の毒なわが公爵閣下。しかし、絶命するまぎわに、閣下は男爵のそばにいられる。あの男は、あなたさまが薬物で麻痺しており、死にものぐるいで最後のひと刺しをすることなどできない、とたかをくくっているでしょう。じっさい、閣下は薬物で麻痺しているうえ、縛られて動けないはず。しかしながら、攻撃はあの者どもの予想もしない形で行なわれる。どうかこの歯のことを憶えていていただきたい。歯です、レト・アトレイデス公爵閣下。どうぞ、歯のことをお忘れなきよう」

老医師は前に身を乗りだし、ぐっと顔を近づけてきた。せばまりゆく視界の中で、ユエのたれさがったドジョウ髭が大きく間近に見えた。

「よろしいですな、歯ですぞ」ユエはつぶやくように念を押した。

「なぜだ」レトはささやいた。

ユエは公爵のそばに片ひざをついた。

「男爵めと悪魔《シャイターン》の取引をしたのですよ。わたしとしては、男爵が向こうの条件を満たしたことを確認せざるをえない。それは男爵を見たときにわかります。男爵を見れば、そのときかならずわかります。しかし、代償なくして、男爵が見える位置に立つことはかないません。その代償があなたさまなのです、お気の毒な公爵閣下。そして、男爵の姿を目にしたとき、わたしにはかならずわかります。あわれなワナがいろいろな技法を教えてくれたからです。そのひとつは、相手に大きなストレスがかかっているとき、そのことばの真贋を見ぬく方法です。つねにできるとはかぎりません。しかし、男爵にまみえさえすれば……そのときにはきっとわかります」

レトはユエの手にのっている歯を見おろそうとした。これは悪夢のできごとではないのか。これが現実のはずはない。

ユエの紫色の唇が苦渋に歪んだ。

「わたしには男爵のそばまで近づくことがかないません。近づけるのであれば、自分でこの役を担っていたことでしょう。しかしながら、無理です。わたしには先方に危険のない距離までしか近づけない。しかし、あなたさまならば……さよう、近づける！　閣下はわたしの必殺の武器なのです！　男爵は閣下の間近に近づきたがるでしょう。閣下を嘲弄し、すこしばかり詭計自慢をもするでしょう」

呪縛されたかのように、レトはユエのあごの左側を凝視していた。ユエがしゃべるたびに、そこの筋肉がひくひくと動いている。

ユエが顔を近づけてきた。

「そしてあなたさまには——わがよき公爵閣下、わがかけがえのない公爵閣下——この歯のことを憶えておいていただかねばなりません」親指と人差し指とで、ユエは差し歯をつまみ、かかげてみせた。「閣下に残された武器は、ただひとつ、これだけなのです」

レトの口が動いた。声が出てこなかったので、もういちど試みた。

「断わる」

「ああ、いけません！　閣下には断わることができない。なぜなら、このささやかな働きと引き替えに、あなたさまにはひとつ、お返しをさせていただくからです。ご子息とご愛妾の命を救ってさしあげましょう。ほかにそんなことができる者はおりません。おふたかたを、どのハルコンネンの者も手出しできぬところへ、かならずや逃げさせてさしあげます」

「どう……やって……逃がす？」

「おふたりが死んだように見せかけて、ある者たちのところに匿《かくま》わせます。ハルコンネンの名を聞いただけでナイフを抜き、ハルコンネンの者どもを憎むあまり、一味の者がすわった椅子と知れば焼き捨て、一味の者が歩いた地面と見れば塩をまく者たちのもとにです」いいながら、ユエはレトのあごに手をかけた。「あごに触れられて、なにか感じられますか？」

もう返事をすることもできなくなっていた。かすかに指を引っぱられているような感触をおぼえた。そののち、目の前に現われたユエの手には、公爵の印章指輪が握られていた。

「これはポールに渡します」とユエはいった。「もうじきあなたさまは意識をなくされる。これでお別れです、わがお気の毒な公爵閣下。つぎにあいまみえるときは、お話を交わせる状況ではなくなっているでしょう」

冷たく痺れたような感覚が、あごから上へと這い登り、頰を越えて頭に広がっていった。視界がせばまり、薄暗い廊下は縮まって、その中心にユエの紫色の唇だけが残った。

「歯のことをお忘れなく！」その唇が、きしるような声で念を押した。「歯、ですぞ！」

飽くなき欲求の科学。そんなものがあっていい。人はつらい時、抑圧の時を経てこそ〝心の筋肉〟を鍛えられるのだ。

——プリンセス・イルーラン
『ムアッディブ名言集』より

ジェシカは暗闇の中で目を覚まし、まわりの静けさに不穏な空気を感じとった。なぜかはわからない。だが、精神も肉体も反応が鈍い。神経にそって、恐怖が肌を這いまわっている。上体を起こし、明かりをつけようとしたが、なにかがそれを押しとどめた。口にはなんだか……妙な感覚がある。

ズシン——ズシン——ズシン——ズシン！

鈍い音。暗闇の中、どちらから聞こえるのかも定かではない。どこからともなく聞こえてくる。

実時間にすれば短いはずなのに、待つ時間は主観的に引き延ばされ、遅々として進まない。

だが、やがてからだの感覚がはっきりしてきた。自分は手首と足首を縛られているようだ。口にはさるぐつわをかまされている。両手をうしろ手に縛られて、横向きに転がされていた。縛めをほどこうともがいたが、使われているのは食いこみ《クリムスケル》型の捕縄《ほじょう》らしく、こまかい鉤爪がいっそう皮膚に食いこんだだけだった。

　ここでやっと、思いだした。

　寝室で横になっていたとき、暗闇の中で人の気配を感じた——と思ったとたん、刺激臭を放つ濡れた布を顔にたたきつけられ、口をおおわれ、伸びてきた手に押さえつけられたのだ。ジェシカは反射的に息を呑み——それで空気を吸ってしまった。口にたたきつけられた布に麻酔薬が染ませてあったと気づいたときには、もはや意識が遠のきかけており、ジェシカはなすすべもなく、恐怖の黒い箱の中に沈んでしまったのだった。

（いざその瞬間に遭遇してみると……ベネ・ゲセリットを取り押さえるのは、なんと簡単なことだったのだろう。裏切り行為だけでことたりるなんて。この点で、ハワトは正しかったのね）

　縛めを引っぱらないように心がけた。

（ここは自分の寝室ではない……。どこか別の場所へ連れてこられたのね）

　内なる冷静さを取りもどすべく、ゆっくりと心を鎮めにかかる。

　自分自身が放つ妙な汗のにおいは、恐怖が分泌させる化学物質のにおいを含んでいた。

（ポールはどこ？　わたしの息子は——あの子はなにをされたの？）

自問してすぐ、自分に言い聞かせた。

(冷静に。落ちつきなさい)

古くからの行《ぎょう》を用いて、みずからに冷静さを強いる。

しかし、恐怖はなおも、すぐそばにいすわっていた。

(レトは？　あなたはどこにいるの、レト？)

そのとき、あたりの闇が薄れはじめるのを感じた。最初は影の濃淡がわかるだけだった。ほどなく、明暗も識別できるようになり、それは意識を刺激するトゲとなった。白いものがある。ドアの下の細い線だ。

(わたしは床に転がされているんだわ)

何人かが歩いてくるらしい。床の振動でそれとわかる。

ジェシカは恐怖の記憶を心の奥に押しこめようとした。

(冷静でいなくては。感覚を研ぎ澄まし、なにごとにも対処できる準備をしておかなくては。チャンスは一度きりしかないかもしれないのだから)

ふたたび、内なる冷静さをみずからに強いた。

鼓動の乱れが収まり、一定になると、以前のように、時間を測る目安として使えるようになった。代謝の状況から時間を逆算する。

(気を失っていたのは一時間ほどね)

目を閉じて、近づいてくる足音に意識を集中させた。

（四人だわ）

足音の差異を感じとり、そう結論した。

（意識がないふりを装わなくては）

全身の力を抜き、冷たい床にぐったりと身を横たえながら、いざというときに、からだを動かせるかどうかをたしかめる。おりしもドアが開く音がして、まぶたごしに差しこむ光の量が一気に増えた。

足音が近づいてきて、だれかがそばに立った。

「目は覚めておろう」深く響くバスの声がいった。「寝たふりはやめろ」

ジェシカは目をあけた。

そこに巨体をそそりたたせていたのは、ウラディーミル・ハルコンネン男爵本人だった。室内の状況から、ここはポールが眠っていたはずの地下室であることがわかった。壁ぎわにポールの寝台がある。が、だれも寝ていない。兵隊たちによって持ちこまれた浮揚ランプが、開かれたドアのあたりに点在していた。外の廊下は煌々と照明されて、目にまぶしい。

ジェシカは男爵を見あげた。身につけている黄色のケープのあちこちに突起があるのは、下につけた携帯型の浮揚装置のせいだ。ぶくぶくに太った頰は肉の小山のようだった。その上には、クモのそれを思わせる、一対の黒い目があった。

「麻酔薬の有効時間は、厳密に調整してあったでな」深く響く声で、男爵はいった。「いつ目覚めるかは、分単位の正確さでわかっておったのさ」

（どうしてそんなことが？　そのためには、わたしの情報をくわしく把握しておかなくてはならないのに。正確な体重も、代謝も、それに……。まさか、ユエ！）

「さるぐつわをかませたままにしておかねばならんことが残念だ。そうでなかったら、さぞ愉快な会話を交わせたであろうに」

（ユエしかいないわ、そこまで知る立場にあったのは。でも、どうやって？）

男爵は背後の戸口をふりかえった。

「入ってこい、パイター」

男がひとり、部屋に入ってきて、男爵のそばに立った。この男の実物を目のあたりにするのははじめてだ。しかし、この顔は知っている。そして、この男のことも。

（パイター・ド・フリース——演算能力者《メンタート》にして暗殺者）

ジェシカはじっくりと観察した。タカのような顔だちをしている。青インクのような目の色からすると、アラキス出身者のようでもあるが、微妙な立ち居ふるまいは、そうではないことをほのめかしていた。肉体にしても、水をたっぷり摂っている者のそれだ。背は高いが痩せぎすで、どこかしら女々しい印象がある。

「貴女《あなた》との会話を楽しめぬのは、なんとも残念ではある、わが愛しのレディ・ジェシカよ。しかしながら、貴女の能力は、ようく知っておるのでな」男爵はメンタートに目を向けた。

「であろう、パイター？」

「おっしゃるとおりで、男爵」

テノールの声だ。その声を耳にしただけで、ジェシカの背筋を冷たいものが走りぬけた。これほど人を慄然とさせる声は聞いたことがない。ベネ・ゲセリットの修業を積んだ人間にとって、その声はこう叫んでいるに等しかった——〝おれは殺戮鬼だ!〟

「パイターにはサプライズの品を約束してあってな」男爵はつづけた。「こやつめ、報酬をもらえると思って、のこのことここまでやってきおった。報酬とは——すなわち貴女だよ、レディ・ジェシカ。しかし、ここはひとつ、ある事実を披露したい。じつはこいつ、貴女を欲してはおらぬのだ」

「わたしを弄ぶ気ですかな、男爵?」パイターがにんまりと笑みを浮かべた。

その笑みを見て、ジェシカは慄然とし、いぶかった。なぜ男爵は、身を護るために、このパイターという男から飛びのかないのだろう? そこでジェシカは自分を正した。男爵にはこの笑みの真意が読めないのだ。読みとるだけの修業を積んでいないのだから。

「このパイターめは、なにかとこう、ナイーブな男でな。なかなか認めようとはせんのだよ、貴女がいかに危険な生きものなのかをな、レディ・ジェシカ。こいつに目のあたりにさせてやってもよいが、そんなリスクを冒すのは愚かというものだ」パイターに向かって、男爵はにやりと笑ってみせた。パイターは仮面のごとく無表情になり、つづくことばを待っている。

「パイターがほんとうにほしいものを、わしは見ぬいておる。それはな——権力だ」

「この女をわがものにしてよい——そう約束されたはずですぞ」

パイターのテノールの声からは、冷たいまでの冷静さがすこし失われている。

ジェシカはその声に恐るべき予兆を聞きとり、心の中で身ぶるいした。

(どうして男爵は、これほどの怪物をメンタートから創りだせたのだろう?)

「ひとつ、選択をさせてやろうか、パイター」

「どのような?」

男爵は極太の指を鳴らして、

「この女を連れて帝国から出奔するか——それともアラキスにおけるアトレイデス公爵領を、わが名において統治するかだ」

男爵のクモの目は、まじまじとパイターを観察した。

「どうだ、うん? 名目はさておき、当地でおまえは、事実上の公爵さまになれるのだぞ」

(では、わたしのレトは死んでしまったの……?)

ジェシカは自問した。心のどこかで、自分が声を殺して忍び泣くのが感じられた。

男爵はメンタートに注意を向けたまま、つづけた。

「おのれというものを知れ、パイターよ。おまえがレディをほしいのは、この女が公爵の女だからだろうが。公爵の権力の象徴であり——美しく、有能で、象徴たるべく最高の訓練を受けた女だからだろうが。しかしだ。公爵領をまるごとだぞ、パイター! 象徴などよりもはるかに価値がある。それは現実だ。公爵領を治めれば、女などはいくらでも手に入る……そのほかにも、いろいろなものがな」

「このパイターをからかっているのではありますまいな?」

男爵はダンサーのように軽々と身をひねり、パイターに向きなおった。かろやかな動きは浮揚装置のおかげだった。

「からかうだと？　このわしが？　思いだせ——わしとて小僧のほうはあきらめたのだぞ。小僧が受けた訓練のことは、あの裏切り者から聞いたであろう。こやつらはどちらも同じだ、母親も、息子もな……恐るべき者どもだよ」男爵はにんまりと笑った。「さて、わしはもういかねばならん。入れ替わりに、このときにそなえて特別に用意しておいた兵員をよこす。まったく耳の聞こえない男だ。そいつには、おまえが女連れで放浪の旅に出るにあたって、宇宙港まで送りとどけるよう命じてある。女がおまえの、パイターよ、コントロールを奪うそぶりを見せようものなら、ただちに取り押さえるようにも命じてある。おまえがこの女を連れてアラキスを離れるまで、さるぐつわをはずすことも許しておらん。そして、おまえが出奔せぬ道を選ぶというのなら……やつはほかの命令を実行することになる」

「返事を待ってもらう必要はありません」パイターがいった。「もう決めました」

「ほっほう！」男爵は得意満面で声高に笑った。「こうも早く決めたからには、答えはあれでしかありえんな」

「公爵領をとります」とパイターはいった。

ジェシカは思った。

（パイターには男爵がうそをついていることがわからないの？　でも——わかるはずはないわね。これは心のねじけたメンタートなんだもの）

男爵はジェシカを見おろした。

「わしのパイターに対する理解ぶりたるや驚くべきものだろう。そうではないか？　じつは、護衛隊長と賭けをしてな、パイターはかならずこちらを選ぶとわしはいったのだが、見ろ、そのとおりになったではないか。ふははあ！　さて、わしはもういこう。この結果のほうがずっとよい。うんうん、ずっとよい。おわかりかな、レディ・ジェシカ？　貴女《あなた》に対しては、わしはなんら含むところがない。とはいえ、必然のしからしむところでな。こうなるほうがずっとよい。そうとも。そしてわしは、貴女を破滅させろなどという指示をひとことも発してはおらぬ。貴女の身になにが起こったかと問われれば、わしは肩をすくめて、ほんとうのことを話すだけですむ。それでわが身に累がおよぶことはない」

「では、このあとは、わたしの好きにしてよろしいのですな？」パイターがたずねた。

「このあとよこす者には、おまえの命令をきくようにいっておく。ここでわが手が血に染まることはない。なにをしようと、おまえの勝手だ」男爵はパイターを見すえた。「そうとも、ここでわが手が血に染《あずか》まることはない。なにをしようと、おまえのどうするかはおまえの判断だ。うむ。ここで起こることは、わしの与り知らぬこと。ただし、わしが立ち去るまでは待っておれよ。なさねばならぬことは、それからにしてもらおうぞ。そうとも、うむ……さよう、そうとも、それでよい。すばらしい」

（この男、読真師に訊問されることを恐れているんだわ）とジェシカは気がついた。（どの読真師に？　決まっているでしょう。もちろん、教母ガイウス・ヘレネさまそのひとによ！　いずれ教母さまの訊問を受けることになる――そう男爵が承知しているのであれば、この件

には確実に皇帝がかかわっている。ああ、なんということ――わたしのかわいそうなレト）

ジェシカに最後の一瞥をくれてから、男爵はくるりと背を向け、ドアの外へ出ていった。

ジェシカはその姿を目で追いかけ、思った。

（教母さまの警告なさったとおり……敵はあまりにも強大だわ）

男爵と入れ替わりに、ハルコンネンの兵士がふたり入ってきた。つづいて、そのあとからもうひとり、顔に傷のある男が現われ、戸口に立った。手にはレース銃《ガン》をぶらさげている。

（耳が聞こえないというのは、この男ね）傷の走る顔をじっと見つめて、ジェシカは思った。

（男爵は知ってるんだわ、わたしが〈繰り声《からく》〉でどんな人間もコントロールできることを）

向こう傷の男がパイターを見やり、いった。

「小僧は外の担架に縛りつけてありやすぜ。どうしやしょう？」

パイターはジェシカに話しかけた。

「息子さんに危害がおよんでもいいのか――と威《おど》して、あなたにいうことをきかせるつもりだったのですが……それではうまくいかなかっただろう、とだんだんわかってきましたよ。感情を理性に優先させるのは、わたしの悪いくせでしてね。メンタートとしては、よくないやりかたです」パイターは先に入ってきた兵士ふたりを見てから、唇を読めるよう、聾者《ろうしゃ》に顔を向けた。「小僧を連れていけとあの裏切り者がいった場所にな――この女も連れていけ。砂漠に放りだすんだ。あのプランはなかなかいい。蟲《ワーム》はすべての証拠を消し去ってくれる。ふたりの死体が見つかることはない」

「ご自分で連れてく気はないんで？」

（この男、唇を読むのね）とジェシカは思った。

「ここは男爵の先例にならうまでさ。さあ、裏切り者がいった場所に連れていけ」

ジェシカはパイターの声に、メンタート特有の強力な自制を聞きとった。

（この男もまた、読真師を恐れているんだわ）

パイターは肩をすくめてみせ、きびすを返して廊下に向かった。が、戸口でいったん立ちどまり、すこしためらった。そのようすから、パイターがまた引き返してきて、最後にもういちど顔を覗きこんでいくつもりかと思ったが、結局、ふりかえることなく、そのまま出ていった。

向こう傷の男がいった。

「おれだってよ、今夜みてぇな仕事のあとじゃ、読真師と顔を合わせたかねえわな」

「おまえなんぞ、魔女のババァに顔を合わせることなんかねえよ」ふたり組の兵士のうち、片割れがそういいながら、ジェシカの頭側にまわりこみ、しゃがみこんだ。「こんなとこに突っ立ってくっちゃべってたって、なんも始まりゃしねえ。おまえ、脚を持って――」

「なあなあ、ここで殺しちまやいいじゃねえかよ？」向こう傷の男がいった。

「後始末がめんどいだろ」頭側にいる男がいった。「縊《くび》り殺すってんなら別だがよ。おれとしちゃあ、ふあとくされなく、手を汚さずに、といきてえわな。あの裏切り者がいったとおり、こいつらを砂漠に放りだしてよ、一ヵ所二ヵ所斬りつけたら、あとは蟲《ワーム》にまかせちまやいい。

なんの後始末もいりゃしねえ」

「ははあ……なある。ちげえねえ」

ジェシカはこのやりとりに聞き耳を立て、兵士たちのようすを観察し、登録を行なった。

だが、さるぐつわをかまされていては、〈繰《から》り声〉を使えない。それに、聾者の存在も考慮しなければならない。

向こう傷の男がレースガンをホルスターに収め、ジェシカの脚を持った。ついで、頭側のブイのついた担架に放りだした。そこにはひとり、先客がいた。やはり縛りあげられている。男といっしょに、穀物袋のようにジェシカを持ちあげ、戸口を通って廊下に運びだし、浮揚横に転がされて、担架に縛りつけられるさい、ようやくその先客の顔が見えた。ポールだ！縛りあげられてこそいるが、さるぐつわをかまされてはいない。その顔はジェシカの顔から十センチほどしか離れておらず、目を閉じている。呼吸は正常だった。

（薬を盛られたの？）

兵士たちが担架を浮かせた。担架を押しているのはひとりだけだ。そのとたん、ポールがごくかすかに薄目をあけた。黒いスリットがこちらを見つめている。

（〈繰《から》り声〉を使ってはだめよ！　聾者の兵士がいるんだから！）

ポールはふたたび目を閉じた。

ポールは意識的呼吸を行ない、精神を落ちつかせようとするいっぽう、自分をつかまえた者たちのやりとりに耳をすました。やっかいなのは聾者だ。だが、ポールは絶望を退けた。母からたたきこまれた訓練——精神を落ちつかせるベネ・ゲセリットの行《ぎょう》により、冷静さは維持できている。機会さえあれば、いつでも行動に出られる。

もういちど薄目を開き、母親の顔を見た。危害を加えられてはいないようだった。しかし、さるぐつわをかまされている。

母上ほどの人物を、どうやってつかまえられたのだろう、とポールはいぶかった。自分がつかまった過程は、はっきりわかっている。ユエに処方されたカプセルを服《の》み、正体もなく眠りこんでしまって、目を覚ましたときには、この担架に縛られていたのだ。たぶん母上も、似たようなやりかたで眠らされたのだろう。論理の道筋は、裏切り者がユエだと告げている。しかし、最終判断はまだ保留としていた。どうしても納得がいかなかったからだ——スーク医学院出のドクターが裏切れるだなんて。

頭上に星のまたたく夜空が見えた。担架がすこしかたむいたのは、屋外へ運びだすさい、浮揚ブイが戸口の縁をかすめたせいだ。まもなく、兵士たちは砂地の上に出た。ザクザクと砂を踏む足音がしている。やがて頭上に、星々を覆い隠して、羽ばたき飛行機《オーニソプター》の大きな翼が広がった。ここで担架は地面に降ろされた。

この時点で、ポールの目はもうかすかな星明かりに慣れており、聾者の兵士がソプターのドアをあけ、計器パネルの淡い緑光で照らされた薄暗い機内を覗きこむのをとらえた。

「このソプターに乗ってけってのかよ？」

そういって、聾者はふりかえった。ほかの兵士たちの唇を読むためだ。

「砂漠の作業に向いてるとか、あの裏切り者がいってたやつだな」ひとりが答えた。

向こう傷の聾者はうなずいて、

「けどよ——こりゃあ連絡用の小型機だぜ。こいつらふたり入れたら、ほかにふたりっきゃ乗れやしねえ」

「ふたり乗れりゃ充分だろ」担架を押してきたほうの兵士が、唇がはっきり読めるようにと、向こう傷の男に顔を近づけた。「こっから先はおれらでやるよ、キネト」

「だめだめ、男爵さまから、こいつらの末路を見とどけろっていわれてんだ」

「なんでそんなに警戒してんだ？」担架の兵士の背後から、もうひとりがきいた。

「この女、な、ベネ・ゲセリットの魔女なんだぜ。どえれえ力を持ってやがんだ」

「ははあ……」担架押しのほうが、耳もとにこぶしをあてがって、魔除けのしぐさをした。

「あいつらのひとりかい。そりゃま、警戒もするわな」

担架押しのうしろにいる兵士が、うめくようにいった。

「じき、蟲《ワーム》の肉になっちまうんだろ？　いくらベネ・ゲセリットの魔女つってもよ、あんなでっけえ蟲《ワーム》を抑える力なんかあるわきゃねえ。だろ、ザイゴ？」

そういって、担架押しを軽くこづいた。

「だな」担架押しがうなずき、担架のそばまでもどってきて、ジェシカの腋の下に手を差しこんだ。「手伝え、キネト。最後まで見届けたいってんなら、いっしょにきてもいいぞ」

「招待してくださるたぁ、ご親切なこって、ザイゴ」

ジェシカはふたりの男にからだを持ちあげられた。翼の影がぐるりと回転して——星々が見えた。押しこめられた先はソプターの後部座席だった。食いこみ型捕縄《クリムスケル》の縛《ほじょう》めを確認され、シートベルトでしっかり固定された。ポールもとなりに押しこめられて、やはりしっかりと固定された。ポールも縛られてはいる。だが、縛めに使われているのはふつうの縄だ。

向こう傷の男、キネトと呼ばれる聾者が、操縦席に乗りこんだ。担架押しの男、ザイゴと呼ばれる男が、反対側にまわりこみ、副操縦席に乗りこんだ。

キネトがドアを閉め、コントロール装置にかがみこむ。操縦席のザイゴがエンジンを始動させた。ソプターは勢いよく翼を羽ばたかせて、ふわりと舞いあがり、南へ向かいだした。〈防嵐壁《ぼうらんへき》〉を越えて南下するつもりなのだ。

ザイゴがキネトの肩をつついた。

「なあ、操縦はおれにまかせて、おまえはうしろのふたりを見てたほうがいいんじゃねえのか？」

ザイゴの唇を読んで、キネトが問い返した。

「けどよ、おまえ、行き先知ってんのか」

「裏切り者のいってた行き先なら、おれも聞いてたぜ」

それならばと、キネトはシートをうしろ向きに回転させた。その手に握ったレースガンが、星明かりにきらめいた。闇に目が慣れるにつれて、計器パネルの放つ光を受け、ソプターの内装がぼうっと光っているのが見えるようになった。計器光を背中から受けて、向こう傷のあるキネトの顔は影になっている。ジェシカはさりげなくシートベルトの強度をたしかめた。しっかりと締められたはずなのに、不思議ときつくない。それとなく調べてみると、シートベルトの左腕にあたる部分に大きく切れこみの入った部分があった。思いきり力を入れれば、あっさり切れてしまいそうだ。

(だれかがシートベルトに細工をして、わたしたちが脱出できるようにしてくれたようね。それはだれ?)

ジェシカはゆっくりと、縛られた足を動かし、ポールの足の上からそっとどけた。

「こんなにいい女をよぉ? このまま捨てちまうっつうのも、なんかもったいねえ話だわな。おめぇ、高貴な生まれの女って、抱いたことあっか?」

向こう傷のキネトがそういって、操縦を受け持つザイゴに顔を向けた。

「ベネ・ゲセリットっつっても、みんながみんな高貴なわけじゃねえよ」

「けどよぉ、ハイソに見えるぜ」

(向こうには、こちらがはっきりと見えているのね)

ジェシカは縛られた脚をシートの上に引きあげ、しどけないポーズをとりつつ、キネトを見つめた。

「いや、でも、ほんと、ハクいよなあ。やっぱ、もったいねぇわ、このスケ」

キネトは舌で唇を湿らせ、ザイゴを見た。

「おまえがなにを思ってるとおれが思ってるか、わかるか？」ザイゴがいった。「おれな、高貴な女って抱いたことねえべ？　どうせあとはよぉ……」キネトは肩をすくめた。「こんな上玉を抱けるチャンス、もう二度とねえぜ」

「母上に指一本でも触れてみろ……」

ポールがわざときしるような声を出し、キネトをにらみつけた。

「うっひゃっひゃっ！」操縦席のザイゴが笑った。「ガキがいっちょまえに吠えてやがら。ま、吠えるだけで、噛みつけっこねえけどよ」

ジェシカは思った。

（ポールの声はかんだかすぎた。でも、効き目はあったかもしれない）

それからはしばし、無言の飛行がつづいた。

（あわれな愚物たちだわ）ジェシカはふたりの兵士を観察し、男爵のことばを思い返した。

（任務成功の報告をすれば、即刻、その場で殺されてしまうというのに。男爵は生き証人を残さないつもりなのだから）

ソプターはバンクし、〈防嵐壁〉の南涯《なんがい》を飛び越えた。眼下に広がるのは、月光を浴びて無数の砂丘が影を作る、広大な砂の原だ。

「このへんまでくりゃあいいだろ」操縦席のザイゴがいった。「あの裏切り者、〈防嵐壁〉付近の砂漠ならどこでもいいっつってたからな」

ソプターは長い降下ラインを描いて高度を落とし、砂表のすぐ上に浮かんだ。ぎごちない操縦ぶりだった。

ジェシカはポールを見た。ポールは冷静さをたもつため、リズミカルな呼吸をしはじめている。いちど目を閉じ、また開いた。ジェシカには、そんなポールを見つめていることしかできなかった。

（この子はまだ〈繰《から》り声〈をマスターしていない。もしも失敗したら……）

軽い衝撃とともに、ソプターが砂表に接地した。ジェシカはソプターがやってきた方向を――北の〈防嵐壁〉方向を眺めやった。そのときたまたま、一機のソプターのシルエットが山影に沈んでいくのが見えた。

（だれかがつけてきている！　何者？）答えはすぐに出た。（このふたりを見張らせるため、男爵が送りだした見張りだわ。そして、その見張りを見張る見張りもいるにちがいない）

ザイゴがエンジンを停止させた。しーんという、圧倒的なまでの静寂がのしかかってきた。

ジェシカは機体のまわりを見た。キネトの背後にあるウインドシールドごしに、昇りゆく月の淡い光に照らされて、砂漠に突き出た岩塊の上縁が白く霜が降りたように見えている。機体の左右後方には、砂が吹きとばされてできた畝《うね》が長々と筋を引いていた。

ポールが咳ばらいをした。

ザイゴが水を向けた。

「やっちまおうぜ、キネト？」

「どうすっかなあ、ザイゴ」

ザイゴがふりかえり、

「おっ、こりゃあ。うへへ、見ろよ」といいながら、ジェシカのスカートに手を伸ばした。

「母上のさるぐつわをはずせ」ポールが命じた。

ことばが空中にたゆたった。ジェシカはその効果を感じた。口調といい、声の質といい、申し分ない。強制力が強く、非常に鋭利だ。もうすこしピッチが低かったら完璧だったが、それでも充分、相手の可聴域に適合しているはずだった。

伸ばしかけていた手を、ザイゴが急に上へ向け、ジェシカのさるぐつわに持っていって、結び目にかけた。

「おい、やめろ！」耳の聞こえないキネトが怒鳴った。

「なあに、心配すんなって」ザイゴが答えた。「両手は縛ってあんだ」

結び目をほどいた。さるぐつわがゆるむ。欲情にぎらぎら光る目で、ザイゴがジェシカの肢体をなめまわしだした。

キネトがザイゴの腕に手をかけた。

「こら、ザイゴ、よせってば……」

ジェシカは首を左右にふり、口に食いこんでいたさるぐつわを吐きだした。ついで、低く、親しげな声で、こういった。

「ふたりとも！　わたしをめぐって争う必要はないのよ」

同時に、キネトに向かって、しなを作ってみせる。耳が聞こえなくても、いまのことばは読みとれたはずだし、蠱惑《こわく》的なしぐさは火に油を注いだだろう。

ふたりが身をこわばらせるのがわかった。この瞬間、ジェシカを自分のものにするには、争わなければならないと気づいたからだ。両者の反目をあおるのに、それ以外の理由は必要ない。このふたり、ジェシカをめぐって、すでに心の中で争いをはじめている。

計器パネルの光で、唇の動きがキネトにはっきり見えるよう、ジェシカはこうべをかかげ、語をついだ。

「争いごとはだめ」

ふたりはいっそう距離をとり、険しい視線を交わしあった。

「取りあう価値がある女なんて、この世にいるものかしら？」

こう問いかけることによって、ジェシカはただここにいるだけで、ふたりの兵士にとり、なにがなんでも争って勝ちとる価値のある女になった。

そのあいだ、ポールはしっかり口を閉じ、意識して無言を通していた。〈繰り声《からく》〉を使う機会を的確にとらえて、目的は達した。これから先、すべては母親にかかっている。ここは自分よりもはるかに経験豊富な母にまかせたほうがいい。

「ちげえねえ。なにも取りあうこたねえやな……」

いいかけて、キネトはザイゴの首めがけ、殴りかかった。が、一瞬早く、金属のなにかがきらめき、キネトの腕をはねのけ、そのまま勢いに乗ってキネトの胸に襲いかかった。

キネトがうめき、背後のドアにもたれかかって、ぐったりと動かなくなった。

「そんな手にひっかかるほど、マヌケだと思ったか」

ザイゴがキネトの胸から手を引く。胸に刺さっていたナイフの刃があらわになり、月光を反射してきらめいた。

「さあ、つぎはガキの番だ」ザイゴがポールにかがみこもうとした。

「その必要はありません」ジェシカがつぶやくようにいった。

ザイゴはためらった。

「わたしがおとなしくいうことをきくようにしたほうが、都合がいいのではなくて？　さあ、その子を放してやりなさい」

ジェシカの唇の端が吊りあがり、冷笑を形作った。

「こんな砂漠に放りだされたら、生き延びられる可能性はないわ。その子を外に放してやりなさい。そうすれば……」

艶然とほほえんだ。

「ごほうびに、わたしはあなたのもの」

ザイゴはきょろきょろと左右を見まわし、ジェシカに視線をもどした。

「こんな砂漠に放りだされたやつが、どんな目に遭うかは聞いてる。こんなとこに放りだすよっか、ひと思いにナイフで息の根をとめてやったほうが、親切ってもんだぜ」

「わたしの頼み、それほど荷が重い？」

「おまえ、トリックでおれをたぶらかそうとしてやがんな」

「目の前で息子が死ぬのは見たくないの。それがトリック？」

ザイゴはあとずさり、ひじでラッチを押してドアをあけ、ポールの胸ぐらをぐいとつかみ、シートから引きずりだすと、なかばドアの外へ押しだしながら、ナイフを突きつけた。

「この縄を切ったら、どうする、小僧？」

「即座にこの機を離れて、岩場に走っていくでしょう」ジェシカが口をはさんだ。

「そのとおりにするか、小僧？」

ポールはこの場に最適の口調を選び、ぶっきらぼうに答えた。

「する」

ナイフが振りおろされ、脚の縛めを断ち切った。同時に、機の外へ突き落とそうと背中を押す力を感じとり、ポールはわざとドアフレームにつまずいて、バランスをとろうともがくふりを装いつつ、くるりと内側に向きなおり、思いきり右足を蹴りだした。

長年の修業の成果というべきだろう、狙いあやまたず、まるですべての修業がこの一瞬のためであったかのように、足の先は正確無比に目標をとらえた。全身のほぼすべての筋肉が協調し、この蹴りを生みだしたといっていい。爪先はザイゴの腹、胸骨のすぐ下の軟らかい部分にめりこみ、そのまま上へ抉《えぐ》っていって、圧倒的な力で肝臓を破裂させ、横隔膜を貫き、右心室を蹴り潰した。

喘鳴《ぜんめい》混じりの悲鳴を引いて、ザイゴがうしろ向きに機の中へ吹っとび、前部シートの上に倒れこむ。ポールは上半身は縛られたままなので、手を使えないままに落下していったが、砂表に接すると同時に、横に回転して勢いを殺し、流れるような動作でさっと立ちあがった。すかさず機に飛び乗り、落ちていたナイフを歯で咥《くわ》え、母親の縛めを切る。こんどは母親がナイフを受けとり、ポールをうしろ手に縛っていた縄を断ち切った。

「わたしだけでもなんとかなったのに」とジェシカはいった。「あの男、わたしの縄を切らないことには、なにもできなかったのよ。愚かなリスクを冒したわね」

「好機ありと見て、行動に出たまでです」

ジェシカは息子の声に、懸命に自制している響きを聞きとった。

「機内の天井に、ユエ家の紋章が描きつけてあるわ」

ポールは天井を見あげた。なるほど、そこに渦巻き紋が描かれていた。

「すぐに外へ出て、この機体を調べましょう」ジェシカはつづけた。「操縦席の下になにか荷物が押しこんであるわ。押しこまれたとき、足の先に感じたの」

「爆弾でしょうか」

「それはどうかしら。なにか特殊な感じはあるけれど」

ポールが砂の上に飛びおりた。ジェシカもあとにつづき、機体に向きなおって、操縦席の下の奇妙な包みに手を伸ばした。顔の前に突きでたザイゴの足をよけつつ、荷物を取りだす。上面が濡れていた。濡れているのは、ザイゴの死体からしたたる血のせいだった。

（なんという水分の浪費……）

そう思ってすぐに、ジェシカははっと気がついた。いつのまにか自分にも、アラキス流の考えかたが染みついていたらしい。

ポールは周囲を見まわし、さほど遠くないところで、砂原から岩の急斜面がせりあがっていることに気がついた。こうして見ると、海面からせりあがった急な岩場のようだ。岩場の向こうには、風蝕で削れた絶壁がそそりたっていた。岩場に背を向けると、母親がちょうどソプターから包みを取りだしたところだった。

だが、母親の目は包みを見てはいない。砂丘の連なりを越えて、彼方の〈防嵐壁〉方向に向けられている。なにを見ているのかと、ポールはそちらに視線を向けた。

もう一機のソプターが降下してこようとしていた。

もはやこちらのソプターから死体を引きずりだし、乗りこんで飛ばすだけの時間はない。

「逃げて、ポール！」ジェシカが叫んだ。「ハルコンネンよ！」

アラキスはナイフの本音を教えてくれる。不完全なるものを斬り捨てたあとで、ナイフはこういう――「さあ、これでこいつは完全になったぞ。なぜなら、ここで息絶えたからだ」

――プリンセス・イルーラン
『ムアッディブ名言集』より

廊下を駆けてきた男が、横手の廊下への入口で、たたらを踏んで立ちどまり、ユエを凝視した。ハルコンネン家の制服を着用している。いったんメイプスの死体に目をやり、ついで、ぐったりと横たわる公爵に視線を移してから、そのとなりに立ちつくすユエに目をもどした。右手にレース銃《ガン》を持ったその男は、全身に染みついた残忍さのオーラをただよわせていた。いかにも剽悍《ひょうかん》そうな身のこなしに、ユエは戦慄をおぼえた。

（親衛兵《サーダカー》か）とユエは思った。（見たところ、階級は上級大佐《バシャール》らしいな。おそらく、状況を見とどけるために派遣されてきた皇帝直属の武官のひとりだろう。どの制服を着ていようと、

サーダカーは見まがいようがない）

「おまえがユエか」

男はそういって、ドクターの髪を束ねているスーク医学院の銀の輪に好奇の視線を向け、つかのま、額に彫られたダイヤモンド形の刺青を見てから、ユエの視線をとらえた。

「わたしがユエだ」

「そう緊張するな、ユエ。おまえが館のシールドを停止させると同時に、われわれは館内に侵入した。すでに屋内の制圧は完了している。そこに転がっているのが公爵か？」

「そうだ」

「死んだのか？」

「意識を失っているだけだ。縛っておいたほうがいい」

男は廊下の奥に転がっているメイプスの死体に目をやって、

「ほかの者たちもおまえのしわざか？」とたずねた。

「気の毒なことをした……」

「ふふん、なにが気の毒だ！」

サーダカーは鼻先でせせら笑い、歩みよってくると、公爵を見おろした。

「では、これが偉大なる〈赤の公爵〉というわけだ」

（たとえこの者の素性に疑いを持っていたとしても、いまのひとことによって解消された。アトレイデス家代々の公爵を〈赤の公爵〉と呼ぶのは、皇帝とその意を受けた者だけだ）

サーダカーは手を伸ばし、公爵の制服から赤い鷹の紋章を引きちぎって、「ちょっとした記念品だな」といった。「公爵の印章指輪はどこだ？」

「身につけていない」

「そんなことは見ればわかる！」

ユエは身をこわばらせ、ごくりとつばを呑みこんだ。

（ここで疑いを持たれて、読真師にかけられれば、指輪をポールに託したことも、ひそかに用意したソプターのことも、みな知られてしまい――すべては水泡に帰す）

「ときどき公爵は伝令に指輪を託していた。伝令の伝える命令が、公爵本人から出たものであることの裏づけとしてだ」

「ほう。よほど信頼の置ける伝令どもがいると見える」

「公爵を縛らないのか？」

「気を失っている時間はどれくらいだ？」

「二時間かそこらだろう。レディと息子ほど正確には麻酔剤の分量を測れていない」

サーダカーは足の先を使い、公爵をうつぶせに転がした。

「こんなやつ、目覚めていたところで恐るるにたらんが。女と子供はいつ目覚める？」

「あと十分ほどだ」

「そんなに早くか？」

「男爵どのは、兵たちが侵入してすぐに入館してくると聞いているが」

「まあ、そのとおりだ。おまえはこの館の外で待っていろ、ユエ」そういって、男はユエに鋭い一瞥をくれた。「早くしないか！」

ユエは公爵を見た。

「いったい、公爵をどう……」

「男爵に差しだすのさ。オーブンに入れてローストする鳥のように、きっちりと縛ってな」

サーダカーはふたたび、ユエの額に彫られたダイヤモンド形の刺青に目をやった。「おまえのことはみなに周知されている。歩いていっても撃たれる恐れはない。さあ、いけ、裏切り者。無駄話をしているひまはない。ほかの者たちの足音が聞こえる」

（裏切り者、か）とユエは思った。視線を落とし、サーダカーの横をすりぬけて歩きだす。いまのひとことは、歴史が自分に貼るレッテルの先駆けだろう。（裏切り者、ユエ——）

正面玄関へ向かう途中、さらにいくつもの死体を見た。そのなかに、ポールかジェシカの死体がありはしないかと、戦々兢《きようきよう》々の思いで顔を確認した。しかし、いずれも館の衛兵か、ハルコンネン軍の制服を着た者たちだった。

正面玄関を通りぬけ、火の手がちらつく屋外に出る。ハルコンネン軍の親衛兵らが警戒し、油断のない目を向けてきた。火の手のもとは道路ぎわにならぶヤシノキだ。どの樹も炎上し、赤々と公邸を照らしている。生木を燃やすためにかけられた引火性の液体が黒煙を吐いて、オレンジ色の炎を貫き、暗い夜天に立ち昇っていた。

「あいつだ、裏切り者だぜ」だれかがいった。

「もうじき男爵がお会いになる」別の親衛兵がユエの腕をつかんだ。

（あのソプターのところへいかねば。ポールがすぐ見つけられる場所に、公爵の印章指輪を置いてこなくては）そこで、恐怖がユエを呪縛した。（アイダホがわたしを疑うか、痺れを切らしてしまったなら――時機を待たず、指定した場所にいかなかったなら――ジェシカもポールも、虐殺はまぬがれられん。そうなったら、わが行ないにともなう、ささやかな慰めまでもが失われてしまう）

ハルコンネン兵がユエの腕を放し、命じた。

「じゃまにならないよう、あそこで待ってろ」

ユエは唐突に、この破壊の場における自分の立場を思い知った。鼻つまみだ。情けをかけられることもなく、ほんのすこしのあわれみを持たれることもなく。

（アイダホよ、失敗してはならんぞ！）

別の兵士に突き飛ばされ、怒鳴られた。

「邪魔だ、どいてろ！」

（わたしのおかげで急襲に成功しながら、このわたしを見くだすか）

隅に押しやられたユエは、それでも背筋を伸ばし、多少とも威厳を取りもどそうとした。

「あそこで男爵さまを待て！」親衛隊の将校が怒鳴った。

ユエはうなずき、さりげない態度で公邸のはずれまで歩いていくと、角を曲がり、燃えるヤシノキの火光が届かない影の中へ入った。一歩ごとに心の不安をにじませながら、足早に歩を進め、裏庭へ向かう。ソプターを置いてあるのは裏庭の温室のそばだ。ポールと母親を逃がすため、アイダホと示し合わせて用意しておいたものだった。

公邸の裏口はドアがあいたままになっており、そこにひとりの兵士が立って館内を覗いていた。照明のともる廊下では、兵士たちがつぎつぎにドアをあけ、各部屋を捜索している。

なんと傍若無人な！

ユエは影に潜んだまま、兵士に姿を見られないよう、ソプターの向こう側にまわりこみ、そうっとドアをあけ、操縦席の下を探って、そこに隠しておいた保命《フレム》キットを入れたバックパックを取りだした。フラップをあげ、パックの中に公爵の印章指輪をすべりこませようとしたとき、なにかが手にあたり、ガサッと音をたてた。前にメモを書きつけておいた香料紙だった。その香料紙のあいだに指輪を押しこむ。それから手を抜き、バックパックをもとの位置に押しこんだ。

音をたてないようにドアを閉め、足を忍ばせて、きた道をそっと引き返し、燃える樹々のそばへもどるべく、館の角へ向かっていく。

（これでやるべきことはやった）

建物の角をまわりこむと、燃えるヤシがまた見えるようになった。マントをかきよせて、炎を見つめる。

（もうじき、わかる。もうじきだ、男爵の姿を目のあたりにすれば、わかる。そして男爵は——小さな歯に遭遇することになる）

伝説によれば、レト・アトレイデス公爵が亡くなられた瞬間、公爵家が先祖代々住んでいたカラダンの宮城上空に星が流れたといいます。

——プリンセス・イルーラン
『子供のためのムアッディブ史』序文より

ウラディーミル・ハルコンネン男爵は、地上に着陸させた哨戒艦《フリゲート》の、司令室として使っている船室で、展望窓の前に立っていた。窓の外に広がったアラキーンの夜には、遠く点々とそそりたつ火柱が見える。男爵の視線が注がれている先は、彼方の〈防嵐壁〉だ。あの付近には、赫奕《かくやく》たる戦果をあげている最中の秘密兵器を設置してあった。

榴弾砲である。

何門もの榴弾砲は、公爵の戦闘員が最後の砦として立てこもった〈防嵐壁〉内の洞窟系を徐々に破壊しつつある。ゆっくりと岩壁を嚙み砕いていく、オレンジ色の火柱。その一瞬の火光《かこう》に、噴きあげられた岩や粉塵が浮かびあがる。ああして砲撃をつづけていれば、公爵の兵たちは外に出ることもできず、やがて巣に閉じこめられた動物のように餓死してしまうにちがいない。

はるかな爆発の震動が感じられた。哨戒艦《フリゲート》の金属艦殻を通して、太鼓の音のような轟きが伝わってくる。ズーン……ズーン。ついで、ドガーン……ガーン！

（この防御場《シールド》の時代に、だれが火砲を復活させようと考えるだろう）

ひとりでに笑いが漏れる。（公爵の兵どもがあの洞窟系に逃げこむことは予想ずみだった。皇帝もわが賢明さを評価することだろう――この処置によって、われらが連合戦力は、極力、死者を出さずにすんだのだからな）

男爵のからだは、何台もの小型浮揚装置により、宙に浮かんでいた。その一台を調整する。肥え太った肉体には、絶えず下に引きずりおろそうとする重力がかかっている。浮揚装置は、その重力から身を護るものだ。ほくそえんだ口のはたに皺が刻まれて、たるんだあごの肉を上に引っぱった。

（あたら精強な公爵の兵を犬死にさせるのは哀れだが……）

笑みはいっそう大きくなり、男爵はおのが表現を笑った。

（哀れというよりも、残酷、というべきだな、もはや）

ひとり、うんうんうなずく。作戦の失敗は、すなわち兵の損耗に結びつく。宇宙全体は、正しい判断のできる者に開かれているといってよい。迷えるウサギどもは陽のもとにさらし、巣穴に逃げこませてしまうほかない。さもなくば、どうやってウサギどもを統治下に置き、飼い馴らせるというのか。自分の兵たちは、さしずめ、そのウサギを狩りたてる働きバチといったところだ。

（わしのために動く働きバチ。その数を充分にそろえてこそ、わが世の春を謳歌できる）

そのとき、背後のドアが開いた。ふりかえる前に、男爵は暗い展望窓に映りこんだ鏡像を見た。

部屋に入ってきたのは、パイター・ド・フリースだった。背後に男爵の護衛隊長、アマン・クードゥーを連れている。ドアのすぐ外の主通路には、護衛兵らが動いているのが見えた。護衛兵はみなヒツジのような顔をしている。男爵がいるところでは、あえてヒツジのように従順な表情をするのが、護衛隊のならわしなのだ。

ここでようやく、男爵は背後に向きなおった。

パイターが前髪に指をあて、敬礼のまねごとをした。

「よい知らせです、ム・ロード。親衛兵《サーダカー》が公爵を連れてきました」

「むろん、そうだろうとも」

男爵は深く響く声で答え、パイターのなよなよとした顔を観察した。こいつの顔つきの、なんと陰気で悪党じみていることか。それに、この男の目。陰になった細い隙間に覗くのは、青の中の至青の目だ。

（遠からず、こいつは排除せねばなるまいな）と男爵は思った。（そろそろ役にたつ時期を過ぎて、わし個人にも潜在的な危険をおよぼすまでになりおった。しかし、排除する前に、こいつがアラキスの住民に憎まれるようにしむけねばならん。そこでおもむろに排除して、あとがまに愛しのフェイド＝ラウサをすえれば、わが甥っ子は悪領主から救ってくれた名君として民草に歓迎されることになる)

男爵は護衛隊長のアマン・クードゥーに注意を向けた。隊長のあごの肉は薄く削げ落ちて、あごの先端にいたってはブーツの爪先のように尖っている。この男は信用できる。こいつの悪癖を知っているからだ。それはつまり、この男の弱みを押さえていることを意味する。

「そのまえに、きこう——公爵を売りわたした裏切り者はどこにいる？」男爵はたずねた。

「裏切り者には報賞を与えねばならんでな」

パイターは片足を軸にして、くるりとうしろに向きなおると、外の主通路で待機している護衛兵のひとりに合図した。

戸口になにやら、黒一色の存在がうごめき、ユエが室内に入ってきた。動作がぎくしゃくして、妙にぎごちない。紫色の唇の両脇からは、二本のドジョウ髭をたらしている。生気を感じさせるのは、その老いた目だけだ。パイターの手ぶりにしたがって、ユエは三歩歩いて足をとめ、その場に立ったまま、一定の空間を隔てて男爵と向きあった。

「おお、ドクター・ユエ」

「マイ・ロード・ハルコンネン」

「おまえがわしに公爵を差しだしてくれたそうだな」

「はい、マイ・ロード、それが取り引き条件でしたので」

男爵はパイターに目をやった。

パイターはこくりとうなずいた。

男爵はユエに視線をもどした。

「はて、取り引き条件？　それと引き替えに、わしは……」そこから先は、吐きだすようにいった。「……なにをしてやるはずだったかな？」

「その内容はご自身がよく憶えておいででしょう、マイ・ロード・ハルコンネン」

ここにおいてユエは、みずからに考えることをゆるした。心の中の時計がいっさいの音を発しなかったからだ。男爵の態度には、微妙な裏切りの気配が見てとれた。では……ワナはほんとうに死んでしまったのだ。手の届かないところへいってしまったのだ。でなければ、こんなに怯懦《きょうだ》な医師といえども、多少は男爵も相手にする姿勢を見せていただろう。だが、相手の態度から察するに、男爵に自分を相手にする意図はない。もはや自分は用済みなのだ。

「ほう？　わしがか？」男爵はいった。

「わたしのワナを苦しみから解放してくれる――あなたはそう約束なさいました」

男爵はうなずいた。

「おお、そうそう。たったいま思いだしたぞ。たしかにそうだったな。そんな約束をした。だからこそ、おまえの受けた帝国制式条件づけをねじ曲げることができたのだ。愛するベネ・ゲセリットの魔女が、パイターの苦痛増幅装置によっていたぶられる姿に、おまえは耐えきれなかった――そうだな？　いずれにせよ、ウラディーミル・ハルコンネン男爵はつねに約束をまもる。わしはおまえに、あの魔女を苦しみから解放して、おまえを魔女の居場所にいかせてやると約束した。ならば、そこへいくがいい」

男爵はそういって、パイターに手をひとふりした。

パイターの青い目から、人間らしい光がすっと消えた。そして、猫を思わせるしなやかな動作ですばやく動いたかと思うと、つぎの瞬間、手にしたナイフを鉤爪のようにきらめかせ、ユエの背中に突きたてた。

老医師は身をこわばらせた——が、一瞬たりとも、男爵から目を離そうとはしなかった。

「さあ、ゆけ、魔女のもとへ！」男爵は吐き捨てるようにいった。

ぐらつきながらも、ユエは立ちつづけた。立ったたまま、丹念に唇を動かし、妙にリズムのととのった声で、ゆっくりとことばを絞りだした。

「おまえは……わたしを……打ち負かしたと……思って……いる……おまえは……わたしが……わが……ワナの……ために……した……ことを……わかって……いないと……そう……思って……いる」

それを最後に、ユエはどうと倒れ伏した。からだが曲がるでもなく、くずおれるでもなく、樹が倒れるように、まっすぐ身を伸ばしたまま、前のめりに倒れこんだのだ。

「ゆけ、魔女のもとへ」

男爵はくりかえした。が、それはさっきのことばの奇妙に弱々しいエコーでしかなかった。

ユエのふるまいにより、不吉な思いが心に膨れあがってきたからである。

男爵はそこでパイターに鋭い視線を向け、布きれでナイフの刃をぬぐうようすを見つめた。パイターの青い目には、愉快でたまらないという愉悦の表情が浮かんでいる。

(こやつがみずからの手で人を殺すときには、こんなふうにやるのだな)と男爵は思った。(目《ま》のあたりにできたのは幸いだった)

「この男、ほんとうに公爵を差しだしたのか?」男爵はたずねた。

「たしかですとも、マイ・ロード」パイターが答えた。

「ならば、ここへ連れてこい!」

パイターが親衛隊長に目くばせをした。護衛隊長は指示されたとおり、身を翻して、外の主通路に出ていった。

男爵はユエを見おろした。この男のからだには、骨というより、オークの木材でも入っているのではないか、とそう思わせる倒れかただった。

「わしは裏切り者を信用したためしがない。たとえそれが、わしが指嗾《しそう》して作った裏切り者だったとしてもだ」

男爵は展望窓の外に広がる漆黒の夜を眺めやった。いつしか静まり返った黒一色の世界。それがもはや自分のものであることを男爵は知っている。〈防嵐壁〉の洞窟をたたく砲火はすでにやんでいた。巣穴の入口が完全に塞がれたのだ。男爵の心は突如として、黒を愛でる気持ちで満たされた。醇乎《じゅんこ》たる黒、完全にうつろな黒。これほどに美しい色はほかにない。あるとすれば、黒をおおう白だ。黒の上に貼られた白だ。磁器の白だ。

しかし、心にはまだ、ひとつひっかかる要素が残っていた。

愚かな老いぼれ医者は、なぜあんなことをいったのか？　やつもむろん、自分があした末路を迎えることを予期してはいただろう。気になるのは、あの老いぼれが死に際に吐いたせりふだ。〝おまえはわたしを打ち負かしたと思っている〟――そうあの男はいった。

どんな意図から、あんなことをいったのか？

おりしも、レト・アトレイデス公爵が連れてこられた。

公爵は両腕を鎖で縛られており、ワシのような顔は土の筋で汚れていた。だれかに紋章をちぎられたのだろう、制服の一部が破れている。腰のまわりがびりびりに裂けているのは、だれかが制服のベルト通しからシールド・ベルトをはずす手間を省き、強引に引っぺがしたためだ。公爵の目は焦点が合っておらず、どこか狂的な光をたたえていた。

「おほう、これはこれは」

いいかけて、男爵はためらい、大きく深呼吸をした。声が大きすぎたことに気づいたからである。おかげで、長年待ちわびてきたこの瞬間の醍醐味が、すこし薄れてしまった。

（わしを動揺させておって、あのろくでもないクズ医者めが。永遠に呪われろ！）

ここで、パイターがいった。

「われらが良き公爵さまは、どうも薬物で朦朧《もうろう》としておられるごようす。われらに差しだすため、ユエが一服盛ったのでしょう」パイターは公爵に顔を向けた。「そのとおりですな、敬愛すべき公爵どの？」

公爵の耳にとどく声は、どこか遠くから響いてくるようだった。鎖をかけられているのがわかる。からだじゅうの筋肉が痛い。唇はひび割れており、頬は焼けるように熱く、口内はからからに渇いて、砂を含んだようにざらついている。音はくぐもっていてよく聞こえない。密な毛布ですっぽりと頭をくるまれているかのようだ。視界も不良で、暗い影が毛布ごしにぼんやりと動いているようにしか見えない。

「女と小僧はどうした、パイター？」男爵がたずねた。「発見の知らせはあったか？」

パイターはすばやく唇を舐めただけだった。

「聞こえただろう！」男爵は声を荒《あら》らげた。「どうなんだ？」

パイターは護衛隊長を見やり、男爵に視線をもどした。

「その仕事をさせるべく派遣した者たちは、ム・ロード——なんというか……その……ええ……発見……されました」

「満足のいく報告をしてきたのだろうな？」

「それがその、つまり、死んでおりまして」

「わかりきったことをいうな！　わしが知りたいのは——」

「見つかった時点ですでに死んでいたのです……派遣した者たちが」

男爵の顔が怒りで赤く染まった。

「では、女と小僧は？」

「影も形も……。なにしろ蟲《ワーム》が襲ってきたものですから。捜索隊が現場を調査しているとき、いきなり襲ってきたのです。しかし、これでたぶん、望ましい形で決着したのではないかと思いますよ。つまり、事故です。可能性としては――」

「可能性などクソくらえだ、パイター。行方不明のソプターの件、あっちはどうなった？　わが演算能力者《メンタート》どのは、そこからなんの意味も汲みとれんのか？」

「公爵の部下のひとりがソプターに乗って脱出したんでしょう。同機のパイロットを殺して奪っていったんです」

「公爵の部下？　だれだ、それは！」

「パイロットが鮮やかな手並で殺されていたところを見ると、ハワトだろうと。でなければ、あのハレックというやつか。はたまたアイダホか。上級幹部のだれかである可能性も否定はできません」

「またしても可能性か」

男爵はつぶやき、薬物で麻痺してふらついているレト公爵に目を向けた。

「だいじょうぶですよ、状況はちゃんと掌握できています、ム・ロード」

「そんなはずがあるかっ！　あの馬鹿の惑星学者はどこにいる？　カインズという男はどこだ？」

「あの男がいそうな場所を聞きだして、迎えの者を差し向けました」

「皇帝の官吏のくせに、やつのやりかたはどうにも気に食わん」男爵はぼそりといった。

綿毛布をかぶせられたかのように、両者のやりとりはくぐもって聞こえたが、いくつかのことばはレトの心の中で燦然と燃えていた。

〝女と小僧は——影も形も〟

では、ポールとジェシカは脱出できたのだ。ハワト、ハレック、アイダホの運命も不明であることがわかった。希望はまだある。

「公爵の印章指輪はどこだ?」男爵がたずねた。「指にはなにもはめておらんぞ」

護衛隊長が答えた。

「サーダカーが申しますには、身柄を確保したとき、すでにもうはめていなかったそうです、マイ・ロード」

「医師を殺すのが早すぎたな、パイター。あれは判断ミスだ。おまえはわしに警告をすべきだったのだ。われらが事業を成就させるにあたって、おまえの行動は性急にすぎる」男爵は顔をしかめた。「ふん、なにが可能性だ!」

安堵の思いは正弦波となってレトの心に宿った。

(ポールもジェシカも脱出できた!)

そういえば、記憶の奥底に、かすかに残っているものがある。なんらかのキーワードだ。もうすこしで思いだせそうなのに……。

(そう、〝歯〟だ!)

部分的にそれを思いだした。

(差し歯に仕込んだ猛毒のガス——)

だれかがいっていた——歯のことを忘れるな、と。歯は口の中にある、と。レトは舌先で差し歯を探った。それを思いきり嚙みしめれば——。

(まだ早い!)

そのだれかは、男爵のそばにいくまで待てといっていた。そういったのはだれだ? 思いだせない。

「薬の効果は、あとどれくらいつづく?」男爵がたずねた。

「おそらく、あと一時間というところかと」

「おそらくか。またしても」男爵はつぶやき、ふたたび、夜闇の広がる窓に向きなおった。

「わしは腹がへった」

(あれが男爵だ。あそこにいる灰色のぼやけた塊が)とレトは思った。

灰色の塊は左右に揺れている。部屋が揺れるのに合わせて、ふらふらと揺れ動いている。ふいに、部屋がぐんと大きくなり、また縮んだ。急に明るくなり、また暗くなった。ついで、真っ黒に折りたたまれて、なにも見えなくなった。

公爵にとり、時間は相互に重なりあう多重の層と化した。まるで、その多重の層を貫いてたゆたっているかのようだった。

(機会を待たなくては……)

気がつくと、目の前にテーブルがあった。テーブルが鮮明に見えている。そのテーブルの向こうには、でっぷりと太った男の巨体があり、テーブル上には食べ残しがちらかっていた。テーブルをはさみ、その男と向かいあう形で、自分が椅子にすわらされているのを感じた。手を縛っている鎖がわかる。痺れるからだを椅子に縛りつけられているのもわかる。いつのまにか、それなりの時間が経過したらしい。が、どれほどの時間が経過したかはわからない。

「そろそろ目覚めつつあるようです、男爵」

(このなめらかな声。パイターか)

「見ればわかるわい、パイター」

(深く響くバスの声。これは男爵だ)

まわりのものが、しだいにはっきりと識別できるようになってきた。縛りつけられている椅子が堅さを持ち、縛めの食いこみがいっそうきつく感じられはじめた。

そして、はっきりと視認した。テーブルの向こうに男爵がいる。神経質そうな手の動きも見える。テーブルにのった皿の縁も、スプーンの握りも、頬の肉ひだをなぞる太い指も。

すっかり魅了されたように、レトはその指の動きを見つめた。

「わしのことばはもう理解できるだろう、レト公爵」と男爵がいった。「わかっておるぞ、聞こえていることはな。さあ、いえ。どこにいけばおまえの寵妾《ちょうしょう》が見つかる。あの魔女に生ませた小僧もだ」

レトはいっさいの反応を示さなかった。が、男爵のことばは一気に冷静さをもたらした。

(では、ほんとうだったんだ。こいつらはポールとジェシカをとらえていない)

「これは子供の遊びなどではないのだぞ。それはおまえにもわかっているだろうが」

男爵はそういって、前にぐっとからだを乗りだし、レトの顔を見つめた。男爵にとって、余人を交えず、公爵とふたりだけでこのやりとりをすませられないのは、大きな痛手だった。いくら敵でも、高貴な血筋の当主がこのような苦境に陥っているようすは、あまり下の者に見せたくない。悪しき先例を残してしまう。

レトのほうは、だんだんと力がもどってくるのをおぼえていた。それと同時に、差し歯に関する記憶ももどってきた。それはいま、平地にそそりたつ尖塔のように、心の中に高々と屹立《きつりつ》している。差し歯に仕込まれたのは神経繊維を模したカプセル——毒ガスのカプセルだ。そして、この恐るべき武器を自分の口にはめこんだ人物のことも思いだした。

（ユエ——）

まだ麻酔薬で朦朧《もうろう》としていたとき、この部屋にはぐったりとした人影が横たわっており、それが外へ引きずりだされていく光景を見た。その光景は陽炎《かげろう》のごとく、心に残っている。そう、あの人影はユエだったのだ。

「あれが聞こえるか、レト公爵」男爵がたずねた。

レトは耳をすました。ぐえっというような、小さな声が聞こえた。だれかが悶え苦しんでいる声だ。

「ひとり、フレメンに化けたおまえの部下をふんづかまえてな」男爵はつづけた。「正体を見ぬくのはしごく簡単だったぞ。目だ、わかるだろう？　あの男め、フレメンをスパイするためにやつらのもとへ潜りこんだなどとぬかしているが。わしも長年、この星に住んできた身だ、親愛なる大兄《シエール・クザン》どの。どこの世界に、砂漠に住むボロをまとったゴミどもをスパイする者がおる。さあ、話してもらおうか。きさまはやつらの助力を購《あがな》ったのか？　きさまの女と息子もやつらのもとに送りこんだのか？」

レトは恐怖で胸が締めつけられるのをおぼえた。

（ユエがふたりを砂漠の民のもとに送りこんだとしたら……発見されるまで、ずっと捜索はつづけられるだろう）

「さあさあ、どうした。時間もあまりないことゆえ、苦痛は一瞬ですませてやってもよいぞ。そう強情を張りたもうな、親愛なる公爵どの」男爵は顔をあげ、レトの横に立つパイターに目をやった。「パイターもな、愛用の道具をぜんぶ持ってきておるわけではない。しかし、二、三、即興でひねりだすこともできる」

「即興でこさえる道具は、ときに最良の効果を生むものです、男爵」

（このなめらかで、いやらしい声！）耳もとで聞くと、いっそう気持ちが悪かった。

「きさまは緊急時のプランを立てていたはずだろう。女と小僧をどこへ逃がした？」男爵はレトの手に目をやった。「きさまの指輪もなくなっている。小僧が持っていったのか？」

男爵は手から視線をあげ、レトの目を覗きこんだ。

「やれやれ、返事をしてはくれんか。このわしに、したくもないことをやらせるつもりか？　パイターはシンプルで直接的な方法に訴えるぞ。たしかに、ときとしてそれが最良の効果を生むことは認める。だが、きさまが拷問に合うという事態は、いいことではない」

「背中に熱々の油をたらしてやりましょう。あ、いや、まぶたのほうがいいか」パイターがいった。「たぶん、からだのほかの部分でもよろしいでしょう。つぎに油がどこに落ちるかわからない——これが強烈に効くのです。秀逸なやりかたですよ。むきだしの肌に、ぽつんぽつんとできた白い水ぶくれ——美しいパターンじゃありませんか、でしょう、男爵？」

「ああ、そうだな」そういった男爵の声には、げんなりした響きがにじんでいた。

　レトは思った。

（見ろ、あの愛らしい指を！）

男爵の太い指を見つめる。赤ん坊を思わせる太短い指が、いくつもの宝石をきらめかせ、そわそわと、せっかちに動いている。

　背後のドアから聞こえてくる苦悶の声はレトの神経をかきむしった。

（つかまっているのはだれだ？　まさか、アイダホか？）

「な、信じてくれんか、親愛なる大兄《シェール・クザン》」男爵がいった。「手荒なまねはしたくないのだ」

「油をたらしつづければ、神経伝達物質が痛みをやわらげる成分を運びそうなものですが、そうはならない絶妙な間隔を置く。なにしろこれは、芸術的な拷問手段でしてね」

「わかったわかった、たいした芸術家だな」男爵はうなるようにいった。「わかったから、しばらく行儀よくして、黙っておれ」

　レトは突然、かつて男爵の写真を見せたときに、ガーニー・ハレックが口にしたことばを思いだした。

〝われまたひとつの獣《けもの》の海より上《のぼ》るを見たり……頭《かしら》の上には神を瀆《けが》す名あり〟

たしか、〈ヨハネの黙示録〉からの引用だ。

「こんなことをしていても時間の無駄ですぞ、男爵」パイターがうながした。

「かもしれん」

男爵はうなずき、語をついだ。

「わかっておろうが、愛しきレトよ、どうせ最後には居場所を吐いてしまうのだ。どれだけ抵抗しようとも、人にはこらえきれぬ苦痛というものがある」

(こいつのいうことは、ほぼ正しい)とレトは思った。(ただし、わしに毒歯がなければだ。それにわしは、ほんとうにふたりの居場所を知らんのだしな)

男爵は肉をひときれ取りあげ、口に押しこみ、ゆっくりと咀嚼してから嚥みこんだ。

(そろそろ別の手を試さねばならんな)

「しっかりと見ておけよ、パイター、自分の立場もわからんこの獲物を」と男爵はいった。

「とくと見ておくのだぞ」

そして、思った。

(そうとも! しかと見ておけ、こいつを――自分は断じて口を割らんと本気で思っているこの男を。囚われの身となり、百万の断片にばらされて、人生の一秒ごとに切り売りされてしまったこの男を！　こいつを持ちあげて揺さぶれば、もはやカラカラという音しかせん。中身がからっぽだからだ！　売り切れたからだ！　いまここでこいつを死なせたところで、もはや大勢《たいせい》にはなんの影響もない）

そのとき、ドアの外から聞こえてくる苦悶の声がやんだ。

男爵はドアに目をやった。アマン・クードゥー護衛隊長が戸口に現われ、かぶりをふった。拷問していた捕虜は、ついに必要な情報を吐かなかったのだ。またもや失敗か。そろそろ、この馬鹿公爵にかまけるのはやめるべきころあいだ。この愚かな軟弱者は、自分がどれほど地獄の近くにいるのか気づいてもいない。死線まで髪の毛ひとすじしか離れていないことにまったく気づいていない。

そんなことを考えるうちに、男爵は冷静になり、人前で高貴な血筋の者を拷問にかけるもやむなしとの思いを強めた。自分が外科医になったイメージがふと浮かんできた。軟らかい人体組織をハサミで際限なく切りとっていく——愚者どものマスクをつぎつぎに剝ぎとり、その下の地獄をさらす自分。

（ウサギだ、どいつもこいつも！）

肉食獣を見ただけで縮こまりおって！

テーブルの手前で、レトはじっと男爵を見つめていた。自分はなにをぐずぐずしているのだろう。差し歯を嚙み砕けばたちどころに片がつく。だが——。

わが人生は、おおむねすばらしいものだった。カラダンの貝殻ブルーの空にアンテナ凧が揺れながら舞いあがる光景を思いだす。それを見て、ポールが大喜びで笑っていたことも。さらには、アラキスで夜明けに見た、あのすばらしい光景の――曙光を浴びた〈防嵐壁〉が、赤、紫色、黄土色に染め分けられながら、微粒砂の靄にけぶる光景の美しさも。

「やむをえん」

男爵がつぶやき、テーブルに手をつくと、巨体をうしろへ押しやって、浮揚装置の助けを借り、軽々と立ちあがった。そこで男爵がためらったのは、公爵に変化が現われたのを見てとったからだ。男爵の見ている前で、レトは大きく息を吸いこんだ。あごの筋肉を波打たせ、あごのラインにぐっと力を入れる。歯を食いしばった。

男爵をひどく恐れている――自分のようすから、男爵はそう思ったにちがいない。しかし、レトが恐れていたのは、男爵自身ではない。男爵が手の届かないところへいってしまうことのほうだ。

覚悟を決めたレトは、大きく息を吸いこみ、差し歯のカプセルを思いきり嚙みしめた。歯がパキッと割れるのがわかった。即座に口をすぼめて、舌の上にえぐい味が広がるのをおぼえつつ、刺激臭にあふれる吐気をふーっと吐きだす。

その瞬間、男爵が急に縮んだように見えた。まるで縮みゆくトンネルの向こうの、小さな人間のようだ。

すぐ耳もとで、あえぎ声があがった――このなめらかな声は――パイターだ。

（こいつにも効いたか！）

「パイター！　どうした？」

　はるか遠くで、深く響く声が轟く。

　レトの心の中をさまざまな記憶が駆けめぐった――歯のない老婆らのつぶやき。この部屋、テーブル、男爵、一対の怯えた目――青の中の青、青一色の目――。周囲のシンメトリーが崩壊し、まわりのすべてが縮んでいく。

　ブーツの先のようなあごをした兵士が、おもちゃの兵隊のようにパタンと倒れた。兵隊の鼻は折れ曲がり、左に歪んでいた。ハイピッチで調子っぱずれのリズムを刻みかけたまま、永遠にとまってしまったメトロノームの針のようだ。陶器の割れる音が鳴り響いた。うんと遠い音なのに、それは轟音となってレトの耳をさいなんだ。レトの精神は底なしの匣《はこ》となり、ありとあらゆるものを呑みこんでいった。かつてこの部屋の中にあったすべてのものをだ。すべての叫び声、すべてのささやきをだ。そして、すべての……静寂をも。

　やがてそこに、ひとつの思考が残った。そこに見えたものは、漆黒の毫光《ごうこう》の上できらめく、形なき光だった。

（〝肉体は一日《いちじつ》を作り、一日は肉体を作る〟）

　自分でも理由はわからないままに、その考えは深い充足感をもたらした。

　そして――静寂が訪れた。

男爵はドアにもたれかかり、荒い息をしながら横手の通路に立っていた。テーブルの後方には、男爵専用の緊急脱出口がある。男爵はたったいま、大急ぎで脱出口を通りぬけ、横の通路に飛びだし、たたきつけるようにしてドアを閉めたところだった。ドアの向こうには、多数の死体が転がっている。護衛兵たちが血相を変えて通路を駆けよってくるのが見えた。

(吸ったのか？　わしはあれを吸ったのか？　あの毒がなんだったにせよ、わしにも影響がおよんだのか？)

やっと音が聞こえるようになってきた。それと同時に……理性ももどってきた。だれかが命令を怒鳴っている——ガスマスク着用……ドアを閉めろ……換気装置をまわせ！

(みんな、あっという間に、バタバタと倒れていった。わしはまだ立っている。わしはまだ息をしている。だが——間一髪だった！　危ないところだった！)

やっとのことで状況をふりかえられるようになってきた。決め手はシールドを作動させていたことだ。低出力の設定だったとはいえ、防御フィールドの働きで、空気中の分子交換を遅らせる効果はあった。事前にテーブルに手をつき、からだをうしろへ押しやっていたため、やや距離が開いていたのも幸いした。加えて、パイターの愕然としたあえぎ声と……驚いて駆けよってきた護衛隊長がいきなり昏倒したこともだ。

偶然。そして、死にゆく者のあえぎ声。それが警戒心をかきたて、自分の命を救ったのである。

パイターに対しては、すこしも感謝の念などおぼえない。あの馬鹿は、自分で自分の命を絶ったに等しい。それに、あの愚かな護衛隊長ときたら！　やつめ、わしの前に連れてくる人間は、ひとり残らず徹底的に身体検査していると豪語したくせに！　しかし、いかにして公爵にあんなまねができたのか……？　兆しはまるでなかった。毒ガスはテーブルに置いた毒物検知機に引っかからなかったし——検知されていたとしても、そのときにはもう手遅れだったろう。いったいどうやってあんなまねができたのだ？

（そこはどうでもいい——いまはな）と男爵は思った。動揺がずいぶん収まってきている。

（つぎの護衛隊長の初仕事は、そういう疑問を解明することだ）

主通路の騒ぎは、ますます大きくなってきていた。角をまわって右——死の部屋へと入るもうひとつのドアのあたりがとくに騒々しい。男爵はもたれかかっていた緊急脱出用ドアを背中で押しやって離れ、あたりの護衛兵たちを見まわした。どの兵士も無言で立ちつくし、男爵を見つめている。あるじの反応を待っているのだ。

（男爵閣下はお怒りか？　と、そう思っているな）

ここにおいて、男爵はようやく気がついた——恐るべき死の部屋から廊下へ脱出してきて、まだ数秒しかたっていないことに。

護衛兵の何人かは、背後のドアに銃口を向けている。別の何人かは、この位置からは陰になっているが、騒ぎが聞こえてくる主通路のほうをにらんだ格好だ。いまいる横手の通路を主通路まで進んで右に曲がれば、もうひとつのドアはすぐそこにある。

ひとりの男が角をまわって、大股に歩いてきた。ガスマスクをストラップで首にぶらさげ、通路の天井に点々と設置された毒物検知機をチェックしている。頭髪は黄色で、顔は扁平、目の色は緑色だ。唇の部厚い口の周囲にはくっきりとしわが刻まれていた。こうして見ると、陸棲動物のあいだに迷いこんだ水棲生物のようでもある。

男爵は近づいてくる男を見つめ、名前を思いだした。ネフード。イアキン・ネフードだ。護衛隊伍長の。ネフードはセムータに——意識の奥底でひとりでに奏でられる、薬物＝音楽融合ドラッグに耽溺している。これは使える情報だぞ。

ネフードは男爵の前までできて立ちどまると、さっと敬礼した。

「通路の安全を確認しました、ム・ロード。凶事の発生時、自分は室外で警備についておりましたが、あれは毒ガスにちがいありません。司令室内は空気を処理設備に排出し、現在、換気装置で通路内の空気を送りこんでいるところです」ネフードはそこで、男爵の頭の上にある検知機をちらと見あげた。「毒ガスは通路には漏れておりません。もう司令室の空気は入れ替わったものと思われます。いかがいたしましょう？」

この声には聞き覚えがあった。さっき命令を叫んでいた声だ。

(有能だな、この伍長は)

「室内の者はみな死んだのか？」男爵はたずねた。

「はい、ム・ロード」

(ふうむ。なにはともあれ、態勢を立てなおさねばならん)

「まず第一に」と男爵はいった。「祝いを述べさせてもらおうか、ネフード。おまえがわが護衛隊の新隊長だ。前任者の運命から得た教訓を肝に銘じ、忠勤にはげめ」

昇進させられたばかりの護衛兵の顔に、理解の色が広がった。ネフードは気がついたのだ
――これからはだれはばかることなく、セムータに耽溺できることを。

ネフードはうなずいた。

「閣下もご承知のとおり、自分は閣下の安全に全霊を捧げます」

「よし。では初仕事だ。公爵めは口になにかを仕掛けていたものと思われる。それがなにか、どうやって使われたのか、だれが仕掛けるのに手を貸したのか、ただちに調べだせ。ただし、注意の上にも注意を重ねて――」

そこまでいいかけたとき、男爵はことばを切った。うしろの通路で騒ぎが起こり、思考の連鎖を断ち切ったからだ。見ると、哨戒艦《フリゲート》の下層に通じるエレベーターの前で警護に立った護衛兵たちが、開いたドアから現われたばかりの、背の高い上級大佐《カーネル・バシャール》を押しとどめようとしていた。

相手はいままで男爵が見たことのない男だった。口は革に切れ込みでも入れたかのようで、目は一対のインクのしみを思わせる。

「その手をのけろ！　この蛆虫どもが！」

男は怒鳴り、護衛兵たちを脇に押しのけた。

(ははあ。サーダカーのひとりか)

バシャールはすべるような足どりで男爵のもとにやってきた。男爵は警戒し、すっと目を

細めた。サーダカーの将校連中を見ると、不安をいだかずにはいられない。将校たちはみな、公爵の……いや、いまは亡き公爵の、というべきか……親戚のように思える。この者たちが男爵さまに対してとる態度ときたら、無礼そのものだ！

バシャールは男爵の半歩前までくると、両手を腰にあてがい、立った。護衛兵たちはその背後で不安そうに身じろぎしている。

バシャールは敬礼をしようともしなかった。サーダカーの態度ににじんだ不遜さと侮蔑に、男爵の不安はいや増した。わずか一個軍団――十個旅団のみだ。しかし、男爵は自分を偽ったりはしない。この連中の一個軍団だけでも、ハルコンネンの全軍と渡りあい、制圧してしまうことができる。

サーダカーはうなるような声でいった。

「部下どもに徹底しておけ。あんたに会うのを邪魔するなとな、男爵。アトレイデス公爵の運命は、事前におれとあんたで話しあうことになっていた。わが部下たちは、おれの到着を待たずして、公爵をあんたに差しだしてしまったが――事前にするはずだった話しあいを、これからはじめようではないか」

（部下の前で面目を失うわけにいかん）

男爵は冷たい声で応じた。

「で？」

われながら自制のきいた声が出て、誇らしさをおぼえた。

「われらが皇帝陛下は、王族の血を引いた従弟たる公爵どのが、けっして苦しむことなく、安らかな死を迎えられるように見届けよ、と仰せられた」

「わしのところにも、同じ内容の勅旨が届いておる」これはうそだ。「このわしが、君命にしたがわなかったとでも思うのか？」

「皇帝陛下には、おれがこの目で見たとおりをご報告申しあげることになっている」

「公爵はもう死んだ」

男爵は吐き捨てるようにいって、もう下がれといわんばかりに、手をひとふりした。

バシャールはその場に根を生やしたかのように動こうとせず、じっと男爵の顔を見すえた。すこしも目を動かさないし、ぴくりとも筋肉を動かさない。下がれという合図を受けいれるようすを見せることもない。やおら、うなるような声でこうたずねた。

「どのようにしてだ」

（まったく！　こいつにはうんざりだ）

「知らねばならんというなら教えてやる。みずから命を絶ったのだ——毒を仰いでな」

「いますぐに死体を見せてもらおうか」

男爵は憤然とした態度を装って、天井をふりあおぎ——腹の中で必死に考えをめぐらせた。

（まずいことになったぞ！　室内はまだそのままだ。目の鋭そうなこのサーダカーに状況を見破られてしまう！）

「早くしろ」サーダカーがうなるような声でうながした。「この目でただちに検分する」

だめだといっても、通用する相手でないことはわかっている。このサーダカーはすべてを見ぬくだろう。公爵がハルコンネンの幹部たちを殺したことも……さっき男爵が、からくも死をまぬがれたこともだ。テーブル上にはディナーの残りが証拠として残っており、男爵がすわっていた位置の、テーブルをはさんで向かいには、公爵が椅子に縛りつけられて死んでいて、その周囲に死が蔓延していることもだ。

ごまかすすべはまったくない。

「なぜぐずぐずと引き延ばす」バシャールがどすのきいた声を出した。

男爵はサーダカーの、黒曜石の目を見つめた。

「引き延ばしてなどおらんさ。わが皇帝陛下に対して、いっさいの隠しだてをするつもりはない」男爵はネフードにうなずきかけた。「バシャールにすべてをお見せしろ。ただちにだ。主通路側の、おまえが警備していたドアからお連れしろ」

「こちらです」ネフードがうながした。

ゆっくりと、傲慢な態度で、サーダカーは男爵の横をまわりこみ、護衛兵たちを肩で押しのけながら、悠然と歩きだした。

(ええいくそ、いまいましい。これで皇帝にわしのヘマを知られてしまう。皇帝はそれを、わしの弱さと見なすだろう)

認めるのは癪だが、皇帝とサーダカーは、弱さを蔑む点において、よく似ている。男爵は下唇を嚙み、自分を慰めた。すくなくとも皇帝はまだ、アトレイデス軍がハルコンネン家の母星であるジェディ・プライムを急襲し、現地の香料倉庫を破壊しつくしたことを知らない。おそらくは。

(くそっ！　狡猾な公爵め、油断も隙もない！)

男爵は歩み去っていくふたりの——傲慢なサーダカーと、がっしりして有能なネフードの背中を見つめた。

(態勢を立てなおさねばならんな) と男爵は思った。(この忌まわしい惑星を、もういちどラッバーンに支配させねばなるまいて。大ナタをふるわせよう。わがハルコンネンの血族をアラキスに投入して、フェイド＝ラウサを君臨させる下地をととのえておかねば。ええい、パイターの阿呆め！　わしが使いつぶすよりも早く死んでしまいおって)

ためいきをついた。

(トレイラクスに使いをやって、新たにメンタートを調達せねば。いまごろはもう連中も、わしのために新しいメンタートを用意しておるはずだ)

そばに立つ護衛兵のひとりが咳ばらいした。

男爵はその兵士に向きなおった。

「わしは腹がへった」

「かしこまりました」

「それから、おまえたちが司令室を片づけ、いろいろな秘密を暴いているあいだに、慰みがほしい」

護衛兵は目を伏せた。

「ム・ロードにおかれましては、どのようなお慰みをお望みであられましょう」

「わしは寝室で待っておる」と男爵はいった。「ガモントで買ったあの若いのを連れてこい。愛らしい目をしたあれだ。しっかりとドラッグを効かせておけよ。ベッドでレスリングする趣味はないぞ」

「かしこまりました、ム・ロード」

男爵は背を向け、浮揚ブイで支えられてはずむように宙を飛び、寝室へ向かった。

（そうとも。あの愛らしい目の若いのを愉しむとしよう。なにしろあの男は、若きポール・アトレイデスにそっくりなのだからな）

おお、カラダンの海よ
おお、レト公爵の人々よ――
レトの城は陥落せり
陥落せり、永遠に……

――プリンセス・イルーラン
『ムアッディブの歌』より

すべての過去が――この晩に先立つすべての経験が――砂時計の中で落ちる砂と化すのを感じながら、ポールは母親のそばで、ひざをかかえてすわっていた。ここは布とビニールでできた小さなテント――保水テントの中だ。このテントは、いま着ているフレメンの衣類と同じく、ソプターの操縦席の下にあったバックパックの保命《フレム》キットに入っていたものだった。

ポールの心の中では、バックパックをあそこに置いた人物、捕虜をソプターで運ぶ場所を指定した人物がだれなのか、はっきりとわかっていた。

（ユエだ）

裏切り者のドクターは、ポールたちがダンカン・アイダホのもとへ送られるよう仕組んだのである。

保水テントの透明窓ごしに、ポールは外を眺めやった。この砂地を円形に取りまく岩壁が、月明かりを浴びて白く見えている。アイダホに隠れていろといわれたのが、この岩壁の内側だった。

（公爵になったというのに、こうして子供みたいに隠れているなんて）

そう思うと、ここに隠れさせられているのがうらめしくもあったが、自分たちの置かれた状況に鑑みれば、この処置をとった者たちの賢明さは否定しようがない。

今夜、ポールの意識にはなにかが起きていた。周囲の状況のすべて、周囲で発生していることのすべてが、異様なほどの鮮明さで見えている。データの流入は、押しとどめることができなかった。非情なまでの正確さをもとない、新たな情報が知識として追加されるたびに、演算が意識の中心に位置するのをとめることはできなかった。それは演算能力者《メンタート》の力であり、かつそれ以上のものだった。

謎のソプターが夜天から降下してきたときの、あの盲目的な怒りを思い返す。ソプターは巨大なタカのごとく砂漠に舞いおりてきて、翼の立てる風切り音を響かせながら、すぐ上におおいかぶさった。いまこのとき、ポールの精神で再生されているのは、そのさい起こったできごとだ。ソプターは砂地にすべりこみ、砂丘の尾根を切り裂いて進みつづけ、砂の上を走るふたりに――母親とポールに――追いすがった。ソプターの橇《スキッド》が砂の表面との摩擦で硫黄臭を生み、そのにおいが風に乗ってただよってきたのをはっきりと憶えている。

あのとき、母親がうしろに向きなおった。ハルコンネンの傭兵たちがレース銃《ガン》を手に追いかけてくる――そう見ての行動だったことをポールは知っている。だが、ソプターのドアをあけて身を乗りだし、ふたりに向かって叫んだのは、ほかならぬダンカン・アイダホだった。

「急いで！　南に蟲《ワームサイン》跡が見える！」

ポールもうしろに向きなおった。だが、ダンカンの声を耳にする前から、ポールはすでに、だれがソプターを操縦しているかに気づいていた。飛ばしかたの微妙なくせ、大胆な着地のしかたなど、母親でさえ気づいていない些細な手がかりの数々から、操縦席にすわっているのが何者か、早くも手にとるようにわかっていたのだ。

保水テントの中で、ポールの向かいにすわるジェシカが身じろぎをし、いった。

「考えられる説明はひとつだけだわ。ハルコンネンはユエ夫人を人質にとったのよ。ユエは心底からハルコンネンを憎んでいたんだもの！　そのことだけはまちがえようがなかったわ。あなたもユエの手紙は読んだでしょう？　けれど、どうしてユエは、わたしたちを暗殺から救ってくれたのかしら」

（いまごろそんなことに気づいたのか。しかも、理解が足りない）

ポールはそう思い、思った内容自体にショックをおぼえた。ユエが夫人を人質にとられ、脅迫されていたことは、荷物の中で公爵印章指輪にそえてあった手紙を読んだとき、自明のこととしてわかっていたのである。

〝わたしを赦《ゆる》そうとはなさらぬように〟とユエは書いていた。〝おふたかたの赦しを望みはしません。ただでさえ、心に重い負担をかかえているのです。わたしがしたことには一片の悪意もありませんが、といって、ほかの人に理解してもらいたいという願いもありません。これはわたし自身のタハッディ・アル＝ブルハーン――〝究極の試練〟なのです。わたしが真実を書いていることのあかしに、ここにアトレイデス公爵家の印章指輪を入れておきます。わたしがあなたがたがこれを読む時点で、レト公爵は亡くなっておられるでしょう。公爵がおひとりのみでは死なれぬこと、われわれがだれより憎んでも飽きたらぬ者を道連れになさること、この点は請けあいます。それをもって慰めとなさってください〟

手紙には、書いた相手の名も署名もなかった。だが、その筆跡は見まがいようもないものだった。ユエの字だ。

この手紙を思いだすたびに、あのとき感じた当惑をあらためて再体験してしまう。それは鋭くて奇妙で、新たに獲得した精神の鋭敏さの埒外で起きているように思える経験だった。父が死んだ――そういった主旨の文章を読んだ時点で、それが真実であることはわかった。当惑したのは、衝撃的であるはずのその真実が、淡々と心の中に流れこみ処理されていく、新たなデータ以上のものではなかったことだ。

（ぼくは父上を愛していた）そのことは事実として知っている。（だから、悼むべきなんだ。なにかを感じるべきなんだ）

存在のみ。

なのに、なにも感じない。感じるのはただ、〝ここに重要な事実がある〟というデータの存在のみ。

それはあまたある事実のひとつにすぎないのである。

ハレックのことばを思いだした。

〝気分でどうこうするのは動物だけだぞ。でなけりゃ、セックスするときだ。戦いは必要が生じれば行なうもの。気分とは関係ない〟

(たしかにそうだ。父上を悼むのはあとにしよう……余裕ができたときに)

だが、自分という存在が行なう冷たくて正確な思考は、一瞬も途切れることがなかった。

新たに得た意識はまだ生まれたてであり、これからも成長していく——そんな感触がある。

教母ガイウス・ヘレネ・モヒアムによる最初の試練で感じた、あの〝畏るべき目的〟の感覚。

あれがいま、とうとう身に浸透しつつあるのだろうか。右手が——あのとき箱の中で受けた激痛を思いだし——じんじん疼《うず》いていた。

(〈クウィサッツ・ハデラック〉とやらになるのは、こういうことなんだろうか)

「しばらくのあいだね、わたしはハワトがまたミスしたと思っていたの」ジェシカがいった。

「おそらくユエは、スーク医学院出の医師ではなかったのだろうとね」

「ユエはぼくらが思っていたとおりの人物であり……それ以上の存在でしたよ」

(どうして母上は、こんな自明のことに気づくのに、これほど時間がかかるんだろう)

心の中でポールは思い、語をついだ。

「アイダホがカインズのもとにたどりつけなければ、ぼくらは——」

「アイダホだけが頼みの綱ではないわ」

「そうは思えません」

ジェシカはポールの声に鋼のきびしさを——命令しなれている者の口調を感じとり、保水テント内の灰色の薄闇ごしに、息子をまじまじと見つめた。その背後にはテントの透明窓があり、月光に白く染まる岩壁を背にして、ポールはシルエットになっている。

「脱出できた味方は、ほかにもおおぜいいたはずよ」とジェシカはいった。「なんとかして再結集させれば——」

「他者の力はあてにしないで、自力でやっていくほかないでしょう。当面、喫緊《きっきん》の問題は、家蔵《かぞう》核兵器です。ハルコンネンが探しだす前に確保しなければなりません」

「見つかる恐れはないわよ。あれほど厳重に隠してあるんだもの」

「わずかな可能性も残すわけにはいきません」

ジェシカは思った。

(家蔵核でこの惑星を香料もろとも破壊する——そう威《おど》せればと考えているのね？　けれど、それをやってしまったら、帝国外に出奔して、名もなき者として生きるしかなくなるわ)

ジェシカのことばは、ポールの心の中に新たな思考の連鎖を呼び起こした。今夜失われたすべての臣民に対する、公爵としての配慮だ。

(大領家《だいりょうけ》にとって、臣民こそは真の力の源泉だ)

カラダンを離れるときに聞いた、ハワトのことばが思いだされた。

〝ほんとうに悲しむべきは、臣民と別れることです。場所はしょせん、場所にすぎません〟

「敵は親衛軍《サーダカー》を使っているわ」ジェシカがいた。「反撃するのは、サーダカーが引きあげるまで待たなくてはならないでしょう」

「敵はサーダカーを使ってわれわれを砂漠に追いつめようとしています。アトレイデス家の者はひとりとして生かしておかない——皆殺しにする構えです。ほかに生き延びた者がいる可能性は、あてにしないほうがいいでしょうね」

「そこまでするはずがないわ。皇帝の関与が明るみに出たときのリスクが大きくなりすぎるもの」

「そうでしょうか」

「一部の者はきっと脱出できたはずよ」

「そうでしょうか」

ジェシカは顔をそむけた。状況を的確にとらえる息子のことばを聞くにつけ、その口調に宿る苛烈なまでの力強さが恐ろしくなる。ポールの精神はもはやジェシカの精神を凌駕しているようだ。いろいろな点で、自分よりもたくさんのものを見ているように思われる。この知性を育てあげるべく、修業の手助けをしてきた自分ではあるが、いざその知性が出現してみると、恐ろしさを禁じえない。思いはめぐって、愛する公爵との失われた聖域に向かっていき、つい目頭が熱くなった。

(こうなる運命であることはわかっていたのよ。愛の時と、哀しみの時)

腹に手をあて、そこに宿る胎児に意識をこらす。

(ここにはアトレイデス家の娘がいる。本来、産むように指示されていた娘がいる。けれど、教母さまはまちがっていた。先に女子を産んでいたところで、わたしのレトを救うことにはならなかったでしょう。この子は死のただなかにあって、未来に手を伸ばす生命《いのち》。わたしは本能のままに懐妊しただけであって、命令どおりにこの子を宿したわけではないのよ)

「もういちど、通信ネットの受信機をつけてみてください」ポールがうながした。

(心は働きつづけるものね、いくらいやなことを締めだそうとしても)

ジェシカはアイダホが置いていった小型受信機を取りだし、スイッチを入れた。受信機のパネルに小さな緑のランプがともり、スピーカーからノイズが聞こえてきた。ボリュームを落として周波数を調整する。アトレイデスの戦闘語を用いた声がテントに流れ出た。

「……撤退し、尾根で戦力を再編成せよ。フェダーの報告によれば、カルタグには生存者がいない。ギルド銀行も略奪を受けた」

(カルタグ! ハルコンネンが拠点にしていた都市じゃないの)

「襲撃したのはサーダカーだ」同じ声がいった。「アトレイデスの制服を着たサーダカーに気をつけろ。やつらは……」

スピーカーからノイズがほとばしった。ついで、静寂。

「ほかの周波数を試してみてくれますか」ポールがいった。

「いまのがどういう意味か、わかっているの?」

「予想はついていました。敵はギルドにわれわれを非難させたいんです。銀行を襲った罪をなすりつけることでね。ギルドが敵にまわれば、われわれはもうアラキスから出られません。さあ、ほかの周波数を」

(予想はついていた……?)

ジェシカは息子のことばを考えた。いったい息子になにが起こったのだろう。ゆっくりと、通信機に注意をもどす。スライダーを動かす過程で、アトレイデス家の戦闘語による叫びをいくつか拾った。いずれも状況の厳しさを物語るものだった。

「……後退しろ……」

「……態勢の立てなおしを図れ……」

「……洞窟に閉じこめられた……」

ほかの周波数は、ハルコンネンの戦闘語であふれかえっている。意味は不明だが、勝利に沸きたつ叫びであることは聞きまちがえようがなかった。立てつづけに発せられる鋭い命令、戦闘報告。その本質を登録し、言語構造を解析できるだけの情報量はないが、口調だけでも意味は汲みとれる。

ハルコンネン側が勝っているのだ。

ポールはそばのバックパックを手にとり、軽く振ってみた。水の入った二本の水密容器《リットルジョン》がポチャポチャと音を立てた。ためいきをついて、テントの透明窓から岩壁とその上の星空を眺める。左手でテントの出入りに使う括約弁の開閉シールをいじりながら、母親にいった。

「もうじき夜が明ける。あと一日、夜までくらいならアイダホを待てますが、もうひと晩はむりです。砂漠での移動は夜のうちに行なって、昼は日陰で休むものですから」

ジェシカの心に、前に聞いた知識がよみがえってきた。

(保水スーツがなければ、人が砂漠で体重を維持するには、日陰にすわっているだけでも、一日に五リットルの水が必要となる)

肌にあたる保水スーツの内層は、すべすべとして軟らかい。ジェシカは自分たちの生命が、このスーツにどれだけ依存しきっているかを考えた。

「ここを離れてしまったら、アイダホに見つけてもらえなくなるわ」

「どんな人間にでも、口を割らせる手段はあるものです。夜明けまでにアイダホがもどってこなかったら、つかまった可能性も考慮しなくてはなりません。もしつかまってしまったら、ここのことを話すまで、どれだけ持ちこたえられると思います?」

答えるまでもないことだった。ジェシカはすわったまま、無言を通した。

ポールはバックパックの気密シールを開き、発光タブと拡大システムが付属する、小さなマイクロマニュアルを取りだした。グリーンとオレンジの文字がページから飛びだしてきた。

〈水密容器《リットルジョン》、保水テント、エネルギー帽、小水再処理管《リカテーテル》、砂中シュノーケル、双眼鏡、保水スーツの補修キット、染砂銃《バラダイ》、陥没地の地図、鼻孔フィルター、超磁性《パラ》コンパス、〈産砂《うぶすな》〉フック、起震杭《サンパー》、保命《フレム》キット、〈火の柱〉……〉

砂漠で生き延びるには、こんなにたくさんの装備が必要なのだ。

ほどなくポールは、テントの床にマニュアルを置いた。

「そもそも、どこへいけるというの？」ジェシカがたずねた。

「父上は砂漠力を恃《たの》みにしていました。その力を得ないかぎり、ハルコンネンはこの惑星を支配できません。かつて支配していた時期もなければ、支配することもできません。たとえサーダカーが一万個軍団いてもです」

「ポール、まさか、あなた——」

「その証拠はすべてここにそろっている。このテントの中にです。このテントそのものが、このバックパックが、その中身が、保水スーツが——その証拠なんです。気象コントロール衛星を軌道にのせるのと引き替えに、ギルドが法外な額を要求していることは知っています。なぜなら、それは——」

「気象コントロール衛星がこの話になんの関係があるの？　だいたい、ギルドが関与……」

ジェシカははっと気づいた顔になり、ことばを切った。

ポールは超鋭敏状態にある精神によって、母親の反応を読みとり、細部にいたるまでその意味を演算した。

「やっとわかったようですね。衛星は常時地表を観測する機能も持ちます。つまり、砂漠の奥地には、頻繁に観測されては困るものがあるんです」

「ギルドみずから、この星を支配しているというの？」

どうしてこうも鈍いんだろう。

「そうじゃない！　フレメンですよ！　地表を観測しないよう、ギルドに対してフレメンが莫大な代償を払っているんです。支払いに使っているのは、砂漠力を持つ者ならば無尽蔵に手に入るもの――香料です。これは大雑把な当て推量ではありません。厳密な演算に基づく結論です。信用してくださっていい」

「ポール――あなたはまだメンタートではないのよ。そこまで確実な演算は――」

「ぼくはメンタートにはなりません。いまのぼくは、メンタートなどではなくて……化け物なんだ」

「ポール！　どうしてそんな――」

「もう放っておいてください！」

ポールはジェシカから顔をそむけ、夜の闇に目を向けた。

（どうしてぼくは父上の哀悼ができないんだろう？）

自分という存在を構成するあらゆる要素が、父の死を悼み、苦しみから解放されたがっている。それなのに、いつまでたっても、意識は追悼をゆるさない。

いっぽうジェシカは、息子の口調の中に、はじめて耳にする狂おしさを感じとっていた。できることなら、ポールに寄りそい、抱きしめ、慰めのことばをかけ、手助けしてやりたい。だが、自分にできることはなにもなかった。これはポールが自分で克服しなければならない問題なのだ。

自分とポールのあいだの床には、フレムキット・マニュアルの発光タブが置いてあった。ジェシカはそれに目を吸いよせられ、手にとって見返しを眺めた。こう書いてあった。〈〝恵み深き砂漠〟、生物あふるる地における生存マニュアル。砂漠には生物の生命徴候《アヤート》と生命《ブルハーン》のあかしがある。信じよ、さすれば日輪《アッ＝ラート》に焼かれることはない〉

（まるで『アズハルの書』のよう）〈大いなる秘密〉で学んだことを思いだし、ジェシカは思った。（〈宗教導師〉がアラキスにもきたのかしら）

ポールがバックパックから超磁性《パラ》コンパスを取りだし、またもとにもどした。

「フレメンの道具は、どれもこれも、特殊な目的のために造られている。そのことを考えてみてください。フレメンの道具の洗練ぶりは他の追随をゆるしません。それを認めるんです。こうした道具を造る文化には、はたからは予想できない深みがうかがえます」

ためらいつつ、息子の声の厳しさに不安をおぼえながら、ジェシカはマニュアルにもどり、アラキスの空に見える星座のひとつ、〝ムアッディブ――ネズミ〟のイラストを見つめて、その尻尾が北を指していることに気がついた。

ポールはテントの暗がりを見つめ、マニュアルの発光タブでうっすらと見えている母親の動きを把握した。

（父上の願いをかなえるのなら、いましかない）とポールは思った。（父上のメッセージを伝えていいのは、母上が悲しみにくれる余裕のあるいまだけだ。あとになったら、悲しみは行動の妨げになる）

その論理の冷たい明晰さに、ポールはわれながら愕然とした。

「……母上」

「なに？」

ジェシカはポールの声の変化に気づき、はじめて聞く口調に、肝が冷えるのをおぼえた。これほどまで懸命に自分を律した声は、かつて聞いたことがない。

「父上は亡くなりました」

心の中でいくつも事実を組みあわせ、つきあわせ、ベネ・ゲセリットの流儀でさまざまなデータを評価したうえで――ジェシカは絶望的な喪失感にとらわれた。

なにもいうことができぬまま、ジェシカはこくりとうなずいた。

「父上にはこう頼まれていました」ポールはつづけた。「自分の身に万一のことがあったら、母上にメッセージをお伝えするようにと。父上は心配しておられたのです――父上から信用されていないという危惧を、母上がいだいておられるのではないかと」

(そんな心配なんてしなくてもよかったのに。わたしがそんなことを思うはずがないのに)

「ですから、こう伝えてほしいとおっしゃっていました。一瞬たりとも母上のことを疑ったことはない、それだけはわかってほしいと」ポールはそういって、敵の目をごまかすための欺瞞戦術を説明し、つけくわえた。「そして、こうもおっしゃっていました。母上のことはつねに信頼しきっていたし、いつも心から愛し、慈しんでいた、それは知っていてほしい。母上を疑うくらいなら自分を疑うほうがましだ。ただ、ひとつだけ悔やんでいることがある

──それは母上を公爵夫人にしなかったことだ、と」

頬をとめどなく涙が流れ落ちていった。ジェシカはその涙をぬぐった。

(なんという体液の浪費を！　なんて愚かなまねをするの！)もちろん、なぜこんな憤りをいだいているかはわかっている。圧倒的な悲しみから逃げようとして、みずから怒りをかきたてているのだ。(レト、わたしのレト──おたがい、愛する相手に、わたしたちはなんて愚かなふるまいをしてきたんでしょう！)

荒々しい動作で、小さなマニュアルの発光タブを消した。

あとは、むせび泣きに身をふるわせた。

母親の嘆きを聞きながら、しかし、ポールの心にはなんの感情も湧いてこなかった。

(なんの悲しみもおぼえない。なぜだ？　どうしてだ？)

悲しむ気持ちの欠如は、自分の心の深刻な欠陥に思える。

そのとき、ジェシカが思っていたことはこうだった。

(〝得《う》るに時あり、失うに時あり。保つに時あり、棄《す》るに時あり〟)

『OC聖典』に含まれる、〈伝道の書〉からの引用だ。

(〝愛《いつく》しむに時あり、悪《にく》むに時あり、戦うに時あり、和《やわら》ぐに時あり〟)

そのあいだも、ポールの精神は冷徹に、かつ正確に働いており、環境の苛酷なこの惑星で行く手に延びてゆく、いくすじもの可能性の大路《おおじ》を見わたしていた。夢という安全弁すらもないままに、予知を司る意識に集中する。もっとも実現可能性の高い未来を絞りこむ作業は、純然たる演算のようでいて、それ以上のなにかであり、神秘的な側面をもうかがわせるものだった。精神が時なき層にひたりこみ、未来からの風を試験的に味わっている——そう形容すればいいだろうか。

唐突に——必要な鍵が見つかったかのように——ポールの精神は意識のつぎなる次元へと昇った。そして、いまだ安定の悪い手がかりに手をかけたまま、新たに到達したこの次元にしがみつき、周囲を見はるかしているような、そんな感覚をいだいた。まるで球の中にいるようだ。自分は球の中心にいて、無数の大路がありとあらゆる方向へ延びていく。大雑把に表現するなら、そんな感覚と思えばいい。

思いだしたのは、以前に見た、薄いスカーフが風に飛ばされていく光景だった。風に舞うスカーフと同じように、未来もまた、はかない舞を舞いながら、その表面を波打たせている——そんなふうに感じられた。

人々が見える。

数えきれない可能性の、熱さと寒さが感じられる。

無数の名前と場所を知り、およそ考えられるかぎりの感情を経験し、数かぎりない未踏の割れ目についてデータを評価した。探索し、試験し、味わうべき〝時間〟が多数あったが、形作るべき〝時間〟はいまだない。

そこに見えるのは、はるか遠い過去からはるか遠い未来にかけての——もっとも実現性の高いことからもっとも低いものへといたる——可能性のスペクトルだった。ありとあらゆる形で自分が死ぬ場面を見た。おびただしい数の新しい惑星を、新しい文化を見た。

そして、人々――。

無数の人々。

あまりにもすさまじい数だったので、とてもリストアップできないはずなのに、それでもポールの精神はリストを作りあげた。

そこには数々のギルドマンも含まれていた。

ポールは思った。

(ギルド――それもまた、道が通じる先のひとつだ。ギルドにしてみれば、ぼくの異質さも馴じみあるものであり、高い価値を持つ要素として受けいれてくれるかもしれない。いまのぼくには、もはや香料が欠かせない。その香料をいつでも安定して供給してもらえるようになるわけだから)

超高速で航行する宇宙船の水先案内をするため、精神を駆使し、ありうべき無数の未来を手さぐりしつづける日々。そうやって一生を送るかと思うと、ぞっとしない道ではあった。しかし、それもまたひとつの道であり、ひとつの生きかたにちがいない。ギルドマンになる可能性を持った未来を見すえることで、ポールはあらためて自分の異質さを認識した。

(ぼくには先々を見通す力がある。常人には見えない地平が見える。起こりうる未来への、さまざまな道程が見える)

その認識は、安心とともに、警戒感をももたらした。未来の地平にはさまざまに分岐したルートがあり、それらが視界の野で見え隠れしているのだ。

訪れたときと同じく、未来を見通す力は一瞬で消え去って、いましがた見聞きした経験のすべては、わずか鼓動ひとつのあいだに起こったものであるとわかった。

それでも、ポール自身の意識は攪拌され、慄然とする形で輝きを放っていた。

おもむろに、周囲を見まわす。

岩壁で囲われたこの隠れ場所の中で、保水テントはいまも夜の闇に包まれていた。母親の嘆きはなおも聞こえている。

自分自身の悲しみの欠如は依然として感じられている。精神本体から切り離された、その空虚な演算処理能力は、マイペースで安定した歩みをつづけ——データを処理し、評価し、演算し、答えを出している——メンタートのそれとよく似たやりかたで。

自分はいま、かつていかなる同種の精神も手にしたことのない、膨大な量のデータを保有していた。しかし、だからといって、自分の中の空虚な部分に耐えやすくなるわけではない。この空虚さを締めだすには、なにかが壊れねばならない気がする。まるで体内に時限爆弾が仕掛けられ、時限装置のタイマーが容赦なくカウントダウンされているような感じだった。自分がなにを望もうとも関係なしに、そのタイマーは刻々と動き、周囲にある万物の微妙な差異を記録していく。湿度のかすかな変化を、温度のわずかな低下を、保水テントの天井を這う虫の進みを、テントの透明窓から覗くせまい星空に容赦なく迫る夜明けの気配を。

この空虚さには耐えがたい。タイマーがどうセットされたかわかっても、それで気が楽になるわけではない。自身の過去をふりかえり、出発点を見ることはできた。さまざまな修業、才能の深化、洗練された鍛錬への純粋な圧力、折にふれて、重要なタイミングで学ばされた、『OC聖典』の教え……そして最後に、この星にきて、大量に香料を摂取したこと。しかしポールは、過去だけではなく、未来の方向を――もっとも恐ろしい方向を見ることができた。特殊な意識が提示する、さまざまな未来を見ることができた。

（ぼくは怪物だ！――化け物だ！）

「ちがう――ちがう、ちがう！　怪物なんかじゃない！」

気がつくと、両のこぶしでテントの床を殴りつけていた（ポールの冷徹な部分は、これを興味深い情緒的なデータとして記録し、演算処理にかけていた）。

「ポール！」目の前に母親がいて、両手を握りしめていた。だが、自分を覗きこむその顔は、灰色のぼやけたしみでしかない。「ポール、どうしたの？」

「なにをした！」

「わたしはここよ、ポール。だいじょうぶ、だいじょうぶだから」

「ぼくにいったい、なにをした？」

強烈な鮮明さをともなって、ジェシカは問いの根底にある本質を感じとり、答えた。

「あなたを――誕生させたの」

本能のささやきと、みずから持っていた繊細な知識によって、ジェシカにはわかった――これこそが、息子を落ちつかせるうえで最適な答えであることが。

そのことばを受けて、ポールは母が自分の手を握りしめているのを感じとり、ぼんやりとした顔の輪郭に意識をこらした（間断なく働きつづける精神の新たな視点から見れば、その顔の構造には一定の遺伝的な特徴があり、その情報は他のデータと総合され、最終的解答が導きだされた）。

「放してください」とポールはいった。

その声に鉄の意志を感じとり、ジェシカはいわれたとおりにした。

「なにがあったのか、話してくれる気はある、ポール？」

「ぼくに修業をさせたさい、自分がなにをしているのか、母上はわかっていたのですか」

（この声にはもう、子供じみたところがまったくない……）

ジェシカは心の中でそう思いつつ、問いに答えた。

「すべての親が望むことを願っていたわ。つまり——あなたが……人よりもすぐれた人物、人とちがう存在になるようによ」

「人とちがう？　人と異質な？」

息子の声に辛辣さを聞きとって、ジェシカはいった。

「ポール、わたしは——」

「あなたは息子がほしかったわけじゃない！　あなたがほしかったのは、〈クウィサッツ・ハデラック〉だ！　ほしかったのは、男のベネ・ゲセリットだ！」

その声の辛辣さに、ジェシカは思わず怯《ひる》んだ。

「けれど、ポール……」

「父上にこの件を相談したことは？」

レトをなくした悲しみを新たにかきたてられ、ジェシカは静かに答えた。

「あなたが何者であろうと、ポール、あなたが受け継いだのは、わたしの血だけではないわ、おとうさまの血も受け継いでいるのよ」

「しかし、あなたに施された修業は、父上とはなんの関係もない。そして、あなたの修業は……ぼくの中に目覚めさせた……〈眠れるもの〉を」

「〈眠れるもの〉？」

「それはここにいる」ポールはまず自分の頭に、ついで胸に手をあてがった。「自分の中に、はるか悠久のむかしから、連綿と、延々と、脈々と――」

「ポール！」

息子の声にはヒステリックな響きが宿っていた。

「よくお聞きなさい」ポールはいった。「あなたは教母にぼくの夢の内容を聞かせたがった。あの教母に代わって、いまはあなたがその夢の内容を聞く番だ。たったいま、ぼくは目覚めながらにして夢を見た。その原因がわかりますか？」

「とにかく、落ちついて。もしも――」

「香料です。ここではすべてのものに香料が混じっている――空気にも、土にも、食べものにも、すべてに抗老化作用のある香料が混じっている。それは読真師の薬物と似ています。つまり、毒なんですよ！」

ジェシカはからだをこわばらせた。

ポールは声を低めてくりかえした。

「毒なんですよ。じわじわと効いて、きわめて潜行性が強く……いちど手をつけたら、もうやめられない。常習してさえ死ぬことはありません——服用をやめないうちは。これからもアラキスの一部を身内に取りこみつづけないかぎり、ぼくらはもう、この星を離れることはできないんです」

ポールの声に宿る恐るべき威厳は、まったく反論をゆるさないものだった。

「あなたと香料。それがこのぼくを産んだものだ」ポールはつづけた。「香料については、大量に摂取した者ならだれでも変貌してしまう。だが、ぼくに意識の変容をもたらしたのは、ほかならぬあなた自身です。その事実を無意識の中に埋もれさせておくわけにはいきません。埋もれさせてしまえば、それが生む波紋が風化してしまう恐れがある。ぼくにはその道筋が見えている」

「ポール、あなたは——」

「見えているんです！」ポールはくりかえした。

ジェシカはその声に狂気を感じとった。どうしていいのかわからない。

だが、ふたたび口を開いたとき、ポールの声には鉄の自制がもどっていた。

「われわれはアラキスに閉じこめられました」

（ええ、たしかにそのとおりだわ）とジェシカは思った。

そして、そのことばが真実であることを受けいれた。ベネ・ゲセリットがどれほど圧力を加えようと、どれほどのトリックと謀略を駆使しようと、もはや自分たちがアラキスの外へ出ていける見こみはまったくない。香料には習慣性がある。自分の肉体はそれに気がついていた——精神が気づくよりもずっと前に。

（したがって、わたしたちはこの地で一生を送らなければならない——この地獄の惑星で。ハルコンネンの追撃をかわすことさえできれば、この地にはわたしたちを受けいれる準備ができている。そして、この惑星でわたしに与えられた役割は明白だわ。ベネ・ゲセリットの大いなる計画のために、重要な血統を保存する牝馬となることよ）

「母上には、起きながら見た夢のことを話しておかなくてはなりません」（ポールの声にはふたたび怒りが宿っていた）「その内容を確実に受けいれてもらう意味で、先にこのことをいっておきましょう。いずれあなたは、女の子を——妹を——このアラキスで産む。ぼくはそれも知っているんです」

ジェシカはテントの床に手をつき、湾曲した壁の生地に背中を押しあてた。恐怖の疼《うず》きを抑えるためだった。妊娠の徴候は、いまだ表には出ていない。それはわかっている。自分の肉体に生じたかすかな兆しを——つい何週間か前に受胎したことを——知りえたのは、ベネ・ゲセリットの修業の賜物なのだから。

「われらは仕えるためにのみ——」取りすがるようにして、ジェシカはベネ・ゲセリットの標語《モットー》をつぶやいた。「われらは仕えるためにのみ存在する」

「われわれはフレメンのあいだに住み処《か》を見つけるでしょう」ポールはいった。「あなたの保護伝道団《ミッショナーリア・プロテクティウァ》が逃亡先を確保しておいてくれたからです」

(先人たちは、砂漠にわたしたちの行き場を用意していてくれたのね)とジェシカは思った。

(でも、どうしてポールが保護伝道団《ミッショナーリア・プロテクティウァ》のことを知っているの?)

　ポールの圧倒的な異質さに対する恐怖を抑えることが、ますますむずかしくなっていた。

　ポールは母親を見つめた。覚醒した新たな意識により、恐怖をはじめとする母親の反応が、手にとるように見えた。まるでまばゆい光を背にしてシルエットが浮かびあがるかのように、母の恐怖や全反応がくっきり見える。母親に対する哀れみがすこしずつ頭をもたげてきた。

「この地で起こりうる事象については、まだはっきりしたことはいえません」ポールは話をつづけた。「自分自身もまだよく見えていなくて——さまざまな可能性を見てはきたけれど。この〝未来視〟は、自分の意志でコントロールすることはできないようです。勝手に見えてくるんですよ。直近の未来については——そう、一年先くらいまでなら——ある程度は絞りこめます。カラダンの中央通りほども広い、一本の道筋が見えています。それでも、ところどころ、見えない箇所がある……陰になった場所がある……丘があって、そこの陰になっているかのように」(またしても、風に波打つスカーフがよみがえってきた)「……そして、分岐点がいくつも……」

ポールは急に黙りこんだ。未来視で見た記憶が心にあふれたからだ。いかなる予知夢も、これまでの人生のいかなる経験も、いまだに未来のベールを完全に剝ぎとって、むきだしの〝時間〟をあらわにする完全性を用意できてはいない。

とはいえ、未来視の経験を思いだすことで、みずからの〝畏るべき目的〟は認識された。その目的とは、膨れゆく気球のように、自分自身の生をまわりへと拡張していくことだ……その圧力の前に、時間は後退していき……。

ジェシカがテントの発光タブを見つけだし、明かりを灯《とも》した。

淡い緑の光がぼうっと放たれて、テントの中の影を払い、恐怖をやわらげた。おもむろに、ジェシカは息子の顔を見つめ、その目を凝視し、内面を探った。この顔つきはどこかで見た気がするが、どこでだったろうと考えて──思いだした。災厄の記録で見た子供たちの顔だ。飢餓に苦しみ、重傷を負った子供たちの顔。その目は一対の孔のようだし、口はまっすぐな線で、頰はげっそりと落ちくぼみ、生気がない。

(これが〈畏るべき意識〉の持つ顔なのね)とジェシカは思った。(定命《じょうみょう》ある者としての行く末を、先々まで強制的に知らされた者の顔なのね)

やはりポールは、もう子供ではない。

ポールのことばに潜む重要性がしだいにジェシカの心の中で重きを占め、ほかのすべてを押しだした。ポールには未来が見えている。この苦境から脱するすべが見えている。

「ハルコンネンの手から逃れる方法があるのね」とジェシカはいった。

「ハルコンネン！」ポールは鼻で笑った。「あんな愚劣な人非人のことなんて、心から締めだしてしまうことです」

そういって、ポールは母親を見つめ、発光タブの淡い緑の光のもとに浮かびあがる、母の顔を観察した。その顔だちは、母親の出自を雄弁に物語っていた。

「人のことを人非人だなんて呼んではいけないわ、よほどの理由がないかぎり——」

「どこでその一線を引くべきか、わかっているような口ぶりですね。じっさいには、なにもわかっていないのに。われわれはみんな、過去を引きずっている。そして、わが母なる人よ、ここにひとつ、あなたがまだ知らないが、知っておくべき事実がある。それはすなわち——いい、いい、いい、われわれもハルコンネンだということです」

ジェシカの心は劇的な反応を示した。すべての感覚を遮断する必要でもあるかのように、真っ白になったのだ。だが、情け容赦ないペースで、ポールの声はジェシカの耳を引きつけ、話に引きずりこんだ。

「つぎに鏡を見るときには、顔をじっくり見てみることです。いまはぼくの顔を見ればいい。自分をごまかさずに正視すれば、そこにある痕跡が見えるはずだ。そして、ごらんなさい、この手を、この骨格を。それでもまだ納得がいかないというなら、ぼくのことばがその証拠です。ぼくは未来を歩いてきた。未来の記録を見てきた。ある現場も目のあたりにしたし、すべてのデータも入手した。ぼくらはね、ハルコンネンなんですよ」

「ハルコンネン家とたもとを分かった……傍系の出ということ？　そういうことなのね？　ハルコンネンの従兄弟《いとこ》かだれかが――」

「ちがいます。あなたはハルコンネン男爵の、実の娘にほかなりません」ポールはいった。

ジェシカが愕然とした顔になり、口もとを両手で押さえるのが見えた。「男爵は若いころ、放蕩《ほうとう》の限りを尽くしました。そして、あるとき、ある女にたらしこまれた。しかしそれは、ベネ・ゲセリットによる遺伝子確保の目論見でした。たらしこんだのはあなたがたのひとりです」

〝あなたがた〟というその口調に、ジェシカはひっぱたかれでもしたかのようなショックをおぼえた。しかし、そのおかげでまた心が働くようになった。たしかに、ポールのことばは否定しようがない。自分の過去の、どこにもつながっていなかった多数の要素が特定の点に向かって伸びていき、ひとつにつながった。ベネ・ゲセリットは女子を望んだ。その目的は、アトレイデス家とハルコンネン家の古い確執に終止符を打つことなどではない。両者の血統から、ひとつの遺伝要因を固定させることにあったのである。その遺伝要因とはなにか？

ジェシカは答えを模索した。

そんな心の動きを読んだかのように、ポールはいった。

「ベネ・ゲセリットは、あとひと息で、ぼくという存在を産みだせると思っていた。しかしぼくは、ベネ・ゲセリットが期待していた存在とは異なり、本来誕生すべき時期よりも早く産まれてきてしまった。そして、ベネ・ゲセリットはまだ、そのことに気づいてもいない」

ジェシカは両手で口を押さえた。

〈大いなる母〉《なんということなの！》この子は――ほんとうに〈クウィサッツ・ハデラック〉なんだわ！）

ジェシカは自分が全裸になり、すべてを見透かされているように感じた。ポールの眼差しからは、なにものも隠すことができない。そしてそれこそは、ジェシカの恐怖の根源にあるものだった。

「ぼくのことを、〈クウィサッツ・ハデラック〉だと考えていますね。そんな考えは捨ててしまったほうがいい。ぼくは予期されていなかったなにかなんだから」

ジェシカは思った。

（このことは、なんとしても、学院のいずれかに伝えなくては。結縁目録を見れば、なにがあったかわかるかもしれない）

「ベネ・ゲセリットがぼくの存在を知る機会はありません――手遅れになるまでは」

ポールをなだめようとして、ジェシカは口をおおっていた両手をおろし、いった。

「フレメンのところにいけば、居場所が見つかるのね？」

「フレメンにはシャイー＝フルード――〈永遠の老父〉に関することわざがあります。すなわち、〝心せよ、出会うものを評価するために〟」

いってすぐに、ポールは思った。

（そう、わが母なる人――われわれはフレメンのもとに住むことになる。あなたの目は青く染まり、美しい鼻の脇には保水スーツにつながったフィルター・チューブによる接続胼胝《だこ》が

できる……そしてあなたは、わが妹を産むんだ——〈ナイフ使いの聖アリア〉を)

「〈クウィサッツ・ハデラック〉ではないというのなら——」とジェシカはいった。「では、いったいあなたは——」

「あなたには知ることができません。事実を目のあたりにするまでは信じないでしょうし」

そのとき、ポールは思った。

(ぼくは……種子だ)

唐突に、自分が落ちてきた先がどれほど肥沃な大地かを悟った。そう認識すると同時に、〝畏るべき目的〟が心を満たし、空虚な空間にじわじわと浸透しだした。深い悲しみで息が詰まりそうだった。

行く手には二本の太い分岐路が見えている。

一本は邪悪な祖父ハルコンネン男爵と邂逅し、〝やあ、おじいさん〟といって和解する道。その道のことを考えただけで、その先になにが待つかを考えただけで、気分が悪くなった。

もう一本は、はっきりしない灰色の塊が点々と連なる、長い道。ところどころに、暴力の荒れ狂う形跡がうかがえる。戦士たちの宗教が見えた。そして、宇宙に燃え広がる戦火もだ。香料酒に酔い痴れる狂信兵団の上には、アトレイデス家の緑と黒の旗標《はたじるし》が翩翻《へんぽん》と翻っている。そのなかには、ガーニー・ハレックと父の少数の部下たちも——あわれなほど数がすくない——混じっていた。全員がつけているのは、父親の頭蓋骨を収めた祠《ほこら》に祀られている、鷹の紋章だ。

「この道には進めない」とポールはつぶやいた。「あなたの学院の老いた魔女たちが心から望んでいるのは、こちらの道だろうけれど」

「わたしには、あなたが理解できない……」ジェシカはいった。

ポールは黙りこみ、種子らしい思弁にふけり、〝畏るべき目的〟としてはじめて経験した、種族的意識を用いて思量した。気がつくと、もうだれのことも憎めなくなっていた。ベネ・ゲセリットも、皇帝も、ハルコンネンのことすらもだ。この者たちはみな、種族的な妄執にとらわれているにすぎない。長年のあいだに散逸した遺伝的な資産を糾合し、多数の血統を混ぜあわせ、攪拌し、融合させて、新たなる巨大な遺伝子プールを醸成しようとしているにすぎない。だが、その壮図を確実に実行するうえで、人類という種が知っている方法はただひとつのみ。古来の方法だ。かつて何度となく試みられた、行く手に立ちはだかるすべてを蹂躙する方法だ。それはすなわち——聖戦《ジハード》。

（その道だけは、絶対に選ぶわけにはいかない）

しかし、そこでふたたび、心の目に大写しになったのは——父の頭蓋骨を収める岩の祠と、荒れ狂う壮絶な戦い——そして、そのただなかではためく、緑と黒の旗だった。

ジェシカが咳ばらいをした。ポールの沈黙が心配になったからだ。

「それでは……フレメンはわたしたちに、聖域を与えてくれるということなの？」

ポールは顔をあげ、ほのかな緑の光に照らされて向かいにすわる母親の、近親婚の特徴がにじむ貴族的な顔だちを見つめた。そして、こう答えた。

「そうです――それもまた、道のひとつに見える」こくりとうなずく。「そう。フレメンはぼくのことをこう呼ぶでしょう……ムアッディブ――〈道を示す者〉と。そして、そう……それがフレメンの、ぼくに対する呼び名になるんです」

ここにおいて、ポールは目をつむり、思った。

（ああ、おとうさん。これでやっと、あなたを悼むことができます）

そう思ったとたん、涙がぽろぽろと頬をこぼれ落ちていった。

本書は一九七二年十二月から一九七三年六月に四分冊でハヤカワ文庫ＳＦから刊行された〈デューン〉『砂の惑星』の新訳版の三分冊のうちの上巻です。

訳者略歴　1956年生，1980年早稲田大学政治経済学部卒，英米文学翻訳家　訳書『複成王子』ライアニエミ，『全滅領域』ヴァンダミア，〈ハイペリオン四部作〉シモンズ，『乱鴉の饗宴』マーティン，『ジュラシック・パーク』クライトン（以上早川書房刊）他多数

HM=Hayakawa Mystery
SF=Science Fiction
JA=Japanese Author
NV=Novel
NF=Nonfiction
FT=Fantasy

デューン 砂《すな》の惑星《わくせい》
〔新訳版〕
〔上〕

〈SF2049〉

二〇一六年一月二十五日　発行
二〇二一年五月　十五日　四刷

（定価はカバーに表示してあります）

著者　フランク・ハーバート
訳者　酒《さか》井《い》昭《あき》伸《のぶ》
発行者　早川　浩
発行所　株式会社　早川書房
郵便番号　一〇一‐〇〇四六
東京都千代田区神田多町二ノ二
電話　〇三‐三二五二‐三一一一
振替　〇〇一六〇‐三‐四七七九九
https://www.hayakawa-online.co.jp

乱丁・落丁本は小社制作部宛お送り下さい。
送料小社負担にてお取りかえいたします。

印刷・三松堂株式会社　製本・株式会社フォーネット社
Printed and bound in Japan
ISBN978-4-15-012049-8 C0197

本書は活字が大きく読みやすい〈トールサイズ〉です。